KB234141

김수영의 '온몸시학'

쟁점으로 읽는 한국문학 3

김수영의 '온몸시학'

인쇄 2013년 8월 20일 | 발행 2013년 8월 25일

편저자 · 박덕규 · 이은정
펴낸이 · 한봉숙
펴낸곳 · 푸른사상사
주간 · 맹문재 | 편집 · 지순이 | 교정 · 김재호

등록   제2-2876호
주소   서울시 중구 충무로 29(초동) 아시아미디어타워 502호
대표전화   02) 2268-8706~7   팩시밀리   02) 2268-8708
이메일   prun21c@hanmail.net
홈페이지   www.prun21c.com

ⓒ 박덕규 · 이은정, 2013

ISBN 978-89-5640-052-5 93810
값 27,000원

☞ 저자와의 합의에 의해 인지는 생략합니다.
이 책의 전부 또는 일부 내용을 재사용하려면 사전에 저작권자와 푸른사상사의
서면에 의한 동의를 받아야 합니다.
이 도서의 국립중앙도서관 출판시도서목록(CIP)은 서지정보유통지원시스템 홈페이지
(http://seoji.nl.go.kr)와 국가자료공동목록시스템(http://www.nl.go.kr/kolisnet)에서 이용하실
수 있습니다.(CIP제어번호: CIP2013014274)

3 쟁점으로 읽는 한국문학

푸른사상
PRUNSASANG

김수영의 온몸시학

박덕규 · 이은정 편저

Kim Soo-young's Poetics of the Whole Body

푸른사상
PRUNSASANG

김수영은 광복 후 20여 년의 길지 않은 시작 활동을 통해 21세기에 접어든 오늘까지 강력한 현재로 남아 있다. 그의 시는 정서의 장식과 추상적 관념에 익숙했던 우리 시의 화법에서 완전히 벗어난 언어로 우리 시의 영역을 새롭게 확장시켰다. 이는 언어 표현과 시적 형식에 관한 문제만을 얘기하는 것은 물론 아니다. 김수영의 시는 체제와 이념의 자리에서 사유와 행동을 틀 안에 두려는 데 저항하면서 궁극적으로 완전한 자유를 지향하며 나아갔다. 우리는 이러한 김수영의 시를 그가 문학 강연에서 행한 "시는 온몸으로, 바로 온몸을 밀고 나가는 것이다"에서 표현을 빌려 '온몸시학'으로 명명한다.

21세기 들어서도 현대성과 현재성으로 우리 곁에 살아 있는 김수영의 문학을 여러 각도에서 조명하고 있는 근년의 연구 성과를 한 자리에 모았다. 제1부에는 김수영의 온몸시학이 갖는 근원적인 의미와 무엇보다 시적 이행으로서 지니는 중요한 의미를 밝히는 연구 성과를 담았다. 제2부에는 일본어로 사고하고 영어를 활용하면서 살아온 시인이 누구보다 탈식민주의적 인식 안에서 언어에 대해 투철하게 고뇌했음을 밝히는 연구 성과를 모았다. 제3부에는 초기시부터 두드러지게 표현되어온 '시선'의 문제가 김수영 문학의 지향과 깊은 관련을 맺고 있음을 밝히는 연구 성과를 묶었다. 제4부에는 김수영의 시에 드러나는 반여성적 언어와 가부장적 표현에 내재한 본질적인 의미와 시인의 젠더의식을 밝히는 연구 성과들을 모았다. 제5부에는 김수영 문학이 변함없는 현재성으로 우리 곁에 있음을 밝히는 후일담 성격의 글을 담았다.

　수록된 글은 모두 발표 당시 상태를 그대로 살렸으나 일부는 필자가 직접 가필을 했고, 인용이나 각주 처리, 참고문헌 기재 등에서 책 전체의 일관성을 고려해 수정한 부분도 있다. 수록을 허락해주신 연구자들에게 감사의 뜻을 전한다.

　'온몸시학'으로 김수영을 다시 읽으면서 현대시사 100년을 넘기는 우리 문학의 근원을 오늘의 사실로 확인하는 기쁨이 컸다. 그 기쁨을 독자의 것으로 내놓는다.

2013년 8월
편저자

제4부   젠더와 성

제5부   세 개의 에필로그

총론

시는 온몸에 의한, 온몸의 이행이다

우리 시사에서 김수영이 차지하는 비중은 1970~80년대 이후 비약적으로 심대해져 21세기에 들어선 지금까지 막강한 영향력으로 자리해 있다. 현대시 100년을 형성한 굵직굵직한 시인의 이름들을 우리는 알고 있지만, 김수영처럼 20년 남짓한 길지 않은 동안의 활동으로 사후 반세기에 이르러서도 '강렬한 현재'로 남아 있는 예는 매우 특별한 경우라 할 수 있다. 김수영 문학은 당대나 지금이나, 진정한 삶을 가로막는 것들에 저항하면서 자유에 이르고자 하는 강렬한 지향으로 살아 있다.

1968년 4월 부산에서 있었던 펜클럽 주최 문학 세미나에서 김수영은 이렇게 말한 바 있다.

> 사실은 나는 20여 년의 시작 생활을 경험하고 나서도 아직도 시를 쓴다는 것이 무엇인지를 잘 모른다. 똑같은 말을 되풀이하는 것이 되지만, 시를 쓴다는 것이 무엇인지를 알면 다음 시를 못 쓰게 된다. 다음 시를 쓰기 위해서는 여태까지의 시에 대한 사변(思辨)을 모조리 파산(破算)을 시켜야 한다. 혹은 파산을 시켰다고 생각해야 한다. 말을 바꾸어 하자면, 시작(詩作)은 〈머리〉로 하는 것이 아니고 〈심장〉으로 하는 것도 아니고 〈몸〉으로 하는 것이다. 〈온몸〉으로 밀고 나가는 것이다. 정확하게 말하자면, 온몸으로 동시에 밀고 나가는 것이다.
>
> 그러면 온몸으로 동시에 무엇을 밀고 나가는가. 그러나 ―나의 모호성을

용서해 준다면- 〈무엇을〉의 대답은 〈동시에〉의 안에 이미 포함되어 있다고
생각된다. 즉, 온몸으로 동시에 온몸을 밀고 나가는 것이 되고, 이 말은 곧
온몸으로 바로 온몸을 밀고 나가는 것이 된다. 그런데 시의 사변에서 볼 때,
이러한 온몸에 의한 온몸의 이행이 사랑이라는 것을 알게 되고, 그것이 바로
시 형식이라는 것을 알게 된다.

（…중략…）

시는 온몸으로, 바로 온몸을 밀고 나가는 것이다. 그것은 그림자를 의식하
지 않는다. 그림자에조차도 의지하지 않는다. 시의 형식은 내용에 의지하지
않고 그 내용은 형식에 의지하지 않는다. 시는 그림자에조차도 의지하지 않
는다. 시는 문화를 염두에 두지 않고, 민족을 염두에 두지 않고, 인류를 염두
에 두지 않는다. 그러면서도 그것은 문화와 민족과 인류에 공헌하고 평화에
공헌한다. 바로 그처럼 형식은 내용이 되고 내용은 형식이 된다. 시는 온몸
으로, 바로 온몸으로 밀고 나가는 것이다.
―「시여, 침을 뱉어라」, 『김수영전집』 2, 민음사, 1981/개정판(2003), 397~403쪽.

우리는 통상, 문학이 인식(머리)과 정서(심장)가 융합하고 조응하는
데서 빚어진다거나 내용과 형식의 통합을 통해 얻어지는 것이라고 생각
하고 있다. 그러나 김수영은 그런 구분됨이 전제되지 않은 혹은 구분의
너머에 있는 모든 것의 의미로 '온몸'을 상정했다. 그리고 그러한 온몸
의 이행을 통해 진정한 시의 실현에 도달한다고 설파하고 있다. '온몸의
이행으로서의 시'라는 시작 원리이자 정신인 그의 시학에서 우리는 '온
몸시학'이라는 이름을 명명하기에 이르렀다. 이에 대한 기왕의 다양한
연구 성과가 있으나 이 책은 21세기 들어 새로운 시각과 논리로 김수영
의 온몸시학의 의미와 가치를 추적한 글들을 따로 모아 그 현재성과 현
대성을 부각시키고자 했다.

이 책은 총 5부로 구성되어 있으며 각 부에 수록된 글의 내용과 출처
는 다음과 같다.

I. '사유, 이행, 현재'

김수영의 온몸시학이 가지는 근원적인 의미와 김수영의 시가 무엇보다 시적 이행으로서 지니는 의미를 밝힌다. 대표작 「풀」과 난해한 시로 알려진 여러 편의 시가 재해석되면서 김수영 시의 시적 이행과 정신적 지향을 설명한다.

1. 황현산, 「김수영의 현대성 또는 현재성」(『창작과 비평』 2008년 여름호)

김수영의 온몸시학이 김수영의 글과 삶의 본질적인 역동성에서 비롯된 것임을 설명하고 있다. 그의 현대성과 현재성은 현실을 직설하면서도 동시에 그 안에 특별한 깊이와 위대한 용기와 영원한 활력을 내재함으로써 얻어진 것이다. 기존의 지식 체계를 거부하고 탈주를 감행해 말끔하고 숙련된 언어를 누릴 수 없게 된 것 역시 김수영의 생리이자 힘이다. 정서의 장식과 추상적 관념에 익숙해져 있던 우리 시의 시적 감수성과 심미감은 비로소 김수영에 이르러 확장되어 현실과 말이 서로를 감당하며 강한 힘을 내뿜게 되었다고 밝히고 있다.

2. 김상환, 「김수영과 시적 이행의 문제」(『문예운동』 2011년 봄호)

김수영의 시 「풀」에 대한 새로운 해석을 통해 김수영의 온몸시학을 설명하고 있다. 「풀」은 기존의 익숙한 해석처럼 민중과 권력의 구조를 의미하는 것이 아니라, 시적 사유(풀)와 그것을 억압하는 어떤 힘(바람)의 관계를 드러낸 작품이다. 김수영에게 있어서 '시란 무엇인가' 라는 질문은 '시적 이행이란 무엇인가' 라는 물음과 동일한 것이며, 무엇보다도 '시가 어디서 와서 어디로 가는가' 가 중요한 문제였다는 지적이다. 따라서 「풀」의 마지막 행 "풀뿌리가 눕는다" 라는 구절은 저항의 대가에

서 오는 죽음을 의미하는 동시에 순수하게 시적인 것은 완성되자마자
와해된다는 아이러니를 의미한다고 서술하고 있다.

3. 함돈균, 「오염된 시인과 시—김수영 시의 아이러니와 현대성」(『한국문학이론과 비평』 53집, 한국문학이론과비평문학회, 2011)

"시인이 세속적 삶에 섞여 들어가 예술의 전통적 아우라가 탈피될수록 그는 오히려 '시적인' 자리에 선다"는 벤야민의 입장을 기반으로 삼고 있다. 시인은 군중의 일부이자 세속도시의 욕망에 오염된 자이며 또한 이 지점에서 생겨난 비애와 죄의식의 정서를 안고 가는 자인데, 이 인식이야말로 김수영이 가장 예민하게 지녔던 특성이라는 해석이다. 오염된 주체만이 오염된 세계와 오염된 언어를 표현할 수 있다는 이 아이러니가 3편의 시를 통해 확인된다. '온몸시학'을 '순결의' 시학으로 이해하는 것은 난센스이며 김수영은 세속적 삶에서 훼손된 소시민이자 일상인이며 그럼에도 불구하고 순결한 지향을 포기하지 않았던 시인이라는 점이 중요하다는 설명이다.

Ⅱ. 탈식민적 자장

일본어 세대이자 영어를 구사할 수 있었으며 모국어로 시를 써야 했던 시인으로서 독특한 자리를 점하고 있던 김수영이 언어와 인식에서 탈식민주의적 주체성으로 갈등하고 극복해간 투철한 과정을 밝힌다.

4. 곽명숙, 「김수영의 탈식민주의적 언어의식과 현대성의 경험」(『한국현대문학연구』 9, 한국현대문학회, 2001)

일본어와 모국어와 영어를 모두 구사했던 김수영이 '언어의 이민(移民)'에 대해 갈등했던 점을 탈식민주의 이론을 빌려 분석한 글이다. 김수

영은 일본어가 익숙하고 자연스러웠으며 모국어로 시를 쓸 때 오히려 분열을 느꼈다. 또한 광복 이후 언어 권력이 일본어에서 영어로 이동했을 때 다시 혼란을 겪었다. 바로 이 점에서 김수영은 일본과 미국의 문화적 종속성과 주변성 아래 언어를 주관해야 했던 시인이라는 자의식으로 자유의 언어에 이르기 위해 탈식민적 주체성과 본래성의 회복을 끊임없이 염원하며 지향해 나갔다고 밝히고 있다.

5. 허윤회, 「김수영 지우기—탈식민주의 논의와 관련하여」(『상허학보』 14, 상허학회, 2005)

시 「거대한 뿌리」에 나타난 '식민(植民)'이라는 말에 주목하면서, 김수영이 서양문학에서 영향을 받거나 서양문학을 번역하면서 인식하게 된 탈식민적 태도와 정신을 분석하고 있다. 김수영은 바타이유와 블랑쇼의 글에서 죽음과 사랑과 삶의 문제를 찾아 성찰했고, 미국의 신비평주의자 테이트와 에머슨의 글을 번역하면서 '무수한 반동'의 정신적 근거와 독립적인 정신을 발견해 이를 자신의 문제로 수용했다. 이로부터 김수영은 탈식민주의적 인식을 심화시키고 그것을 강력한 의지의 단계로 실현해갔다고 설명하고 있다.

6. 배개화, 「언어의 이민 : 김수영 시의 탈식민주의적 양가성」(『국어교육』 121, 한국어교육학회, 2006)

김수영의 식민지 경험이 정치적인 것과 언어적인 것에 있다고 주목한 글이다. 김수영은 '타자의 언어'인 일본어가 문학적 정체성 속에 깊숙이 침투해 있어 '더듬는 목소리'로 시를 쓸 수밖에 없었던 콤플렉스를 갖고 있었다. 그러나 이 같은 언어적 혼종성이 오히려 '자유의 언어'와 '언어의 이민'이라는 탈식민적 양가성을 얻게 되었다. 김수영이 두 개 이상의 언어를 써야 했던 피식민지 지식인으로 4·19를 계기로 '말더

듬'을 극복하고 자신감을 갖게 되어 자기 주체성을 긍정하기에 이른 것
으로 분석하고 있다.

Ⅲ. '시선'이라는 시학

초기시부터 두드러지게 표현되어온 '시선'의 문제가 김수영 문학의
인식이나 지향과 깊은 관련을 맺고 있음을 다양한 각도에서 밝히고 심
도 깊게 논의한다.

7. 조강석, 「김수영과 시각의 문제」(『현대문학의 연구』22, 한국문학연구학회, 2004)

김수영 문학에서 시각과 시선의 중요성에 대해 문제제기를 시작한 글
이다. 시선과 관점이 인식을 포함하고 있다는 점, 즉 '보는 방식'이 특
정한 사유방식이나 지배적 이데올로기와 내밀한 관계가 있다는 점에 주
목한다. 김수영의 시에 나타나는 '바로 봄'과 본질 직시의 의지, '새로
보기' 혹은 '속지 않고 보기'의 교차, 보여지는 주체로서의 자기 검열,
지배적인 '보는 방식'의 호명에 불응한 새로운 눈의 획득 등 다양한 시
각이 점검된다. 근대적 규율로 훈육된 시선과는 다른 방식으로 사물을
바라보는 시선이 김수영 시의 위업을 가능하게 했다는 설명이다.

8. 이광호, 「김수영 시에 나타난 시선의 정치학」(『한국문학이론과 비평』52집, 한국문학이론과비평학회, 2011)

김수영은 첫 작품 「공자의 생활난」에서부터 '본다'는 행위를 통해 세
계와 시적 주체의 관계를 설정한 시인이며, 이때 '본다'라는 시선의 정
치성이야말로 김수영 시의 현대성이라고 설명한다. '본다'는 것은 시적
주체의 위상을 드러내면서 보고자 하는 행위를 억압하는 대상과 싸우면

서 세계를 인식하겠다는 선언이다. 특히 김수영은 위에서 아래로 바라보는 조감(鳥瞰)의 시선에서도 오히려 아래에 있는 사물이 인식의 우위를 점하는 등 기존 시선의 주체화를 무화하고 있다. 이처럼 시선의 권력을 해체하는 것이 김수영 시가 갖는 감각의 정치학이자 미학적 동력의 생성 요인이라고 서술한다.

9. 김수이, 「김수영 시에 나타난 '시선의 기술'의 전개 양상—근대적 '피로/우울', '휴식'과의 상관성을 중심으로」(『한국문예창작』 11권 2호, 한국문예창작학회, 2012)

김수영은 근대가 양산한 생활의 기율인 '시선조작술'과 시의 기율인 '바로보기'의 갈등을 내면화하면서 생활과 시가 일치하는 기술을 고안하는 데 집중했다. 시선조작술이 현실과 주체를 왜곡하고 기만하는 근대의 지배전략이라면, 바로보기는 현실과 주체를 직시하고 교정해 새로운 질서를 창출하는 근대의 혁신전략이다. 김수영은 근대의 시선조작술에서 비롯된 피로와 우울 속에서 시각의 중지와 바로보기의 성취를 열망하였으며, 이를 통해 허위의 조작술에서 정직한 바로보기로 나아갔다. 이를 통해 김수영의 시는 도시의 피로에서 사랑으로, 사랑은 다시 혁명으로 증폭되면서 '근대의 완성'을 지향해갔다고 설명한다.

Ⅳ. 젠더와 성

김수영의 시가 드러내는 반여성성과 가부장적 태도에 대해 문제를 제기하면서 김수영 시에 내재한 여성성의 의미를 해석하고, 여성을 상징하는 대표적인 시어들을 분석해 김수영의 무의식과 젠더의식을 밝힌다.

10. 조영복, 「김수영, ‘반여성주의’에서 ‘반반의 미학’으로」(『여성문학연구』 6, 한국여성문학학회, 2001)

이 글은 김수영의 시가 가부장적이고 남근적이며 반여성주의적이라고 주장하는 일부 시각에 문제를 제기한다. 김수영 시의 화자가 아내를 멸시하고 공격하는 것은 사실 무능력하고 위선적인 화자 자신에 대한 매저키즘적 담론이며 지식인의 자괴감 혹은 자기 파멸적 충동의 역설적 선택이라고 해석한다. 김수영의 시는 자기 안의 여성적 자아가 세계의 남성성에 저항하면서 그 세계를 전복하고자 하는 텍스트이며, 신랄한 자기비판과 자기 속물성에 대한 고백적 담론이라고 설명한다.

11. 맹문재, 「김수영의 시에 나타난 ‘여편네’ 인식 고찰」(『어문연구』 33, 어문연구학회, 2005)

시에 나타난 호칭은 단순히 대상을 지정하는 것이 아니라 대상에 대한 시인의 태도나 화자와 청자 사이의 인격을 내포한 호명 행위라는 전제 아래, 김수영의 시에 나타나는 ‘여편네’라는 호칭을 통해 여성인식을 고찰하고 있다. 김수영의 시에 나타난 호칭을 모두 분류하고 그 가운데 ‘여편네’로 호칭한 예가 가장 많음을 밝히는데, ‘여편네’는 김수영의 시에서 친밀성과 객관성을 지닌 호칭이며, 이는 김수영의 반여성주의를 드러낸다기보다 시인이 대항하려는 적(敵), 특히 자본주의적 속성을 가진 적을 지칭하는 시적 장치라고 해석한다.

12. 임명숙, 「김수영 시에서의 ‘여성’, 그 기호적 의미망 읽기」(『돈암어문학』 23, 돈암어문학회, 2010)

김수영 시에 나타난 여성을 ‘여자’ ‘여편네’ ‘아내’의 층위로 나누어 크리스테바의 이론으로 그 기호적 의미망을 분석한 글이다. 김수영의 시에서 ‘여자’는 ‘집중된 동물’ ‘전쟁’ ‘뱀’ 등으로 표현되는데, 이는

시인이 '먼 곳'이라는 상징계에 이르기 위해 여자를 비천화(에브젝트)
한 것이라고 설명한다. '여편네'는 시인의 섹슈얼리티에 대한 인식을
드러내는 표현으로, 그의 시에서 성(性)은 쥬이쌍스가 없는 관계, 내 안
에서 유희하되 내 사유 밖에 있는 관계라고 해석한다. '아내'는 '되돌아
오는 천시(賤視)'의 의미로, 내가 아내를 끌어안는 순간 아내가 나를 죽
이거나 위협하는 존재가 되어 주체의 결단이 이제 아내의 것이 되어가
는 과정을 보이는 것이라고 해석하고 있다.

V. 세 개의 에필로그

김수영의 현재성을 여러 각도에서 밝히고자 시인의 사후 40주기를 맞
아 미망인 김현경이 공개한 육필 유고를 연구한 작업과 김수영 문학의
오늘과 내일을 잇는 글을 모았다.

김명인, 「제 모습 되살려야 할 김수영의 문학세계-김수영 미발표 유
고 해제」(『창작과 비평』, 2008년 여름호)
박덕규, 「생애론의 관점에서 새로 읽어야 할 김수영」, 미발표.
이은정, 「우리는 오늘, 김수영을 읽는다」, 『서강대학원 신문』 2010년
12월 6일.

제1부

사유, 이행, 현재

김수영의 현대성 또는 현재성

황 현 산

　김수영은 비범한 일을 했다. 구태여 이름을 밝힐 필요가 없는 한 '원로시인'이 몇 해 전에 현대 한국시 전반에 걸치는 시인론집을 출간하면서 거기서 김수영을 제외해야 했던 이유에 대해 "그는 시인이 아니기 때문"이라고 잘라 말했다. 이 놀라운 발언은 그러나 거기에 걸맞은 파동을 일으키지 못했다. 김수영을 깊이 존경하거나 자신의 문학적 성장을 그에게 크게 빚지고 있다고 생각하는 여러 문인들의 편에서라면, 이 말의 무력함을 자신들의 무응답으로 실증했다고 할 수도 있고, 끝내 겉돌다 끝날 지루한 논의에 힘을 낭비할 필요가 없다고 생각했을 수도 있다. 그들에게 김수영의 공적은 어떤 바람도 움직일 수 없을 만큼 단단한 것이다. 그러나 문단에 적을 걸고 있는 여러 '계층'의 인사들을 이런저런 사석에서 만나보면, 한국 현대시의 역사가 '왜곡된' 근본원인이, 적어도 자신들이 문단생활에서 부당하게 겪어야 했던 온갖 불운의 일차적 책임이, 김수영에게 있음을, '이론이 딸려서' 공론을 펼 수는 없지만, 확신하고 있다고 고백하는 사람들이 의외로 많다. 그들에게도 김수영은, 어느 누구에게서보다도, 살아 있다. 어느 편에서나 김수영의 존재는 이렇게 무겁다. 이 점은 우리에게서 시가 무엇인지, 혹은 어떤 시가 좋은 시인지 묻는 논의에서 김수영을 인사치레로라도 거론하지 않을 수 없었던 저간의 사정과 일치한다. 훌륭한 시인이냐 아니냐를 떠나서, 김수영은 그만큼 특별한 일을 한 것이다.

이 작은 글은 그 특별함을 들춰보고, 그가 유명을 달리한 지 40년이 지난 지금까지 그 특별한 것들이 그 특별함을 유지하면서도 그 세월에 값하는 어떤 보편적 가치를 지니고 있는지, 그렇다면 그 힘은 어디서 오는지 살펴보기 위한 것이다. 그의 초상을 문학적이건 아니건 어떤 이데올로기로 환치하거나, 그의 시를 오지랖만 넓은 어떤 용어들 속에 포진해야 할 필요는 없다. "시인은 밤낮 달아나고 있어야" 한다고 말한 것은 김수영 자신이다. 그의 시들이 여전히 좋은 힘이건 나쁜 힘이건 어떤 힘을 행사하는 것은 그들 시가 여전히 어디에 가두어질 수 없기 때문이다. 이런 일에서라면 김수영 자신이 어떤 말로 어떻게 시를 썼고, 그것이 어떻게 차별되는지 살피고, 그 의의를 숙고하는 일보다 더 좋은 방법은 없을 터이나 이 글로 그 일을 다 하기는 어렵다.

김수영이 시를 거칠게 썼다는 의견에 반론을 펴는 사람은 드물며, 그 평가는 사실에 가깝다. 김수영의 시법에 대한 논의도 거기서부터 시작하는 것이 효과적이라고 보는 것은, 자명하게만 보이는 이 의견이 김수영에 대한 여러 다른 평가의 근저를 형성하면서도 그 구체적인 내용은 상술된 적이 거의 없기 때문이다.

김수영은 시를 매끄럽게 쓰지 않았다. 그는 가지런한 시행과 영탄조의 문장과 시적일 것 같은 말과 멋 부린 말을 믿지 않았으며, 말 하나하나를 생경하게 드러내는 방식으로 문법을 밀어붙이고, 무엇보다도 그럴듯하거나 비겁한 논법에 기대지 않았다. 그는 누가 울 때 '운다' 고 썼지 '웁니다' 나 '우옵네다' 라고 쓰지 않았다. 그는 먼 것을 보고 '먼' 이라고 썼지 '먼먼' 이라고 쓰지 않았다. 「奢侈」 같은 시의 "길고긴 오늘밤"이나 "어서어서 불을 끄자"처럼 입에 발린 첩어가 나타날 때는 거의 예외 없이 어떤 종류의 것이건 모멸감이 섞인 희화가 있다. 김수영은 이 시를 "불을 끄자"라는 짧은 말로 끝내면서 그 희화를 접는다. 「孔子의 생활난」의 마지막 시구는 "그리고 나는 죽을 것이다"라는 말로 끝난다. '고요히'나 '흡족한 마음으로' 같은 말은 거기 없지만, 말의 리듬을 끊는 "그리고"는 대범하게 거기 있다. 모든 언어에는 사실을 전달하는 기능장치 외에도 그 전달된 사실을 화자의 의도에 따라 일정한 방향으로 이끌고 가는 장치가 있으며, 이를 수사학에서는 논증요소라고 부른다. 한문 같은 고전어가 이 논증요소에 최소한으로만 의지하는 데 비해 문어의 구속력을 적게 받으며 발전했던 한국어에서는 이 논증요소의 힘이 매우 강해서, 조사와 술사의 어미 하나하나가 모두 논증적 기능을 지닌다. '키는 크다'와 '키가 크다'가 다르고, '키가 크다'와 '키가 크더라'가 다르지만, 전달되는 사실은 모두 '키의 큼'이다. 서정주가 "이제는 돌아와 거울 앞에서 선"이라고 읊을 때, 왜 '이제'가 돌아와야 할 시간인가를 따지기는 매우 어렵다. "이제는"의 '는'의 힘은 그렇게 강하다. 정서적 논증력은 논쟁을 가로막는다. 논쟁적이지만 논증적이 아닌 김수영의 시 쓰기는 "이제는"과 같은 마술적인 정서장치의 후원이 없다. 마찬가지로 사실의 무게가 어떤 주관적 정서의 개입으로 가벼워지지도 않는다. 그래서 김수영의 시에서, 먼 것은 멀다고 느껴지는 것이 아니라 말 그대로 먼 것이며, 우는 사람은 울 것 같은 심정에 복받치는 사람이거나 제 울음을 어디에 보여주려는 사람이 아니라 정말로 그리고 단순히 우는 사람이다. 「孔子의 생활난」의 죽음은 죽음에 대한 몽상이나 죽음과 유사한 것에 대한 비유가 아니라 절대적으로 죽음이다. 이 먼 거리, 이 울음, 이 죽음은 사실인 것처럼 이미 논증된 사실이 아니라, 항상 논쟁을 기다리고 야기하는 사실이다.

김수영의 시어를 그의 현실 인식과 결부시키는 일은 새삼스럽지만 그만큼 정당하기도 하다. 그러나 시인으로서 김수영이 현실에 천착하였다는 말은 부족하다. 그는 현실만 보았고, 그것도 매우 좁은 현실에만 천착했다. 그는 단 한 편의 여행시도 쓰지 않았으며, 자연 경관에 관한 길고 깊은 관상보다 그에게 더 낯선 것은 없다. 그의 시는 종로를 비롯한 서울 거리와 그 외곽 동네들을 벗어난 적이 없다. 그는 양계장을 경영하였지만 그것은 가내공업이나 진배없었고, 곁들여 채마밭을 일구기도 하였지만 거기에 지속적인 정성을 바칠 처지가 아니었다. 그는 자연을 농사꾼이 바라보듯, 다시 말해서 그의 시대에 이 땅의 거의 모든 사람이 바라보듯, 바라보지 않는다. 「거대한 뿌리」가 증언하듯 그의 마음속에도 전통의 깊은 뿌리가 분명하게 존재하였지만, 자신이 체험한 현실을 그 정서의 전통에 끌어다 붙이는 일은 그에게 금지된 것이나 같았다. 자연에 대한 감정은 어디서나 민족 감정과 엇물려 있기 마련인데, 그렇기에 더욱 이 감정은 「병풍」에서 말하듯 "무엇보다도 먼저 끊어야 할 것"인 "설움"이나 다를 것이 없었다. 그에게 땅에 떨어진 눈은 겨울 산촌의 아늑한 풍경과 연결되지 않았고, 봄에 돋는 새싹은 친구의 사무실이 사무실인 것만큼만 새싹이었다. 그는 눈과 새싹을 처음 보는 사람처럼 보았고, 처음으로 그 이름을 부르는 사람처럼 눈이라고, 새싹이라고 말했다.

모든 속절없는 감정에서 차단된 이 언어는 그만큼 사물에 육박할 수 있겠지만, 그 언어로 쓴 시가 어떤 서정에 닿기 위해서는 그만큼 절박한 모험을 감행하지 않을 수 없다. 육체밖에 가진 게 없는 노동자가 하루 벌어 하루 먹고 살아야 하는 것처럼, 이런 핍진한 언어는 오직 지금 그 자리에서 얻어낸 서정으로만 한 편 한 편의 시에 자양을 공급할 수 있기 때문이다. 손쉽게 도취적 마비를 일으키는 방언의 힘, 시적 아어(雅語)들에 가라앉아 있는 서정의 앙금, 속설의 과장과 청승, 공기나 물처럼 아무나 뽑아 쓸 수 있는 불가적·도가적 언어의 약속된 지혜, 이런 언어적

괴력난신의 협력은, "이제 나는 광야에 들어 누워도/ 시대에 뒤떨어지지 않는 나를 발견하였다"(「曠野」)고 말하는 시인에게 바랄 만한 것이 아니었다. 시인이 드러누우려는 궁핍한 현실의 맨땅은 또한 시와 관련하여 이론을 가장한 모든 풍문들, "너무나 많은 나침반"과 함께, 안이하고 헛된 서정을 벗어버린 언어이기도 한 것이다. 그는 삶의 현재 상태와 곧은 언어에서(또는, 에서만), 풍문의 "산보다" 높은 자기 "육체의 융기"를 얻어낼 수 있다고 생각했다.

시가 현실을 발견한다는 말은 현실이 지니고 있는 시적 힘을 발견한다는 말과 다른 말이 아니다. 이는 용기의 문제이기도 하지만 이해와 감수성의 문제이기도 하다. 더할 수 없이 메마른 현실에서 어떻게 준동하는 힘을 포착할 수 있을 것인가, 그런 힘이 거기 있기나 한 것일까, 있다 한들 거기서 어떤 감동을 끌어낼 수 있을 것인가. 이것이 '현대시인'으로서 "첨단의 노래"(「序詩」)를 부르려 한 사람이 풀어야 할 숙제였다. 김수영과 같은 시대에 그림을 그렸던 박수근의 경우를 생각해보면 현실에 대한 그의 태도를 이해하는 데에 어느 정도 도움이 될지도 모르겠다. 박수근도 전후 독재치하의 가난한 현실에 밀착하여, 근근하게 살아가는 농민과 소상인들의 삶을 그렸지만, 뛰어난 재능을 지닌 이 화가의 음울하면서도 아늑한 회색 톤과 양식화된 기하학적 선은 보는 눈을 매혹시켜, 현실을 세월의 먼지 속에 가려진 먼 옛날의 풍경처럼 바라보게 한다. 현실은 예술적 기억술의 세계로 바뀐다. 같은 시대와 그 이후까지, 말에서 의미를 제거하고 시에서 이미지를 지우려 했던, 그래서 누추한 현실의 부스러기조차도 남겨두려 하지 않았던 김춘수에 관해서도, 적어도 그 효과의 면에서는, 같은 말로 설명할 수 있을 것이다. 같은 시기에 김현승이 쓴 시에서라면, 거기에 현실이 없는 것은 아니지만 그것은 늘 견고한 결정체로만 남게 되며 세상의 온갖 절규는 까마귀의 울음 같은 외마디 소리로 압축된다. 현실은 그 누추함을 잃으면서 생활력과 운동력도 함께 잃는다. 김수영은 현실을 예술로 순치하거나 다스리려 하지 않았으며, 무엇보다도 이 점에서 그는 당시 모더니즘의 영향권 안에 있었던 다른 문인·예술가들과 뚜렷이 구별된다.

그러나 확연한 대비는 같은 고뇌를 말하기도 한다. 사람들은 다른 전망을 가지고 같은 일을 할 수도 있다. 김수영을 난해시인으로 불리게 한, 특히 『달나라의 장난』 시절의 '꼬인 문맥'은 최소한 그 발상법에서는 박수근의 회색 톤과 같은 것이었다. 현실을 가감 없이, 그러나 쉽게 알아들을 수 없게 말하는 이 난삽한 문형을 통해 김수영은 메마른 말들이 서로 충돌하여 얻게 될 진폭에 내기를 걸었다. 그는 「풍뎅이」의 한 구절을 이렇게 썼다.

<blockquote>
너의 이름과 너와 나와의 關係가 무엇인지 알아질 때까지
소금같은 이 世界가 存續할 것이며
疑心할 것인데
</blockquote>

이 구절을 산문으로 풀어 읽는다면, 아마도 '너의 이름을 알고 너와 나의 관계가 규명될 때까지 나는 그것을 알기 위해 의심할 터인데, 그때까지 이 세계는 소금과 같은 불모의 상태로 지속될 것'이라는 말이 될 것이다. 난삽함은 진술의 순서가 바뀐 데서 우선 비롯하는데, 이 뒤바꿈은 풀어쓴 말에서처럼 '까지' 같은 허사가 반복되는 것을 막아 말을 긴장시킬 뿐더러, 소금같이 황량한 세상의 상태와 의심과 고뇌에 사로잡힌 화자의 심경을 같은 것으로 받아들이게 한다. 상태와 심경이 일치되는 이 순간이 바로 김수영에게는 불모의 현실에서 앙양된 감정 하나를 추슬러 올리는 순간이기도 하다. 「地球儀」의 첫 연은 다음과 같다.

<blockquote>
地球儀의 兩極을 貫通하는 生活보다는
차라리 地球儀의 南極에 生活을 박아라
</blockquote>

　　苦難이 風船같이 바람에 불리거든
　　너의 힘을 알리는 信號인 줄 알아라

　　비교의 조사 '보다는'의 앞뒤에 놓인 비교의 대상이 한쪽은 명사이고 한쪽은 명령형 동사이다. 이 문장은 그 자체로서 북극축이 망가진 지구의 허술함과 그 흔들거림을 모사하는 동시에, 현실에 천착하면서도 거기에 붙잡히지 않음으로써, 삶을 흔들어대는 고난의 막강한 힘을 오히려 시적 서정의 원기로 삼으려는 시인의 의지를 은유한다. 시인에게 황량하고 불행한 사물은 있어도 불모의 상태로 고정된 삶은 없다. 김수영의 난삽한 문장은 현실을 지우는 자리가 아니라 현실이 운동하는 비밀을 어렵게 감지하고 그 시적 힘을 선동하는 자리이다.

　　박수근의 회화에서 사물의 형태를 정돈하고 평면화하는 기하학적 선, 혹은 김현승의 시에서 사물을 결정화(結晶化)하는 이미지를 김수영에게서는 그 순결한 말이 대신한다. 김수영만큼 관념적인 시, 정확히 말해서 관념을 설파하고 관념 아래 숨는 시를 증오했던 사람도 드물다. 만들어진 관념을 사물에 들씌우는 일은 사물을 모욕하는 일이며, 현실에서 돋아나는 새로운 생각의 싹을 막아버리는 포기 행위의 일종이다. 정서의 안일한 장식이 없는 것과 마찬가지로 관념을 앞세우는 일이 없는 김수영의 언어는 그 의미를 바로 그 자리에서 손색없이 드러내는 그 성질에 의하여 벌써 어떤 사물, 어떤 현상을 절대적으로 지시하는 관념어의 가치와 자격을 얻는다. 「헬리콥터」에서 헬리콥터는 은유도 상징도 아닌 단순한 헬리콥터일 뿐이지만 수직으로 날아오르는 무쇠덩어리라는 그 존재 자체로 어떤 누추한 삶도 가볍게 떠오르는 순간이 있으며 그것이 새삼스러울 수 없다는 깨달음을 지시한다. 『달나라의 장난』에 수록된 시 「눈」에서 "땅에 떨어진 눈"은 어떤 관념이기 때문에 "살아 있다"고 말하게 되는 것이 아니라, 오히려 극도로 하얗고 완전히 비생명적인 눈일 뿐이기에, 그것을 보는 시인에게 기침을 하건 가래를 뱉건 생명의 증거를 촉구할 수 있는 힘을 누린다. 그리고 이 힘은 그의 시편들이 읽는 사람에게 특별하게 깊은 인상을 심는 바로 그 힘이기도 하다.

선율이 드높고 색채가 영롱하여 귀와 눈을 즐겁게 하지만, 시집을 덮고 나면, 읽었다는 기억조차 사라지는 시들이 있다. 그것은 김수영의 경우가 아니다. 「봄밤」이나 「瀑布」 같은 시, 「巨大한 뿌리」나 「사랑의 變奏曲」 같은 시를 진지하게 읽고 나서 잊어버리기는 어렵다. 현실을 투명하게 드러내기에 오히려 어떤 정신성을 띠는 말들은 감각에 뚜렷한 인상을 남기고 그 운동하는 힘을 이해하기 위해 바쳤던 노력은 다시 읽는 사람의 마음을 되울려 제 삶을 성찰하게 해 하나의 사상이 탄생한다.

이 말은 그러나 사물을 순결하게 지시하는 일에서 하나의 관념을 들어올리기까지에는 그 길이 순탄치 않았음을 말해주기도 한다. 김수영의 강렬한 시에서, 불모의 현실을 열고 사상이 하나 탄생하는 자리에는 늘 그만한 크기의 논리적 결락이 하나 있다. 이를테면, 「絶望」이란 제목을 지닌 두 번째 시에서, 풍경과 곰팡이와 여름과 속도와 졸렬과 수치가 모두 그 자신을 반성하지 않듯이 절망이 그 자신을 반성하지 않는다고 말하면서 "딴 데에서" 오는 바람과 "예기치 않는 순간"의 구원을 전망할 때, 시가 주는 감동은 '어디서', '언제', '어떻게'라는 의문과 함께 온다. 더 나아가서는 바람과 구원의 가능성이 이 질문의 능력과 구분되지 않는다.

시 「現代式 橋梁」은 세대의 차이에서 오는 사고의 갈등과 그 화해에 대해 이야기한다. 화자는 한강에 놓인 다리를 지나면서 그것을 세운 일제와 청산되지 못한 식민지의식을 떠올리며 불편해하지만, 젊은 세대들에게 다리는 다리일 뿐이다. 다리는 그들이 태어나기 전부터 거기 있었기에 그것이 '부자연스러울' 까닭이 없다. 시는 이렇게 끝난다.

이 다리 밑에서 엇갈리는 기차처럼
늙음과 젊음의 분간이 서지 않는다
이러한 速力과 速力의 停頓 속에서
다리는 사랑을 배운다
정말 희한한 일이다
나는 이제 敵을 兄弟로 만드는 實證을
똑똑하게 천천히 보았으니까!

"적을 형제로 만드는 실증"은 다소 과장되고 갑작스러운 데다 그 내용이 확연하게 서술된 것도 아니다. 그렇다고 이 실증을 조롱이나 아이러니라고 보기에는 시에 쓰인 말들이 전체적으로 진지하다. 나이 든 시인이 젊은 세대로부터 그 나이에서 오는 자신감을 받아들인다.[1) 그래서 역사를 모르는 젊은 세대들이 다리를 순진하게 건너갈 때 역사의 굴욕을 알고 있는 시인은 같은 다리를 이제 그 순진한 나이의 자신감으로 건너가게 된다. 실제로 화해하는 것은 역사에 대한 회고적 쓰라림과 새로 건설해야 할 역사에 대한 실천의지이다. 그러나 시인이 말하는 "실증"은 이렇게 추론되는 논리에 있는 것이 아니라 차라리 이 깨달음을 얻는 순간의 감동에 있다. 그것은 "희한한" 것이며 형언할 수 없는 것에 속한다. 이 깨달음과 감동은 다른 세대에 대한 이해나 식민지의식의 극복 정도에서 그치는 것이 아니라, 삶과 역사에 감춰진 그 비밀스런 변전에 대

---

1) 민음사에서 발간된 『김수영 전집』은 초판과 증보판에서 모두 이 시의 제2연 첫머리를 다음과 같이 적고 있다.

> 그러나 문제는 이러한 반항에 있지 않다
> 저 젊은이들의 나에 대한 사랑에 있다
> 아니 신용이라고 해도 된다

그러나, 김수영의 원고를 살필 기회가 없어서 확신할 수는 없지만, "저 젊은이들의 나에 대한 사랑"은 "저 젊은이들의 나이에 대한 사랑"으로 바꿔 읽어야 뜻이 통한다.

한 예감을 아우른다. 다리는 이제 비로소 "최신식" 교량이 되어, 상징적이라고나 말해야 할 넓이와 높이로 그 의미를 확장한다.

'귀거래사' 연작의 여덟 번째 시인 「누이의 방」에서, 시인은 모든 것이 정리되어 있는 누이의 방에 감탄한다. 시인이 '너무나'라고 말하게 되는 것은 예쁜 장식품들과 외국배우의 사진들과 과채와 꽃들이, 운동을 갈망하는 시인의 방식과는 달리, 평면을 지향하여 정돈되어 있기 때문이다. 김수영은 질문으로 시를 끝낸다.

> 역시 平面을 사랑하는
> 킴 노박의 사진과
> 國內小說册들……
> 이런 것들이 정돈될 가치가 있는 것들인가
> 누이야
> 이런 것들이 정돈될 가치가 있는 것들인가

김수영은 자기 시대의 한국 소설을 폄하하고 있는가. 어조로 보아서는 그렇다. 그러나 시인은 똑같은 질문을 두 번 하는데, 이 반복에는 자신의 질문에 대한 숙고의 의미가 들어 있다. "국내소설책들"은 '문단 사람'의 하나인 김수영이 보기에 '내가 쓴 것이나 그 녀석들이 쓴 것이나' 식의 평가를 벗어나기 어렵겠지만, 그것들이 엄연하게 정돈되어 있다는 사실을 그도 부정할 수는 없다. 한국 소설들은 누이의 방과 그 평면에서부터 벌써 그가 등을 기대고 살아야 할 "광야"의 맨땅을 형성하고 있다. 저 무의식적 폄하와 이 놀라운 발견 사이에 김수영 식의 상징적 '귀거래'가 있다.

이렇듯 김수영의 시는 논리가 결락된 자리에서 그 의미와 서정을 상징적으로 확장한다. 그러나 거기에는 말의 온전한 의미에서의 상징은 없다. 시의 상징은 본원적이고 본질적인 세계를 가정한다. 이 세계보다 김수영에게 더 낯선 것은 없다. 그 세계에는 어떤 깊고 무한한 지혜에 의해 설계된 자연과 시간이 있고, 자연 사물 하나하나와 인간 사회의 제도와 풍습 하나하나가 서로 그 설계의 비밀을 교환한다. 자연 현상과 인간의 내심에서 이 비밀의 상형문자를 발견하고 그것을 다시 언어로 표상하는 상징기호는 우주 만물이 그 비밀과 표상의 자리를 서로 교환하면서 조응하는 어떤 체계 안에서만 온전한 의미를 지니기 마련이다. 근면의 개미와 나태의 배짱이, 간지의 여우와 허영의 까마귀 따위처럼 어떤 심오한 명상의 승인도 없이 임의적으로 조작된 알레고리는 그 체계에 편입될 수 없다. 그것은 기껏해야 단편적이고 찢어진 상징에 불과하다. 그러나 이 알레고리는 적어도 그 단편적 형식에서만은 김수영의 시에서 하나의 의문을 발판으로 삼아 예기치 않은 힘을 솟구쳐 올리는 논리적 결락의 자리와 다르지 않다. 발터 벤야민 같은 사람이 보들레르의 시에서 발견해내는 또 다른 개념의 알레고리처럼, 김수영에게서 논리가 불충분하게만 표현되는 자리는 부동한 현실의 설명할 수 없는 운동을 포착하고, 다른 삶, 그러나 오직 이 삶 속에 있는 다른 삶을 미리 바라보고 표현하는 지점이다. 그것은 이 삶 속에 벌써 존재하면서도, 그 존재를 믿게 할 수도 보여줄 수도 없을 정도로 다른 삶의 미진한 상징이며, 미래에만 확연하게 설명될 수 있는 역사적 진실의 알레고리이다. 김수영은 「사랑의 變奏曲」에서 이렇게 썼다.

> 그렇게 먼 날까지 가기 전에 너의 가슴에
> 새겨둘 말을 너는 都市의 疲勞에서
> 배울 거다
> 이 단단한 고요함을 배울 거다
> 복사씨가 사랑으로 만들어진 것이 아닌가 하고
> 의심할 거다!
> 복사씨와 살구씨가

　시간 속에 잠재해 있는 온갖 능력들이 사랑의 힘으로 폭발할 저 미래는 아들의 눈에 설명할 필요조차도 없이 당연한 현실일 터이지만, "잘못된 시간"의 아버지는 "복사씨와 살구씨"가 사랑의 힘으로 개화될 아들의 시간을 '그릇되게', 논리적 결락의 형식으로밖에는 명상할 수 없다. 결락의 알레고리는 무지이면서 동시에 그보다 더 큰 확신이자 그 확신의 용기이다. 아들은 아버지의 명상이 적확한 것이었다 말할까, 서툰 것이었다고 말할까. 사실을 말한다면, 시인은 요령이 없는 점쟁이도 영특한 예언자도 아니다. 그가 저 찬란한 미래를 묘사할 때 그는 바로 자신의 시가 발휘하는 운동의 힘도 함께 묘사하고 있다. 그에게서 이 삶으로부터 다른 삶을 개화시키는 "사랑"은 이것에서 저것을 이행하는 시의 명철한 실천력과 다른 것일 수 없다.

　김수영은 시의 모험이 "자유의 서술도 자유의 주장도 아닌 자유의 이행"이라고 말했다. 그리고 "자유의 이행에는 전후좌우의 설명이 필요 없다"(산문 「시여, 침을 뱉어라」)고 덧붙였을 때, 그는 자신의 시적 알레고리에 대해 말한 것이나 같다. 이 삶에서 알 수 없는 다른 삶을 실천하는 일에서, 온갖 구구한 설명이 그 논리의 결락을 채워줄 수도 없을 뿐더러 자유를 이행하는 그 모험의 능력이 될 수도 없다. 설명은 '실증'을 기다리는 현실의 미묘한 힘을 다른 삶의 높이에서 통찰하는 것이 아니라, 이 삶에서 실증된 지식으로 이 삶을 봉쇄하기 때문이다. 필연의 맥락에 갇혀 과거로만 현재를 설명하는 모든 이론적 이해는 우리를 위로하거나 한탄하게 할 뿐 실천의 위험을 무릅쓰지 않는다. 순결한 과거를 미래에 던져, 뜻 있는 삶의 기초를 설파하는 모든 교의들도 막연한 동경의 상태를 벗어나기 어렵다. 알레고리는 저 목적론적 세계관이 장치한 본원성이나 본질성의 심연에 함몰되지 않으며, 논리적 설명이 무기로 삼는 필연성의 고리에 붙잡히지 않는다. 길들여진 언어의 정서적 후원도, 명쾌한 이론의 안전한 권력도 바라지 않았던 김수영은 현실의 언어로 현실을 진솔하면서도 절박하게 그리는 가운데 다른 삶을 전망하고 끌어당기는 알레고리를 바로 이 삶에서 발견하였다. 그는 현실을 사는 것으로 다른 삶을 실천하였으며, 이 삶의 그림으로 현실의 밖을 그렸다. 그는 현실을 직설하였지만, 그가 맨땅에 내던진 말에는 심정의 특별한 깊이가 아닌 것이 없고, 위대한 용기가 아닌 것이 없고, 영원한 활력이 아닌 것이 없다. 진정한 초월이 거기 있으며, 김수영의 진정한 현대성이 거기 있다.

김수영은 우리 시에 용기를 주었다. 그는 시에 시적으로 된 말을 모은 것이 아니라 모든 말이 시적 힘을 지니도록 시를 썼으며, 이 점에서 그는 자유시의 이상을 실천했다. 그에게서 처음으로 시적인 말과 일반적인 말의 차별이 완전히 사라졌다. 일상의 대화와 나날의 일기, 신문기사와 술자리의 흥분된 토론에서 거두어들인 것 같은 시의 말들은 하나같이 사물의 속내를 짚어 그것과 그 속에 살아가는 인간의 감정이 맺는 관계를 예민하게 드러내고, 어떤 의문을, 어떤 욕망을, 어떤 성찰을, 어떤 전망을 거기서 솟아오르게 함으로써 유래 없이 강력한 시정을 형성했다. 그에게 시는 소란한 현실 위에 걸리게 될 예쁘고 평화로운 액자도 아니었고, 삶의 전투에서 패배한 사람들이 찾아가는 망명지도 아니었다. 그것은 현실을 현실로 발견하는 일이자 그것을 정신화하는 일이었고, 현실의 확장이자 그 전복이었다. 현실을 시적으로 처리하는 것이 아니라, 현실에서 시를 추출하고, 현실을 시로 끌어올리는 이 능력은 곧바로 우리 문학에서 모더니즘과 사실주의를 연결시키는 힘이 되었다. 현대파들은 종족적 자연정서와 농경적 생활정서를 떠나서도 "도시의 피로"와 마모 속에서 비범한 시정이 앙양되는 실증을 거기서 보았으며, 사실주의자들은 한 사회를 분석·고발하고 건전한 인간관계를 갈구하고 전망하는 사람들의 절실한 감정이 시적 서정과 다른 것이 아님을 거기서 알았다. 시적 감수성과 심미감의 폭이 문득 넓어졌다. 이제 아무리 난폭하거나 실망스러운 현실도, 아무리 조야하고 생경한 언어도, 그것이 인간의 마음과 깊고 감동적인 관계를 형성할 때, 시가 되고 아름다운 것이 된다. 심미감이 확장되었다는 말은 그것이 세련되었다는 뜻도 포함한다. 배척의 원리에 기초하지 않는 이 새로운 심미감은 무정한 현실의 외관에 모험의 길을 내고, 정돈될 길 없는 사물들이 균형 있는 자리를 차지하게 될 더 큰 세계를 육체의 감각 속에 펼쳐 놓는다.

김수영은 우리 시에서 지적인 것의 개념과 용도를 바꾸었다. 그는 알려진 지식체계의 진실성을 다시 한 번 증명하기 위해 또 하나의 실험 데이터를 제공하는 방식으로 시를 쓰지 않았다. 한 번 사물 앞에서 놀라고, 그 놀라움을 저 지혜의 말로 위무하는 절차, 다시 말해서 발견과 정돈의 기승전결은 그의 시에 없다. 마찬가지로 평론가가 알아서 말하게 될 것을 미리 써 놓는 식의 암묵적 공모의 시 쓰기가 그에게 용서될 수는 없었다. 김수영이 말하는 '온몸으로 시 쓰기'의 본뜻도 거기 있다. 지식체계에 복무하기를 거부하고 탈주의 모험을 감행하는 그의 시가 말끔하고 지적으로 숙련된 외관을 누릴 수 없는 것은 당연하다. 한국 현대시의 한쪽을 오랫동안 지배해온 지성주의 현대파들은 시 속에 혼란의 장소인 몸의 노출을 바라지 않았다. 『달나라의 장난』이 출간될 무렵부터 한 잡지에 연재되기 시작하여 몇 년 후 책으로 묶여져 나온 송욱의 『詩學評傳』은 보들레르 이후 프랑스의 현대 상징주의를 대거 소개하면서 이른바 '발레리의 불꽃같은 지성'을 한국 시의 나아갈 길로 추천하고 있지만, 랭보의 시에 대해서는 침묵하였으며 그 이름조차 언급하지 않았다. 그는 랭보의 반항과 모험, 그리고 그 동력이 되었던 육체적 감각의 혼란을 불편하게 여겼을 뿐만 아니라 두려워했던 것이다. 이 두려움이 여전히 한국 시에 남아 있다는 것은 각종 문학상의 수상작이나 공모의 당선작을 보면 알 수 있다. 김수영은 다른 방식으로 지적이었다. 그는 쉽게 정합되지 않는 현실 속에서 기존의 체계적 지식으로 해명할 수 없는 자리를 발견하고 그것을 감당해낼 다른 삶을 육체적 감각과 마음의 감동으로 우선 실천하려 하였다. 모든 체계의 억압으로부터, 자신이 쓰고 있는 시로부터도 탈주하는 김수영의 시는 이렇게 해서 존재의 변모를 사회적 변혁과 일치시킬 수 있는 길을 열었다.

시에서 지식 개념의 혁신은 은유와 상징 개념의 쇄신으로 이어진다. 김수영은 세상을 안온하게 설명해줄 지식체계를 믿지 않았던 것처럼, 전사적이건 신화적이건 황금 시대를 알지 못했으며, 현실과 유리되어 있는 역사, 이른바 '봉인된 시간'이나 오리엔탈리즘을 경멸했다. 그에게 세계는 섭리의 상징이 아니었던 만큼 시를 보증해주는 초월적 시선 같은 것은 없었다. 자연은 그에게 다정한 것이 아니었다. 그는 시가 요구하는 은유 하나하나를 얻어내기 위해 그때마다 현실에 지성과 감각을 바닥까지 투자해야 했다. 그것은 사실 은유가 아니었다. 그것은 이 삶을 살면서 벌써 실천하고 있는 다른 삶의 한 모서리였으며, 마비된 현실 속에서 기필코 감지되어야 할 운동하는 현실의 기미였다. 그는 다른 삶을, "완전한 공허를 끝마치고" 피어나는 "견고한 꽃을", "바람보다 먼저 일어나는" 풀을 파편의 형식으로, 다시 말해서 알레고리로 체험했다. 그에게 현실을 핍진하게 그린다는 것은 그 변화와 운동의 알레고리를 발견하는 일이나 같았다. 그가 '자동차'라고 써도, '가옥'이라고 써도, 그것은 눈앞에 보는 자동차이자 가옥이면서 동시에 다른 삶을 향한 고매한 정신의 알레고리였다. 현실이 제 모습을 그대로 지니고도 이렇게 영예로워진 적이 없으며, 말이 제 본뜻을 가지고 이렇게 강한 힘을 뽐낸 적이 없었다. 김수영이 후기식민주의의 문화적 침탈에 저항할 수 있는 힘을 거기서 얻었다고도 할 수 있다. 그는 은유를 염두에 두지 않고도 현실에 은유적 힘을 부여했으며, 알레고리를 만든다는 생각도 없이 알레고리를 살았다.

　김수영이 이행했던 특별한 일을 이렇게 열거하고 보면 그 자체로 한국 시의 새로운 활력을 요약하는 말이 된다. 군사독재의 암울한 장막이 걷히고, 남북관계에 새로운 물꼬가 트인 이후 한국의 젊은 시인들은 현실을 기피하지 않으며, 말을 두려워하지 않는다. 그들이 혼란스럽게 보이는 것은 김수영이 그랬던 것처럼 말과 사물의 다기한 힘을 믿기 때문이다. 그들이 현실에 등을 돌린 것처럼 보이는 것은 현실에서 들어올릴 수 있는 가능성의 폭이 그만큼 넓어졌기 때문이다. 그들은 김수영이 그랬던 것처럼 사소한 것들에 주의를 흩뜨리면서도 현실이 시적 가치를 띠는 계기에 정신과 감각을 집중한다. 그들이 가볍고 변덕스럽게 보이는 것은 그들이 교양의 틀에 갇혀 있지 않기 때문이다. 그들이 무모한 모더니스트로 폄하되는 것은, 김수영이 그랬던 것처럼, 오히려 모험을 모험의 지식으로 뒤쫓는 모험가들, 저 아류 모험가들의 안전한 모험을 거부하기 때문이다. 젊은 시인들은 한때 자신들을 '미래파'라고 부르려 하였다. 미래파라는 이름은 여러 가지로 불편하지만 그 말이 빈말은 아니다. 시가 미래를 전망하는 지점은 현실이 은유적 힘을 얻는 알레고리적 계기와 다른 것이 아니다. 그들은 어쩌면, 김수영이 보기에는, "복사씨와 살구씨가" "사랑에 미쳐" 날뛰는 날에 사는 것이겠지만 여전히 "도시의 피로"에서 배운다. 그들은 현실이 가볍기를 바라는 것이 아니라 자신들의 말로 현실을 움직일 수 있다고 믿는다. 그것은 김수영의 능력이었으며, 시의 능력이다.

김수영과 시적 이행의 문제

김 상 환

김수영의 「풀」(1968)은 보통 참여시의 전형으로 분류된다. 풀로 형상화되는 민중이 바람으로 형상화되는 지배세력에 맞서 끊임없이 저항하다 마침내 어떤 전복의 순간에 도달하는 장면은 과연 감동적이다. 사실 민주화 시기에 민중의 저항정신을 자극하는 작품들이 수없이 쏟아져 나왔지만, 김수영의 시만큼 민초의 위대한 힘을 절묘하게 연출할 수 있었던 사례는 극히 드물다. 그러나 당대의 요구에 맞추어 시를 읽는 법도 있지만, 시대적 제약을 제거해가며 시를 읽는 법도 있다. 그것은 시적인 보편성에 대한 물음 속에서 일어나는 환원적 독법이자 시의 유래와 본질로 향한 사변적 도약의 추적이다. 우리는 여기서 김수영이 여러 편의 메타시를 썼다는 사실을 기억할 필요가 있다. 시의 본성이나 시인의 사명을 소재로 한 작품이 김수영 시세계의 중요한 축을 이룬다. 김수영의 마지막 작품인 「풀」은 이런 메타시 계열의 정점으로 읽을 수 있지 않을까? 그렇다면 이 시에서 일어난 위대한 도약은 어떤 구도의 도주선을 그리고 있는가?

몇몇 평론가는 김수영의 「풀」을 『논어』(「안연」 편)의 한 구절과 연관하여 해석했다. "군자의 덕은 바람이요 소인의 덕은 풀인바, 풀은 그 위에 바람이 불어 닥치면 바람을 따라 쓰러지는 법입니다.(君子之德 風, 小人之德 草. 草, 上之風, 必偃.)" 계강자(季康子)의 가혹한 형법주의에 이의를 제기하던 공자는 자신의 덕치주의를 바람과 풀의 관계를 통해 표현했다. 김수영의 작품을 참여시로 읽는다면, 이 시의 묘미는 어떤 전도에 있다. "유교 이데올로기상의 군자—소인의 지배구조를 바람과 풀의 하향적 관계로 비유한 것을 김수영은 이 시대의 상황논리에 의해 정반대의 정치적 알레고리를 이루어냈던 것이다."[1] 그러나 김수영의 작품을 시의 본질에 대한 물음 안에서 읽는다면, 풀은 민중이 아니라 시적 사유 자체가 되어야 한다. 그리고 바람은 민중의 자유를 제약하는 어떤 정치적 지배세력이 아니라 시의 자유를 억압하는 어떤 힘에 해당할 것이다. 그렇다면 시적인 자유를 가로막는 힘은 무엇인가? 시적인 사유는 궁극적으로 어떤 장애를 넘어 자신의 자유에 도달하는가?

사실 시적인 이행의 문제는 김수영 시론에서 핵심적인 위치를 차지하고 있다. 이 점은 「아픈 몸이」(1961) 같은 메타시에서, 그리고 온몸의 시학을 담고 있는 「시여, 침을 뱉어라」(1968) 같은 산문에서 분명하게 읽을 수 있다. 이런 문헌에 근거할 때 "시란 무엇인가"라는 물음은 "시적 이행이란 무엇인가"라는 물음과 같다. 시는 어디서 와서 어디로 가는가? 시는 어떻게 태어나서 어떻게 죽는가? 이것이 김수영의 시론이 제기하는 핵심적인 문제이다.

우리는 시적인 이행을 무극(無極)과 태극(太極) 사이의 긴장관계 안에서 이해할 수 있다. "무극이되 태극이다(無極而太極)", 동아시아 존재론의 원형인 「태극도설」은 이렇게 시작된다. 이 문헌에 따르면 태극의 운동

1) 정재서, 『동양적인 것의 슬픔』, 살림, 1996, 47쪽.

과 정지 속에 음(陰)과 양(陽)이, 음양의 조화 속에 오행(五行)이, 오행의 이합집산 속에 사물 일반이 태어난다. 삼라만상의 기원에 있는 것은 태극이고, 성리학에서 그것은 어떤 초월적인 리(理) 혹은 이치나 조리로 정의된다. 태극은 존재론적 질서의 기원이자 중심이다. 우리는 무극을 이런 태극 중심의 존재론적 질서가 탄생, 유지되기 위해서 잊혀야 했던 어떤 것으로 볼 수 있다. 그리고 시적인 이행을 그 망각된 무극의 위력이나 권리를 증명할 수 있는 가능성 안에서 설명할 수 있다. 이 점을 위하여 앞에서 언급된 시들을 차례대로 읽어가 보자.[2]

> 아픈 몸이
> 아프지 않을 때까지 가자
> 온갖 식구와 온갖 친구와
> 온갖 적들과 함께
> 적들의 적들과 함께
> 무한한 연습과 함께

— 「아픈 몸이」(1961)에서

시는 광기의 행보, 후퇴 없는 영광, 온몸에 의한 온몸의 이행이다. "시는 온몸으로, 바로 온몸을 밀고 나가는 것이다. 그것은 그림자를 의식하지 않는다. 그림자에조차 의지하지 않는다."(『전집 2』, 253쪽) 시는 자신의 그림자는 물론 존재의 그림자에조차 의지하지 않을 때 순수한 시가 된다. 시는 자신을 규정하는 모든 필연성으로부터 벗어나고자 한다. 물론 시적 사유는 존재론적 규정성을 처음부터 회피할 수 없고 외면할 수 없다. 시적인 것은 존재하는 모든 것처럼 태양 아래 있고, 따라서 태극

---

2) 아래의 글은 졸저, 『풍자와 해탈 혹은 사랑과 죽음:김수영론』(민음사, 2000), 96~102쪽의 발췌이다.

이 부여한 운명 안에 있다. 시적인 것은 태극에 빚지는 모든 것처럼 도 망칠 수 없는 그림자를 채무의 표시로서 거느려야 한다. 시적인 것은 음양오행이 만드는 존재론적 원근 안에서 처음 몸을 얻는다. 점점 무거워지는 몸, 그 몸을 얻기 위하여 시적 사물은 존재론적 연락망에 편입되고, 은유적 차용을 담보하는 신용체계의 회원이 되어야 한다. 그러나 시적인 것은 마지막에 가서 이 신용체계로부터 해방되고자 한다. 비대해지는 몸으로부터, 존재론적 채무관계로부터, 고통스러운 원죄의식으로부터 벗어나고자 한다. 순수하게 시적인 것은 태극에 대한 저항의 의지에서 얼굴을 내민다. 시는 존재론적 중량의 극복이다.

"아픈 몸이 아프지 않을 때까지 가자." 이 구절은 존재론적 이행과 구분되는 시적 이행에 대한 언명, 존재론적 운명에서 벗어난 시적 사유에 대한 언명이다. 시적 이행은 존재론적 이행 속에서 이행한다. 그러나 존재론적 이행을 넘어서, 존재론적 이행과 다르게 이행할 수 있을 때까지 내디딘다. 몸이 아프지 않을 때까지, 몸이 가벼워질 때까지. 그림자조차 사라질 때까지, 따라서 몸이, 다리조차 사라질 때까지. 위족으로 가는 시적 이행의 완성. 그 안에서 존재론적 시간성과 구분되는 순수한 시적 시간성이 분비된다. 순수한 시적 시간성, 존재론적 중량에서 벗어난 시적 시간성은 허구적인 동시에 예언적이다. 이 예언적 시간성을 빚어내는 시적 이행의 기록, 그것이 김수영의 마지막 작품 「풀」(1968)이다. 일단 두 연만 먼저 읽어보자.

<blockquote>
풀이 눕는다
비를 몰아오는 동풍에 나부껴
풀은 눕고
드디어 울었다
날이 흐려서 더 울다가
다시 누웠다
</blockquote>

풀이 눕는다
바람보다도 더 빨리 눕는다
바람보다도 더 빨리 울고
바람보다 먼저 일어난다

이 두 연은 마지막 셋째 연을 준비하고 있다. 첫 연에서 시적 이행의 주체, 풀은 그 준비를 위하여 존재론적 원격 전송과 그 메시지에 관계하고 있다. 그 메시지의 전달자는 바람이다. 음양과 오행이 춤을 추며 일으키는 바람. 이 바람에 대하여 풀은 수동적이다. 바람을 통해서 태극이 명령을 전하고, 그 명령을 수신하는 풀은 그대로 따른다. 태극은 조이라 하다 풀라 하고, 누우라 하다 서라 한다. 태극으로부터 타전된 전송문에 따라 천지가 흐려지고 산천초목이 눕는다. 이 존재론적 원격 통신 안에서 풀은 눕고 드디어 울었다. "날이 흐려서 더 울다가 다시 누웠다." 풀은 존재론적 필연성에 따른다. 시는 그 필연성 안에서 처음 기록된다. 시적 이행은 존재론적 이행의 재이행이다. 풀은, 시는 바람을 따른다. 바람을 따라가는 시적 이행, 그것은 「시」(1961)에서 이렇게 기입되었다. "어서 또 가요…… 미친놈 뿐으로 어서 또 가요…… 실 같은 바람 따라 어서 또 가요"(『전집 1』, 193쪽).

바람 따라 가는 시, 바람 따라 하는 풀은 둘째 연에 이르러 자발성을 획득한다. 이 자발성 안에서 풀은 바람을 따라잡는다. 바람보다 더 빨리 눕고 더 빨리 일어난다. 따라서 태극과 풀 사이의 전달자, 바람은 무용지물이 된다. 풀은 파발이 닥치기 전에 이미 그 통지문의 내용을 알고 그에 따른다. 서라는 통보가 오기 전에 미리 서고, 누우라는 연락이 오기 전에 미리 눕는다. 풀은 먼저 눕고 먼저 일어선다. 바람이 오기 전에, 배달부가 오기 전에. 어쩌면 통지문이 작성되기 전에. 시적 리듬은 존재론적 리듬을 선취한다. 앞질러 가는 시적 리듬, 앞에 가는 이 시적 이행은 「시」에서 이렇게 묘사된다. "감기가 가도 감기가 가도 줄곧 앞을 가는 辭典의 시, 시"(『전집 1』, 194쪽).

줄곧 앞을 가는 시, 바람보다 먼저 움직이는 풀은 그러나 바람과 다르게 눕지 않고 바람과 다르게 일어서지 않는다. 풀은 그 속도에서, 정도에서만 바람과 다를 뿐이다. 시적 사유는 존재론적 사유를 앞지르되 대신할 뿐이다. 시적 사유는 여전히 존재론적 원격통신의 수신자로서 그 연락망에 속해 있다. 시는 여전히 '사전의 시'에 불과하다. 그러므로 진정으로 시적인 것, 존재론적인 것과 구별되는 순수한 시적 시간성은 아직 태어나지 않았다. 순수한 시적 시간성의 탄생, 그것은 「풀」의 마지막 세 번째 연에서 이루어진다.

> 날이 흐리고 풀이 눕는다
> 발목까지
> 발밑까지 눕는다
> 바람보다 늦게 누워도
> 바람보다 먼저 일어나고
> 바람보다 늦게 울어도
> 바람보다 먼저 웃는다
> 날이 흐리고 풀뿌리가 눕는다

이 연이 말하는 것은 두 가지다. 하나는 시적 리듬이 존재론적 리듬에 일으키는 교란이고, 다른 하나는 풀의 죽음이다.

풀은 바람보다 늦게 누웠다 먼저 일어서고 늦게 울다 먼저 웃는다. 바람이 전하는 존재론적 리듬에 순응하던 풀은 비순응의 지점에 이른다. 그 지점에서 풀은 태극의 파발을 다시 태극으로 돌려보낸다. 풀은 새로운 유희를 시작하고 이를 알린다. 하지만 그 알림을 위하여 일차적으로 필요한 것은 새로운 파장의 전파이다. 그러므로 풀은 존재자의 존재보다 더 먼 곳의 먼 것에 귀를 세운다. 풀은 존재론적 원근보다 더 큰 원근을 지나는 신호, 더 먼 X에서 더 먼 Y로 가는 신호를 기다린다(「X에서 Y

로」, 『전집 1』, 241쪽 참조). 풀은 여전히 존재자의 존재 안에 있지만 그 밖과 교통하고 있다. 이 새로운 교신에 의하여 존재론적 통신망은 교란된다. 전파가 엉키고 잡음이 생긴다. 새로운 주파수의 통신 안에 놓일 때, 시적 사유는 존재론적 사유보다 더 멀리서 오고 있는 미래자와 관계한다. 따라서 존재론적 사유보다 더 예언적일 수 있다. 그 예언성은 존재론적 질서를 초과한다. 순수한 시적 사유 안에 도착하고 수신되는 것은 실재하는 것의 범위에 속하지 않는다. 존재론적 질서를 넘어서는 거리에서 오는 것, 그러나 이미 존재론적 친근성 안에 와 있는 것, 그래서 있음의 왔음에 이미 와 있는 것, 그것은 실재와 비실재의 구분이 사라지는 임계점을 만든다.

김수영의 시적 사유는 「풀」의 마지막 연에서 이 임계점에 이른다. 이 지점은 시적 사유가 존재론적 사유와 공존하되 이질화되는 곳이다. 사실과 허구가 혼동되는 이 지점에서 새로운 시간성, 순수한 시적 시간성이 탄생한다. 순수한 시적 시간성은 그 혼동과 공존의 지점에서 존재론적 시간성을 교란하면서, 그 교란을 통하여 분비된다. 시적 시간성 안에서 우리는 사실과 허구를 혼동할 뿐만 아니라 과거와 미래를 혼동한다. 과거는 미래에서 도착하고 미래는 과거로서 기억된다. "나는 왔다"는 "나는 올 것이다"와 같아진다. 때로 결과는 원인보다 먼저 오며, 먼저 눕고 먼저 일어선다. 모든 현재성, 그 현재적 현전성은 예언성에 의하여 침투되고 붕괴된다. 존재론적 리듬은 이 시적 시간성의 도래 속에서 불균형에 빠진다. 다극화되어 가는 태극은 전적인 무극화의 위험에 빠지고, 새로운 균형을 위하여 전혀 다른 내용의 통지문을 발송한다.

한 시대의 존재론적 이해가 대규모로 바뀌는 것은 아마 이런 식으로 일어날 것이다. 존재론의 역사는 시적 사유의 출현 없이 새로운 국면으로 접어들지 않았다. 존재론적 사유는 시적 사유와의 경쟁 안에서 지속되어왔다. 그러나 시적 사유의 유래, 그 유래적 본성은 시적인 것 안에 있는 것이 아니다. 그것은 시적인 것보다, 따라서 존재론적인 것보다 더 먼 곳에, 그 먼 곳의 먼 것에 있다. 시적 시간성의 배후는 여전히 심연이다. 그러나 이 심연의 깊이는 존재론적 사유로부터 측량할 수밖에 없다(측량은 이미 존재론적 행위다). 시적인 것은 존재론적 반성의 길을 따라 성취되어야 한다. 진정한 시적 사유는 극복된 존재 사유여야 할 것이다. 진정한 시적 시간성은 물러가는 존재론적 리듬, 멀어지는 실재의 맥박 속에서만 감지될 수 있을 것이다.

그러나 존재론적인 것이 물러날 때, 시적인 것도 물러감을 준비해야 한다. 시적인 것은 자신의 존재론적 신체성과 그 중량으로부터 벗어나자마자 그림자조차 잃어버린다. 시적인 것은 자신의 존재론적 뿌리로부터 벗어나자마자 모든 뿌리, 생존의 가능성을 잃어버린다. 그것이 「풀」의 마지막 구절에 담긴 의미다. "날이 흐리고 풀뿌리가 눕는다." 존재론적 필연성에 대한 저항의 대가는 죽음이다. 순수하게 시적인 것은 완성되자마자 와해된다. 다시 바람 속으로 흩어지고, 음양과 오행 속으로, 태극 속으로 사라진다. 무극으로 귀환하기 위하여. 그러나 기억하자. 음양과 오행을 통하여 만물로 미치는 태극의 존재론적 지배력 안에서 무극은 잊혀져 간다는 것을. 시적인 것은 그 탄생과 소멸을 통해서 그 잊혀져 가는 무극의 무극성을, 태극에 대한 무극의 권리를 상기시킨다. 존재론적 사유와 동행하는 한에서 시적 사유는 사랑의 기술이겠지만, 존재론적 사유에 반하는 시적 사유는 무극성의 옹호, 죽음의 기술이다.

오염된 시인과 시

김수영 시의 아이러니와 현대성

함 돈 균

1. 세속도시 내부의 시인과 현대성의 아이러니

마샬 버먼에 따르면 현대성(modernity)이란 신성한 모든 것이 도시의 공기 속으로 휘발되어 버리는 상황과 관련된 것으로서, 자본주의 또는 도시적 삶에 내재한 욕망과 그에 따른 가치의 분열이라는 '아이러니'로 요약된다. 마르크스의 텍스트 이면에 나타난 무의식에 대한 분석을 통해 버먼은 현대적 삶에서는 지배적 삶을 창출하는 계층과 그에 대한 강력한 비판자의 욕망이 쉽게 구분되지 않는다는 사실을 논증한다.[1] 이는 도시의 삶으로 뛰어든 시인인 보들레르나 보들레르에 대한 가장 창조적인 주석자 중 하나였던 벤야민 역시 마찬가지이다. 보들레르의 「현대생활의 화가」에 잘 나타나듯이 '현대성(modernité)'은 유행(fashion)이라는 '덧없는 흐름'과 '속도'를 통해 제 모습을 드러내며, 그것은 현대

---

1) M. Berman., 『현대성의 경험』, 윤호병 · 이만식 역, 현대미학사, 2004, 137~160쪽.

세계를 창출한 계층인 부르주아적 가치의 물질적 구현이자 다른 한편으로는 도시 군중의 무정부적이고 대규모적인 흐름을 뜻한다.[2] 보들레르나 벤야민이나 부르주아적 가치에 대해 이데올로기적 반발감을 지니고 있지만 그들 역시 도시의 밝은 불빛과 군중의 세계를 끝내 외면하지 못한다.[3]

흥미로운 것은 이 아이러니 자체를 현대성의 특징이자 '현대예술'의 한 시작점으로 보는 버먼의 관점이다. 전통적 윤리주의자들에게 이 같은 예술가의 대중적인 도시 추구, 세속화란 모종의 정신적 가치에 대한 타락을 의미하는 것처럼 보이며 저속하고 천박하다는 인상과 경멸을 낳을지도 모른다. 그러나 현대적 삶의 양태란 예술가적 가치와 도시적 욕망의 분열이라는 아이러니를 피할 수 없다. 이러한 아이러니가 예술가의 존재론이라는 차원에서 의미심장한 것은, 보들레르의 예에서 잘 드러나듯이 시인이 세속적 삶에 섞여 들어감으로써 예술의 전통적 '아우라'가 탈피될수록 그는 오히려 더 '시적인' 자리에 서게 된다는 사실이다. 보들레르가 현대적 삶에서 발견한 것은 예술적 순수성과 신성함의 아우라는 본질적인 것이 아니라 우연한 것이며, '시적인' 장소는 전통적인 관점에서는 '나쁜 환경', '비시(非詩)적인' 장소에서 나올 수 있다는 사실이다. 거기에서 시인은 순수한 존재가 아니라 자본주의-도시적 삶에 오염된 존재가 되며, 점점 더 일상인이 됨으로써 세속적 욕망을 더 잘 관찰하는 시인이 된다.

한국 현대시에서 가장 먼저 도시를 시의 본격적인 모티프로 포섭한 시인은 이상이었다. 그의 시와 산문에서는 도시가 "십구세기"적 삶에

---

2) "새가 공중에서 날아다니고, 물고기가 물속에서 노는 것처럼 그의 활동 영역은 군중이다. 그의 정열, 그리고 그의 작업은 군중과 한 몸이 되는 것이다" Ch. Baudelaire., 「현대적 삶의 화가」, 박기현 역, 『세계의 문학』 2002, 봄호, 31쪽.
3) M. Berman, 앞의 책, 204~240쪽.

대한 반발심의 발로, 즉 새로운 '문명'을 향한 욕망의 대상인 동시에 공포나 병(病) 등의 이미지로 혼재되어 나타난다. 이 글의 논지와 관련하여 1930년대 경성에서 하쿠라이(舶來)의 한 표상인 백화점[4] 내부를 묘사하고 있는 이상 시의 한 풍경은 의미심장하다. 「建築無限六面角體:AU MAGASIN DE NOUVEAUTES」라는 시에는 풍경의 외부에서 도시의 군중을 관찰하던 화자가 부지불식간에 스스로를 풍경 내부의 시적 대상으로 옮겨놓는 대목이 나온다. 이때 그는 도시적 삶 바깥에 있던 비평적 화자에서 풍경 내부 군중의 일부가 된다.[5] 이상은 그 자신이 시인으로서 당대의 삶을 객관적으로 조감(鳥瞰)하고 비평한다는 차원에서 「조감도(鳥瞰圖)」라는 이름의 시를 쓰기도 했지만, 늘 도시적 삶에 매혹되었던 모더니스트이기도 했다. 이 장면의 진정한 의미는 시인 자신에게도 분명히 인식되지 못했지만, 이것은 더 이상 '현대시인'이 세속화의 건너편에서 시를 쓸 수 없다는 사실에 대한 무의식적 자각이 드러나는 장면이라는 점에서 증후적이다. 시인은 군중의 일부이며, 세속도시의 욕망에 오염된 자다. 버먼의 논리를 따르자면 이것이야말로 '현대시인'의 정체성이자 존재 조건이다.

　이런 점에서 군중적 삶과 파시즘의 정치 현실을 피해 고적한 산수(山水)로 옮겨간 1930년대 후반 이후의 정지용이나, 세속도시의 욕망과 정

---

4) 백화점과 식민지 이데올로기적 환상의 문제에 관해서는 김백영의 책을 참조. 김백영, 『지배와 공간—식민지 도시 경성과 제국 일본』, 문학과지성사, 2009, 493~520쪽.
5) "위에서내려오고밑에서올라가고위에서내려오고밑에서올라간사람은밑에서올라가지아니한위에서내려오지아니한밑에서올라가지아니한위에서내려오지아니한사람. 저여자의下半은저남자의上半에흡사하다.(나는哀憐한邂逅에哀憐하는나)" 이상, 「建築無限六面角體:AU MAGASIN DE NOUVEAUTES」, 『정본 이상 문학 전집 1』, 김주현 편, 소명출판, 2009, 71쪽.(『朝鮮と建築』, 1932.7.)
　현대성 아이러니와 관련하여 이 시를 보다 자세히 해석한 것으로는 함돈균의 논문(「이상 시의 아이러니와 시적 주체의 윤리학」, 고려대 박사학위논문, 2010, 211~216쪽)을 참조.

념을 철저히 제거하고 도시 풍경의 프레임 외부에서 그것의 추상적 관찰자에 머물던 김광균의 '모더니즘'은 지금까지와는 다른 차원에서 논의될 필요가 있어 보인다. 버먼적 관점에서 보자면 이들 시에서 문제적인 것은 시적 풍경을 구축하는 시선의 관장자가 세속도시의 바깥에 있다는 사실이다. 전혀 성격이 다른 계열의 시인들이었던 1920년대의 김소월이나 한용운, 심지어는 시의 사회성·정치성에 가장 민감했던 임화 역시 비슷한 관점에서 논평될 만한 여지가 있다. 이들의 시는 고독한 주체의 정한의 발현이거나 전통적 지식인의 지사적 책무나 소망을 담고 있다. 임화의 시적 주체는 억압된 정치 현실 속에서 강력한 계급적 정념을 발휘하고 있지만, 그 역시 역사의 미래를 선점하고 있으며 현실에서 도덕적·이념적 선(善)을 담보하고 있다고 믿는 '순결한' 주체다. 이 시인들은 세속도시의 군중의 욕망에 오염되지 않은 시인들이라는 점에서 버먼적 의미의 현대성의 아이러니를 가지고 있지 않다.

중요한 것은 이 문제가 역사적 시간 속에 존재하는 시인의 시적 비전과도 밀접한 관련이 있다는 사실이다. 세속도시 내부에서 시를 쓰지만 세속도시의 욕망에 오염되지는 않은 '순결한' 시인들은 세속적 삶의 '바깥'에 서서 역사의 미래를 자신의 이념적 지도 아래 전망하고 그에 따른 시적 비전을 제시하는 일에 상대적으로 수월할 수 있다. 시인을 대변하는 시적 주체는 적어도 무의식적인 차원에서 스스로를 하나의 시적 현실 또는 작가적 현실의 외부에 놓음으로써, 훼손된 현실에 대한 비평적 주체로서 자기 정당성을 주장할 수 있기 때문이다. 임화가 식민치하의 심장부였던 1920년대 종로 네거리에서 '내일'을 확신하고 열정적인 선동시인이 될 수 있었던 것도, 신석정이 1930년대에 '저 먼나라'를 상정할 수 있었던 것도 이런 시적 무의식이 상대적으로 강력하게 작용하고 있었기 때문이다. 그러나 훼손된 풍경을 바라보는 시선의 관장자가 그 풍경 내부의 비평적 대상이 되기도 할 때, 이 비평적 시선의 자기 정당성은 획득되기 어려워지며, 시적 주체의 말의 순수성 역시 훼손된다. 이러한 '현대시인'의 아이러니적 상황에서 현대시 특유의 '비애'와 '죄의식'의 정서가 생겨난다. 이상에게서 기미로서만 드러난 이 현대성의 아이러니와 이에 따른 시적 정서인 비애와 죄의식 자체를 시의 최종 심급으로 삼은 시인이 바로 김수영이다.[6] 이 논문은 이러한 관점으로 김수영의 대표적인 난해시로 알려진 「토끼」, 「백의(白蟻)」, 「수난로(水煖爐)」 등의 시들을 자세히 분석해 봄으로써, 그 시의식이 지닌 현대성의 문제를 해명해보려는 목적을 지닌다.

2. 시의 훼손된 순결성과 알레고리로서의 시

토끼는 입으로 새끼를 뱉으다

토끼는 태어날 때부터
뛰는 훈련을 받는 그러한 운명에 있었다
그는 어미의 입에서 탄생과 동시에 타락을 선고받는 것이다

---

6) 김수영의 시를 현대성의 관점에서 논의하는 방식은 시기적으로 볼 때 대체로 다음과 같은 흐름으로 진행되었다. '김수영은 내용이 없던 한국 모더니즘에 사상성을 부여하였다'(김현승, 「김수영의 시사적 위치와 업적」, 『창작과비평』 1968. 가을호). '김수영은 시적 주제는 자유로서 모더니즘을 하나의 문학적 조류로 이해한 것이 아니라, 세계를 이해하고 관찰하는 정신의 태도로 받아들였다'(김현, 「자유와 꿈」, 김수영 시선, 『거대한 뿌리』, 민음사, 1974). '김수영은 모더니즘의 기교주의에 사회의식을 결합시킨 모더니즘의 위대한 비판자였다'(염무웅, 「김수영론」, 김수영, 『김수영 전집 별권』, 민음사, 1983). '김수영은 전통의 부정을 통해 새로운 전통의 창조자로서 시적 위치를 확고히 했다'(최동호, 「김수영의 문학사적 위치」, 『디지털 문화와 생태시학』, 문학동네, 2000), '김수영은 현대성이라는 선진적 기준을 상정하고 그 기준으로 모든 것을 끌어올리려는 가열한 의지를 보여주었으나, 한국적 후진성과 현대성에 대한 집착을 낳은 근대성 일반에 대해서는 거의 무지했다'(김명인, 『김수영, 근대를 향한 모험』, 소명출판, 2009).

토끼는 앞발이 길고

귀가 크고

눈이 붉고

또는 「이태백이 놀던 달 속에서 방아를 찧고」……

모두 재미있는 현상이지만

그가 입에서 탄생되었다는 것은 또 한번 토끼를 생각하게 한다

(…중략…)

몽매와 연령이 언제 그에게

나타날는지 모르는 까닭에

잠시 그는 별과 또 하나의 것을 쳐다보고 있어야 하는 것이다

또 하나의 것이란 우리의 육안에는 보이지 않는 곡선 같은 것일까

초부(樵夫)의 일하는 소리

바람이 생기는 곳으로

흘러가는 흘러가는 새소리

갈대소리

「올 겨울은 눈이 적어서 토끼가 은거할 곳이 없겠네」

「저기 저 하아얀 것이 무엇입니까」

「불이다 산화(山火)다」

—「토끼」 부분7)

    김수영의 초기시에 해당하는 「토끼」는 그가 쓴 가장 모호한 시들 중에 하나로 흔히 언급된다. 김수영의 모호한 시들이 지닌 특징에는 일정한 공통점이 있는데, 그것은 시인이 시적 대상의 관습적 이미지를 충분

7) 김수영, 『김수영 전집 1』, 민음사, 2003, 26~28쪽(1949). 괄호 속 연도는 해당 시의
    최초 발표 연도.

히 차용하는 동시에 오히려 그 방법을 관습적 의미에서 대상을 이탈시키는 효과적인 방법으로 이용한다는 사실이다. 하지만 그 이탈을 통해 새롭게 규정된 대상의 의미가 무엇인지가 끝내 분명히 드러나지는 않음으로써 해석적 잉여는 여전히 계속된다. "토끼는 앞발이 길고/ 귀가 크고/ 눈이 붉고/ 또는 「이태백이 놀던 달 속에서 방아를 찧고」"라는 언술은 '토끼'에 대한 관습적인 사고를 그대로 적은 것이다. 이 관습적 사고를 그대로 적었기 때문에 "그가 입에서 탄생되었다는 것" "토끼는 입으로 새끼를 뱉으다"라는 언술이 지닌 모호함은 오히려 증폭된다. 이러한 언술방법은 언뜻 보면 시인의 말장난처럼 보이기도 하고, 시적 언술에 모호성을 증폭시킴으로써 의미의 혼란을 초래하는 일처럼 보이지만, 김수영의 의도는 이 모호성의 증폭을 통해 관습적 의미와 새로 발생된 시어 사이에 초래된 의미의 간극과 긴장을 배가하는 일이었던 것으로 보인다. 여기에서 관습적 의미는 새로 생성된 시어의 의미를 위해 도구적으로 소모되는 것이 아니라, 생성된 의미와 관습적 의미 사이의 낙차가 유발되고 있는 현재 삶의 조건이 지닌 의미를 되새기게 한다.

이 시에서 '토끼'의 관습적 표상을 그대로 언급함으로써 독자가 우선 연상하게 되는 것은 '토끼'에 대한 관습적 이미지다. 그것은 토끼에 대한 가장 일반적인 이미지인 토끼는 "하아얀 것"이라는 이미지다. "올 겨울은 눈이 적어서 토끼가 은거할 곳이 없겠네"라는 언술은 겨울과 눈과 토끼의 이미지를 "하아얀 것"으로 등가 치환하기 위한 매개적 언술이라고 볼 수 있다. 관습적 상징에 의거할 때 "하아얀 것"은 '순수' 또는 '순결' 등의 의미와 연결될 수 있다. 그러나 이 관습적 의미는 곧 일탈되고 마는데, 이는 "토끼는 입으로 새끼를 뱉으다" "그가 입에서 탄생되었다는 것은 또 한번 토끼를 생각하게 한다"는 등의 언술 때문이다. 이제 문제는 '입에서 탄생한 토끼'라는 의미의 해명일 것이다. 여기에서 눈여겨볼 것은 "토끼는…… 「이태백이 놀던 달 속에서 방아를 찧고」"라는 언술이다. 이 언술은 표면적인 차원에서 이태백이 놀던 달 속에 들어 있는 옛날 이야기 속의 토끼라는 관습적 의미를 상기시키고 있지만, '입에서 탄생한 토끼'라는 관점을 염두에 두고 읽어보면, 시인인 이태백이 그의 시 속에서 데리고 놀던 토끼라는 뜻으로 읽힌다. 여기서 "입"은 시인의 입이라고 볼 수 있고, 시인의 입에서 탄생한 토끼는 결국 시인의 입에서 탄생하는 말, '시(詩)'라고 읽을 수 있게 되는 것이다. 여기에서 '토끼'의 관습적 표상을 통해 연상되는 "하아얀 것"이라는 언표에 상투적으로 따라붙는 순수·순결 등의 내포적 의미는, 시인의 입에서 탄생한 '시'가 순수하고 순결한 것이라는 관습적 사고에 부합한다. 여기에서 순수하고 순결한 것이 시만이 아니라 그 시를 내뱉은 입, 즉 시인이라는 사실은 두말할 나위가 없다. 시적 화자(시인)가 토끼가 보고 있어야 하는 것으로 "별과 또 하나의 것" "우리의 육안에는 보이지 않는 곡선"을 언급할 때, 이 '별'과 '곡선'을 시가 지향하는 순수한 이상·이념 등으로 해석하는 일은 따라서 자연스럽다.

이 시를 이런 식으로 해석할 때, 이 시에 쓰인 가장 중요한 수사법은 대상의 관습적 표상을 이용하여 그 표상에 부합하는 관습적 의미를 드러내는 '상징(symbol)'이라고 할 수 있다. 그러나 김수영의 이 시는 여기에서 한 번 더 뒤집어야 한다는 점에서 문제적이다. 이 시에서 가장 문제적인 언술은 입에서 탄생한 토끼가 "어미의 입에서 탄생과 동시에 타락을 선고받는 것"이라는 언술이다. 전술한 해석의 논리를 따르면 그것은 곧 시의 타락이며, 궁극적으로 여기에서 타락한 것은 말(시)을 뱉어낸 시인이다. 그것은 "하아얀 것"이어야 할 시가 더 이상 그렇지 않다는 인식을 담고 있다는 점에서 문제적이다. 이 시의 마지막 언술로서 가장 모호한 언술인 "저기 저 하아얀 것이 무엇입니까"라는 질문에 대한 답인 "불이다 산화(山火)다"라는 언술의 뜻은, 그러므로 이러한 맥락에서 읽어야만 할 것으로 보인다. "하아얀 것"이어야 할 "토끼"와

“토끼”가 “은거”하는 ‘눈 덮인 겨울산’은 더 이상 하얗지 않다. 그것은 불타고 있다.[8]

한편 여기서 더 생각해 볼 점은 왜 ‘토끼(시/시인)’가 하필 ‘자연’이 불타는 ‘산화(山火)’의 이미지로 표현되고 있느냐는 것이다. 아마도 이 이미지에는 어떤 자연적인 표상, 즉 기표와 그것에 대한 기의가 하나가 됨으로써 관습적 가치체계의 자기 동일성이 확보되는 일이 이제는 가능하지 않다는 시적 화자의 무의식이 투영되어 있는 것으로 보인다. 이를 수사학적 차원에서 보자면 시어가 ‘상징(symbol)’으로서 작용할 수 있는 언어적 가능성에 대한 시적 회의라고 바꿔 말할 수 있을 것이다. 이렇게 보면 ‘토끼’는 관습적 표상이 관습적 의미와 불일치하는 세계에 대한 아이러니를 드러내고 있는 시어라고 할 수 있고, 이는 시인과 그의 언어가 더 이상 순수한 자기 동일성을 획득할 수 없는 시대에 대한 시적 자각을 드러내고 있는 것이라고 할 수 있다. 하지만 여기서 발생하는 역설은 하얀 눈 속의 토끼가 그 자신을 드러낼 수 있는 까닭은 그것이 하얗지 않기 때문이라는 사실이다. 자연과 하나가 된 언어 속에서 ‘토끼’라는 언표는 자연에 “은거”할 수는 있겠지만, 자연과 구별되는 언표가 될 수는 없을 것이다. 자연과 하나가 된 서정적 언어(‘이태백의 언어’)를 노래하는 것이 전통적 시의 방식이었다면, 훼손된 오늘의 시는 자연과의 어떤 분리 내지는 불화를 드러내는 방식으로밖에 표현될 수 없다. 여기에서 관습적 표상은 새로 생성된 시적 의미와의 낙차를 드러냄으로써, 시어

------

8) 이 글과 비슷한 해석적 시각을 견지하고 있는 것이 황현산이다. 황현산은 “토끼”를 말, 특히 시언어의 특징을 반영한 시어로 보고, 겨울의 눈을 순결한 말이 거주할 수 있는 언어적 환경으로 해석한다. “산화(山火)”는 토끼가 숨을 수 있는 언어적 환경의 타락을 뜻하며, 이 때문에 언어는 분명한 뜻을 전달할 수 없이 끝없이 미끄러지고 붕괴됨으로써 언어의 아이러니에 봉착하고 스스로 해체되는 과정을 반복한다. 황현산은 김수영 시의 난해성의 핵심이 여기에서 비롯된다고 해석한다. 황현산, 「모국어와 시간의 깊이」, 『말과 시간의 깊이』, 문학과지성사, 2002, 433쪽.

자체로 이 시어가 존재하는 '현재(현대)'의 의미를 되새기게 하는 효과를 생산한다. 그러므로 메타시라는 차원에서 보자면, 이 시의 핵심적인 수사법은 '상징'이 아니라 상징의 불가능성 또는 파편성을 드러내는 알레고리(allegory)라고 해석할 수 있을 것이다.[9]

김수영은 자신의 시대를 '현대'라고 규정하면서 "순간이 순간을 죽이는 것이 현대"(「비」)라고 말하기도 하고, "젊음과 늙음이 엇갈리는 순간"(「현대식 교량」)으로 '현대'를 인식하기도 했다. 그때 '현대'의 의미는 대체로 역사적인 체험으로부터 그 자신이 자각하고 이해한 시간의 불연속성이나 교착 상태에 대한 시인의 시대 인식을 담고 있지만, 그러한 문제의식이 언어 자체에 집착하는 시인에게 언어의 가능조건과 관련하여 현시대(현대)의 의미를 탐문하게 하는 것은 자연스러운 행로라고 할 수 있다. 그리고 어떤 방식으로 이 시를 얘기하건 이 시의 핵심이 되는 문제의식은 시인과 시의 "타락"은 오늘의 현실('현대')에서는 불가피하다는 화자의 인식이다.

---

9) 상징(symbol)은 관습적 표상체계를 통해 작동한다. 상징에서는 기표와 기의 간의 의미 연관성에 대한 보편적 동의가 전제되기 때문이다. 이에 반해 알레고리(allegory)는 개인적 차원에서 국지적으로 이루어지는 비유 형식이다. 벤야민은 보들레르 시들을 해석하면서, 그의 시가 관습적 의미체계에 의해 표상된 대상과 그것의 의미 사이의 밀접한 연관성이 깨어진 세계에 대한 문제의식하에 쓰이고 있으며, 그 시의 사물들은 따라서 의미의 유동성을 낳고 미끄러지고 있다고 지적한다. 벤야민은 보들레르의 이런 시작방법을 알레고리라고 규정하였는데, 그는 이를 보들레르에 대한 해석에서 추출할 수 있는 현대성의 가장 중요한 모티프로 보았다. W. Benjamin., 『보들레르의 작품에 나타난 제2제정기의 파리 · 보들레르의 몇 가지 모티프에 관하여』, 김영옥 · 황현산 역, 길, 2010 참조: 한편 조강석은 폴드만과 벤야민의 알레고리론을 참조하여, 김수영의 작가적 상황이 현실부정과 자기부정이라는 이중구속에 속해 있었으며, 그의 알레고리론은 이 이중구속 상황을 해명하고 타개해 나가는 가장 중요한 방법론이었다는 해석을 하고 있다. 조강석, 「비화해적 가상으로서의 김수영과 김춘수 시학 연구」, 연세대 박사학위논문, 2008.

3. 타락한 시대와 공모하는 시인

시인과 그로부터 배태되는 오늘날 시의 운명을 타락한 것으로 보는 「토끼」와 같은 김수영의 시적 인식을 형이상학적인 차원에서 비롯된 것이라고 할 수는 없다. 그것은 일차적으로는 일제시대에 태어나 해방 전후의 혼란과 한국전쟁의 와중에 반공포로가 된 개인적 경험, 외세에 의한 분단 상황과 이승만 독재, 4·19혁명, 5·16군사 쿠데타 등의 파란만장한 정치적 체험을 겪으며 거기에서 무력감을 느끼면서도 목숨을 부지하기 위해 몸부림치며 살 수밖에 없었던 데에서 오는 한 개인의 좌절감, 더불어 서구문명과 자본주의가 급속도로 침투해 들어오면서 삶의 모든 공간이 도시적인 것으로 급히 재편되는 상황에서 가난한 시인과 생활인으로서의 욕망 사이에서 갈등을 겪었던 이의 열패감과 지식인의 자의식이 뒤범벅된 것이었다.[10] 그의 시에서 자주 나타나는 '설움', '수치', '부끄러움', '도시의 피로' 등의 시어는 이러한 자의식의 산물로서, 타락한 삶의 현실과 그 현실 간의 공모를 끊을 수 없는 자의 비애와 죄의식을 드러낸다. 김수영에게서 타락한 역사의 현실은 타락한 개인의 그것과 다른 것이 아니었으며, 여기에서 그 현실을 조망하고 묘사하는 시인의 자리는 바로 그 개인의 자리에 있었다. 그의 시에서 시인을 대변하는 시적 화자는 그 자신이 타락한 현실과 내통하는 세속도시의 생활인이다. 연구자들에게 김수영의 대표적인 난해시 중 하나로 지목되어온 「백의(白蟻)」는 그동안 자세한 분석이 회피되어온 감마저 들지만, 김수영 시의 이러한 숨은 자의식을 엿볼 수 있는 중요한 시라는 점에서 좀 더 정치한 분석이 요구된다.

---

10) 김명인, 앞의 책, 41~76쪽.

내가 비로소 여유를 갖게 된 것은

거리에서와 마찬가지로 집안에 있어서도 저 무시무시한 백의(白蟻)를 보

기 시작한 때부터이었다

백의는 자동식 문명의 천재이었기 때문에 그의 소유주에게는

일언의 약속도 없이 제가 갈 길을 자유자재로 찾아다니었다

그는 나같이 몸이 약하지 않은 점에 주요한 원인이 있겠지만

뇌신(雷神)보다 더 사나웁게 사람들을 울리고

뮤즈보다도 더 부드럽게 사람들의 상처를 쓰다듬어준다.

질책의 권리를 주면서 질책의 행동을 주지 않고

어떤 나라의 지폐보다도 신용은 있으나

신체가 너무 왜소한 까닭에 사람들의 눈에 띄지 않는다

고대 형이상학자들은 그를 보고 「양극의 합치」라든가 혹은 「거대한 희열」

이라고 부르고 있었지만

19세기 시인들은 그를 보고 「도피의 왕자」 혹은 단순히 「여유」라고 불렀다

그는 남미의 어느 면공업자의 서자로 태어나서

나이아가라 강변에서 수도공사에 정신(挺身)하고 있었다 하며

그의 모친은 희랍인이라고 한다

양안(養眼)이 모두 담홍색을 하고 있는 것으로 보아

그가 오랜 세월을 암야(暗夜) 속에서 살고 있었던 것만은 확실하다고 나는

생각한다

나의 맏누이동생이 그를 「허니」라고 부르고 있는 것이 아니꼬워서

내가 어느 날 그에게 「마신(魔神)」이라는 별명을 붙였더니

그는 대뜸

「오빠는 어머니보다도 더 완고하다」고 하면서

나를 도리어 꾸짖는 척한다.

(그가 나를 진심으로 꾸짖지 않았다는 것을 나는 그의 은근하고 매혹적인

표정에서 능히 감독할 수 있었다)

   ─ 비참한 것은 백의이다

그는 한국에 수입되어 가지고 완전한 고아가 되었고

거리에 흩어진 월간 대중잡지 위에 매월 그의 사진이 게재되어 왔을 뿐만

아니라

　　(…중략…)

　　그러나 바로 어저께 내가 오래간만에 거리에 나가니
　　나의 친구들은 모조리 나를 회피하는 눈치이었다
　　그중의 어느 시인은 다음과 같이 나에게 욕을 하였다.
　　「더러운 자식 너는 백의와 간통하였다지? 너는 오늘부터 시인이 아니
다…….」
　　─ 백의의 비극은 그가 현대의 경제학을 등한히 하였을 때에서 시작되었던
것이다

─「백의(白蟻)」 부분11)

　　분량이 매우 긴 텍스트인 「백의」에서 시인은 그 긴 분량을 시의 난해성을 증폭시키는 방법으로 활용하는 것처럼 보인다. 시적 화자는 '백의'에 대해서 상당한 시적 에피소드들을 쏟아놓지만, 이 에피소드들을 통해 유추되는 '백의(白蟻)'라고 하는 시적 대상은 실제 '흰개미'와는 아무런 관련이 없어 보이기 때문이다. 시의 언술들은 시적 대상을 이해하기 위한 정보를 제공하는 것이 아니라 오히려 이 대상을 더욱 더 정체불명의 어떤 것으로 만들어 놓는다. 또 「토끼」에서 시적 대상을 묘사하기 위해 '토끼'의 관습적 이미지들이 차용되었던 것과는 달리, 이 시에서는 아예 '백의'에 대한 최소한의 관습적 표상조차도 채택되지 않는다는 점도 이 시의 난해성을 증폭시키는 데에 한몫을 하고 있다. 그런데 이러한 시작방식에는 나름의 이유가 있는 것으로 보인다. 시 전체의 흐름에서 볼 때 '백의'라고 하는 대상 자체가 우리에게 관습적 표상을 허용하지 않는 낯선 사물이기 때문이다. 이 시의 문맥에 따르면 "백의"는 "모친은 희랍인"이고 "남미의 어느 면공업자의 서자로 태어"났으며, "나이아가

---

11) 김수영, 앞의 책, 119~121쪽(1956).

라 강변에서 수도공사에 정신”하고 있고 “양안(兩眼)이 모두 담홍색을 하고 있는 것으로 보아” 최소한 이 땅에 본래 있었던 존재가 아닌 것으로 보인다. 시적 화자가 이 대상을 ‘흰개미’라고 표현하지 않고, 언표의 발성 자체로 독자로 하여금 수상함을 유발하게 하는 ‘백의’라는 낯선 언표를 사용하는 것도 이 때문이다.

이 긴 시를 어떻게 읽는다 하더라도 ‘백의’가 무엇인지 그 정체를 분명히 밝히는 일은 불가능해 보인다. 하지만 역설적으로 볼 때 이 정체불명의 대상이 끝까지 그 실체가 밝혀지지 않는 것이 이 시의 창작의도에 부합하는 것이라고 볼 수도 있을 것이다. 김수영의 의도는 대상에 대한 명확한 의미 규정이었다기보다는, 당대적 삶에 갑작스럽게 침투하고 확산되어 “어느 틈에 우리 가정의 내부에까지 침입하여 들어”온 어떤 낯선 대상(현상)의 수상함에 대해 의문을 제기하고, 확산되는 이 낯선 것만큼이나 이를 마주하고 있는 우리의 질문 역시 지속적으로 증폭되기를 원했던 것으로 보이기 때문이다. 그렇다 하더라도 이 시에서 “백의”의 의미를 전혀 짐작할 수 없는 것은 아니다. 전술한 난해성과 관련한 시인의 의도를 염두에 두면서도 ‘백의’의 의미를 다음과 같은 수준에서 해석해 볼 수는 있다고 생각된다.

첫째, “백의”는 본래 이 땅에 있던 것이 아닌 것으로 추정된다. “모친은 희랍인”이고 “양안(兩眼)이 모두 담홍색을 하고 있는 것”이며 “한국에 수입되어” 왔다는 것으로 미루어 짐작하건대, “백의”의 기원은 이 땅 ‘바깥’에 있는 것으로 보인다. 둘째, “거리에서와 마찬가지로 집안에 있어서도 저 무시무시한 백의(白蟻)를 보기 시작”하고, “어느 틈에 우리 가정의 내부에까지 침입하여 들어와” 있다는 것으로 미루어, 그것은 김수영의 시대에 급격히 확산되고 공격적으로 침투하고 있는 어떤 상황과 관련이 있는 것으로 짐작된다. 셋째, 이러한 논거하에 “백의는 자동식 문명의 천재이었기 때문에 그의 소유주에게는 일언의 약속도 없이 제가 갈 길을 자유자재로 찾아다니었다"는 언술의 의미는 다음처럼 추측된다. "백의는 자동식 문명의 천재"라는 언술은 "백의"가 "문명"과 밀접한 관련이 있다는 뜻이고, 이 "문명"이 "자동식 문명"이라면 이 "문명"의 성격은 과학기술과 같은 현대문명일 가능성이 크다. 또 "백의"의 "양안(兩眼)이 모두 담홍색"이라는 언술에 근거한다면 이 현대문명은 서구의 것일 거라는 추측이 가능해진다. 문명의 속성이 그것이 최초에 누구에 의해 만들어졌는가와 상관없이 일단 만들어지면 국경을 초월하여 급속도로 전파되고 공격적으로 확산되며, 특히 서구 현대문명의 급속한 확산 상황이 1950년대 김수영의 작가적 상황이기도 하다는 점을 감안할 때, "그의 소유주에게는 일언의 약속도 없이 제가 갈 길을 자유자재로 찾아다니었다"는 언술은 이 추측에 부합하는 언술처럼 보인다. 더불어 여기서 "백의"라는 정체불명의 대상이 지닌 '자연적' 속성을 비로소 떠올릴 수도 있는데, 이는 "그의 소유주에게는 일언의 약속도 없이 제가 갈 길을 찾아다니"는 것이 어디에나 퍼져나가고 침투하는 개미떼 즉, "백의"의 본성일 수 있기 때문이다. 그런데 이것을 굳이 "백의"라는 낯선 대상을 가지고 이야기한 것은, 개미는 본래 검은 것이어서 '흰개미'는 이 땅에서 볼 수 없는 개미이기 때문일 것이다. 이런 점에서 "백의"라는 정체불명의 시어에는 서구 현대문명이라는 외래의 것이 급속도로 침투·확산되고 있으나, 아직 그것의 실체를 정확히 판단할 수는 없다는 시적 화자의 의구심과 불안이 내포되어 있다고 볼 수 있다.

넷째, "뇌신(雷神)보다 더 사나웁게 사람들을 울리"고, "뮤즈보다도 더 부드럽게 사람들의 상처를 쓰다듬어준다"는 측면에서 "백의"는 수용의 효과나 반응의 측면에서 양가성을 띠고 있는 어떤 것으로 보인다. 하지만 이 문맥은 김수영 시의 특기인 화법의 아이러니를 고려할 때, 아이러니컬한 맥락으로 읽을 여지가 더 많아 보인다. 그렇게 읽을 때 "백의"는 이데올로기적인 대상일 가능성이 많으며, 인용한 언술의 실제 내용은 "뮤즈보다도 더 부드럽게 사람들의 상처를 쓰다듬어" 주는 것처럼 보이나, 실제 그것은 "뇌신(雷神)보다 더 사나웁게 사람들을 울리"는 존재라는 의미로 읽힌다. 다섯째, 이렇게 이 언술을 해석하게 되면, 그 다음의 언술인 "어떤 나라의 지폐보다도 신용은 있으나/ 신체가 너무 왜소한 까닭에 사람들의 눈에 띄지를 않는다"라는 언술은 자연스럽게 "백의"라는 정체불명의 존재가 지닌 이데올로기적 성격을 강조하는 언술로 읽을 수 있게 된다. "지폐보다도 신용은 있"다는 언술은 이데올로기의 강력한 효과를, "신체가 너무 왜소한 까닭에 사람들의 눈에 띄지를 않는다"는 것은 '환상'을 유발하되 사람들로 하여금 그것을 살아 있는 실제 현실로 받아들이게 하는 이데올로기의 은폐성을 야유하는 언술로 읽을 수 있기 때문이다.

여섯째, 이러한 해석에 근거할 때, 주목되는 언술이 "나의 맏이동생이 그를 「허니」라고 부르고 있는 것이 아니꼬워서/ 내가 어느 날 그에게 「마신(魔神)」이라는 별명을 붙였더니"라는 언술이다. 그것은 "백의"가 수용자의 측면에서 다르게 받아들여지는 양가성을 드러내는 에피소드인 동시에, '나'의 입장에서는 '백의'가 이데올로기적인 대상으로 자각되고 있음을 분명히 드러내는 비판적 에피소드다. 여기서 특별히 눈에 띄는 사실은 화자의 누이동생이 "백의"를 하필이면 "허니"라고 부르고 있다는 사실이다. 그것은 "백의"가 누이동생에게 명백한 이데올로기적 효과를 발휘하고 있다는 뜻인 동시에 "허니"(Honey)라는 영문 언표를 통해 이 대상이 서구, 특히 미국에 기원을 두고 있는 문화 또는 문명이라는 사실을 암시하는 듯이 보인다. 이는 세계체제 내에서 미소의 대리 전쟁으로 불리는 한국전쟁이 발발했다가 휴전되고 분단 상황이 고착화될 기미가 나타나는 1950년대의 남한의 역사적 상황, 그리고 이 상황 자체를 중요한 작가적 상황으로 인식하고 있었던 김수영의 작가 인식과 결부지어 볼 때에도 자연스러운 해석처럼 보인다.[12] 그런 점에서 "백의", 즉 '흰개미'라는 언표의 이미지는 이 지점에서 어느 정도 해석의 실마리를 찾게 되는 것으로 보인다. 서구 문명의 표상, 외국에서 들어온 '흰개미'란 '하얀 얼굴'을 한 '허니', 즉 분단체제하에 또 하나의 외세 정치권력이자 서구 문화·문명의 표상으로서의 '미국'을 함축하는 표상이라고 해석될 수 있기 때문이다. 일곱째, 이러한 해석을 감안하여 이 시의 가장 마지막 언술인 "— 백의의 비극은 그가 현대의 경제학을 등한히 하였을 때에서부터 시작되었던 것이다"를 다음과 같은 의미로 해석할 수도 있을 것이다. 이 언술에서 "백의"는 '백의(白蟻)'이자 우리 민족을 상징하는 표상인 '백의(白衣)'의 의미를 중의적으로 갖고 있는 언표일 가능성이 높다는 것이다. "거리에서와 마찬가지로 집안에 있어서도 저

---

12) 김수영은 「아침의 유혹」(1949)에서 'UN위원단'의 서울 방문을 계기로 분단 상황이 해소되기를 바라는 바람을 피력하고 있고, 「헬리콥터」(1955)에서는 전쟁과 더불어 들어온 서구 문명의 기제인 '헬리콥터'를 보면서 우리의 전통적인 것과 서구 문명 사이에 벌어지고 있는 긴장 상태를 조망하고 있으며, 「네이팜탄」(1955)에서 미국에서 새로 발명된 유도탄을 시적 매개로 삼아 자신의 시대를 "과거와 미래와 오류와 혈액들이 모두 바쁘"게 뒤섞여 있는 시대로 규정한다. 「이(虱)」(1947)에서 전통적 가치와 역사는 "도립(倒立)"해 있는 것으로 인식되었지만, 「거대한 뿌리」(1964)에서 "전통은 아무리 더러운 전통이라도 좋다"라고 긍정되었고, 일체의 외래적인 가치에 대한 경도는 외세에 기생하는 식민주의적 근성에 불과하다는 정치적 각성이 촉발되기도 하였다("비숍 여사와 연애를 하고 있는 동안에는 진보주의자와 / 사회주의자는 네에미 씹이다 통일도 중립도 개좆이다/ 은밀도 심오도 학구도 체면도 인습도 치안국/ 으로 가라 동양척식주식회사, 일본영사관, 대한민국 관리/ 아이스크림은 미국놈 좆대강이나 빨아라 그러나/ 요강, 망건, 장죽, 종묘상, 장전, 구리개 약방, 신전,/ 피혁점, 곰보, 애꾸, 애 못 낳는 여자, 무식쟁이,/ 이 모든 반동이 좋다"). 그러나 김수영의 시적 전환이 진행되는 동안에도 여전히 변하지 않는 것은 김수영이 체질적으로는 철저히 '모더니스트'였다는 사실이다. 「VOGUE야」(1967)라는 시에서 김수영은 'VOGUE'라는 잡지를 "밑바닥만을 보아온, 빈곤에 마비된 눈에/ 하늘을 가리켜주는 잡지"로 인식하고 있으며, 이 잡지가 표상하는 어떤 문명의 수준에 이르지 못한 우리의 현실에 절망하면서도, 그것에 절망하고 있는 스스로의 모습 자체에 자의식을 갖는 아이러니컬한 상황을 보여주고 있다.

무시무시한 백의(白蟻)를 보기 시작"하고, "마신(魔神)"인 '백의'를 "허니"라고 부르게 되는 이 땅의 상황은 곧 '백의(白衣)'가 '백의(白蟻)'로 변질되어 가는 상황일 수 있기 때문이다. 이런 점에서 '백의(白衣)'와 '백의(白蟻)'는 공모하고 있으며 나아가서는 점점 구별되지도 않는다. 그런데 화자가 보기에 이러한 상황은, 즉 "백의의 비극"은 세계체제 내에서 당대를 사는 우리 민족인 '백의(白衣)'가 "현대의 경제학을 등한히 하였을 때에서부터 시작되었던 것이다". 시인이 보기에 정치·경제·군사·문화적으로 우리 민족이 외세에 겁박되고 종속되어 있는 비극적 상황은 "현대의 경제학", 자본주의라는 현대체제에 적응하지 못한 결과라는 것이다. 그러므로 이러한 해석이 가능하다면 '백의'라는 언표는 김수영이 심각한 작가적 상황으로 인식하고 있었던 1950년대의 역사적 상황과 그것에 대한 작가적 판단과 심리가 복잡하게 얽힌 문제적인 시어일 가능성이 높다.

하지만 이 언표가 지닌 함의는 여기에 그치지 않는다. 이 논문의 문제의식과 관련지어 이 언표의 문제성이 가장 적나라하게 드러나는 대목은 "더러운 자식 너는 백의와 간통하였다지? 너는 오늘부터 시인이 아니다……"라는 마지막 부분의 언술이다. 이것은 지금까지 해석되었던 이 시의 언술들에 대한 반전인 동시에, 김수영 시의 특유의 아이러니를 극적인 형식으로 드러내는 대목이기도 하다. 지금까지 이 시의 전반에서 시적 화자에게 "백의"는 수상쩍은 대상이었고, 반어적 화법이 동원되기는 하였지만 그것은 최소한 긍정의 대상일 수는 없는 어떤 것이었다. "백의"를 "허니"라고 부르는 맏누이동생에 대해 그를 힐난하면서 화자가 그것을 "「마신(魔神)」이라는 별명을 붙"이는 대목은 "백의"에 대한 화자의 시선을 단적으로 드러내고 있다. 그러나 실상 그것은 "어느 틈에 우리 가정의 내부에까지 침입하여 들어와" 있었고, '나'는 이미 "백의와 간통하"고 있었다. "백의"를 정치적 차원에서 외세로 보든 문명 비평적 차원에서 서구 문화로 보든 간에, 이미 "자동식 문명"이 대세가 되고 있는 시기에 "제가 갈 길을 자유자재로 찾아다니"는 "백의"와는 누구든 "간통"하는 일이 불가피하며 그 상황에서 시인도 예외가 될 수 없다.[13] 시인은 지금까지 그 풍경을 풍경의 프레임 바깥에서 비평하고 있었지만 실은 시인 자신이 그 풍경의 내부에 속해 있었음을 마지막 부분에서 '자각'하게 되는 것이다. 비평의 주체와 비평의 대상은 구분되지 않는다. 비평적 주체는 타락한 시대만큼이나 오염되었으며, 그의 신체와 언어는 순결하지 못하다.

우리가 김수영의 시들에서 읽어내야 하는 '현대성'이 있다면, 그것은 그 언술의 주체(시적 화자)가 내용의 차원에서 규정하고 있는 현대성에 관한 무엇이라기보다는, 문명과 역사의 비평적 주체로서 시인이 마주한 이 자가당착적 상황이 지닌 아이러니이다. 김수영의 시에 이르러 '현대시'의 주체는 풍경의 바깥이 아니라 풍경 내부의 대상이 된다. 이상의 시에서 일단의 기미로만 증후적으로 나타났던 풍경과 공모하는 시선의 주체는 김수영에 와서는 그 자체가 시의 본격적인 모티프로 수용된다. 김수영의 시에서 시인과 시의 언어에 대한 전통적인 아우라는 완전히 사라지게 된다고 할 수 있는데, 다른 식으로 말해 김수영에 이르러 한국 시는 '비(非)시적인' 자리 자체를 비로소 온전히 '시적인' 자리로 삼는 '현대성'의 새로운 전기를 마련하게 된 것이라고 평가할 수 있다.

이러한 문제의식하에 김수영의 「거대한 뿌리」를 좀 더 급진적으로 읽

---

13) 황현산은 '백의'를 영어 'Back'의 편으로 볼 수 있다는 가능성을 제기하면서, 이 대상이 '부패한 정실'이라는 정치적 악덕으로 해석될 수 있다는 점을 지적하지만, 궁극적으로는 이 악덕이 개별적인 악이라기보다는 어떤 보편적 악덕에 대한 암시일 것이라고 해석한다. 한편 황현산 역시 이 시의 문제의식에서 중요한 것으로 보는 것은 이 보편적 악덕으로부터 가난한 시인도 벗어날 수 없다는 오염된 시인으로서의 자의식이다. 황현산, 앞의 글, 431쪽.

는다면, 시인이 그 시에서 "진창은 아무리 더러운 진창이라도 좋다"고 말할 때 그 진창에서 뒹굴고 있는 것은 "더러운 역사"만이 아닐 것이다. 여기에는 시인 자신이 그 '더러운 역사'에 포함되어 있으며 더러운 역사 그 자체라는 인식이 녹아 있다고 보아야 한다. 「거대한 뿌리」를 비롯하여 그의 시에서 일상어의 일반적 용례보다 더 비속한 언어들이 돌출하는 것은 이러한 시적 인식의 논리적 귀결이자 방법론으로 이해될 필요가 있다. 오염된 세계 내부에 거주할 수밖에 없는 시인에게서 시인의 언어 또한 오염이 불가피하기 때문이다. 「토끼」에서 시의 화자는 그것을 "불이다 산화(山火)다"라고 표현한다. 문학어와 일상어, 시의 언어와 비속어 사이에 놓인 완강한 구별과 선입관을 무너뜨리고 시의 언어를 크게 확장시킨 데에 김수영이 우리 시에 기여한 큰 공로가 있다고 평가할 때, 여기에서 강조되어야 할 것은 그것이 단지 언어적 방법론이 아니라 이러한 현대성의 아이러니와 연결되어 있다는 사실이다. 버먼적 관점에서 볼 때, 오염된 주체만이 오염된 세계를 오염된 언어로 논평할 수 있기 때문이다. 그것은 궁극적으로 '현대 시인'의 근본적인 작가적 상황인 동시에 '현대시'의 조건이다.[14]

---

14) 김수영의 시에서 자기 기만과 소시민적 삶에 대한 시인의 자의식이 그 시의 주요 모티프가 된다는 사실은 연구자들에게 주지의 사실이 되어 있다. 「성(性)」(1968)에서 나타나는 육체에 스며든 자기 기만에 대한 죄의식이나, 「어느 날 고궁을 나오면서」(1965) 같은 시에서 나타나는 소시민의식에 대한 자각 등은 대표적이다("왜 나는 조그마한 일에만 분개하는가/ 저 왕궁 대신에 왕궁의 음탕 대신에/ 50원짜리 갈비가 기름덩어리만 나왔다고 분개하고/ 옹졸하게 분개하고 설렁탕집 돼지 같은 주인년한테 욕을 하고/ 옹졸하게 욕을 하고"). 「구름의 파수병」(1956)에서 시인은 "외양만이라도 남과 같이 살아간다는 것이 이다지도 쑥스러울 수가 있을까" 하고 자문한다. 중요한 것은 이러한 김수영 시의 자의식을 시인의 개인적 차원의 특징으로 이해하는 것을 넘어, 이것이 '현대 시인'의 근본적인 작가적 상황이며, 훼손되지 않은 순수한 차원의 시적 주체란 '현대시'에서는 더 이상 불가능하다는 사실에 대한 '형식적' 자각을 보여주는 일이라는 사실이다. 그렇다면 김수영의 시론인 '온몸의 시학'도 이런 차원에서 이해될 필요가 있다. '온몸의 시학'을 이해하는 데에서 가장 넌센스

4. 비시(非詩)적인 자리에서 출발하는 '현대시'

그러나 김수영은 오염된 시인과 언어라는 작가적 상황을 단지 시적
주체의 죄의식을 양산하는 시의 배경으로 삼는 데 머물지 않았다. 그는
'생활의 타락'에 몸을 담그며 사는 시인의 현실과 욕망을 인정하면서도
결코 스스로에게 면죄부를 주지 않았으며, 동시에 그 상황 자체를 시적
실천의 가장 중요한 조건으로 인식하고 시의 모험을 감행해 나갔다.

> 물에 빠지지 않기 위한
> 생활이 비겁하다고 경멸하지 말아라
> 뮤즈여
> 나는 공리적인 인간이 아니다
> 내가 괴로워하기보다도
> 남이 괴로워하는 양을 보기 위하여서도
> 나에게는 약간의 경박성이 필요한 것이다
> 지혜의 왕자처럼
> 눈 하나 까딱하지 아니하고
> 도사리고 앉아서
> 나의 원죄와 회한을 생각하기 전에
> 너의 생리부터 해부하여 보아야겠다
> 뮤즈여
>
> 클라크 게이블
> 그리고 너절한 대중잡지

적인 것은 이 시학을 '순결의' 시학으로 이해하는 일이다. 훼손된 역사의 한복판과
욕망의 진창에서 뒹구는 시인은 선지자도 순결한 지식인도 아니다. 시인의 언어 역
시 훼손되었으며, 그 자신이 소시민이자 일상인이다. 그럼에도 불구하고 시인은 순
결한 지향을 포기하지는 못한다. '온몸의 시학'은 이 시인의 지향과 삶의 실제 사이
에 벌어진 절단의 흔적, 심리적 동요의 과정을 온몸으로 정직하게 적는 것이며, 김
수영에 이르러 이것은 이제 '현대 시인'의 길이 된다.

타락한 오늘을 위하여서는
내가 「오늘」보다도 더 깊이 떨어져야 할 것이다

(…중략…)

뮤즈여
시인이 시의 뒤를 따라가기에는 싫증이 났단다
고갱, 녹턴 그리고
물새

모두 다 같이 나가는 지평선의 대열
뮤즈는 조금쯤 걸음을 멈추고
서정시인은 조금만 더 속보로 가라
그러면 대열은 일자가 된다

사과와 수첩과 담배와 같이
인간들이 걸어간다
뮤즈여
앞장을 서지 마라
그리고 너의 노래의 음계를 조금만
낮추어라
오늘의 우울을 위하여
오늘의 경박을 위하여

— 「바뀌어진 지평선」 부분[15]

이 시에서 화자인 '나'는 전통적인 시의 이상을 뜻하는 "뮤즈"와 "타락한 오늘" 사이의 간극을 인식하면서, 오늘날의 시의 아우라가 전통적인 미의 이상으로부터 출현할 수 없음을 인정한다. 그것은 "시인이 시의 뒤를 따라가기에는 싫증이" 난 현실, 즉 오늘날의 시인이 더 이상 선험적인

15) 김수영, 앞의 책, 104~108쪽(1956).

미의 이상으로서 "뮤즈"를 쫓아갈 수 없는 현실 속에 존재함을 뜻한다. "타락한 오늘을 위하여서는" 그 현실에 지평선을 맞추려는 시선의 조정과 실존의 정직한 감각이 필요하기 때문이다. 그런 차원에서 "물에 빠지지 않기 위한/ 생활"은 꼭 비겁한 것이라고만 할 수는 없다. 시인으로서 '나'라는 존재 자체가 "뮤즈"의 위치에 서 있는 "공리적인 인간이 아"닐 뿐만 아니라, "남이 괴로워하는 양을 보기 위하여서도/ 나에게는 약간의 경박성이 필요"하기 때문이다. 마치 보들레르의 '현대 예술가'가 군중의 흐름에 몸을 맡기면서 군중의 일부가 될 때만이 군중을 가장 정확히 묘사할 수 있는 자가 되고 그 자리에서만이 '현대 시인'이 될 수 있는 것처럼, 이 시에서 시인을 대변하는 화자인 "나에게도 약간의 경박성이 필요"하게 되는 것이다. 오히려 "클라크 게이블/ 그리고 너절한 대중잡지"로 대변되는 서구적 도시 문명의 욕망 내부에서 그 "타락한 오늘"을 정확히 묘사하기 위해서라도 "내가 〈오늘〉보다 더 깊이 떨어져야 할 것이다". 오늘의 현실에 있어 시인은 더 이상 "지혜의 왕처럼/ 눈 하나 까딱하지 아니하고/ 도사리고 앉"아 있을 수 있는 존재가 아니다. 그러므로 "뮤즈"인 "너의 생리부터 해부하여 보아야겠다"는 '나'의 다짐은, 전통적인 시의 아우라가 사라질 수밖에 없는 미적 현실에 대한 화자의 시의식을 담고 있는 동시에 오늘의 현실에 있어서의 시, 즉 '현대시'의 정체성에 대한 미적 탐구를 본격적으로 개시해보겠다는 의지라고 해석할 수 있을 것이다.[16]

인용이 생략된 이 시의 일부에서 "아름다움은 어제부터 출발하고/ 너의

---

16) 김수영의 시론에 대한 다음 연구는 현대성 또는 '현대시'의 문제와 관련하여 이 시를 이해하는 데에도 시사하는 바가 있다; "김수영에 있어서 시의 현대성이란 결국 시인이 얼마나 정직하게 당대의 현실을 고민하고 표현했는가의 문제가 된다. 전래의 형식과 정서에 매몰되어 변화된 현대의 삶을 담아내지 못하는 전통적인 서정시는 물론이고, 형식 실험에 골몰한 텅빈 포오즈의 시나 관념성에 매몰된 정치의식 과잉의 시 등은 모두 진정한 현대성과는 큰 거리를 갖는 것이다." 황정산, 「김수영 시론의 두 지향」, 『김수영』, 황정산 편, 새미, 2002, 135~136쪽.

육체는 오늘부터 출발하게 되는 것이다"라는 언술도 그러한 맥락으로 읽을 수 있다. 그것은 시적인 것으로서의 미의 이상은 전통적인 데에서 출발했으나, 그 실제 형상은 오늘의 현실이 처한 구체적 조건 속에서 새롭게 출발하는 것일 수밖에 없다는 자각을 담고 있다. 김수영에게 있어 이 오늘의 현실은 "타락한 현실"이었다. 따라서 선험적인 차원의 미의 이상인 "뮤즈"는 "타락한 현실"의 자리로 내려와 "노래의 음계를 조금만/ 낮추어"야 하며, 세속세계의 바깥에 있던 전통적 "서정시인"들 역시 그 혼탁한 자리에서부터 다시 출발해야 한다. "뮤즈는 조금쯤 걸음을 멈추고/ 서정시인은 조금만 더 속보로 가라"는 언술은 이런 뜻을 담고 있다. 이 자리에서 '현대시'는 "사과와 수첩과 담배와 같이/ 인간들이 걸어"가는 모습을 묘사할 수 있게 될 것이다. 그것은 '현대시'가 전통적인 아우라와 선험적인 차원의 고전적 미의 이상이 사라지는 '비시적인' 자리에서, 역사와 현실의 교착 상태, 그리고 우울과 비애와 죄의식과 같은 현대성의 아이러니가 배태하는 정서와 우연성의 기반 위에서 출현할 수밖에 없다는 시적 인식을 드러낸다.[17] 다시 버먼적 관점에서 보자면, 이 자리에서 "오늘부터 출발하"는 현대시의 "육체"란 모두 군중 속의 일부이다. 김수영의 다른 시를 빌려 말한다면 "오늘의 우울"과 "오늘의 경박을 위하여" "뮤즈"와 "서정시인"은 모두 "더러운 진창"(「거대한 뿌리」, 1964)에서 뒹굴 수밖에 없는 것이다.[18]

---

17) 이 구절에서 "사과"는 그리스 신화에서 불화의 여신 에리스가 건 내기, 즉 가장 아름다운 여신에게 황금사과를 주겠다고 하여, 파리스로 하여금 미의 여신을 선택하게 한 신화적 사건에서 모티프를 가지고 온 것으로 보인다. '뮤즈'는 전 그리스 신화에 나오는 예술과 미의 여신을 뜻한다는 점에서 "사과"는 전통적 미의 이상을, "수첩"은 현실과 역사의 기록을, "담배"는 현실과 역사의 교착 상태나 우울을 뜻하는 것으로 해석될 수 있을 것이다.

18) 김수영의 이러한 시적 인식은 프랑스 혁명의 반동적 회귀라는 역사의 실패를 목격한 후에 시인이었던 횔덜린과 철학자였던 헤겔의 서로 다른 선택에 대한 지젝의 해석을 연상하게 하는 바가 있다. 횔덜린에게 '궁핍한 시대의 시인'은 과거에 존재했으나 지금은 사라진 신의 시대에 아직 도래하지 않은 신을 기다리는 시인이다.

5. 어둠의 긍정과 '현대 시인'의 길

그렇다면 오염된 풍경의 내부에 속해 있음으로 인해 풍경 전체를 조망할 수 있는 지도를 가지기도 어렵고, 현재 시간 너머의 이상적 좌표를 상정할 수도 없는 시적 주체가 타락한 현실과는 다른 새로운 풍경을 바라고 예감하는 일은 어떻게 가능할까. 김수영은 비슷한 시기에 쓴 한 시에서 이 질문을 다음과 같은 방식으로 제기하고 있다.

> 고통의 영사판(映寫板) 뒤에 서서
> 어룽대며 변하여 가는 찬란한 현실을 잡으려고
> 나는 어떠한 몸짓을 하여야 되는가
>
> 하기는 현실이 고귀한 것이 아니라
> 영사판을 받치고 있는 주야를 가리지 않는 어둠이
> 표면에 비치는 현실보다 한치쯤은 더
> 소중하고 신성하기도 한 것인지 모르지만
>
> (…중략…)
>
> 영사판 위의 모오든 검은 현실이 저마다 색깔을 입고
> 이미 멀리 달아나버린 비둘기의 두 눈동자에까지
> 붉은 광채가 떠오르는 것을 보다
>
> ― 「영사판」 부분[19]

휠덜린이 여전히 이 자리에서 신의 도래를 기다렸던 반면, 헤겔은 프랑스 혁명의 반동과 실패를 통해 '십자가 위의 장미'를 인식하게 된다. 역사의 반동은 단지 역사의 실패를 의미하는 것이 아니라, 그 반동의 과정 자체가 역사다. 중요한 것은 역사의 반동을 괴로워하는 것이 아니라, 역사 내부에 침투해 있는 반동성, 적대(antagonism) 자체를 역사의 조건이자 본질로 인식하는 일이다. S. Žižek., 『시차적 관점』, 김서영 역, 마티, 2010, 315~320쪽.
19) 김수영, 앞의 책, 78~79쪽(1955).

이 시에서 주목되는 언표는 바로 "영사판을 받치고 있는 주야를 가리지 않는 어둠"이다. "어둠"은 '나'에게 현실의 근간을 이루는 것으로 파악된다. 그것은 "표면에 비치는 현실"의 이면이라는 점에서 시인이 보기에는 시적 현실의 고갱이를 이룬다. 그러므로 "어둠"은 현실의 부정적 양태이지만, 그것이 현실의 근간이라면 그것은 "소중하고 신성하기도 한 것"이다. 여기에서 김수영의 시는 현실을 이루는 부정적 양태인 "어둠"을 현실 자체로 받아들이고, 그 이유 자체로 그것을 긍정하는 변증법적 수용의 모습을 보여준다. "타락한 오늘"이 현실이라면 긍정해야 하는 것은 현실의 타락상 그 자체일 수밖에 없다. 시인에게 그것은 타락한 현실의 바깥을 상정하지 않고, 현실의 내부에서 "어둠"의 힘이 지닌 부정적 양태 자체를 역사의 가능성으로 인식하려는 노력이다. 영사판 위의 현실을 떠받치고 있는 힘이 "어둠"이라면 다른 시간 역시 이 "어둠"을 기반으로 하여 출현할 것이다. "이미 멀리 달아나버린 비둘기의 두 눈동자에까지/ 붉은 광채가 떠오"를 때, 그것은 "검은 현실" 위에 출현한 새로운 "색깔"일 것이다.

견고한 것을 좋아하는 사람들이
팔을 고이고 앉아서 창을 내다보는
수난로(水煖爐)는 문명의 폐물(廢物)

3월도 되기 전에
그의 내부에서는 더운 물이 없어지고
어둠이 들어앉는다

나는 이 어둠을 신(神)이라고 생각한다

이 어두운 신은 밤에도 외출을 못하고 자기의 영토를 지킨다
— 유일한 희망은 겨울을 기다리는 것이다

그의 가치는

왼손으로 글을 쓰는 소녀만이 알고 있다

그것은 그의 둥근 호흡기가 언제나 왼쪽에 달려 있기 때문이다

그러나 어디를 가보나

그의 머리 위에 반드시 창(窓)이 달려 있는 것은

죄악이 아니겠느냐

공원이나 휴식이 필요한 사람들이

여름이면 그의 곁에 와서

곧잘 팔을 고이고 앉아 있으니까

그는 인간의 비극을 안다

그래서 그는 낮에도 밤에도

어둠을 지니고 있으면서

어둠과는 타협하는 법이 없다

— 「수난로(水煖爐)」 전문[20]

　"타락한 오늘", 훼손된 역사의 바깥을 상정할 수 없는 오염된 시인에게 "어둠"은 희망을 바랄 수 있는 유일한 조건이자 시적 현실이 된다. 모리스 블랑쇼는 시인은 희망을 바랄 수 있는 권리가 없는 자라고 말하기도 하였지만, 시인이 희망을 바랄 수 있는 유일한 방식은 어떠한 절망의 선고에도 만족할 수 없는 것을 보여주는 방식이라고도 말한 바 있다.[21] 그 말을 이 시의 논리로 바꾸자면, "유일한 희망은 겨울을 기다리는 것이다"라는 언술이 그에 해당할 것이다. 그것은 "겨울"이 아름다워서가 아니라 "겨울"이 "어둠"을 뜻하기 때문이다. 김수영은 자신의 시대가 이미 어떠한 선험적 미의 '뮤즈'를 전제로 그것을 쫓아 시를 쓸 수 있

---

20) 김수영, 앞의 책, 86~87쪽(1955).

21) M. Blanchot., 『문학의 공간』, 이달승 역, 그린비, 2011, 98쪽.

는 시대가 아님을 분명히 인식하고 있었다. 그는 시인으로서 자신이 희망을 바랄 수 없이 척박하고 훼손된 역사의 터널 내부에 존재하고 있음을 잘 알고 있었다. 게다가 그는 시인인 그 자신 역시 그 자리에서 오염된 존재로 시대의 악덕과 공모하는 존재라는 사실 역시 자각하고 있었다. 그럼에도 불구하고 그는 "도시의 피로" 속에서도 "복사씨와 살구씨가/ 한번은 이렇게/ 사랑에 미쳐 날뛸 날이 올 거"(「사랑의 변주곡」, 1967)라는 역사와 시가 꿈꾸는 다른 시간의 도래를 희망하기를 멈추지 않았는데, 이때 그가 의지할 수 있는 희망의 끈은 선험적인 이념의 지도나 미의 이상이 아니라 현실의 근간을 이루는 "어둠"이었다. 그는 어둠의 힘을 바탕으로 그 어둠의 체험을 통해서만이 역사와 시는 다른 시간을 예비할 수 있다고 믿었다.

"나는 어둠을 신(神)이라고 생각한다"는 언술은 그런 생각을 단적으로 반영하고 있는 언술이다. 이 언술은 "현대의 가시철망 옆에 피어 있는 꽃"(「구라중화(九羅重花)」, 1954)이라는 그의 다른 시적 언술의 함의와 크게 다르지 않은 함의를 가지고 있다. 그러나 이 "어둠"의 가치는 "왼손으로 글을 쓰는 소녀만이 알고 있"을 것이다. '왼손잡이'의 가치를 강조하고 있는 이 언술의 의미는 '오른손잡이'로 비유될 수 있는 통속적 세계의 시각에서 '어둠-수난로'의 가치를 인식하는 일은 쉽지 않다는 뜻일 것이다. 화자인 '나'는 "인간의 비극"이 이 어둠의 가치를 인식하지 못하는 일이라고 생각한다. "그의 머리 위에 반드시 창(窓)이 달려 있는 것은/ 죄악이 아니겠느냐"라는 화자의 반문은, 그것이 "어둠"을 보존해야 할 "수난로" 위에 어둠이 새어나갈 구멍을 만들고 "휴식"을 만드는 일이기 때문이다.[22]

---

22) 황현산은 이 부분을 다르게 해석한다. 그 해석에 따르면 수난로와 고통과 창문과 전망은 한 덩어리이다. "인간의 비극"은 이것들이 한 덩어리로 있다는 것을 뜻한다

김수영이 보기에 '현대 시인'은 이러한 "인간의 비극", 즉 인간의 일반적 속성을 거슬러 "낮에도 밤에도/ 어둠을 지니고 있으면서/ 어둠과는 타협하는 법이 없"어야 하는 존재이다. 그러한 견해는 "어둠"에 대한 시적 긍정이 어둠의 현실을 용납하는 것이 아니라, 현실의 근간을 이루는 "어둠"의 상처를 직시하고 육화함으로써, 그 상처와 고난의 힘에 의지해서만이 다른 시간이 출현할 수 있다는 시인의 직관의 산물이다. 따라서 김수영에게 궁극적으로 "어둠"의 긍정은 어둠과 "타협"하는 것이 아니라 "어둠"을 이기는 길로 인식된다. 그가 "죽음 위에 죽음 위에 죽음을 거듭하리"(「구라중화」)라고 말할 때나 "죽음이 싫으면서/ 너를 딛고 일어서고/ 시간이 싫으면서/ 너를 타고 가야 한다"(「네이팜 탄」, 1955)고 말할 때, 또는 "동무여 이제 나는 바로 보마/ 사물과 사물의 생리와/ 사물의 수량과 한도와/ 사물의 우매와 사물의 명석성을"(「공자(孔子)의 생활난」, 1945)이라고 말할 때, 이 모든 언술들은 '지금 여기'의 근간을 이루는 "어둠"을 부정하지 않고 그 "어둠"에 연루되어 있는 오염된 시인이

(황현산, 「난해성의 시와 정치」, 『말과 시간의 깊이』, 446~447쪽). 여태천 역시 황현산의 관점을 따르는데, 그에 따르면 "인간의 비극"은 화자와 수난로로 모두의 비극을 뜻하며, 화자와 "휴식이 필요한 사람"들이 수난로에 앉아 쉬면서 제 마음속의 어둠을 고민하고 창을 내다본다는 점에서 화자와 휴식이 필요한 사람, 그러므로 인간 일반과 수난로는 동류의 감정을 공유하는 존재이다(여태천, 『김수영의 시와 언어』, 월인, 2005, 144~145쪽). 여기서 해석의 관건이 되는 것은 "인간의 비극"과 "창"을 어떻게 볼 것인가 하는 것이다. 이러한 해석은 충분히 일리가 있음에도 불구하고, 이러한 관점에 따르면 6연 "그의 머리 위에 반드시 창이 달려 있는 것은 죄악이 아니겠느냐"는 언술의 해명이 어려워지는 것으로 보인다. 이 시에서 화자는 "창"을 죄악의 관점으로 이해한다. 또 6연은 "그러나"로 시작되는데, 5연이 긍정의 문맥이라는 것을 생각해 본다면 이 "그러나"로 시작되는 연의 "창―죄악"이라는 언표가 지닌 부정적 함의는 더욱 뚜렷해진다고 판단된다. 이 시의 맥락에서 "창"이 "죄악"임에도 불구하고 존재하는 까닭은 7연의 "공원이나 휴식이 필요한 사람들" 때문이다. 공원과 휴식이란 '어둠'의 맥락과는 상반된다고 보는 게 자연스럽다. 그러므로 8연의 "인간의 비극"은 "왼손으로 글을 쓰는 소녀"가 아닌 이들 휴식이 필요한 자들 그러므로 통상적인 인간 일반의 비극이라고 읽는 게 더 자연스러워 보인다.

라는 조건을 부정하지도 않으면서, 오염된 풍경의 너머를 희망하는 유
일한 방법과 관련된다. 김수영은 이것을 '현대 시인'이 가야 하는 길이
라고 믿었다.

6. 결론

마샬 버먼에 따르면 현대성은 세속도시의 삶에 대한 강력한 비판자조
차 통속적 삶과의 연루를 떨쳐버리지 못하는 아이러니를 본질로 한다.
그런 점에서 '현대 예술가'('현대 시인')는 군중의 일부가 되는 방식으로
만 군중적 삶에 대한 비평적 묘사자가 될 수 있다. 그러므로 '현대시'는
세속도시의 욕망과 공모하는 비시(非詩)적인 자리 자체를 시적인 자리로
삼는다는 현대성의 아이러니에서 출현한다. 이러한 관점에서 이야기될
수 있는 한국 최초의 시인은 이상이다. 그러나 이상의 시에서 이러한 현
대성의 아이러니는 일단의 기미로만 증후적으로 나타난다. 한국 시에서
현대성의 아이러니 자체를 시의 본격적인 모티프로 수용함으로써 비시
적인 자리로부터 출발하는 '현대시'의 새로운 전기를 마련한 시인은 김
수영이다. 김수영의 시에 나타나는 비애와 죄의식은 이러한 현대성의 아
이러니가 산출한 현대시의 '근본기분'으로 이해될 필요가 있다.

김수영의 초기 난해시로 언급되어온 「토끼」에서 시가 거처해야 할 말
의 환경은 이미 훼손되어 있으며, 시인이 내뱉는 시와 그 시를 내뱉은
시인은 모두 타락한 것으로 표현된다. 이 시는 기표와 기의 사이의 관습
적 결합이 더 이상 불가능한 세계에 대한 자각을 분명히 드러낸다는 점
에서 '상징'의 불가능성을 드러내는 '알레고리' 시로 읽을 수 있다. 역
시 김수영의 대표적인 난해시로 인식되어 온 「백의(白蟻)」에서 '백의'는
당대적 삶에 공격적으로 침투하고 무차별적으로 확산되고 있는 수상한
존재에 대한 의심과 비판을 담고 있다. 시의 전체 문맥으로 추측하건대

이 시에서 '백의'는 서구문명과 외세에 관한 메타포로 읽히는 측면이 있다. 이 시에서 시인은 이 수상쩍은 비평적 대상과의 연루를 자인하는 모습을 보인다. 타락한 시대 풍경을 비평하는 자로서의 시인은 비평적 풍경 내부의 대상이기도 하다.

그러나 「바뀌어진 지평선」에서 김수영은 이러한 시인의 아이러니한 상황 자체가 '현대시'가 처한 근본 상황임을 분명히 인식하고 이를 현대시의 근본조건으로 분명히 선언한다. 이 시의 인식에 따르면 '현대시'는 더 이상 '뮤즈'로 표상되는 전통적 미의 이상을 통해서는 쓰일 수 없다. 시인은 자신의 시선을 타락한 현실의 자리에 위치시켜야만 한다. 「영사기」와 「수난로(水煖爐)」 등에 나타나는 '어둠'에 대한 김수영의 긍정은 '현대 시인'이 처한 이러한 예술가적 아이러니에 대한 자각과 인정을 바탕으로 하고 있다. 김수영의 '어둠'의 긍정은 세속적 삶에 연루되어 있는 시인이 스스로에게 면죄부를 주지 않으면서도 세속적 삶과 타협하지 않는 방식이며, 동시에 세속적 삶의 너머를 희구하는 시인의 의지를 표현한다. 김수영에게서 이것은 '현대 시인'이 가야 할 유일한 길로 인식되었다.

■ 참고문헌

기본 텍스트

김수영, 『김수영 전집 1』, 민음사, 2003.

2차 문헌

김명인, 『김수영, 근대를 향한 모험』, 소명출판, 2009.

김백영, 『지배와 공간-식민지 도시 경성과 제국 일본』, 문학과지성사, 2009.

김유중. 『김수영과 하이데거』, 민음사, 2007.

김　현, 「자유와 꿈」, 김수영 시선, 『거대한 뿌리』, 민음사, 1974.

김현승, 「김수영의 시사적 위치와 업적」, 『창작과비평』 1968 가을호,

이　상, 『정본 이상 문학 전집 1』, 김주현 편, 소명출판, 2009.

장석원, 『김수영 시의 수사적 특징』, 고려대 박사학위논문, 2005.

조강석, 「비화해적 가상으로서의 김수영과 김춘수 시학 연구」, 연세대 박사학위논문, 2008.

최동호, 「김수영의 문학사적 위치」, 『디지털 문화와 생태시학』, 문학동네, 2000.

함돈균, 「이상 시의 아이러니와 시적 주체의 윤리학」, 고려대 박사학위논문, 2010.

황정산, 「김수영 시론의 두 지향」, 『김수영』, 황정산 편, 새미, 2002.

황현산, 「모국어와 시간의 깊이」, 「난해성의 시와 정치」, 『말과 시간의 깊이』, 문학과지
　　　성사, 2002.

Ch. Baudelaire., 「현대적 삶의 화가」, 박기현 역, 『세계의 문학』 2002 봄호.

M. Berman., 『현대성의 경험』, 윤호병 · 이만식 역, 현대미학사, 2004.

M. Blanchot., 『문학의 공간』, 이달승 역, 그린비, 2011.

S. Žižek., 『시차적 관점』, 김서영 역, 마티, 2010.

W. Benjamin., 『보들레르의 작품에 나타난 제2제정기의 파리 · 보들레르의 몇 가지 모티
　　　프에 관하여』, 김영옥 · 황현산 역, 길, 2010.

김수영의 탈식민주의적 언어의식과 현대성의 경험

곽 명 숙

1. 들어가며

한국 현대사에서 1960년대라는 시기는 근대화의 진행 양상에서 이전과는 구별되는 구절이 이루어지는 때라고 할 수 있을 것이다. 해방과 한국전쟁의 혼돈이 남북단독정부 수립으로 일단락된 1960년대 상황에서 식민지적 모순의 잔여물과 이념적 대립의 상흔들이 표면으로부터는 가라앉고, 분단체제가 고착되는 과정에서 '근대화 프로젝트'의 추진이 본격화되어 그로 인한 정치적 경제적 문제들이 부상한다. 근대화 프로젝트는 이른바 우리 사회와 비서구사회 일반의 핵심 과제의 하나로서 전통사회에서 근대사회로의 이행을 뜻하며, 대략 국민국가 형성과 산업화의 방법을 통해 추구된다.[1] 이 두 가지 측면에서 구현된 근대화 프로젝

---

1) 박명림, 「근대화 프로젝트와 한국 민족주의」, 역사문제연구소 편, 『한국의 '근대' 와 '근대성' 비판』, 역사비평사, 1996, 311쪽. 한국은 제국주의와 식민주의, 냉전과 이념대립 등 20세기 세계적 수준의 갈등을 전부 통과하였다. 이 과정에서 도달해야 하

트의 양상을 두고 1950년대와 1960년대의 변별적인 시대 구분이 가능할 것이다. 분단 이후 정통성 경쟁을 벌이며 남북 각각이 내세운 통일 추구라는 명제는 양쪽 모두에게 국가존재의 근거였다. 그러나 한국의 경우 1950년대는 도시화, 교육팽창, 문자해득률, 언론 등의 급증에도 불구하고 산업화 없는 시대화시대였다고 말할 수 있을 것이다. 박정희 정부의 등장에 앞서 4·19 직후 제2공화국 정부의 중심시책 방향은 이미 경제발전으로 잡히면서 산업화 프로젝트는 국가형성에 이은 두 번째 근대화 프로젝트였고, 1960년대 국가주도로 권위주의 산업화가 급속도로 이루어진다. 이러한 근대화의 과정 속에서 피식민지 경험을 지닌 지식인으로서 현대성(modernity)[2]에 대한 자각을 보여주는 대표적인 시인이 김수영이라고 할 것이다. 필자는 김수영의 언어에 대한 의식과 그의 시작품을 탈식민주의적인 비평 관점에 입각하여 살펴보고자 한다.

김수영은 1949년 김경린, 박인환 등 후반기 동인들과 함께 활동을 시작하였지만, 대부분의 50년대 작가들과 달리 1960년대까지 지속적인 활동을 보여주었으며 남다른 사적 체험[3]과 역사적 변혁에 대한 관심을 지니

는 거시적인 근대화 프로젝트를 근대국가 형성, 산업화, 민주화라고 할 때 각각의 프로젝트는 국민국가, 경제발전, 민주주의의 성취 여부로 나타났다.

2) 해방 이전의 시기를 '근대'라고 부르고, 해방 이후의 시기를 현재와의 근접성을 띠며 그 이전 시기와 단절된다는 의미를 담고 있는 '현대'라고 지칭하는 통상적인 학계의 관례에 비추어, 이 책에서는 근대화의 1960년대적 양상에 내포되는 '모더니티(modernity)'를 가리켜 '현대성'이라는 번역어를 사용하고자 한다. 해방 이전 시기에 있어서의 '모더니티'를 다루는 연구들에서 사용하는 '근대성'과 철학적 의미에서 크게 다르지 않지만, '현대성'이라는 번역이 한국의 60년대적 상황성과 현재와의 연속성을 함축하는 뉘앙스를 갖는다고 보기 때문이다.

3) 김수영은 1921년 출생하여 일본 식민 통치하에 유년시절을 보내고, 1941년에 일본 유학, 1943년 학병징집을 피해 귀국, 이듬해 만주 이주, 한국전쟁 당시 의용군으로 끌려가던 중 탈출하여 국군에 체포, 거제도 포로수용소에서 반공포로로 석방되었다. 의용군 체험은 미완성의 유일한 소설에서 다소 엿볼 수 있고, 포로수용소의 경험은 여러 편의 시편들과 산문에 나타난다.

고 있었다. 1960년 4·19를 전후하여 강한 정치의식과 지식인으로서의 자기 반성을 거침없는 아이러니와 비약적 연상을 통해 시에 담아내고 있으며, 그의 경향은 리얼리즘과 모더니즘의 교차적인 성격을 동시에 구현하고 있다. '자유'와 '혁명'으로 요약되는 사회 정치적 현실에 대한 참여 의식, 소시민으로서의 생활 감정과 일상사에서 취한 소재, 참여시를 옹호하는 평론 등에서 리얼리즘 정신을 찾을 수 있다면, 형태상의 파격과 돌발적인 이미지의 비약, 초현실주의적인 언어유희와 자유연상, 그리고 시론에서 보이는 급진적인 현대시의 주장 등은 모더니스트의 면모를 보인다. 이에 따라 그에 대한 해석은 수용자들의 기대지평에 따라 달라지고, 한국 사회의 상황조건에 따라 수용자들이 공명하는 부분이 달랐다.[4]

최근의 연구들은 해석적인 잉여 부분을 해독하는 데 바쳐지고 있으며,[5] 특히 김수영 시의 존재론적 형이상학을 철학적 사변과 독법으로 꼼꼼하게 되새김질하듯 해독한 김상환의 연구[6]는 한 사람의 시인에게서

---

4) 그런 점에서 수용양상의 측면에서 김수영 신화와 반신화를 구성하고 있는 기존 연구를 검토한 작업은 세부적인 차이는 무시한 측면이 있으나 연구자들을 거의 포괄하고 있다. 이은정, 「상반된 수용의 문제─김수영 시의 수용 양상」, 『김수영 다시읽기』, 김승희 편, 프레스21, 2000 참조. 연구사는 이 논문과 다음 논문으로 대신한다. 강웅식, 「김수영 문학 연구사 30년, 그 흐름의 방향과 의미」, 『작가연구』 제5호, 1998년 상반기, 새미.

5) 1950년대 시사를 다루면서 모더니즘 범주하에 김수영에 대한 다양한 검토가 이루어졌으며(박윤우, 「1950년대 한국 모더니즘시 연구」, 서울대 박사학위논문, 1998; 류순태, 「1950년대 한국 모더니즘시의 표상 연구」, 서울대 박사학위논문, 1999), 텍스트의 난해성에 대한 접근도 김수영 이해에 큰 성과를 가져왔다(조영복, 「김수영 시의 난해성과 구조」, 『한국 현대시와 언어의 풍경』, 태학사, 1999; 금동철, 「1950~60년대 한국 모더니즘시의 수사학적 연구」, 서울대 박사학위논문, 1999). 그 외 '일상성', '죽음', '가족' 등이 새로운 연구자들의 관심을 모으고 있는 주제이다. 『김수영 다시읽기』에 실린 논자들의 글은 그 접근방법에서 새로운 획득이라고 평가할 만하다. 이 책에서 김수영의 시와 시정신은 전통이나 『논어』, 『장자』, 고백시 등과 비교되고 있다.

6) 김상환, 『풍자와 해탈 혹은 사랑과 죽음』, 민음사, 2000. 한편 이러한 고찰이 다른 연구자들의 성과와 좀 더 실천적인 소통성을 마련해야 할 것으로 보인다.

잠자고 있던 정교하고 방대한 존재론을 끌어낸 한국 철학자의 시인론이라는 점에서 값진 성과라 할 것이다. 그리고 "내 시의 비밀은 번역에 있다"[7]는 김수영 자신의 고백처럼, 김수영에게 영향을 끼친 『Encounter』, 『Partisan Review』와 같은 영문 잡지, 그리고 뉴욕지성인 학파의 라이오넬 트릴링과의 상관성을 구체적으로 탐색한 조현일의 연구[8]는 실증적 접근의 방법에서 그간 김수영 연구에 미비했던 부분을 보충하는 한편 새로운 방향을 보여주었다. 그는 김수영이 한편으로 모더니즘을, 다른 한편으로 사회주의 리얼리즘을 비판할 수 있었던 것은 급진적 자유주의자였기 때문이며, 이에 기반한 그의 현대성론은 "부르조아 쾌락원칙을 철저히 배격하는 현대적 정신의 추구, 즉 현대성의 급진화에 본질이 있다"[9]는 결론을 내린다. 조현일은 김수영의 참여론도 이러한 급진적 자유주의의 표현이라고 보고 있는데, 한편 그의 평론과 시가, 제3세계에 살고 있다는 투철한 인식하에 이루어져 서구 추종에서 벗어나 있는 만큼 이에 대한 좀 더 구체적인 고찰이 요구된다는 점을 조심스럽게 남겨 놓고 있다.

이러한 측면에 대한 응답이 김승희의 탈식민주의적 읽기라고 할 것이다. 이 연구는 김수영이 영어 통역, 영어 교사, 영어 번역 등의 일이 주된 생활이었다는 점에서 "피식민지 지식인의 통문화적(cross-cultural) 잡종성"[10]을 보여주고 있으며, 세계 문화, 특히 영미 문화에 기대어 한국 문화를 비판하면서도 자신이 서 있는 민족적 위치에서 역사·정치·경제·사회적 조건들을 투철하게 인식하고 있었고, "특히 헤게모니를 가지고 식민화하려고 하는 미국 문화에 대하여 강도 높은 인식과 저항적

---

7) 김수영, 「시작 노우트 6」, 앞의 책, 민음사, 1981, 301쪽.
8) 조현일, 「김수영의 모더니티관에 관한 연구」, 앞의 책, 1998.
9) 위의 책, 124쪽.
10) 김승희, 「김수영의 시와 탈식민주의적 반(反)언술」, 김승희 편, 앞의 책, 366쪽.

전복을 보여주고 있고 민족의 정체성과 현실에 대한 고민들을 썼다"[11]라고 김수영에게서 볼 수 있는 탈식민주의적 문제의식을 지적하고 있다.

김승희의 연구는 라캉의 정신분석학을 차용한 압둘 잰모하메드의 이론에 기대어 김수영이 해방 이후부터 피식민적 타자로서 서구 문화 앞에서 자신의 주변적 타자성을 인식하고 있었으며, 4·19 혁명이라는 카니발적 공간에서 상상적 텍스트에 가까워져 중심/주변, 자아/외세, 선/악의 대립을 가진 매니키언적(마니교도의─이분법적인) 알레고리를 드러내며, 이러한 혁명의 환희가 소멸한 뒤 상징적 질서 안의 소외된 주체를 재인식하면서 풍자와 자기 모멸을 택하고, 그러한 소시민적 주체를 탈식민주의적 주체로 전환하는 뿌리의 힘을 획득한다고 보고 있다. 그러나 압둘 잰모하메드의 이론은 그 분석과 적용 대상이 피식민적인 타자를, 자기─이미지를 반영하는 거울로 삼고 있는 식민주의자들의 텍스트라는 점에서 김수영의 연대기적 변모 양상에 적용시킬 수 있는가라는 의문이 생긴다.[12] 즉 과거의 역사와 전통을 대하는 김수영의 의식과 식민

---

11) 위의 글, 360쪽.

12) 잰모하메드는 서구의 동일성과 차이에 기초한 자아와 타자의 변증법적 인식이 폭력적으로 타자성을 동일시하거나 무시하며, 식민주의자들의 표층 텍스트에서는 인종적 타자의 개별적 다양성을 재현하는 듯하지만, 하부 텍스트에서 유럽 문화의 우월성을 가치화하고 있다고 보았다. 이런 점에서 '상상적' 텍스트의 인식적 의도성은 대상화와 호전성으로 구조 지어지며, 상상적 텍스트 안에서 제국주의적 자아의 이미지로 놓여 있는 토착민은 제국주의적 자아의 소외된 부분, 즉 '악'을 담당하는 것이다. 이러한 선악의 이원적 대립을 잰모하메드는 마니교적 알레고리에 비유한다. 반면 '상징적' 텍스트의 식민주의자인 저자는 유럽적 욕망의 매개자로서 토착성을 이용할 필요가 있다는 것을 알고, 유럽적인 것과 토착적인 것 사이의 문화적 차이와 개별성을 점검한다. 상징적 텍스트와 상상적 텍스트가 텍스트 간의 구분이 될 수 있는 성격이 아니라 식민주의자 문학 전반의 텍스트성의 측면, 범박하게 말하면 정서적 측면과 인지적 측면이라고도 할 것이다. 잰모하메드는 '상징적' 텍스트가 두 가지 범주로 다시 나누어질 수 있는데, Forster나 Kipling의 소설 같은 경우 식민자와 피식민자 간의 매니키안적 대립의 혼합주의적 해결을 찾으려는 상징적 텍스트이지만, 정서적 부분에서 상상적 동일화로 구조 지어져 있다는 점에

주의자 의식 속의 타자성은 다른 위상을 갖는다고 보아야 할 것이다.

그러나 김승희의 적절한 지적대로 김수영은 어린 시절 일본어 교육을 받고 자라 모국어를 뒤늦게 의식적으로 구사한 세대이며, 영어 통역과 번역에 능통한 영어 구사자로서 다문화 리얼리티의 현대적 삶을 살았다. 이 책에서는 그가 이러한 언어 사용 조건과 규범 언어 지평의 변화를 솔직하게 드러내어 반성하고 있으며, 문화 지배의 주도국이 일본에서 미국으로 바뀐 상황에서 문화적 종속성과 주변성에 대해 민감하게 반응하며 극복하고자 한 면모를 살펴보고자 한다. 그 극복은 탈식민성 안으로 끌어들여지는 탈근대성과 맞물려 있으며, 현대성의 경험과 식민적 전통에 대한 기억이 김수영의 의식적인 운동성의 양축을 이루고 있다는 점을 드러내고자 한다.

2. 모더니티와 탈식민주의

'모더니티(modernity)'는 애매한 두 가지 의미를 갖고 있다. 첫 번째로 긍정적인 '개념적' 내용에서 보자면 모더니티는 이성적 합리적 해방, 즉 이성의 비판적 힘으로 베버와 칸트가 말한 미신과 미성숙으로부터 해방됨을 의미하며, 인간의 발전에 새로운 가능성을 열어주는 것이다. 그러나 동시에 두 번째 부정적인 '신화적' 내용에서 보자면, 모더니티는 폭력의 비합리적 실천을 정당화해주는 것으로, 호르크하이머와 아도르노

서 '상상적' 텍스트와 같은 방식으로 감싸여져 있다고 본다. 다른 하나의 상징적 텍스트는 Conrad와 Gordimer의 소설인데, 상상계의 리비도적 체계에 작가가 갇혀 있기 때문에 식민지의 권력관계 안에서 혼합주의는 불가능하다고 보는 유형이다. 이러한 설명에서 보이듯이 그는 제국주의적 식민주의자들의 텍스트를 대상으로 하고 있으며, '상징적' 텍스트와 '상상적' 텍스트가 확연하게 분리되는 것은 아니다. Abul R. JanMohamed., "The Economy of Manichean Allegory", *The Postcolonial studies reader*, (ed) Ashcroft & Griffiths & Tiffin, London: Routledge, 1995, pp.19~20 참조.

가 비판한 도구적 이성의 속성을 갖고 있다. 이러한 모더니티의 신화는 이데올로기적인 유럽중심주의(Eurocentrism)에 대한 인식을 결여하고 있기 때문에 근대문명을 최상의 발전된 상태로 즉 우월한 것으로 간주하며, 이 우월한 위치에서 원시적이고 야만적인 반대편을 개발시키고, 유럽적인 것을 따르도록 요구하고 폭력적인 지배를 행사한다. 이 과정에서 식민지적인, 노예, 여성, 파괴된 생태계 등등이 불가피한 대가로서 희생되는 것이다. 이러한 점에서 모더니티의 극복이 그 신화의 거부에 달려 있다고 보는 뒤셀은 이성 자체에 대한 공격을 감행하는 포스트모던 사상가들과 달리, 모더니티의 비합리적 폭력에 반대하여 "타자의 이성(reason of the Other)"에 기초한 탈근대를 주장한다.13) 모더니티의 본질적이고 구성적인 특징은 희생물의 우위에 선 정복자인 것이기에, 식민지와 주변부의 억압되고 소외된 타자의 타자성(alterity)과 윤리적 위엄을 회복함으로써 유럽중심적인 개발주의적 이성과 도구적 이성을 극복하고 계몽적 이성을 정화할 수 있다는 것이다. 이와 같이 모더니티의 유럽중심주의와 결백성이라는 이데올로기 바깥으로 나가기 위한 비서구적 타자성의 처방이나, 혹은 사이드가 일찍이 기획했던 식민담론의 재현적 폭력에 대한 저항은 모더니티에 대한 반성을 서구 지성사 내부의 문제로 한정할 수 없음을 시사한다.

비서구 지식인들의 자의식과 더불어 촉발된 탈근대론은 '탈식민주의(Postcolonialism)' 논의에 이르러 더욱 급진전되었으며, 사이드가 분석한 것보다 오리엔트(동양)에 대해 사유하거나 쓰이거나 상상할 수 있는 문화적 스테레오 타입이 훨씬 더 양가적이며 역동적이라는 것을 밝혀내고 있다. '근대'와 '식민'의 태생적 동류성은 '탈' 식민 전략에 반드시 '탈근대' 전

---

13) E. Dussel, *The Invention of the Americas*, (tr) Michael D. Barber, New York : Continuum, 1995. pp.136~7.

략을 수반하게끔 만들며,[14] 언어와 주체에 대한 포스트 구조주의적 연구
는 탈식민주의 연구에 다양한 전략적 도구를 제공해주었다. 근대적 서구
의 지식권력으로 식민지 지식을 편재하고 주체를 규정짓는 언어와 담론
의 은폐된 작동방식을 밝히고, 억압되고 침묵하던 식민지 하위 주체의 말
하기 가능성을 모색하는 것도 그러한 전략의 한 방편인 것이다. 탈–식민
주의라고 할 때 접두사 '탈(post)'에 대한 이해에 따라 탈식민주의의 의미
는 다양한데, '탈'을 '벗어난'으로 해석하면 탈식민주의는 식민주의 시대
와는 질적으로 다른 새로운 시대를 의미하며 기존의 반제국주의 혼과 단
절된 새로운 이론을 가리킨다. 반면에 '탈'을 '이후'라는 뜻으로 새기면,
탈식민주의는 식민주의 이후 식민주의에 대한 대항담론을 일컫는 개념
이 된다. 이때의 탈식민주의는 2차 세계대전 이후의 새로운 식민주의,
다시 말해 제국주의의 새로운 단계인 신식민주의적 세계 체계를 극복하
기 위한 이론적 구상을 의미한다.[15] 탈식민주의라는 개념에는 이 두 의
미가 복합적으로 얽혀 있다고 보아야 할 것이다. 식민주의를 벗어난 상
태라 하더라도 과거와 다른 형태의 식민성이 작동하고 있기 때문이다.

  탈식민주의 문학이론의 발생과정에서 보면 '포스트 콜로니얼'이라는
용어는 각 나라의 공통된 식민지경험을 포괄하면서, 본국 언어(식민주
의자의 언어)로 자국민(피식민지인)의 감정과 사상을 표현하는 과정에
서 생긴 변용된 글쓰기 전략을 통해 중심부에 대한 주변부의 전복을 시
도한다는 미래적 전망을 지닌 의미로 사용하고 있다.[16] 애쉬크로프트

---

14) 정정호, 「전지구화 시대의 '탈'식민 이론의 과제」, 『비평』 3호, 비평사, 2000년 하
    반기, 149~151쪽.
15) 하정일, 「민족 문학론의 역사와 탈식민성」, 위의 책, 191~200쪽.
16) 이러한 의도는 포스트 콜로니얼이라는 용어가 정착되는 과정에서 알 수 있다. 먼
    저 호주, 뉴질랜드, 캐나다 등 백인 정착 식민지의 문학을 일컫던 '코먼웰스 문학
    (commonwelath literature)'이 넓은 의미에서 영국 본토의 문학이나 언어와 관련을 맺

등이 정의한 이 용어는 포스트 콜로니얼한 영어로 쓰인 저작 일반에만
제한적으로 적용되며, "폐기와 전유"에 따른 언어의 교체전략도 식민지
본국 영어의 특권을 폐기하거나 거부함으로써 중심부 언어를 새로운 용
례로 사용하는 방법을 확보하고 재조정하는 것을 의미한다. 탈식민지주
의에서 언어는 대단히 중요한 전략적 도구이자 권력의 발현체이지만
1960년대 한국의 상황에서 일본어나 영어는 직접적이거나 공식적인 지
배효과를 지니고 있지는 않다. 그러므로 언어의 폐기와 전유 전략, 이러
한 맥락에서 나오는 탈식민 텍스트의 혼성성[17] 등 탈식민주의 담론에서
이야기하는 특성과 기법을 또 다른 경전으로 받아들이는 것이 아니라,
탈식민주의라는 용어를 제국주의적 과정의 피해를 본 모든 문화를 지칭
하는 의미로 확정시킬 수 있을 것이다. 그렇다면 '식민성(coloniality)'이
라는 용어는 실제 식민지 상태에서 가장 뚜렷하게 예시되지만, 식민지
이후나 반식민지 사회에서 나타나는 식민지 상태와 유사한 권력관계 내
지 사회관계를 폭넓게 지칭하는 의미라 할 것이다.[18] 거기에는 법률적

고 있는 원주민 문학을 포괄하는 '영연방문학'으로 확산되어 쓰였었다. 이 용어는
지정학적 한계를 지니고 있으며, 역사적 공통성을 지닌 정치 집단에만 관심의 초
점이 있었다. 이와 유사하게 '제3세계 문학(third World Literature)'이 쓰였으나 이
것은 냉전체제라는 구질서에 기반한 발상이라는 점에서 비판을 받았고, 그 외 '신
영문학', '식민문학', '포스트 유러피안'이라는 용어도 시도되었다. '식민문학'이
독립을 쟁취한 지역에서는 정치적으로 수용되지 않는다는 단점에 비해 '포스트
콜로니얼'이라는 용어는 리얼리티를 포용하는 동시에 글쓰기에 있어 가장 중요한
심리적 단초를 제공한다는 점에서 이상적으로 여겨지고 있다. 빌 애쉬크로프트
외, 『포스트 콜로니얼 문학이론』, 이석호 역, 민음사, 1996, 44~45쪽.

17) "모든 탈식민문학은 교차 문화적"이며 "식민주의는 불가피하게 문화의 혼성화
를 낳는다"는 지상명령을 만들고 있는 설명들에 대해 릴라 간디는 중심부 문화
가 탈식민세계를 반낭만주의적 시각에서 보는 것에 대한 반발로 도리어 애쉬크
래프트 등의 탈식민주의 문학이 낭만주의로 천착하고 있으며, 이러한 담론이 보
이는 엄격한 지시들과 명령들이 도리어 정전 형성의 절차를 내보이고 있다고 비
판한다. Leela Gandhi, 『포스트식민주의란 무엇인가』, 이영욱 역, 현실문화연구,
1998, 197쪽.

인 불평등뿐만 아니라, 인종/종차별주의, 서구중심적인 지식구조 등 다른 형태의 온갖 지배와 배제 행위가 포함된다. 만일 1960년대 우리의 경우라면 탈식민성(postcoloniality)은 두 가지 의미를 내포할 수 있다. 하나는 일제의 식민 통치로부터의 벗어남이라는 서술적인 의미이고, 다른 하나는 광범위한 의미의 식민성을 극복하려고 지향한다는 가치판단적인 의미이다. 이 후자의 의미는 넓은 의미에서 서구중심주의, 근대주의에 대한 반성과 상통할 수 있다.

1960년대의 한국 문학을 조망하려 할 때 탈식민주의적 구상이 시사해주는 바는 이러한 전략적 해석과 연구방식에 내재해 있는 해방적 관심이다. 이러한 관심이 필요한 이유는 1960년대가 아근대(亞近代)인 일본의 직접 점령 통치에 의한 식민 상황은 종식되었으나 그 기간 동안 일그러져 있던 식민지적 주체의 회복이 완전히 이루어지기 힘든 상태에서 바로 미국으로 대표되는 서구의 대중문화가 쇄도하던 시기였기 때문이다. 이러한 이중적인 탈—식민성[19]에 처하여 문인들과 문학자들이 어떠한 길을 모색하였는가에 대한 인식적 지도 그리기는 문학 내재적인 역사를 뛰어넘는 문학사의 과제가 될 것이다. 일반적으로 문학사란 문학의 내재적 역사, 다시 말하자면 연대기적으로 구분된 과거 문화의 한 특정 시기를 지배했던 특정한 양식을 서술하거나 아니면 문학의 총체적인 윤곽을 서술하는 것을 의미한다. 그러나 자족적인 문화활동을 기술하는 문학의 역사가 아니라, 모든 축적된 글로서의 문학 일련의 사건으로서의 역사와 어떠한 관계를 가지는지의 문제를 추적하는 비평

18) 백낙청, 「한반도에서의 식민성 문제와 근대 한국의 이중과제」, 『창작과비평』 1999년 가을.
19) 여기에서 '탈—'은 'de(벗어남)—'과 'post(이후)—'의 의미를 모두 가지고 있다. 일제식민지의 청산이라는 벗어남의 과제와 그 이후 서구의 보편주의와 제국주의에 대한 수용/묵인/반발이라는 신식민주의적 상황이다.

적 작업도 문학사에는 포함된다. 본래 텍스트성(textuality)은 전문 분야의 영역을 가로지르는 간섭운동의 도구로서 발달된 것이지만, 현재 미국이나 유럽의 문학이론에서 역사를 배제하는 방편으로 쓰이고 있다.[20] 텍스트에서 '진정한' 역사를 직접 구할 필요는 없다 해도, 텍스트 자체에 표출되고 수반되는 상황과 사건들도 역시 텍스트의 구성요소이며, 텍스트 속에서 일어나는 많은 것들이 사실은 사건과 상황을 암시해주고 있다는 것이다.

3. '언어 이민' 자의 탈식민주의적 상황

김수영은 어느 서구시인이 15세까지 배운 말이 시어가 될 것이라고 한 말을 인용하며 자신의 시어는 어머니한테 배운 말과 신문에서 배운 시사어(時事語)의 범위 안에 제한되고 있다고 말한 바 있다.[21] 이 말은 시인이 구사하는 시어란 기본적으로 모국어를 원천으로 한다는 보편적인 내용을 담고 있는 한편, 김수영 자신의 시어가 지닌 특징을 밝혀 놓고 있다. 시사어를 통해 현실은 그대로 시에 옮겨지며 시는 이러한 방법을 통해 현실적 대상을 드러냄으로써 비판하는 리얼리즘적 색채를 띠게 된다. 이러한 산문적 방법의 선택과, 이에 다른 일상어의 과감한 사용, 비속어의 대담한 취택을 두고 김주연은 허약한 교양주의를 불식시키고 생활과 언어가 밀착한 '언어의 범속화'를 감행한 것이며, 60년대 김수영이

---

20) 사이드는 텍스트가 그것을 부정하는 것처럼 보이는 바로 그 순간에도 텍스트는 스스로가 위치하고 있고 해석되는 그 역사적 순간, 생활, 그리고 사회의 일부를 이루고 있는 것이라고 말하며 텍스트를 하나의 사건으로 해석할 것을 제안한다. Edward W. Side., "Secular Criticism", *The World, the Text, ant the Critic*, Harvard Univ, Press, 1983.

21) 「시작 노우트」(1961.6.14), 『김수영 전집 2』(민음사, 1981) 이하 전집 2로 표기.

거둔 시적 성공이 여기에 크게 빚지고 있다고 보고 있다.[22] 김수영의 시어는 이러한 지적대로 낭만적이거나 감상적인 정서 표현의 시어와는 거리를 두고 있으며, 신문과 시사어라는 데에서 볼 수 있듯이 모더니스트의 주지주의와 현대문물에 대한 감성을 감지할 수 있다.

또 다른 곳에서 김수영이 "내가 써온 시어는 지극히 평범한 일상어뿐이다. 혹은 서적어와 속어의 중간쯤 되는 말들"(「시작 노우트」, 1961. 6. 14)[23]이라고 고백하듯이, 서적을 통해 획득하는 지식인으로서의 교양어와 속어로 표현되는 생활인으로서의 일상어의 성격이 그의 시어에 내재되어 있다. 그러나 그가 처했던 시대적 상황 속에서 걸쳐 있음을 고려해야 하는 것이다. 즉 한글을 모국어로 습득했지만 일제 식민지 상황에서 유년시절 동안 사용하도록 강요받은 지배적인 언어는 일본어이며, 문학적 교양을 습득하는 통로가 일본어에서 출발하였다는 사정, 그리고 해방과 더불어 직접적인 서구문화를 접함으로써 주도적인 문화와 지식의 매개가 영어로 교체되는 사건과 상황이 작용하고 있는 것이다. 김수영은 이러한 상황을 다음에서와 같이 '言語의 移民'이라고 부르고 있다.

> 日本말보다도 빨리 英語를 읽을 수 있게 된,/ 몇차례의 言語의 移民을한
> 내가/ 우리말을 너무 잘해서 곤란하게 된 내가
> ─「거짓말의 여운 속에서」(1967) 부분(밑줄─인용자)

이민(移民)이란 다른 나라의 영토에 이주하는 일이라고 한다면, 언어의 이민은 다른 언어의 영토로 이주하는 일, 다른 언어의 자장과 영역으로 중심점이 옮기어 가는 것을 뜻할 것이다. 즉 민족어와 국가어의 자리

---

22) 김주연, 「교양주의의 붕괴와 언어의 범속화」, 『김수영 전집 별권─김수영의 문학』, 황동규 편, 민음사, 1983, 272쪽.
23) 전집 2, 287쪽.

에 버금가는 주도적인 권위와 세력을 가질 수 있는 타국의 언어의 영향 하에 자신의 의식이 놓여짐을 의미한다. 김수영에게 있어서 유년기와 학창시절 일본어는 지식과 권력을 소유하는 언어였을 뿐만 아니라 일상 어로도 강요되었다. 그러다가 해방 후 망각을 강요받았던 한국어가 떳 떳한 모국어의 자리로 돌아왔지만, 전쟁 이후 그가 영어 통역사로 그리 고 생계의 방편으로 번역에 매달릴 때, 문학적 교양과 정치적 이념을 습 득할 때 지적 권위를 지닌 것은 영어라는 또 다른 이국어였던 것이다. 그렇기 때문에 그에게서 언어의 이민은 식민지 상태, 해방의 경험, 다시 미국의 주도적인 신식민지적 영향하에 놓이는 상황에서 몇 차례 이루어 진 것이다.

　김수영은 「히프레스 문학론」에서 이러한 상황의 불가피한 역사적 소 산이 60년대 초중반 문학계가 저조한 한 이유가 됨을 논하고 있다. 그는 당대 문학인을 35세를 기준으로 양분하는데, 이는 중학교 2, 3학년에 해 당하는 15세에 해방을 맞은 연령이다. 그렇기 때문에 문학의 자양분의 매체가 35세 이상은 대체로 일본어이고 그 미만은 영어나 우리말이라는 것이다. 35세 이상도 우리말과 일본어 가운데 더 우세하게 사용하는 언 어에 따라 나눌 수 있을 것이라며, 이러한 구분은 우리 문학의 복잡한 식민지적 배경에서 비롯됨을 지적하고 있다.

> 단적으로 말하자면 이들(35세 이상―인용자)에게 문학의 자양을 공급하던 가냘픈 뿌리는 해방과 동시에 그나마 그 기능이 마비되어버렸다. 그런데 그 밖에 더 한층 불행한 현상은 이들의 작품을 읽어주던―혹은 읽어줄―독자들 의 이탈이다. (…중략…) 일제식민지에 비하면 미국의 딸라정책은 문학에 있 어서는 훨씬 더 많은 조제품과 위조품을 만들어냈다.[24]

---

24) 김수영, 「히프레스 문학론」, 『사상계』 1964.10, 사상, 201~202쪽.

일본이라는 식민지 본국은 일종의 가냘프지만 문학의 자양을 공급하던 매개였던 것이다. 이러한 인식의 밑바닥에는 일본이 비록 식민지적 지배권력을 행사하지만 서구의 아류에 불과하며, 그런 점에서 서구가 일본에 대한 대타의식 속에 하나의 지향점으로 간주될 수 있었던 것이다. 일본은 아(亞)서구였지만 한편으로 신문학의 역사가 얕기 때문에 상대적으로 더 역사가 짧은 우리에게 '중화적인 필터' 역할을 하기도 하였다. 그러나 해방으로 인해 미국이라는 직접적 영어권 문화로 공급처가 바뀌었지만, 미국의 '딸라정책'과 '국무성문학'으로 조롱될 만큼 미국을 통해 들어오는 문학은 김수영이 보기에 서구문화의 본질이나 정신은 결락되어 있는 것이었다. 미국의 경제적 정치적 이해에 따른 일방적 공급과 조야한 문화정책으로 말미암아, 우리 문학인들에게 정신적으로 내재화되지 못하고 있음을 비판하고 있다. "우리나라의 글쓰는 사람들의 소심증은 일제의 군국주의 시대에서부터 물려받은" 것이기도 하지만, 아직도 "자유의 언어보다도 노예의 언어가 더 많이 통용되고 있는 비참한 시대"라고 보고 있다. 해방 이후의 문학인들도 뿌리 상실의 상황에 처해 있다는 점은 마찬가지이며, "식민지문학을 벗어나지 못한 문학"이 새로운 서구의 언어를 이해하지 못한다면 어떤 희망을 갖기 어렵다고 말한다.

> 심금의 교류를 할 수 있는 언어, 오늘날의 우리들이 처해 있는 인간의 형상을 전달하는 의무를 이행할 수 있는 언어, 인간의 장래의 목적을 위해서 선택이 이루어질 수 있는 자유로운 언어-이러한 언어가 없는 사회는 단순한 전달과 노예의 언어밖에는 갖고 있지 않다. 그리고 인간사회의 진정한 새로운 지식이 담겨있는 언어를 발굴하는 임무를 문학하는 사람들이 이행하지 못하는 나라는 멸망하는 나라다.[25]

---

25) 위의 글, 204쪽.

김수영이 생각하는 노예의 언어가 아닌 자유의 언어는, 심금의 교류를 할 수 있으며, 오늘 우리가 처한 상황에서의 인간 현상을 전달할 수 있고, 인류의 미래를 위해 선택되는 언어이다. 이 새로운 언어가 바로 영어를 말하는 것은 아니지만, 이제 일본어와 자국어의 이항이 아닌, 영어라는 다른 제3의 항까지 고려한 속에서 보편성으로 나아가는 자유의 언어를 사고하고 있는 것이다. 그는 미국이라는 새로운 필터가 예전의 중화적인 필터만큼 친절하지 않다는 것, 즉 미국대사관의 문화과를 통해 주로 나오는 것은 반공물, 미대통령의 전기나 민주주의 교본이고, 월간잡지사들은 통속소설들만 번역했기 때문에, '국무성 문학'이 서구문학의 대명사처럼 여겨져 외국문학을 무시하는 풍조를 만들었다고 지적한다. 그러나 미국 문학의 긴 역사나, 그 배후의 유럽 문학과의 근친성을 생각하면 일본 문학처럼 손쉬운 것이 아니므로, 새로운 지식이 담긴 언어를 발굴하려는 의식적인 노력이 필요하다는 것이다.

여기에서 김수영은 '심금의 교류를 할 수 있는 언어'를 단순한 전달과 노예의 언어에서 벗어난 자유로운 언어로 수용하고 있다. 그는 미국 문화의 천박성은 수용과정에서 우리의 수동적인 자세에 문제가 있는 것이라고 보며, 세계주의적 보편성과 서구의 교양주의를 확신하고 있다. 여타의 문화란 언어의 문화에 종속적인 것이기에 언어를 주관하는 작가의 임무가 중요하며 그러한 시간을 초월한 사랑으로 심금의 교류를 이행하는 것을 가로막는 사회는 야만의 사회라고 말하고 있다.

> 내가 여기서 말하고 싶은 것은 언어의 문화를 주관하는 것이 작가의 임무이며, 그밖의 문화는 언어의 문화에 따르는 종속적인 것이며, 우리들의 언어가 인간의 정당한 목적을 향해서 전진하는 것을 중단했을 때 우리들에게 경고하는 것이 작가의 임무라는 것이다. 사회적인 목적은 시간을 초월한 사랑을 통해 적시에 심금의 교류를 하는 데 있다는 것이다. 그리고 그러한 활동

에 지장이 되는 모든 사회는 야만의 사회라는 것이다.[26]

글쓰기의 자유에 대한 사회 정치적인 제약을 비판하는 내용으로 읽을 수도 있지만, 다른 한편으로 정신문화에 대한 언어의 주도권을 인정하는 생각을 읽을 수 있다. 수동적인 노예 상태에서 위조품을 만들지 않기 위해서는 내면 깊은 곳에서 '심금의 교류'를 할 수 있는 자유로운 언어가 필요한 것이다. 그는 이처럼 세계주의적 보편성과 서구의 교양주의를 확신하고 있으며, 그러한 인류적 보편성이라고 여기는 것, 즉 서구 정신과 정신적 소통이 없다면 위조품에 불과하다는 것이다.

초기 그의 시에는 이러한 서구적 교양과 보편성에 대해 느끼는 거리감과 그로 인한 소외감이 빈번히 '서적'을 매개로 하여 나타난다. 진짜 원본은 이 땅이 아닌 바다 건너 저편에 존재하고 있으며, 근접하기 어려운 것으로 인식되고 있다. "흘러가는 물결처럼/ 支那人의 衣服/ 나는 또 하나의 海峽을 찾았던 것이 어리석었다"(「아메리카 타임誌」(1947))는 반성은 중국을 중심으로 지향하던 전통처럼 다른 해협 건너, 즉 일본을 추구하던 자세를 돌아보는 것이다. 이러한 반성은 『아메리카 타임지』라는 서적에 의해 유발된 것으로, 다음 시는 이러한 역사적 후진성을 인식하는 지식인의 내면이 가장 뚜렷하게 나타난다.

가까이 할 수 없는 書籍이 있다/ 이것은 먼 바다를 건너온/ 容易하게 찾아갈 수 없는 나라에서 온 것이다/ 주변없는 사람이 만져서는 아니될 冊/ 만지면은 죽어버릴듯 말듯 되는 冊/ 가리포루니아라는 곳에서 온 것만은/ 確實하지만 누가 지은 것인줄로 모르는/ 第二次大戰 以後의/ 긴긴 歷史를 갖춘 것 같은/ 이 嚴然한 冊이/ 지금 바람 속에 휘날리고 있다/ 어린 동생들과의 雜談도 마치고/ 오늘도 어제와 같이 괴로운 잠을/ 이루울 準備를 해야 할 이 時間

26) 위의 글, 206쪽.

에/ 괴로움도 모르고/ 나는 이 책을 멀리 보고 있다/ 그저 멀리 보고 있는 듯
한 것이 妥當한 것이므로/ 나는 괴롭다
—「가까이 할 수 없는 書籍」(1947) 부분

가까이 할 수 없는 책이라는 것은 태평양을 건너 캘리포니아에서 온
책이다. 그 미국은 쉽게 찾아갈 수 없는 나라이며, 이것은 지리적인 거
리감으로도 그렇지만 정신적인 거리감에서도 그러하다. 미국은 아직 낯
선 타자이고, 비록 영국의 식민지였지만 일본이라는 중재자를 통해서만
접하던 서구문화의 혈통을 따르는 세계체제의 패권자인 것이다. 서구적
지식을 직접적으로 전달하고 서구적 가치관과 사유구조를 간접적으로
유포하는 낯선 힘이 그 나라에서 온 책에 있는 것이다. "먼" 곳이며 "용
이하게 찾아갈 수 없는" 나라의 지리적 거리감은 문화적 거리감을 뜻하
기도 하며 그곳의 긴 역사를 갖춘 '것같'이 보이는 책은 "주변 없는' 사
람의 접근을 허락하지 않는다. 죽음의 경계만큼이나 접근 불가능하게
보이는 것이다. 이 서적의 언어는 "어린 동생들과의 잡담"으로 표상되는
지금 이곳의 일상적 담론과 대별된다. 일상이 끝난 늦은 시간 취침을 잊
고 "괴로움도 모르"는 채 몰입의 즐거움을 준다. 그러나 그 서적을 괴로
움을 잊고 바라보는 자아가 있지만, 그 바라봄이 "멀리"에서 이루어져야
한다는 것을 알기에 괴로워하는 또 다른 자아가 있다. 이 두 번째의 반
성적 자아는 문화적인 주변인의 소외감을 드러내는 주체이다. 자국의
역사적 후진성을 깨닫고 있는 주체에게 서구적 사유의 본질과 역사는
서적의 내부에 갖추어져 있는 "것같은" 존재이다. 서적의 물리적 존재가
보편적 진리와 등치되는 서구적 지식의 권위를 현현시키며 이 주체를
주변부에 배치시키고 중심으로부터 분리시키고 있는 것이다.

사람이란 사람이 모두 苦憫하고 있는/ 어두운 大地를 차고 離陸하는 것이
/ 이다지도 힘이 들지 않는다는 것을 처음 깨달은 것은/ 愚昧한 나라의 어린

詩人들이었다/ 헬리콥터가 風船보다도 가벼웁게 上昇하는 것을 보고/ 놀랄 수 있는 사람은 설움을 아는 사람이지만/ 또한 이것을 보고 놀라지 않는 것도 설움을 아는 사람일 것이다/ 그들은 너무나 오랫동안 自己의 말을 잊고/ 남의 말을 하여왔으며/ 그것도 간신히 더듬는 목소리로밖에는 못해왔기 때문이다.

— 「헬리콥터」(1955) 부분

위 시에서 헬리콥터라는 서구문물에 대한 "우매한 나라의 어린 시인들"의 경탄은 설움을 동반하고 있다. 그런데 놀랄 수 있는 것도 설움을 알기 때문이지만, 놀라지 않는 것도 설움을 아는 것이라고 말한다. 대지의 운명적인 속박성을 벗어나 자유롭게 이륙할 수 있는 것은 서구의 과학적 지식의 힘일 것이다. 그 힘에 놀라는 사람은 앞서 살펴본 「가까이 할 수 없는 서적」의 첫 번째 자아라면, 놀라지 않는 사람은 먼 바다 건너온 서적을 멀리 바라보는 것이 타당하다는 것을 알고 괴로워하는 두 번째 자아일 것이다. 두 경우 모두 식민지적 낙후성을 깨닫는 데에서 오는 설움을 알고 있는, "오랫동안 자기의 말을 잊"은 자들이다. 이 설움은 물리적 정신적 억압 상태에서 자기의 본래성을 망각하도록 강요받은 피식민지의 지식인으로서의 반성에서 오는 것이다. 이러한 측면에서, 김수영에게 자유의 언어는 정치적인 의미에만 머무르는 것이 아니라 의식과 언어에 있어서 식민적 태도를 벗어나 주체성과 본래성을 회복할 것을 지향하고 있는 언어라고 할 수 있다.

그렇다고 식민지 본국의 언어였던 일본어나 일본에 대해 김수영이 무조건 반감을 갖고 있지는 않았다. 과거와 현재에 있어 한국 현대사에서 떼어낼 수 없는 일본의 존재를 망각하고 무시한다는 것은 오히려 무의식적 차원에서 양자의 관계를 식민자와 피식민자의 상하관계로 생각하고 있기 때문일 수도 있다. 김수영은 그러한 적대적인 틀에서 바라보기보다는 사상적 정치적 자기 반성의 거울로 일본을 바라보고 있다.

여기에 있는 것은 中庸이 아니라/ 踏步다 죽은 平和다 懶怠다 無爲다/ (但 〈中
庸이 아니라〉의 다음에 〈反動이다〉라는/ 말은 지워져있다/ 끝으로 〈모두 適
當히 假面을 쓰고 있다〉라는/ 한 줄도 빼어놓기로 한다)// 담배를 피워물지
않으면 아니된다고 하였지만/ 나는 사실은 담배를 피울 겨를이 없이/ 여기까
지 내리썼고/ 日記의 原文은 日本語로 쓰여져있다

—「中庸에 대하여」(1960) 부분

위의 시는 이미 표출된 말을 '지워져있다', '한 줄도 빼어놓기로 한
다'는 삭제와 취소의 행위를 통해 자기 안에 일어나는 검열을 그대로 보
여줌으로써 정치적인 비판을 우회적으로 행하고 있다. 이러한 언어적
장치는 실언(失言)의 구조라고 부를 수 있을 것인데, 무의식적인 실언 속
에 진의(眞意)가 담길 수 있는 것이다. 자유롭게 진정한 발언을 할 수 없
는 '죽은 평화'의 상태와 적당히 가면을 쓰는 나태가 풍자된다. 이런 실
언구조에서 '일본어'가 사용된다는 점에 주의를 기울일 필요가 있다.[27]
그는 이상의 일본어 시를 읽기도 하고 일본어로 읽기를 남기기도 하였
다. 일본어를 쓰면서 그는 현실 감각이 없는 광기와 고독에 몰입된 모습
을 보이기도 하였다.

이것이 〈피로〉라는 것인지도 모르고, 이것이 광기라는 것인지도 모른다.
　　나는 형편없는 저능아이고 내 시는 모두가 쇼우이고 거짓이다. 혁명도, 혁
명을 지지하는 나도 모두가 거짓이다. 단지 이 문장만이 얼마간 진실미가 있
을 뿐이다. 나는 〈고독〉으로부터 떨어져 얼마나 긴 시간을 살아온 것일까.
지금 나는 이 내 방에 있으면서, 어딘가 먼 곳을 여행하고 있는 듯한 기분이
들고, 향수인지 죽음인지 분별이 되지 않는 것 속에서 살고 있다. 혹은 일본

---

27) 일기에는 이 시 앞부분에 4연 정도가 더 있고, 이 날짜 일기 첫머리에 중용이 아니
　　라 답보라는 내용 부분이 일어로 적혀 있다. 김수영, 「일기초(Ⅱ)−1960년 9월 9일
　　자」, 앞의 책, 336쪽 참조.

　　말의 속에 살고 있는 건지도 모른다.[28]

　무의식적인 혼돈 상태와 같은 이러한 고백은 유년기 식민지 교육을 통해 획득했던 일본어를 구사하는 데에서 오는 무의식적 해방감에서 가능했을 것이다. 그 언어 속에 살 때 혁명도 거짓이고 오직 향수 같기도 하고 죽음 같기도 한 고독한 상태로 존재한다. 다른 곳에서 김수영은 "나는 일본어를 사용하고 있는 것이 아니라 妄靈을 사용하고 있는 것이다"[29]라고 일본어로 적은 글 뒤에 밝힌 바 있다. '망령'이라는 의미는 일본어가 한국에서는 이미 죽은 말, 공적인 언어로 떠오르지 못하는 말이 되었다는 뜻일 것이다. 그러므로 그가 일본어를 사용할 때에는 죽은 시간을 사는 것이며 무의식적인 정신의 백색지대를 방황하는 것과 같다. 이처럼 두 가지 언어를 사용하는 자신과 견주어 그는 2개 국어를 쓴 이상(李箱)을 떠올리며, 이상이 일본적 서정을 일본어로 쓰고, 조선적 서정을 조선어로 썼다는 것은 불만스러운데, 이상이 그 반대로 했다면 더 철저한 역설을 이행할 수 있었을 것이라고 말한다.[30] 김수영에게 있어서 일본어는 더 이상 국어가 아니다. 그러므로 자신은 역설을 행할 수는 없다. 그가 할 수 있는 최대치는 일본어를 사용함으로써 '가장 새로운 집념은 상이하게 되는 것이 아니라 동일하게 되는 것'을 이행하는 것이다. 이 말을 두고 이상에게서 불철저했던 역설을 해석해본다면, 식민지 본국과 피식민지를 구별 짓는 것이 아니라 오히려 혼합하고 언어를 변용함으로써 동일하게 만드는 행위, 즉 탈식민지적인 언어 작용의 의미가 되기도 한다. 이때 동일하다는 것은 동화나 일방적 흡수가 아니라 중

---

28) 일기 원문은 일본어로 쓰여 있고, 인용은 다음을 따랐다. 김수영, 「일기초(Ⅱ) 1961년 2월 10일」, 위의 책, 344쪽.
29) 김수영, 「시작 노우트 6」(1966.2.20), 위의 책, 302쪽.
30) 위의 글, 같은 곳.

심과 주변의 위계질서를 허문 문화적 위상에서의 등가성에 가깝다. 김수영은 일본어를 사용함으로써 공적 언어를 벗어나는 자유, 무의식의 해방을 느끼고, 문화적 주변성과 종속성을 극복한 등가성을 얻고자 했던 것이다.

이러한 점에서 김수영에게서 일본은 정치적으로 식민지 지배국의 모습이 아니라 한국의 정치 상황에 대한 우회로의 역할을 할 뿐이다. "五·一六 이후의 나의 생활도 생활이다/ 복종의 미덕!/ 思想까지도 복종하라!"는 말에 일본의 진보적 지식인들이 웃을 것이라고 적고 있는 「轉向記」(1962)에서 그러한 면모를 볼 수 있다. 그리고 다음 시에 등장하는 일본 방송은, 그 자체가 절대적 의미를 갖는 것이 아니라 한국의 상황에 따라 시의 화자에게 들리기도 하고 들리지 않기도 한다.

> 더 값없게 발길에 차이는 隣國의 음성/ —물론 낭랑한 일본말들이다/ 이것을 요즘은 안 듣는다/ 시시한 라디오소리라 더 시시한 것이/ 여기서는 판을 치니까 그렇게 됐는지 모른다/ 더 시시한 우리네 방송으로 만족하는 것이다// 지금같이 HIFI가 나오지 않았을 때/ 비참한 일들이 라디오소리보다도 더 發狂을 쳤을 때/ 그때는 인국방송이 들리지 않아서/ 그들의 달콤한 억양이 금덩어리같았다/ 그 금덩어리같던 소리를 지금은 안 듣는다
>
> —「라디오界」(1967) 부분

이웃 나라인 일본의 방송이 달콤하고 금덩어리같이 들린 이유는, 물리적으로(HIFI(증폭기)가 없어서) 듣기 힘들었기도 했지만 "비참한 일들이 라디오소리보다도 더 발광을 쳤"기 때문이다. 김수영은 4·19를 통해 한국 내부에서 자발적인 민주주의의 요구가 일어났으며, 비록 군사혁명정부가 들어섬으로써 미완으로 그쳤지만 혁명의 현실화를 보았다. 이러한 내부의 힘을 보았기 때문에 김수영은 일본에 대한 자의식이나 선망으로부터 벗어나 우리말 속에서 우리 현실을 대변할 수 있는 소리

를 찾는다.

> 日本말보다도 빨리 英語를 읽을 수 있게 된,/ 몇차례의 言語의 移民을 한
> 내가/ 우리말을 너무 잘해서 곤란하게 된 내가// 지금 불란서 소설을 읽으면
> 서 아직도 말하지/ 못한 한가지 말 —政治意見의 우리말이/ 생각이 안난다
> 거짓말 거짓말
>
> — 「거짓말의 여운 속에서」(1967) 부분

프랑스 혁명을 연상시켰을 불란서 소설을 통해 우회적으로, 그 말이 생각 안 난다고 하는 것은 거짓말이라는 실언의 구조에서, "나는 한가지를 안속이려고 모든 것을 속였다"고 하는 김수영의 의식에서, 모든 것이 가리키는 시니피에는 '자유' 혹은 '혁명' 일 것이다. 우리의 현실에 대한 '정치 의견' 을 담고 있는 우리말을 찾는 것, 그것이 김수영이 '일본어', '영어' 로 대변되는 식민주의자들의 문화를 의식하면서 그로부터 벗어나려 하는 '탈식민성' 의 모습이라고 할 수 있다.

4. 모국어의 재인식과 과거에 대한 기억 의지

김수영의 말에 대한 관심은 단지 정치적 성격에만 머무르지 않는다. 그는 「가장 아름다운 우리말 열 개」(1966)라는 산문에서 시어로서의 모국어에 대한 개안을 보여주고 있는데, 이 글에서 그가 시어의 본질적인 생명으로 재발견한 것은 '영원성' 이다. 이 영원성은 우리말의 아름다움을 현대성 속에서 교차시킴으로써 획득된다. 이 글은 이태 전에 쓴 「거대한 뿌리」를 읽다가 그 시에 나오는 '제3인도교' 와 관련된 과오에 대해 메모한 것을 바탕으로 전개된다. 그 시에서 제3인도교는 아직 가설예정단계로 제2인도교의 착오이다. 그는 언어는 최고의 상상이라는 명제를 세운다.

「거대한 뿌리」에서 순 우리말로 조상들의 상상력으로 꾸며진 낱말인 '요강', '곰보', '애꾸', '못 낳는' 등을 반추해본다. 이러한 순 우리말은 실생활에서 쇠퇴하고 있으며, 언어의 발생과 소멸은 어느 시대에나 있는 일이지만, 오늘날 박자가 빠른 시대라서 그 빨라진 회전도가 보이고 있다고 한다. 김수영 자신도 생경한 우리말을 억지로 쓰는 형편이었다. 이러한 말은 그 언어가 발생하게 된 문물과 경험이 사라지고 있기 때문에 삶의 질감과 밀도가 떨어지고 있는 것이다. 그가 이러한 언어를 두고 '眞空의 언어'라고 부른 까닭이 여기에 있을 것이다. 그러나 이 진공의 언어가 폐색되거나 소멸해야 한다고 보고 있지는 않다. 그는 이러한 '진공의 언어'에서 순수한 현대성을 찾아볼 수 없을까라고 묻고 이 질문을 다시 구체화하여 "양자가 부합되는 교차점에서 시의 본질인 냉혹한 영원성을 구출해낼 수 없을까?"라고 한다. 진공의 언어라는 것은 추상적인 형태로 머릿속에 있고, 랑그의 차원에서 존재하지만, 민중과 전통에서 발생한 본래성을 가진 언어라고 해석한다면, 현대성이라는 것은 새로움과 순간성, 그리고 시간적인 가변성이라고 볼 수 있을 것이다. 이 두 가지의 교차점에서 시의 본질인 영원성이 나타날 수 있다는 것이다. 그러나 김수영은 순 우리말은 퇴색한 듯 느끼고 신조어를 더 실감 있게 쓸 수 있는 '어중간한 비극적 세대'라고 자신을 부르며 확고한 입장을 갖지 못한다고 고백한다. 그는 진정한 아름다운 우리말은 진정한 시의 테두리 속에서 살아 있는 말이라고 한다. 이러한 김수영의 말은 단순한 복고주의나 미국 · 소련에 대한 대타적 민족주의와 무관한 것이다.

그는 모국어를 시어로서 재인식하면서 초기 비판적으로 보고 있었던 과거와 어느 정도 화해를 이루는 것으로 보인다. 그의 초기시에는 "倒立한" 아버지의 사진을 바로 보지 못한다는 진술을 통해, 아버지로 표상되는 "다시 보지 않을 遍歷의 歷史"를 바라보지 못하는 자신을 보인 바 있다(「아버지의 寫眞」(1949)). 그러나 김수영이 화해를 이루는, 또는 바로 보고자 하는 과거는 고착된 또는 본래 그대로의 형태를 유지하는 것이 아니라, 현재성과 교감을 이룸으로써 영원성을 간직한 것이다. 그렇기 때문에 그가 생각하는 것은 전통 자체가 아니라 전통성이라 할 것이며, 현재의 시간 속에서 확인되는 과거라는 시간성이다.

전통성을 긍정할 수 있는 계기, 즉 문화적 정치적 후진성이라는 현 상태와 언어의 이민이라는 세대의 비극성을 가져다 준 우리의 역사를 그가 긍정하게 된 것은 두 가지 방향에서 온 것으로 보인다. 하나는 상상의 힘이다. 그는 「우리들의 웃음」(1963)에서 "꿈은 想像이 아니지만 꿈을 그리는 것은 想像이다 (…중략…) 오늘부터는 想像이 나를 想像한다"라고 말한다. 모든 것을 거꾸로 볼 수 있는 상상을 한다. 그 이유는 두 번째 방향과 결부되는데, "선생과 나는 아이를 가르치는 것이 아니라 아이들을/ 가르치고 있기 때문이다". 단수적인 '아이'가 아니라 복수적인 '아이들'을 대면함으로써 김수영은 세대론적 감각을 미래의 시간과 연관 지을 수 있게 된 것이다. 미래의 오지 않은 시간을 과거에 투사시킴으로써 전통의 건강성, 혹은 그 더러움마저 긍정할 수 있게 되고, 과거를 통해 미래를 열어둘 수 있게 되는 것이다.

> 나는 아이들을 가르치면서/ 우리나라가 宗敎國이라는 것에 대한 自信을 갖는다/ 마당에 서리가 내린 것은 나에게 想像을 그치라는 信號다/ 그 대신 새벽의 꿈은 具體的이고 선명하다/ 꿈은 想像이 아니지만 꿈을 그리는 것은 想像이다/ 술이 想像이 아니지만 술에 취하는 것이 想像인 것처럼/ 오늘부터는 想像이 나를 想像한다// (…중략…) 선생과 나는 아이를 가르치는 것이 아니라 아이들을/ 가르치고 있기 때문이다.
>
> ―「우리들의 웃음」(1963) 부분

이러한 과거와 현재, 미래가 서로 투사되는 상상은 다른 시에서도 나타나는데, 「이 韓國文學史」(1965)에서 "광휘에 찬 신현대문학사"의 위대한 순교자들과, 덤뻥출판사의 번역하청을 하는 오늘날 문인들의 순교를 재발견하는 기쁨을 말한다. 「미역국」(1965)에서는 미국의 탄생보다 더 밝은 이미지 속에 우리의 말이 '영원의 소리'로 '전투의 소리'로 불리며, 구슬픈 조상이나 궁핍한 백성이나 도덕가나 사기꾼 등등에 대해 소극적이나마 긍정하는 모습이 나온다. 「거대한 뿌리」(1964)에는 더러운 역사라도 좋다는 긍정과 내 땅에 거대한 뿌리를 내리고 있는 나의 상상이 등장한다.

> 나는 이사벨 버드 비숍女史와 연애하고 있다 그녀는/ 一八九三년에 조선을 처음 방문한 英國王立地理學協會會員이다/ 그녀는 인경전의 종소리가 울리면 장안의/ 남자들이 모조리 사라지고 갑자기 부녀자의 世界로/ 화하는 劇的인 서울을 보았다 이 아름다운 시간에는/ 남자로서 거리를 無斷通行할 수 있는 것은 교군꾼,/ 내시, 外國人의 종놈, 官吏들 뿐이었다 그리고/ 深夜에는 여자는 사라지고 남자가 다시 오입을 하러 / 闊步하고 나선다고 이런 奇異한 慣習을 가진 나라를/ 세계 다른곳에서는 본 일이 없다고/ 天下를 호령한 閔妃는 한번도 장안外出을 하지 못했다고 ……// (…중략…) 버드 비숍女史를 안 뒤부터는 썩어빠진 대한민국이/ 괴롭지 않다 오히려 황송하다 歷史는 아무리/ 더러운 歷史라도 좋다/ 진창은 아무리 더러운 진창이라도 좋다/ 나에게 놋주발보다도 더 쨍쨍 울리는 追憶이/ 있는 한 人間은 영원하고 사랑도 그렇다// (…중략…)/ 그러나/ 요강, 망건, 장죽, 種苗商, 장전, 구리개 약방, 신전,/ 피혁점, 곰보, 애꾸, 애 못 낳는 여자, 無識쟁이,/ 이 모든 無數한 反動이 좋다/ 이 땅에 발을 붙이기 위해서는/ ― 第三人道橋의 물 속에 박은 鐵筋기둥도 내가 내 땅에/ 박는 거대한 뿌리에 비하면 좀벌레의 솜털/ 내가 내 땅에 박는 거대한 뿌리에 비하면(밑줄―인용자)
>
> ―「巨大한 뿌리」(1964) 부분

이 시는 이사벨 버드 비숍의 구한말 조선방문 여행기를 읽고 쓴 시이다. 비숍의 글에 나오는 '인정(人定)과 파루(罷漏)'와 관련된 내용을 시에 담고 있다. 이 부분에서 주의해 볼 것은 야간통행금지와 같은 제도를 설

명하고 있는 비숍의 진술보다 김수영이 더욱 첨가하고 과장하여 상상하
는 부분이다. 원래 인정은 치안상의 이유나 전등 발명 이전에 활동의 제
약을 이유로 도시 주민들의 밤시간을 제한하는 제도이다. 『경국대전』의
문의 개폐에 관한 조항에 "궁성문은 초저녁에 닫고 해가 뜰 때에 열며
도성문은 인정에 닫고 파루에 연다"고 되어 있으며 오후 10시에서 오
전 4시[二更後五更前 大小員人 勿得出行]에 통행을 제한했지만, 통행금지에
성별 차별 조항은 없었고 관습적으로 이뤄진 것이라고 한다.31) 비숍의
여행기에는 남자가 일시에 사라지고 바깥출입이 금지되었던 아녀자들
이 돌아다니는 신기한 장면에 대한 놀람을 밝히고 있지만, 위의 시에
밑줄 친 두 부분, 즉 남자가 다시 '오입'하러 나온다는 말과, '민비'가
장안외출을 하지 못했다고 하는 말은 김수영이 첨가한 것이다.32) 본문
보다 더 과장적인 상상을 첨가한 것은 김수영이 서구의 눈으로 보았을
때 피식민지의 혹은 동양의 모습이 더 더럽고 더 추악하다는 것을 드러
내려 했는지도 모른다. 비숍은 자신이 베이징을 보기 전에 서울이 쓰레
기와 오물로 세상에서 가장 더러운 도시일 거라고 생각했다고 하기까지
한다.33)

　식민주의 이후 '독립' 민족국가들이 출현할 때 흔히 식민 과거를 망
각하려는 욕망이 수반된다. 치욕스럽고 패배적이었던 과거의 경험을 잊
고, 또 식민주의자들에 의해 조악하게 그려진 왜곡된 이미지를 주입받
은 피식민지에서는 그러한 망각의 욕망이 일어나는 것이다. 이러한 것
을 두고 포스트 식민적 기억 상실(amnesia)이라 할 수 있는데, 이것은 역
사를 스스로 창안하려는 충동이나 새롭게 출발하려는 욕구, 즉 식민 종

31) 孫禎睦, 『조선시대도시사회연구』, 일지사, 1977, 48쪽.
32) 이자벨 버드 비숍, 『한국과 그 이웃나라들』, 이인화 역, 살림, 1994, 63쪽 참조.
33) 위의 책, 47쪽.

속에서 비롯된 고통스러운 기억들을 지워버리려는 욕구의 징후인 것이다.[34] 탈식민주의는 이러한 상황에 대한 이론적 저항이며, 우선 망각에서 벗어나는 것으로부터 출발하여 적극적인 기억하기가 필요한 것이다. 김수영은 식민 과거, 혹은 서구 바깥에 존재하던 동양적 과거를 더욱 극단화시켜 상상하고 기억한다. 망각하고 싶을 만큼 부정적이고 정상에서 벗어나 있다고 생각되는 부분만을 부각시키지만, 아무리 더러운 역사도 좋다고 긍정하게 된다. 김수영은 시를 두고 "詩는 쨍쨍한 날씨에 晴朗한 들에/ 歡樂의 개울가에 바늘돋친 숲에/ 버려진 우산/ 忘却의 想起다"(「敵(二)」(1965))라고 한 바 있다. 버려진 우산과 더러운 역사, 이것들에 대한 망각을 깨닫고 다시 기억으로 재생시켜 상상 속에서 화해를 이루는 것이 김수영이 발견한 영원함이다. 이 망각 속에 있던 검은 거대한 뿌리를 상상함으로써 그는 인류와 사랑으로 나아갈 수 있는 영원성의 힘을 획득할 수 있게 된다.

그가 여가와 진정한 화해를 이루는 것은 미래의 세대와 화해를 이룸으로써이다. 「국립도서관」(1995)에서 세대적인 차이를 느끼는 화자는 피로한 고향의 설움과 같은 것을 느낀다. 과거를 잊는 세대들에게 과거가 모독당한 느낌을 받기 때문이다. 그러나 「눈」(1958)에서 "젊은 시인"과의 동질감을 확인하고 자유의 이행에의 동참을 권유하며, 「廣野」(1957)에서 "共同의 運命을 들을 수 있다"고 이야기한다. 이 새로운 미래는 김수영에게 민중이라는 거대한 역사적 변혁의 주체세력으로 보이지는 않은 듯하다. 그는 "산너머 민중"은 "영원히 앞서 있"(「눈」(1961))는 존재로 보였던 것이다. 다음 시에서는 역사에 대한 기대와 희망이 사랑으로부터 비롯됨을 보여준다.

---

34) Leela Gandhi, 앞의 책, p.16 참조.

> 現代式 橋梁을 건널 때마다 나는 갑자기 懷古主義者가 된다/ 이것이 얼마
> 나 罪가 많은 다리인줄 모르고/ 植民地의 昆蟲들이 二四시간을/ 자기의 다리
> 처럼 건너다닌다/ 나이어린 사람들은 어째서 이 다리가 부자연스러운지를
> 모른다/ 그러니까 이 다리를 건너갈 때마다/ 나는 나의 心臟을 機械처럼 중
> 지시킨다(이런 연습을 나는 무수히 해왔다)// 그러나 문제는 이러한 反抗에
> 있지 않다/ 저 젊은이들의 나에 대한 사랑에 있다/ 아니 信用이라고 해도 된
> 다/「선생님 이야기는 二十년 전 이야기지요」할 때마다 나는 그들의 나이를
> 찬찬히/ 소급해가면서 새로운 여유를 느낀다/ 새로운 歷史라 해도 좋다// 이
> 런 驚異는 나를 늙게 하는 동시에 젊게 한다/ 아니 늙게 하지도 젊게 하지도
> 않는다/ 늙음과 젊음의 분간이 서지 않는다/ 다리는 이러한 停止의 증인이다
> / 젊음과 늙음이 엇갈리는 순간/ 그러한 速力과 速力의 停頓 속에서/ 다리는
> 사랑을 배운다/ 정말 희한한 일이다/ 나는 이제 敵을 兄弟로 만드는 實證을/
> 똑똑하게 천천히 보았으니까!
>
> ──「現代式 橋梁」(1964.11.22) 전문

현대식 교량을 건너가는 사람들을 화자는 식민지의 곤충처럼 바라보
고 그 다리의 죄와 오욕의 역사를 안다. 그러나 젊은 세대는 그 부자연
스러움을 모르고 여유롭다. 화자는 이 젊은 세대의 자신에 대한 사랑을
느끼며 그 새로운 여유를 새로운 역사라 부른다. 이 세대적 교량은 속력
과 속력의 정돈 속에서 이루어지고 젊음과 늙음이 과거와 미래가 소통
하고 교차하는 장소이다. 그 소통의 비밀은 사랑인 것이다. 이 사랑에
대한 전 세대로서의 깨달음은 다음 세대의 아들에게「사랑의 변주곡」
(1967)을 통해 "복사씨와 살구씨"의 단단함과 고요함에 내재된 힘으로
가르쳐진다.「사랑의 변주곡」에서 화자는 "아버지 같은 잘못된 시간"이
아닌 "사랑에 미쳐 날뜀" 미래를 예언하며 자신의 과거를 겸허하게 받
아들이고 미래에 대한 기대를 통해 역사적인 유대감을 회복한다. 그러
나 이 역사적 유대감은 시간 속에 상상적으로 머무르고 있는 것이라면,
현실 속에서 시인의 과제는 시간의 화살을 따라 과오의 언어를 수정하

고 현대성을 탐색하는 것으로 여전히 남겨져 있었던 것이다.

5. 근대의 이면에 대한 비판

현대성은 근대화 개발논리에 따라 전 지구적으로 동일한 생활패턴을 확산시켰으며, 그 이면에 서구중심주의적 사고가 자리 잡고 있음은 많은 논자에 의해 거론되는 바이다. '서구중심(Eurocentric)'이라고 말할 때의 서구 내지 유럽은 물론 지도상의 의미보다 문화적인 의미로 쓰인다. 따라서 유럽을 포함한 모든 생활양식에 대해 '미국적인 생활양식'의 우월성을 주장하는 이데올로기로서의 미국주의(Americanism)도 서구중심주의의 부정이라기보다는 그 절정을 이룬다고 해야 할 것이다. 또한 서구중심주의(Eurocentrism)는 단지 서유럽 및 북미인의 가치들을 명시적으로 옹호하는 태도를 훨씬 넘어서는 것이다. 서구중심주의는 실로 '진리'를 규정하며 무엇이 지식이고 무엇이 아닌가를 결정할 정도로까지 깊숙한 영역에서 작용하고 있는 것이다. '식민성'은 서구중심적인 지식구조와 실질적 불평등과 차별주의 등 온갖 지배와 배제 행위를 포함한 것으로 근대성의 이면(Underside of Modernity)이라고 부를 수 있을 것이다.[35]

김수영이 서구문화에 대해 수용을 요청하는 동경과 원심역적인 반감을 동시에 가지고 있었다고 해도 서구중심주의를 인식할 만큼 투철하지는 않았다. 그의 서구문화에 대한 반감은 첫 번째는 근대도시의 생활에서 오는 일상의 피로와 매문(賣文)이라는 직업인으로서의 자의식이 컸다. 초기 함께 어울렸던 박인환과 그에게 큰 영향을 준 박일영이라는 초

---

35) Dussel., Enrique, *The Underside of Modernity*, (tr) Eduardo Mendieta, New Jersey: Humanities Press, 1996 참조.

현실주의 화가의 보헤미안적인 삶과 달리 생활인으로서의 삶을 살아간다. 그는 이것을 두고 "나는 내가 詩와는 反逆된 생활을 하고 있다는 것을 알 것이다."(「구름의 파수병」(1956))라고 자기 모멸에 빠지기도 하지만, 소시민의 삶을 현실로 받아들이고, 그 삶을 시로 승격시켰던 것이다.

이러한 자본주의적 일상에 대한 비판과 풍자가 그의 마지막 작품인 「풀」이 쓰이기 전까지 지속적으로 창작되었다. 이것은 그가 다음 시에서 말하는 생활을 받아들이는 대신 취하기로 한 시인의 자세로 설명될 것이다.

> 뮤우즈여/ 용서하라/ 생활을 하여나가기 위하여는/ 요만한 輕薄性이 必要하단다/ 時間의 表面에/ 물방울을 풍기어가며/ 오늘을 울지 않으려고/ 너를 잊고 살아야 하는 까닭에/ (…중략…) 클락 게이블/ 그리고 너절한 大衆雜誌/ 墮落한 오늘을 위하여서는/ 내가 「오늘」보다 더 깊이 떨어져야 할 것이다.
>
> — 「바뀌어진 地平線」(1956) 부분

오늘은 질주하는 현대이고 타락하고 있는 문화의 시대이다. 뮤우즈가 순수한 시의 예술적 영감이라면 시인은 세상에서 생활을 하기 위해 그것을 잊고 살아야 한다고 말한다. 그것은 완전히 잊는 것이 아니라 세상의 표면에 사는 것이며, 너무 뮤우즈가 현실과 동떨어져 앞장서지 않도록 규제하는 것이다. 타락한 오늘을 시인의 눈으로 목도하고 구원하기 위해서는 내가 '오늘' 보다 더 깊이 떨어져야 하는 것이다.

서구문화에 대한 두 번째 반감의 방향은 제도적 근대의 외양과 현대성의 속도이다. 미국에서 발간되는 패션유행잡지를 시적 대상으로 삼은 「VOGUE야」(1967)는 첨단을 걷는 가장 선진적인 자본주의의 표상을 그리고 있으며, 동시에 우리네 현실을 되비쳐주는 기제이다. 중심으로부터 멀리 떨어져 있는 주변성이라는 현실이 우리의 현실이라는 김수영의 현실 인식이 드러난다. 또 신성을 지키는 시인의 윗자리에 'VOGUE' 의 넓은 자리가 있었다는 말은 자칫 추상과 관념으로 떨어지기 쉬운 신성의 윗자리에 가장 통속적이고 가장 대중적인 실체, 곧 자본주의 현대예술의 쾌락성이 자리 잡고 있다는 뜻이고, 서구적 근대 혹은 현대를 통과하지 않은 시인의 신성함이야말로 기만이었다는 내용으로 해석된다.

> VOGUE야 넌 잡지도 아냐/ 섹스도 아냐 唯物論도 아냐 羨望조차도/ 아냐—羨望이란 어지간히 따라갈 가망성이 있는/ 상대자에 대한 시기심이 아니냐, 그러니까 너는/ 羨望도 아냐// 마룻바닥에 깐 비니루 장판에 구공탄을 떨어뜨려/ 탄 자국, 내 구두에 묻은 흙, 변두리의 진흙,/ 그런 가슴의 죽음의 표식만을 지켜온,/ 밑바닥만을 보아온, 빈곤에 마비된 눈에/ 하늘을 가리켜주는 잡지/ VOGUE야// 신성을 지키는 시인의 자리 위에 또하나/ 넓은 자리가 있었던 것을 자식한테/ 가르쳐주지 않은 죄—
>
> — 「VOGUE야」(1967) 부분

이러한 미국중심의 서구문명에 대한 김수영의 주의는 「레이판彈」(1955)에서부터 시작되었는데, 이 시에서는 "시간이 싫으면서/ 너를 타고 가야 한다// 創造를 위하여/ 방향은 현대—"라는 추상적인 인식의 상황이었다면, 「풀의 影像」(1966)에서는 아시아와 아프리카의 후진국들의 해방의 도약에 공감하며 미국(엉클 쌤)에게 학살당하는 월남인에 자신이 동화되는 역사적인 현실 인식도 등장한다. 더 나아가 한국 사회의 구석에 깊이 파고드는 대중적 실체들, 자본주의 문화의 첨병들은 「金星라디오」(1966)나 「元曉大師—텔레비를 보면서」(1968), 「의자가 많아서 걸린다」(1968)에서 시적 대상이 된다. 「원효대사」는 텔레비전 드라마가 되어 기계의 현대성을 입어 낡지 않은 모습을 반어적으로 그리고 있고, 「의자가 많아서 걸린다」에서는 온갖 가구들이 들어차는 집을 보며 "모서리뿐인 形式뿐인 格式뿐인/ 官廳을" "鐵條網을 우리집은 닮아가고 있다"고 비판한다.

현실보다 더 철저히 타락한 바닥에서 현실을 끌어안아 노래하겠다는 김수영의 태도는 다음 시들에서, 전통과의 화해를 말하고 있는 사람들보다 더 강한 울림을 주면서 형상화되어 있다고 본다. 「어느 날 고궁을 나오면서」(1965)에서 화자는 사소하고 작은 일에 분개한다. "왜 나는 조그마한 일에만 분개하는가/ 저 王宮의 음탕 대신에/ 五十원짜리 갈비가 기름덩어리만 나왔다고 분개하고/ 옹졸하게 분개하고 설렁탕집 돼지같은 주인년한테 욕을" 하는 화자는 자신이 어느 정도 정치적 비판의 절정에 서 있지 않고 사소한 일상으로 비켜 서 있다고 말한다. 그것이 비겁한 것이라고도 알고 있다. 그렇지만 그런 까닭으로 옹졸하게 반항한다고 한다. 그러나 이 옹졸한 반항이 전혀 무의미한 것은 아니며, 내가 "모래야 나는 얼마큼 적으냐"라고 묻는 자신이 적은 만큼 적은 대로 반항의 소리를 아주 작은 일상의 밑바닥에서부터 내는 것으로 생각할 수 있다.

사소하지만 일상에 대해 비판하고, 이 땅에 거대한 뿌리를 내리기 시작하면서, 그에게는 더 이상 「가까이 할 수 없는 서적」도 「아메리카 타임지」도 소외감을 일으키는 절대적인 존재가 아니다. 다음 시에 등장하는 「엔카운터誌」 역시 그러한 서적들과 동류로서 서구중심주의를 유포하고 그 중심으로부터 피식민지적 주체를 배치시키는 서구적 지식의 힘에 내장하고 있는 존재이다. 그러나 시적 화자는 그로부터 벗어나 있다.

> 그렇게 매일 믿어왔는데, 갑자기 변했어./ 왜 변했을까. 이게 문제야. 이게 내 고민이야./ 지금도 빌려줄 수는 있어. 그렇지만 안 빌려줄 수도/ 있어 (…중략…) 지금은 안 빌려주기로 하고 있는 시간야. 그래야 시간을 알겠어 (…중략…)/ 시간은 내 목숨야. 어제하고는 틀려졌어. 틀려/ 졌다는 것을 알았어. 틀려져야겠다는 것을 알/ 았어. 그것을 당신한테 알릴 필요가 있어. 그것/ 이 책보다 더 중요하다는 걸 모르지. 그것을/ 이제부터 당신한테 알리면서 살아야겠어 (…중략…) 어제도 빛나지 않고,/ 오늘도 빛나지 않는다. 그 연관만이 빛난다./ 시간만이 빛난다. 시간의 인식만이 빛난다/ 빌려주지 않겠다.
>
> —「엔카운터誌」(1966) 부분

인식하는 주체는 바뀌었다. 서구의 교양과 권위를 행사하는 지식이 담긴 엔카운터지를 빌려주지 않겠다는 것은 자신이 생각하고 있는 엔카운터지에 대한 인식이 바뀌었기 때문이다. 더 중요한 것은 시간이며, 어제와 오늘도 아니며, 어제와 오늘의 연관이다. 그러한 시간에 대한 인식이 중요한 것이다. 통문화적인 다양성을 겪는 지식인으로서의 소외를 느끼던 주체가 자신이 경험하는 과거와 오늘, 그 시간의 누적과 연속이 중요함을 깨달음으로써 당당한 주체로 변모한 것이다. 시적 화자는 그것이 "책보다 더 중요하"다는 것을 알리면서 살겠다고 다짐한다. 그러한 시간에 대한 인식을 앞에서 살펴본 「사랑의 변주곡」에서 부르는 사랑이라고 할 수 있다. 이 사랑을 만드는 기술을 "최근 우리들이 四·一九에서 배운 기술"이라고 부르는데, 미래의 새로운 주체가 될 아들에게 "사랑을 알 때까지 자라라"고 당부하며, 그 사랑이 만개하는 날이 결코 "아버지같은 잘못된 시간의/ 그릇된 瞑想"이 아닐 것이라고 말한다. 더 이상 피식민지적인 소외된 주체의 모습이 아닌 그러한 시적 화자의 모습은 자신의 잘못된 과거를 혹은 더 나아가 피식민지적 경험에 왜곡되었던 과거의 모습을 부정하지 않고 그 잘못된 시간에서도 미래와 역사에 대한 기대와 희망을 갖고 있다.

6. 마치며

이상으로 1960년대 문화적 상황 속에서 현대성의 경험과 관련되는 김수영의 시 텍스트들을 살펴보았다. 김수영 자신이 '언어 이민'이라고 부른바, 국가의 표준어와 시에 쓸 수 있는 언어가 식민지 본국의 일본어에서 자국어로 바뀌고, 권력과 지식을 편재하고 행사하는 중심 언어가 일본어에서 영어로 바뀌는 상황에 주목하였다. 김수영은 새로운 문화적 지배 언어로서 서구어를 인식하였으며, 서구에 대해 거리감을 느끼고 그에 따라 자국의 역사적 후진성을 자각할 수밖에 없었다. 그러나 4·19 라는 자유민주주의에 대한 요구의 내부로부터의 분출과, 미완일지라도 혁명의 현실화에서 역사적 대등함을 얻게 된다. 혁명을 목격함으로써 획득할 수 있었던 힘을 통해 그는 '노예의 언어'를 벗어나 우리의 상황에 대해 우리의 목소리로 발언하는 '자유의 언어'를 찾고자 하였다.

그러한 의식은 '진공의 언어'라고 부르는 과거와 현재의 시간성이 혼합된 우리말에 대한 관심으로 표출되는 한편, 식민주의에 의해 왜곡되고 추락된 과거에 대한 기억을 회복함으로써 자국의 이미지를 긍정하게 된다. 이러한 탈식민주의적 면모는 식민 직후의 기억상실에 대한 저항이라고 평가할 수 있다. 이러한 과거의 거대한 뿌리와 시간과 화해한 시인은 미래세대에 대한 기대와 희망을 발견함으로써 탈식민주의적인 주체성을 갖게 된다. 김수영의 탈식민주의적인 주체성은 한편으로 자신의 역사가 갖고 있는 균열 — 식민지로서의 옛 상처, 4·19 혁명의 분출과 좌절, 군부 독재의 성립 등 역사의 지난한 편린들 — 을 끌어안는 모습에서, 다른 한편으로 미국으로 대표되는 서구문화의 직접적인 유입으로 인한 일상적 현대화의 경험을 비판적으로 자각하는 모습에서 살펴볼 수 있다.

■ 참고문헌

김경린 외 편, 『새로운 도시와 시민들의 합창』, 도시문화사, 1949.
김수영, 『김수영 전집』 1·2, 민음사, 1981 초판, 1989 7판.
최하림 편, 『김수영』, 문학세계사, 1993.

김병철, 『한국현대번역문학사연구』, 을유문화사, 1998.
김상환, 『풍자와 해탈 혹은 사랑과 죽음』, 민음사, 2000.

김승희 편, 『김수영 다시읽기』, 프레스21, 2000.

박명림, 「근대화 프로젝트와 한국 민족주의」, 『한국의 '근대'와 '근대성' 비판』, 역사문
　　　제연구소 편, 역사비평사, 1996.
백낙청, 「한반도에서의 식민성 문제와 근대 한국의 이중과제」, 『창작과비평』 1999 가을.
정재찬, 「김수영론-허무주의와 그 극복」, 『1960년대 문학연구』, 문학사와비평연구회,
　　　예하, 1992.
정태헌, 「한국의 식민지적 근대화 모순과 그 실체」, 『한국의 '근대'와 '근대성' 비판』,
　　　역사문제연구소 편, 역사비평사, 1996.
최동호, 「김수영의 문학사적 위치」, 『작가연구』 5호, 1998년 상반기, 새미.
조현일, 「김수영의 모더니티관에 관한 연구」, 『작가연구』 5호, 1998년 상반기, 새미.
황동규 편, 『김수영의 문학』, 민음사, 1983.
Ashcroft, Bill · Griffiths, Gareth · Tiffin, Helen(ed), *The Post-colonial Studies Reader*, Routledge,
　　　1995.
──────────────────────────, 『포스트 콜로니얼 문학이론』, 이석호 역,
　　　민음사, 1996.
Dussel, Enrique, *The Underside of Modernity*, (tr) Eduardo Mendieta, New Jersey: Humanities Press,
　　　1996.
Gandhi, Leela, 『포스트식민주의란 무엇인가』, 이영욱 역, 현실문화연구, 1998.
Said, Edward W. *The World, the Text, and the Critic*, Harvard University Press, 1983.

김수영 지우기

탈식민주의 논의와 관련하여[1]

허 윤 회

1. 문제제기

이 글에서 다루고자 하는 것은 김수영과 탈식민주의 문학론의 관계이다. 김수영은 참 행복한 시인이다. 다른 누구보다도 그에 대한 논의는 풍성하다. 또한 지칠 줄 모르는 그에 대한 관심의 지평은 탈식민주의 문학론에까지 이어져 있다. 탈식민주의 관점에서 김수영이 떠올려지는 것은 그의 시에서 사용된 '식민'이라는 단어에서 비롯된다. 전혀 '시적'이지 않은 '식민'이라는 단어를 김수영의 시에서 발견할 수 있다. 그 '식민'에 대한 기억을 '탈'식민의 기획과 연계하여 사고하는 것은 당연한 순서일 것이다. 하지만 이러한 접근이 결코 녹록치 않다는 것에 문제가 있다. 김수영의 현실 인식에 대한 수많은 접근에도 그의 문학에 대한 해

---

1) 이 글은 『상허학보』 14집(상허학회, 2005)에 발표되었으나 재수록하면서 일부를 수정하였음.

명의 미진함이 남아 있다면 탈식민주의를 통한 접근이 같은 결과에 봉착하리라는 것을 예상하는 것은 어렵지 않은 일이다.

탈식민주의 문학론을 통하여 김수영의 새로운 면모를 볼 수 있다면 매우 다행스러운 일이다. 탈식민주의 문학론의 관점에서 김수영을 보기 시작한 것은 최근의 일이다. 탈식민주의 관점에서 김수영을 보려고 할 때 우선 마주치게 되는 것은 '미국'이라는 표상이다. '미국'이라는 표상은 제2차 세계대전 이후 세계의 패권을 장악해온 하나의 제국 혹은 문명을 의미한다. 이를 바라보는 김수영의 시각은 신식민의 지배를 감수해야 하는 현실에 대한 인식을 전제하고 있다. 동시에 강대국의 식민 지배라는 현실을 어떻게 수용 혹은 극복할 것인가에 초점이 맞추어지게 된다.[2]

김수영의 시세계를 탈식민주의 문학론과 관련하여 논의하는 것은 분명히 새로운 시도이다. 하지만 이를 통하여 김수영의 시가 내장하고 있는 진경(眞景)에 접근할 수 있는가 하는 문제는 아직 미지수이다. 이를 위해서는 다음과 같은 의문점에 대한 해답이 있어야 할 것이다. 첫째 김수영의 어떠한 점이 탈식민주의 문학론과의 관련성을 가능케 하였는가 하는 점이다. 둘째는 탈식민주의의 관점에서 김수영의 새로운 면모는 무엇이어야 하는가 하는 점이다. 셋째는 지금까지의 김수영에 대한 풍성한 논의를 어떻게 하면 좀 더 진전된 방향으로 위치시킬 수 있느냐 하는 점이다. 이런 측면에서 보았을 때 기존의 탈식민주의 문학론을 빌어 김수영을 해석하려는 시도는 매우 단순해 보인다. 그 단순함이 뜻하는

---

2) 탈식민주의적 관점에서 김수영을 보려는 시도는 김승희의 「김수영의 시와 탈식민주의적 반언술」(『현대시 텍스트 읽기』, 태학사, 2001), 이영욱 역의 「옮긴이의 말」(릴라 간디, 『포스트식민주의란 무엇인가』, 현실문화연구, 2000), 손종업의 「캘리포니아에 저항하기」(『탈식민의 텍스트, 저항과 해방의 담론』, 문학과비평연구회 편, 이회, 2003), 이경수의 「'국가'를 통해 본 김수영과 신동엽의 시」(『한국근대문학연구』 11집, 한국근대문학연구회, 2005) 등의 글에서 시도된 바 있다.

바는 김수영을 1960년대 대표적인 참여시인으로 보았을 때 특징적으로 포착되는 양상들과 거의 같다는 점에서도 확인된다. 김수영의 시가 새로운 세기에도 참여와 저항의 대명사여야 하는가라는 물음에는 일말의 회의가 든다. 적어도 김수영과 탈식민주의 문학론을 연결시킬 때 염두에 두어야 할 것은 그에 대한 기존의 성과를 온축하고 그 이상의 성과를 얻을 수 있어야 한다는 것이다. 그런 의미에서 탈식민주의 문학론을 통한 김수영에 대한 접근은 그 가능성만으로도 매력적이다.

필자는 최근의 김수영에 관한 논의들 가운데에서 김상환이 벌인 일련의 논의와 탈식민주의 문학론에 입각한 접근이 가장 주목할 만한 성과이고 경향이라고 생각한다. 이 두 가지의 방향은 기존의 김수영 문학에 대한 반성과 새로운 자극으로서 그 의미가 크다. 기존의 김수영론에 대한 과감한 수정이라는 측면에서 김수영 연구의 새로운 좌표와 시사점을 얻을 수 있었기 때문이다. 물론 김상환의 논의를 탈식민주의 문학론의 관점에 포함시킬 수 있느냐의 문제는 남아 있다. 하지만 탈식민주의 문학론의 논의 공간을 생성하기 위해서는 김상환의 논의가 필요했던 것이 아닌가라고 질문해 볼 수 있다. 이 양자의 성과와 문제점 그리고 가능성에 대한 논의를 통해 김수영 문학의 면모를 새롭게 조망할 수 있을 듯하다. 그 어름에서 탈식민주의 문학론에 대한 올바른 접근 태도와 방법에 대한 실마리가 제공되었으면 하는 것이 필자의 바람이다.

2. 사랑과 죽음, 혹은 해체론적 접근

1968년 김수영은 불의의 윤화를 당하였다. 1981년에 이르러서 그의 문학세계를 한눈에 조감할 수 있는 『김수영 전집』이 출간되었다. 『김수영 전집』은 그의 시와 산문을 각 권으로 묶고 별권을 함께 출간하였다. 별권은 '김수영의 문학'이라는 제목 아래 그의 문학세계를 다룬 평론들을 간추려서 편집한 것이다. 김수영에 대하여 탐구하고자 하는 사람은 세 권으로 이루어진 『김수영 전집』을 일차 텍스트로 하여 연구를 진행시키게 된다. 그만큼 『김수영 전집』의 위상은 확고한 것이라고 할 수 있다.[3]

김수영의 사후 30주년을 즈음하여 그에 대한 재조명이 다양하게 이루어졌다.[4] 대체적인 논의들은 『김수영 전집』 별권에 실린 글들의 연장선상에 놓여 있는 것들이었으며 새로운 시각을 보여주었다고 말하기 어렵다. 그만큼 『김수영 전집』 별권의 논의 수준은 김수영 문학에 대한 논의를 대표하는 매우 뛰어난 것이라고 생각한다. 이 점은 참 안타까운 일이지만 사실이다. 1970년대를 지나면서 김수영을 둘러싼 논의는 매우 치열하게 전개되었으며 이를 통하여 '김수영 문학'이라는 하나의 담론이 형성된 것이다. 이 책에 수록되지 않은 김지하의 「풍자냐 자살이냐」(『시인』, 1970. 7)까지를 포함한다면, 그 담론의 지형은 한국 현대시문학사의 축소판이라고 해도 과언이 아닐 것이다.

변화의 시작은 '밖'에서 이루어졌다. 김상환의 「스으라의 점묘화 : 김수영 시에서 데카르트의 백색존재론으로」(『철학연구』 30호, 철학연구회, 1992년 봄)와 「김수영과 책의 죽음 : 모더니즘의 책과 저자 2」(『세계의 문학』 70호, 민음사, 1993년 겨울)에서는 데카르트와 블랑쇼 그리고 데리다의 연관성이 김수영을 통하여 빛나고 있다. 정치한 철학적 언술

---

3) 『김수영 전집』(민음사, 1981)은 김수영 문학 연구의 주된 텍스트로 사용되고 있지만, 김수영의 시와 산문 가운데 누락된 부분도 없지 않다. 이 부분이 보완되어 『김수영 전집』(민음사, 2003)이 새롭게 출간되었다. 이후 『김수영 전집』(1981)의 인용은 별다른 언급이 없을 시에는 이 책에 의한 것으로 글명, 『김수영 전집』의 면수만을 기록하기로 한다.

4) 그 결과 다음과 같은 성과가 있었다. 김상환, 『풍자와 해탈 혹은 사랑과 죽음』, 민음사, 2000; 김승희 편, 『김수영 다시읽기』, 프레스21, 2000; 김명인, 『김수영, 근대를 향한 모험』, 소명출판, 2002; 황정산 편, 『김수영』, 새미, 2002. 그 밖의 양상에 대해서는 허윤회, 「김수영 문학연구 전말기」, 『김수영, 그후 40년』, 김수영 40주기 추모 학술제 자료집, 2008 참조.

들 속에서 김수영은 아직도 문학적 영향의 중심에 우뚝 서 있었다. 이어서 김수영에 대한 일련의 글들을 묶어서 김상환은 『풍자와 해탈 혹은 사랑과 죽음』을 출간하기에 이른다.

사실 필자는 이 책이 나왔을 때 애써 읽을 염을 내지 않았다. 상당수의 글들은 게재지에서 직접 읽었거나 어떤 글은 복사를 해서 밑줄을 쳐가며 학구열을 불태우기도 했었으니까. 하지만 그의 글들은 김수영의 전모를 설명하기에는 채울 수 없는 어떤 거리가 느껴진다. 왜냐하면 김상환의 논의는 근대 합리주의의 서막을 알린 데카르트의 철학이 그의 자의식을 통해서 보다 깊이 있는 이해가 가능하다는 것에 강조점이 놓여 있다. 근대적 개인의 자의식은 근대성 혹은 모더니티의 원천이라고 해도 틀린 말은 아닐 것이다. 그런 의미에서 데카르트와 김수영을 연계시키는 것은 당연하다. 바로 이 지점에서 김수영의 「공자의 생활난」에서 보이는 '명석'과 '판명'이라는 단어는 확실한 증거이다. 인간으로서의 데카르트를 올바르게 성찰하였을 때 비로소 시인 김수영의 올바른 모습을 볼 수 있다. 하지만 김상환의 글에서 김수영의 시는 이것을 설명하는 도구처럼 혹은 여백처럼 다루어지곤 한다. 이 점이 김상환의 논의를 보면서 가장 불편했던 점이다. 왜 김수영과 데카르트의 자의식을 같은 선상에서 비교할 수는 없었던 걸까?

그리하여 김상환의 『풍자와 해탈 혹은 사랑과 죽음』을 정독했다. 책을 읽으면서 그 이유를 찾으려고 했다. 그는 머리말에서 "나는 유럽에서 가장 보수적인 학풍의 대학에서 문헌 고증을 중시하는 지도 교수 아래 데카르트를 공부하고 있었다. 이 연구는 철학적이라기보다 고증학적인 성격이 강했는데, 조금 과장하자면 남이 한 번 읽고 지나가는 곳을 골백 번도 더 읽어야 하는 독서훈련을 하고 있었다."[5]라는 구절이 있다. 그는

---

5) 김상환, 「머리말」, 앞의 책, 5쪽.

이런 공부에 진력이 나서 김수영에게로 외출하여 탈출구를 찾았다고 한다. 이런 사사로운 구절을 인용하는 이유는 김상환은 『김수영 전집』도 이렇게 읽지 않았겠는가 하는 짐작 때문이다. 꼼꼼히 읽기는 그의 공부 방식이다. 가장 먼저 배워야 하는 미덕이다.

김상환의 글을 읽으면서 고개를 끄덕이게 하는 부분들이 있었다. 첫째는 「가장 아름다운 우리말 열 개」라는 김수영의 글에 포함되어 있는 다음의 말이다. "모든 언어는 과오다. 나는 시 속의 모든 과오인 언어를 사랑한다. 언어는 최고의 상상이다."[6] 이 말은 김수영이 「거대한 뿌리」를 쓸 무렵 자신의 생각을 정리하는 과정에서 한 말이다. 이상하게 들리겠지만 김상환 이전에 이 글을 주목한 이는 거의 없다. 그는 이 글을 빌미로 그의 첫 번째 '김수영론'을 시도한다. 이를테면 이후의 작업이 이루어지기 위한 하나의 전략적인 교두보의 자리에 「가장 아름다운 우리말 열 개」라는 김수영의 글이 위치하고 있다.

두 번째 부분은 김상환이 인용하고 있는 정현종의 말이다. 정현종은 "김수영의 작품을 통독했다. 시에 관해서 말한 그의 산문들도 읽어보았다. 읽고 나서 받은 가장 강한 느낌은 그의 작품이 갖고 있는 속도이다. 이 속도감이 어느 정도냐 하면 속도 자체가 작품의 주요내용이며 또한 형식을 결정하고 있는 것 같은 느낌이 들 정도이다." 정현종의 이 말에 대하여 김상환은 "나는 이보다 더 정확하고 통찰력 있는 평을 찾지 못했다."라고 적고 있다.[7] 김수영의 「풀」에 대한 정현종의 평가에 대하여 김상환은 적극 동의를 표하고 있다. 수많은 김수영론 가운데에서 정현종에 대한 이런 적극적인 동의 또한 발견하기 힘든 부분이다. 이 두 부분은 김수영에 대한 접근에 있어서 사각지대에 놓여 있는 대목이다. 이러

6) 김수영, 「시작 노우트 4」, 『김수영 전집 2』, 민음사, 1981, 294쪽.
7) 김상환, 「장마풍경」, 앞의 책, 267쪽.

한 심연을 건너 김상환이 나아가고 있는 부분은 김수영의 시세계의 본질적인 부분이다. 그는 다음과 같이 정리하고 있다.

> 김수영에게서 이 접경적 사건은 최종적으로 사랑과 죽음 사이의 사건으로 요약된다. 시가 무한대의 혼돈으로의 접근이라는 공식은 사랑과 죽음 사이의 긴장을 그 내용으로 담고 있다. 무한대의 혼돈은 시로 하여금 죽음의 기술이기를 요구한다. 그러나 시는 그 혼돈에 접근한다는 의미에서, 혼돈에 발을 들여놓고 그 혼돈을 견딘다는 의미에서 접근의 기술, 사랑의 기술이다. 수동성에 빠지고, 변형을 겪는 이해, 그것이 사랑의 기술로서의 시 쓰기이다. 김수영은 이런 시적 이행을 '온몸에 의한 온몸의 이행'이라 했다.[8]

김수영의 후기 시와 시론을 간명하게 요약하고 있다. 풍자이면서 해탈인 동시에 사랑이면서 죽음을 가리키는 시적 기투의 행위는 '현실 지향적인 동시에 역사적 개방성의 기원으로 향한 초월론적 사유여야 한다."[9]라고 김상환은 말한다. 그가 말하고 있는 백색의 존재론이란 바로 이 초월론적 사유와 깊은 관련이 있다. 지금까지 김상환은 김수영을 통하여 초월론적 사유의 시적 가능성을 타진하고 있었던 것이다. 그리고 이것은 '김수영 문학담론'이 결여하고 있었던 대목이기도 하다.

김수영의 글들을 꼼꼼히 읽으면서 그 가능성을 타진했던 점, 그 가능성의 타진이란 김수영의 이미지를 훼손하는 것처럼 비쳐지기도 했다는 점, 이른바 해체론적 사유의 연장선상에서 김수영을 재검토하는 과정을 그의 글에서 발견할 수 있다. 이러한 과정을 거쳐서 도달한 곳이 바로 김수영의 시가 거처하고 있는 성채이다.

> 요즘 시론으로는 조르주 바타이유의 『문학과 악』과 모리스 브랑쇼의 『불꽃의 문학』을 일본 번역 책으로 읽었는데, 너무 마음에 들어서 읽고나자마자

8) 김상환, 「시(詩)와 시(時)」, 위의 책, 81쪽.
9) 김상환, 「시적 사유와 존재 사유」, 위의 책, 56쪽.

즉시 팔아버렸다. 너무 좋은 책은 집에 두어두고 싶지 않다. 집의 서가에는 고본옥(古本屋)에서도 사지 않는 책만 꽂아두면 된다. 이왕 속물근성을 발휘하려면 이류의 책이나 꽂아두라. (…중략…) 노상 느끼고 있는 일이지만 배우도 그렇고, 불란서놈들은 멋있는 놈들이다. 영국 사람들은 거기에 비하면 촌뜨기다. 바타이유를 보고 새삼스럽게 그것을 느낀다. 그러나 당분간은 영미의 시론을 좀 더 연구해보기로 한다.[10]

　김수영의 초월론적 사유에 관심을 갖고 살펴보기를 원하는 사람이라면 놓치기 어려운 대목이다. 또한 '김수영 문학담론'에서는 잘 거론되지 않았던 대목이기도 하다. 김수영과 조르주 바타이유를 관련시켰을 때 나타나는 논의의 혼란은 분명한 것이다. 참여시인으로서의 김수영과 바타이유의 실존주의는 얼음과 불처럼 이질적이다. 아니 전혀 다를 것이라는 일종의 선이해가 개입되어 있었다. 바타이유는 사르트르의 시에 대한 생각을, 적어도 보들레르의 경우에, '실존의 특권을 포기'하는 것이라고 비판한다. 동시에 시는 "사유를 통과한 사물들과 그 사물들을 사유하는 의식의 일치를, 즉 불가능을 원한다."라고 바타이유는 말한다. 그가 이렇게 말하는 이유는, 이것이 바로 사르트르의 생각과는 다르게, '사물들의 그림자로 축소되지 않는 유일한 방법'이기 때문이다.[11] 이것은 바타이유의 문학적 배경이라고 할 수 있는데 그는 이것을 '시적 관여 (la participation poétique)'라고 명명한다.[12] 잘 알려진 바와 같이 바타이유

---

10) 김수영, 「시작 노우트 4」, 앞의 책, 294쪽. 바타이유와 블랑쇼의 일역본은 다음과 같다. G. バタイユ., 山木 功 譯, 『文學と惡』, 紀伊國屋書店, 1959; M. ブラショ ン., 重信常喜 譯, 『焰の文學』, 紀伊國屋書店, 1958.
11) 조르주 바타이유, 『문학과 악』, 최윤정 역, 민음사, 1995, 49쪽.
12) 이에 대한 바타이유의 정의를 살펴보면 다음과 같다. "관여를 정의하는 데는 예측, 기대하는 미래가 소용이 없다. (…중략…) 시적인 관여에 있어서 대상의 의미 역시 과거에 의해 정해지는 것이 아니다. 유용성과 시에서 똑같이 벗어나 있는 기억의 대상만이 순수한 과거의 소산일 것이다. 시가 일으키는 작용에 있어서 기억의 대상이 갖는 의미는, 주체에 의한 현행적 침식에 의해서 결정되는 것이다."(위의 책, 47~48쪽)

는 『에로티시즘』의 저자이다. 그는 에로티시즘을 정의하여 '죽음을 파고드는 삶'이라고 정의하였다. 인간의 신성을 유한성과 비참의 위반에서 찾으려 했던, 그의 글을 읽은 사람이라면 「죽음과 사랑」의 대극(對極)은 시의 본수(本髓)'라고 말했던 김수영과의 상동성에 놀라지 않을 수 없다. 김수영의 시적 근저에는 이 '죽음'과 '구원'의 문제가 옹이처럼 자리 잡고 있기 때문이다.

> 죽음과 사랑을 대극에 놓고 시의 새로움이라는 것을 생각해 볼 때, 시라는 것이 얼마만큼 새로운 것이고 얼마큼 낡은 것인가의 본질적인 묵계를 알 수 있다. 이렇게 말하는 것을 보고 필자의 말은 너무나 정통파적이고 고루하다고 반박할 사람이 있을지 모르지만, 사실은 필자의 갈망은 훨씬 미래의 편에 서 있다. 그리고 그러한 실험적인 미래의 시의 관점에서 들여다 볼 때, 우리 시단의 작품들이 주는 환멸을 미연에 방지하기 위해서 자기도 모르게 소위 정통파적인 방어적 위장을 쓰고 있을는지는 모르지만 이것이 막상 고의적인 것이라 치더라도 그다지 유해한 것이 아니라는 것을 필자는 알고 있다.[13]

죽음과 사랑의 대극은 '대극의 일치'라는 관점을 상기시키는데 이러한 일치는 연금술을 떠올리게 된다. 초월론적 사유와 연금술 그리고 신비주의는 새로운 시적 비전의 제시로서 읽힐 수 있다. 김수영의 시에 대한 본질주의적 접근은 그만큼 넓은 스펙트럼을 갖고 있는 것이다. 바타이유는 그렇다 치고 블랑쇼는 『문학의 공간』에서 삶과 죽음의 문제와 형상화에 대한 깊은 성찰을 보여주고 있다. 또한 '저자의 죽음'을 통하여 문학의 근대성이 갖고 있는 한 특징을 전면화하고 있다. 이미 김상환이 '책의 죽음'을 말하기 이전에 김수영은 블랑쇼를 통하여 '미래의 책'

13) 김수영, 「「죽음과 사랑」의 대극은 시의 본수(本髓)」, 앞의 책, 407쪽.

에 대한 준비를 하고 있었던 것처럼 보인다.

그런데 김수영은 바타이유와 블랑쇼의 책을 보고나서 팔아버렸다. 그의 말에 의하면 "너무 마음에 들어서 읽고나자마자 즉시 팔아버렸다."는 것이다. 이 대목은 께름칙하다. 그 좋은 책을 왜 버렸을까? 좋은 책이라면 애장하고 생각이 날 때마다 꺼내보아야 할 일이 아닌가? 하지만 그는 좋은 책은 집에 두지 않고 헌책방에서도 사지 않을 책만 꽂아두면 된다는 너스레를 떨고 있다. 그리고 인용문의 말미에서 프랑스 사람은 멋쟁이이지만 영국 사람들은 '촌뜨기'이며 바타이유를 한 번 더 추어올린다. 그리고 이내 자기의 자리로 돌아온다. '영미의 시론을 좀 더 연구'해보겠다는 것이다. 위에서 다룬 김수영의 발언들은 비교적 그의 인생에서 후기에 속한 시기에 이루어졌다. 하지만 연원을 살펴보면 김수영의 생각이 현실과의 마찰에서 비롯된 파생적인 것이 아니라 그의 문학적 출발부터 배태된 것이었음을 알 수 있다.

3. 신비평과 탈식민

김수영의 시에서는 번역으로 생계를 유지하는 자신의 처지를 다룬 시들이 여러 편 있다. 김수영에게 있어서 번역은 그의 노동임과 동시에 설움을 잊을 수 있는 시공간이기도 하다. 그의 문학적 전신자로서의 위치는 지금까지 소략하게 다루어져 왔다.[14] 김수영은 영미의 주요 시론서을 번역한 바 있는데 R. W. 에머슨의 『문화·정치·예술』, 알렌 테이트의 『현대문학의 영역』, 프랑시스 브라운이 엮은 『20세기 문학평론』 등이

---

14) 조현일의 「김수영의 모더니티관에 관한 연구-트릴링과의 영향관계를 중심으로」(『작가연구』 5호, 1998년 상반기, 새미)와 박지영의 「김수영 시 연구-시론의 영향관계를 중심으로」(성균관대 박사학위논문, 2001)는 최근의 성과이다.

그것이다.[15] 백철이 편역한 『비평의 이해』(민중서관, 1968)에는 알렌 테이트의 「현대비평의 직능」이 김수영의 번역으로 수록되어 있다. 백철, 김용권, 이창배와 함께 김수영은 신비평의 수용에 있어서 중요한 역할을 한 셈이다.

1) 알렌 테이트의 경우

신비평의 이론가 테이트의 문학이론은 '긴장(tension)의 시론'으로 요약할 수 있다.[16] 그가 말하고 있는 긴장은 '시에서 발견되는 모든 외연과 내포를 완전히 조직한 총체'를 의미한다. 비유적 의미는 글자 그대로의 기술적인 외연을 무효화하지 않으면서 동시에 은유의 복잡성을 한 단계씩 진전시켜 나아갈 수 있다. 그런데 각 단계에서 이해된 비유적 의미는 일관성을 유지해야 한다.[17] 테이트의 이러한 시각은 '긴장' 속의 특별한 공존관계를 상정한 것이다. 이 점은 리차즈가 외연을 포기하고 내포만을 문학적이라고 생각한 것과 다르고, 랜섬의 이론과도 차이가 있는 것이다. 랜섬은 작품의 틀(structure)과 결(texture)이 긴밀한 관계에

15) R. W. 에머슨, 『문화 · 정치 · 예술』, 김수영 역, 중앙문화사, 1956; 알렌 테이트, 『현대문학의 영역』, 김수영 · 이상옥 역, 중앙문화사, 1962; 프란시스 브라운 편, 『20세기 문학평론』, 김수영 · 유정 · 소두영 역, 중앙문화사, 1970. 각 권의 원저명은 다음과 같다. Eduard C. Lindeman ed., EMERSON, *The Basic Writings of America's Sage*, The New American Library Of World Literature, INC, 1947; Allen Tate., *COLLECTED ESSAYS*, 1948; Francis Brown., *HIGHLIGHTS OF MODERN LITERATURE*, The New York Times Company, 1949(1954). 그 밖의 다른 번역의 서지에 대해서는 『김수영 전집 2』(민음사, 2003) 631~636쪽 참조.
16) 이에 대해서는 박지영, 위의 논문과 강웅식, 「김수영 시론연구」, 『상허학보』 11집, 상허학회, 2003, 174~178쪽 참조.
17) 알렌 테이트, 「시에 있어서의 텐션」, 앞의 책, 100쪽.

있으나 융합할 수 없다고 보았다.[18] 그런 면에서 테이트의 시각은 좀 더
강한 문학적 보수성을 드러내고 있다.

> 이 시의 정묘한 직유는 사랑의 행위와 죽음의 순간과의 유사를 몇 개의 단
> 계로 진술하고 있다. 그런데 만약 독자가 혹 중세영어에서 16세기를 통하여
> 「죽는다」(die)라는 동사가 제2의적 의미로서 「사랑의 행위를 행(行)한다」라는
> 의미를 가지고 있었다는 것을 알고 있으면 이러한 유사는 새로운 의미의 테
> 두리를 향해서 확대하리라고 생각한다. 이 유사는 숨은 재치가 포함돼 있다.
> 하지만 우리는 16세기 후기의 인간이 「죽는다」라는 말의 제2의적 의미를 알
> 고 있었다는 사실을 증명하기 위해서 이 재치를 찾아내고 있는 것이 아니다.
> 우리가 이 일편의 지식을 사용하는 것은 다만 이 시의 처음 8행에서 무엇이
> 일어나고 있는가에 대한 인식을 확대하기 위해서다. 단이 이와 같은 재치를
> 만드는 방법을 알고 있었다는 사실은 누구에게나 흥미 없는 것이다. 이 재치
> 가 시의 의미에 어떤 작용을 하는가를 알면 대단히 흥미가 있다.[19]

테이트가 「현대시의 이해」에서 단(John Donne)의 시를 해석하고 있는
대목이다. 중세영어의 죽음이라는 말에는 사랑의 뜻이 내포되어 있다.
인간은 보편적으로 사랑과 죽음의 대극과 일치에 대한 상념을 갖고 있
었던 것이다. 인간성에 대한 자각을 하면 할수록 풀릴 것 같지 않은, 수
수께끼처럼 던져지는 물음을 던은 '재치(conceit)' 있게 표현하고 있다. 김
수영이 바타이유의 책을 읽고서 팔아버렸다면 바타이유의 메시지는 그
자신이 충분히 수긍할 만한 대목이 있었기 때문이다. 바타이유의 메시
지는 투박하지만 이미 테이트와 이른바 신비평의 비평가들을 통하여 접
했던 것과 다르지 않다. 한 발 더 나아가서 테이트는 그러한 인간의 모
습을 언어적으로 표현하는 방식에 몰두하고 있었다. 단의 이러한 수사

---

18) 이상섭, 『복합성의 시학』, 민음사, 1987, 104쪽.
19) 알렌 테이트, 「현대시의 이해」, 앞의 책, 160~161쪽.

법은 엘리엇과 랜섬, 브룩스 등에 의하여 주목을 받았는데 그러한 표현
이 현대에서 갖는 의미에 대한 탐색을 알렌 테이트는 이어나갔다.

> 『백치』의 마지막 장면을 최후로 관견하면 미쉬낀과 로고친이 나타나지 않
> 는 감을 우리들에게 준다. 나스타샤 필리뽀브나의 시체는 하얀 발가락을 드
> 러내고 좁은 침대에 한없이 누워 있는 사이에 간간이 파리가 날아와 시체 위
> 에 앉는 것이다. 죽은 여자와 파리는 '부패' 과정의 초점이다. 그러나 물론
> 우리는 현대의 실증론자처럼 우리의 인간성에 의해서 우리 자신들을 상상할
> 수 없는 한, 이 초점을 상상할 수 없다. 왜냐하면 그 장면을 상상한다는 것은
> 이 장면에 있다는 것이고 또 시트를 덮은 침대 앞에 있다는 것은 우리들 자
> 신의 관심을 맹렬히 끈 것이 되기 때문이다. 우리는 이것도 저것도 아니지만
> 문법적인 분석의 대상이 됨으로 해서 저 과정의 실재성보다 어떤 다른 실재
> 성에 도달할 수 있는 방관자에 불과하다는 가설은 위대한 현대의 이단이다.
> 즉 우리는 순전한 방관자는 될 수 없다. 또한 만일 우리가 잠시라도 방관자
> 가 될 수 있다면 우리들 중에서 소수만이 마치 다른 모든 것을 잡아먹어버린
> 연못의 외로운 잉어처럼 한 사람이 남을 정도로 남게 될지도 모른다.[20]

테이트는 도스토옙스키의 『백치』를 마무리하는 마지막 장면에 주목
하고 있다. 나스타샤 필리뽀브나의 주검 위로 파리가 한 마리 날아와 앉
는다. 테이트는 "문법적인 분석의 대상이 됨으로 해서 저 과정의 실재성
보다 어떤 다른 실재성에 도달할 수 있는 방관자"에 대하여 말하고 있
다. 미로처럼 복잡한 일련의 과정을 나스타샤 필리뽀브나의 죽음은 일
순간에 무화시킨다. 그 죽음에 이르는 과정을 천착하는 것보다도 그 의
미에 대한 공감이 우선되어야 함을 역설하고 있다. 단순한 한 마리의 파
리가 지시하는 것은 부패한 시신 위에 파리가 앉는다는 것뿐만이 아니
라 그녀의 전 생애를 관통하는 '실재적인 의미'를 지시한다고 보아야 한

20) 알렌 테이트, 「비상하는 파리」, 위의 책, 211쪽.

다. 이를 테이트는 '시적인 것'으로 보고 있다. 플로베르의 산문 문장이 갖고 있는 의미도 '시적인 것'으로 보았는데 그것은 지시적인 의미의 언어적 표현을 넘어서는 보다 실재적인 것, 사실적인 것, 인간적인 것의 표현을 그가 주목하고 있다는 것을 의미한다.[21]

이런 의미에서 '시적인 것'은 '극적'인 것이다. 여기에서 말하는 '극'이란 인간 경험의 총체와 그 단면을 드러낸다는 의미이다. 테이트는 완전한 지식으로서의 시를 논한 바 있다. 그것은 경험의 세계에서의 인간의 지식, 인간적 목적과 가치의 차원에서 얻은 지식을 의미한다.[22] 다시 말하면 인간적 목적과 가치의 면에서 본 경험은 극적이라는 것이 또한 중요하다. 그것이 극적인 이유는 그것이 구체적이요, 과정을 내포하며, 갈등을 통하여 의미에 도달하고자 하는 인간적 노력을 구현하는 까닭이다. 한 발 더 나아가서 인간성의 본질을 단적으로 표현한다고 하였을 때 시적인 것의 표현은 극적인 인간성의 표현을 통하여 가능하다. 장르적인 대비의 관점에서 시와 극의 구별이 아닌, 문학의 지향이라는 측면에서 시적인 것의 표현은 극적인 것의 세계와 동일한 지향성을 갖는다. 사랑과 죽음은, 차이와 동일성은, 인간의 가장 궁극적인 한계를 표현한다는 측면에서 시의 구경을 이룬다.

테이트에게 있어서 이러한 관점은 초월적인 주제, 이를테면 종교적인 차원으로 이월될 수도 있는 문제이다. 하지만 여타의 신비평가처럼 테이트는 이를 시의 문제로서 고찰하기를 원하였다. 이 점은 다른 신비평 이론가들 가운데에서 그의 갖고 있는 독특한 위상이다. 시적 표현에 대하여 상징주의적인 해석이 가능할 수 있겠지만 이것을 가능케 하는 것은 시의 물질적인 표현을 통해서이다. 이러한 시적인 표현 문제가 주가

---

21) 알렌 테이트, 「소설의 기교」, 위의 책, 191쪽.
22) 이상섭, 앞의 책, 182쪽.

되어야 한다는 것이 테이트의 생각인 것이다. 표현과 표현의 상호충돌과 긴장을 통한 새로운 의미의 산출이라는 것은 그 기저에 시적인 표현을 간과하고서는 볼 수 없는 과정이다. 시인으로서 김수영은 이러한 언어의 서술뿐만이 아니라 언어의 작용에 대해서도 남다른 관심을 기울였다. 바로 이 점이 김수영의 논의에서 알렌 테이트와의 관련성을 중시하는 가장 큰 이유이다.

우리에게 신비평은 유효한 문학 교육적 도구로서 사용되어 왔고, 상당한 수준의 문학적 교양을 쌓는 데도 도움이 되어왔다는 사실을 부인할 수는 없다. 백철과 김용권 등에 의하여 본격적으로 수용된 신비평은 문학 연구와 비평에 있어 하나의 패러다임으로 상당기간 영향력을 행사해 왔다. 그럼에도 불구하고 신비평의 부정적인 평가가 전혀 없었던 것은 아니다. 다음의 지적은 지금까지 영향력을 행사하던 신비평이 우리에게 무슨 의미가 있는가라는 심각한 물음을 유도하기에 충분하다.

> 그들은 흙에 밀착한 전통적 남부지역사회가 개인의 행복과 사회질서안정에 보다 바람직하다고 보는데 이것은 엘리엇의 기독교 사회의 이념이 흙에 밀착한 자족적 그룹에 의해 달성된다는 견해와 그 내용을 같이하는 것이다. 이들이 흑인 차별을 분명히 긍정한다는 것, 혼자서 20세기에 남북전쟁을 하고 있다는 것 등등은 그들의 이상사회의 모델이 귀족적 봉건귀족과 결코 무관하지 않음을 단적으로 말해 주는 것이 된다.[23]

이러한 평가에 대하여 김수영은 어떠한 생각을 했을까? 김수영이 번역한 테이트의 『현대문학의 영역』에는 이러한 남부인의 질서의식을 보여주는 테이트의 글이 실려 있는데 「남부에서의 문필업」이 대표적인 글이다. 테이트는 이 글에서 노예제도에 대한 그의 생각을 표현하고 있다.

23) 김윤식, 「한국문학 연구방법론」, 『근대한국문학연구』, 일지사, 1973, 478쪽.

테이트는 이를 통하여 '독립된 정신'의 완성에 자신의 목표로 설정하고 있다. 만약에 김수영이 테이트에게 호감을 갖는다면 테이트의 이러한 '독립된 정신'의 고취에 동감했을 가능성이 크다. 테이트가 자주 사용하는 '반동'이라는 용어는 김수영에게서 '나는 이러한 무수한 반동이 좋다'라는 말로 변주된다. 「거대한 뿌리」를 설명하면서 사용한 언어의 무수한 반동의 정신적 근거를 테이트의 글에서 발견할 수 있다는 것은 우연이 아니다. 주인과 노예의 관계에서 자신의 노예됨을 긍정하는 것은 일종의 반동이지만, 이러한 노예됨의 인정을 통하여 노예는 자신의 주인됨을 이룰 수 있다는 역설을 김수영은 과감히 수용한다. 이러한 존재의 역설을 언어적으로 표현하고자 하는 것이 바로 「거대한 뿌리」가 지향한 시세계인 것이다.

그리하여 김수영에 대한 다양한 논의 가운데 넘기 어려운 하나의 벽에 대하여 좀 더 다른 생각을 할 여지가 있다. 테이트는 헤겔과 달리 추상적인 인간상을 구체화하려고 끊임없이 노력하였다. 구체적인 인간의 표현은 문학이 도달해야 할 궁극적인 목표이다. 이때 문학적 표현이란 보편적인 인간성의 구현에 봉사하는 하나의 도구인 것이다. 이러한 보편적이고 본질적인 인간의 이해가 전체주의에 함몰될 수 있는 우려는 항상 있다. 하지만 이러한 논리적인 경계에서 반동의 모습을 마다하지 않는 것이 또한 김수영의 모습이기도 하다. 다시 말하면 김수영은 설사 자신의 모습이 구태의연하게 보인다 하더라도 설사 그것이 반동적이라고 하더라도 현재의 관점에서 '정신의 독립'에 대한 강렬한 요구를 부정할 수는 없었던 것이다. 적과의 대결을 위해서 자신이 스스로 '적'이 되어야 하는 현실을 직시하는 것. 이것이 바로 김수영이 목도한 현실이기도 하다.

2). 랄프 W. 에머슨의 경우

한편 김수영은 에머슨의 『문화 · 정치 · 예술』을 번역하였다. 남부인
으로서 테이트가 노예해방의 문제를 괄호에 넣고서 '정신의 독립'을 강
조하였다면 에머슨은 이에 대하여 어떠한 생각을 갖고 있었는지 알아보
고자 한다.

> 나는 남부인들이 반드시 그들의 거만한 태도를 버리고 조용한 모습으로
> 음전하게 돌아올 것이라고 믿는다. 그리고나서부터는 좋은 감정의 시간이
> 계속될 것이다. 그것은 모진 폭풍우가 지난 후에 조용한 바람이 불 듯이 온
> 화한 시간일 것이다. 그리고 남부에서도 진중한 인사가 나와서, 정부가 보다
> 더 적절하고 공평한 행정을 시행하도록, 반드시 열렬한 노력을 아끼지 않을
> 것이고 북부인들은 어느 시기까지는 의석수에 있어서나 발언권에 있어서 과
> 분한 분배를 받게 될 것이다. 그러나 이러한 상태가 오래 계속되지는 않을
> 것이다. —그것은 지각 있는 남부인들에게 진지하고 선량한 의사가 결핍되
> 어 있기 때문이 아니라 노예제도가 다시 그들을 통하여 그의 격렬한 필요성
> 을 발언하게 되기 때문이다. 이것은 부정한 방법으로밖에는 살아나갈 수 없
> 으며 세계의 어느 먼 곳에까지 가서라도 부당성과 폭악성을 면하지는 못할
> 것이다.

에머슨은 남부의 노예제도는 야만적인 제도이며 노예해방을 필연적
인 문명의 요구로 보고 있다. 지금은 북부와 남부가 노예제도를 둘러싸
고 싸우고 있지만 적당한 시간이 지나면 북부와 남부는 공동의 이해를
위해서 서로 협력해야 할 협력자가 되어야 함을 강조하고 있다. 한편 에
머슨은 노예제도가 폐지되지 않는다면 남부인의 진지하고 선량한 의사
도 왜곡될 수밖에 없음을 강조하고 있다. 그것은 '부당성과 폭악성'이
횡행하는 시대를 의미한다. 뿐만 아니라 에머슨은 과거 미국을 식민 지
배한 영국에 대해서는 더욱 강렬한 어조로 비판하고 있다. 영국의 근본

이 야만에 기초하여 오늘날의 번영을 이룩하였는데 자신의 성과를 강조하면서 식민 지배를 일삼는 것은 올바른 처사가 아니라는 것이다. 이러한 역사적 배경하에서 에머슨의 사상은 자연과 정신을 강조하고 있다.

> 미증유의 물질적인 번영은 우리들을 '스토익' 학도나, 기독교도로 만드는 데에 조금도 도움이 되지 않았다. 그러나 우주를 조직한 법칙은 모든 면에서 그 자태를 재현하고 있으며, 또한 우주를 통치하여 갈 것이다. 온갖 정치적인 전쟁의 목적은 모든 입법의 기초로서 도덕률을 확립하는 데 있다. 최종의 목표는 자유로운 제도도 아니고, 공화국도 아니고, 민주주의도 아니다. 최종의 목표란 있을 수 없다. 있는 것은 다만 그 방법뿐이다.[24]

이 대목에서 에머슨의 말은 '자연의 힘은 제때가 오면 모든 장애물을 벗어버리고 그 본연의 면목을 발휘한다.'[25]는 그노시엔느(초연주의자)로서의 그의 면모를 보여주기도 한다. 자유로운 제도, 공화국, 민주주의 등의 양식은 선한 선택일 수는 있어도 그것이 최고의 목표, 최후의 목표가 아님을 그는 강조한다. 민족이나 국가라는 것은 인간이 만든 제도이며 인간의 합의에 따라서 앞으로 얼마든지 변화될 수 있다. 에머슨은 이러한 변화의 최고의 심급을 '자연'에 두고 있다. 김수영에게 있어서 언어가 최고의 상상이듯이, 에머슨은 그 자연의 시선 아래에서 인간의 삶이란 환영임을 강조한다. 어떤 의미에서 에머슨과 테이트의 현실관은 상반되지만 '정신의 독립' 혹은 '독립적인 정신'이라는 측면에서는 맥락을 같이 하고 있다. 이러한 점은 김수영의 문학적 항로에서 발견할 수 있는 가치들이라는 점에서 그 상동성을 발견할 수 있다.

---

24) 에머슨, 「미국의 문명」, 앞의 책, 14쪽.
25) 위의 글, 같은 쪽.

저속한 양식뿐이 아니라, 가장 저속한 부류에 속하는 단어는 변론보다도 가치가 있다. 예를 들자면 졸장부, 엉터리 명인, 런던 사투리, 새침떼기, 할멈, 미련퉁이, 개새기, 허영 꾼 등― 그야말로 '칵테일 하원'이다. 또한 어느 존경할 만한 목사(오스굿 박사)가 청년선교사의 설교를 '파이 과자'라고 부르고 있었던 것을 나는 기억한다. 베르사유에서 불란서 과격혁명주의자들은 '우리의 땅딸보 어머니 '미라보'에게 이야기를 해달라고 하자!' 하고 고함을 쳤지만, 당시 그는 거리에서 지껄이는 야유나 희롱이나 허튼소리가 얼마나 힘찬 것인가를 알지 못하고 있었다. 민중들이 자기들의 멋대로 쓰고 있는 짧은 '색슨' 어의 단어는 라틴어보다도 훨씬 낫다. 거리의 언어는 항상 강렬한 것이다. 소년들이 사용하고 있는 이중부정(구도도 없고 돈도 없고 없는 것도 없다) 같은 것은 확실히 우리들의 문법상의 규칙에는 위반되는 것이지만, 나는 그 힘을 부러워한다. 따라서 줄줄 지껄여대는 맹서에서는 나는 나의 귀 속에 약간의 간지러움을 느낄 따름이라고 고백해둔다.[26]

위의 인용문을 보면 김수영의 「거대한 뿌리」의 일절이 저절로 떠오른다. 그는 "비숍 여사와 연애를 하고 있는 동안에는 진보주의자와/ 사회주의자는 네에미 씹이다. 통일도 중립도 개좆이다/ (…중략…) 그러나/ 요강, 망건, 장죽, 종묘상, 장전, 구리개, 약방, 신전,/ 피혁점, 곰보, 애꾸, 애 못 낳는 여자, 무식쟁이,/ 이 모든 무수한 반동이 좋다."라고 표현한 바 있다. 김수영은 에머슨을 번역하면서 그것이 의미하는 바에 대한 숙고를 마다하지 않았을 것이다.

김수영은 "복사씨가 사랑으로 만들어진 것이 아닌가/ 한 번은 이렇게/ 사랑에 미쳐 날뜀 날이 올 거다!"라는 예언적 서술을 「사랑의 변주곡」에서 한 바 있다. 에머슨은 "세상의 먼지로 만들어진 인간은 쉽사리 자기의 기원을 잊어버리지를 못한다. 따라서 오늘날까지는 아직 생명이 부여되지 않은 것도, 어느 날이든 이야기할 수 있고, 사고할 수 있는 날

26) 에머슨, 「예술과 비평」, 앞의 책, 180쪽.

이 올 것이다. 숨어 있는 자연도 앞으로 그의 전 비밀을 이야기할 날이 올 것이다."[27]라고 말한다. 적어도 이것은 에머슨의 생각에 대한 김수영의 적극적 동의의 표현이다. 김수영은 에머슨의 말을 다음과 같이 번역하고 있다. "문화는 아무리 이것을 빨리 시작하여도, 너무 빠르다는 법이 없다는 일이다." 또한 "오늘날 생장하고 있는 소년은 최상의 학자가 되기 위해서는, 단지 수년간만 뒤떨어져 있는 것이 아니라, 2, 3세대는 뒤늦어 있다고 인정한다." 이러한 표현은 김수영의 산문에서도 확인되는 바이다.[28] 테이트의 번역과는 달리 에머슨의 번역에서 김수영의 어법이 자주 나타나는 것은 김수영이 에머슨의 번역에 남다른 애착을 보인 결과이다. 에머슨의 번역에서, '뿌리를 박는다' '닻' '병풍' '점지한다' 등 김수영의 시에서 자주 사용되는 어휘들이 산견되는 점은 김수영과 에머슨의 세계가 친연성의 범주에 속함을 의미한다. 또한 『문화 · 정치 · 예술』의 역자서문에서 "시대의 앞을 바라보고자 한 사람들은 '에머슨'을 알려고 하였다."라는 구절이 있는데 김수영은 에머슨을 통하여 미래에 자기를 투사하고 있었다. 김수영의 시의 해석에 있어서 애매한 점이 남아 있다면 그것은 김수영의 전-미래시제에 대한 범위를 어디까지로 한정할 것인가에 따른 문제이다.

---

27) 에머슨, 「위인의 효용」, 위의 책, 202쪽.

28) "시인의 스승은 현실이다. 나는 우리의 현실이 시대에 뒤떨어진 것을 부끄럽게 생각하지만, 그보다도 더 안타깝고 부끄러운 것은, 이 뒤떨어진 현실을 직시하지 못하는 시인의 태도이다.(…하략…)" 이상한 역설 같지만 오늘날 우리의 현대적인 시인의 긍지는 '앞섰다'는 것이 아니라 '뒤떨어졌다'는 것을 확고하고 여유 있게 의식하는 데 있다. 그는 '앞섰다' 면이 '뒤떨어졌다'는 것을 확고하고 여유 있게 의식하는 점에서 '앞섰다'(김수영, 「모더니티의 문제」, 앞의 책, 350쪽).

4. 환유를 통한 사실성의 도달

김수영은 번역을 하면서 느끼는 감정을 「번역자의 고독」이라는 글에서 다루고 있다. 번역이라는 것은 어려운 일이기도 하거니와 신중하기도 해야 하는데 자신은 그렇지 않았다는 것. 한때는 좋지 않은 글이라도 정성을 다해서 번역을 하였지만 언젠가부터 "틀려도 그만 안 틀려도 그만"의 심정이 되어서 "아니 오히려 틀리기를 바라고 잘못되기를 바라고 싶은 마음"이 생기게까지 되었다고 말한다.[29] 벤야민은 번역가의 과제를 "낯선 말의 매력에 걸려 작품 속에 갇혀 있는 말을 그 작품의 재창조를 통해 해방시키는 것"이라고 정의한다.[30] 김수영은 벤야민이 말하고 있는 번역가의 과제를 의도적으로 방기하고 있는 셈인데 이 과정에서 번역자로서의 김수영은 고독감을 느끼게 된다.

번역이란 '언어 상호간의 친화성'을 전제해야 하는 것이다. 번역의 대상이 문학작품이라면 그 친화성의 정도는 더 많이 요구된다. 김수영은 언어의 기계적인 변환이 아닌 원문의 생명과 가치를 되살리는 것이 무엇보다 중요함을 잘 알고 있었을 것이다. 하지만 원문의 생명과 가치가 '설사' 번역을 통하여 재생되었다고 하여도 그것을 향유할 수 없다면, 그것은 번역의 무가치를 드러내는 것은 아닌가 하는, 일종의 비애를 그는 말하고 있다. 이것은 분명히 번역 이전의 문제이다. 번역 이전의 세계에서 진정한 번역을 갈구하는 형상이다.

하지만 김수영은 번역을 통하여 자신의 세계를 점차 확장시켰던 것도 사실이다. 그에게 있어 "가장 새로운 집념은 상이하게 되는 것이 아니라 동일하게 되는 것이다."[31] 동일성의 확보는 자신을 그 수준으로 끌어올

---

29) 김수영, 「번역가의 고독」, 위의 책, 80쪽.
30) 발터 벤야민, 「번역가의 과제」, 『벤야민의 문학이론』, 반성완 역, 민음사, 1983, 331쪽.
31) 김수영, 「시작 노우트 6」, 앞의 면, 302쪽.

리는 과정이 수반되어야 한다. 그렇지 않다면 그의 태업은 계속될 것이다. 모더니즘의 전파라는 관점에서 살펴보자면 "그것은 유럽-미국식 발전모델이, 식민주의와 제국주의를 통해, 강제적으로 일반화되었기 때문만이 아니라 카스텔이 '흐름의 공간'이라고 부른 '실제적 가상성(real virtuality)' 속에 좀 더 일반화된 번역 공간들이 개방된 때문이기도 하다."[32] 이 소용돌이의 와중에서 김수영은 번역가로서 시를 생각하면서 동시에 시인으로서 번역을 생각하는 것이다. 이중의 과정을 통하여 그가 수행하는 모습은 대단히 실험적면서 전통적이고, 진보적이면서 반동적인 요소를 동시에 담고 있다.

빌 애쉬크로프트는 탈식민주의 문학론을 각 지역별로 설명하고 있는데 그 가운데에는 미국의 신비평을 탈식민주의 문학론의 관점에서 살펴보고 있다. 그에 의하면 "신비평은 포스트콜로니얼한 세계에서 생산된 개별 작품들을 강조하면서 매우 독특한 방식으로 그 작품들에 대해 '문학일반을 거부하는 가치'를 부여했다."고 말하면서 신비평은 "1960년대까지 신선한 질료를 절실하게 필요로 하던 영국의 정전 속으로 너무 쉽게 편입되게 만들어버린 감이 없지 않다는 비난을 감수해야만 한다."라고 지적하고 있다.[33] 이 점은 김수영뿐만 아니라 현재의 문학관에도 신비평이 많은 영향을 미쳤다는 점을 감안한다면 이것의 극복은 어떻게 가능한가라는 관점에서 성찰이 이루어져야 할 것이다. 애쉬크로프트는 탈식민주의 소설의 '환유적' 읽기를 강조하고 있다. 그에 의하면 탈식민주의 소설의 작가들이 표현하는 소설 속에서 제국과 식민의 연관성은 직접적으로 표현되기보다는 환유적으로 표현되기 때문이다. 이때 환유적으로 포착된 인물과 표상을 통하여 탈식민주의 문학의 가치를 이해할 수 있다.

---

32) 피터 오스본, 「번역으로서의 모더니즘」, 『흔적 1』, 김소영 역, 문화과학사, 400쪽.
33) 빌 애쉬크로프트, 『포스트 콜로니얼 문학이론』, 이석호 역, 민음사, 1996. 260쪽.

앞에서 다루었던 것처럼 김수영의 시를 환유적으로 해석한다는 것은 표현의 표면에서 포착된 시어의 사용뿐만이 아니라 그러한 언어서술과 작용의 전체가 전제되지 않으면 김수영에 대한 탈식민주의적 접근은 모호해질 가능성이 크다. 이러한 간극의 이해는 언어의 실정성을 방기하는 것으로 나타나기도 하는데 그것이 바로 그가 말하는 '진공의 언어'이다. 지시—대상의 관계를 갖지 않는 기형적인 언어의 산출은 신기한 효과를 일으키기도 하지만 퇴영적인 요소를 갖고 있는 것이다. 이러한 모순은 온전히 김수영의 몫이다.

> 나는 번역에 지나치게 열중해 있다. 내 시의 비밀은 내 번역을 보면 안다. 내 시가 번역 냄새가 나는 스타일이라고 말하지 말라. 비밀은 그런 천박한 것이 아니다. 그대는 웃을 것이다. 괜찮아. 나는 어떤 비밀이라도 모두 털어내 보겠다. 그대는 그것을 비밀일 거라고 생각할 것이다. 그것이 그대의 약점이다. 나의 진정한 비밀은 나의 생명밖에는 없다. 그리고 내가 참말로 꾀하고 있는 것은 침묵이다. 이 침묵을 지키기 위해서라면 어떤 희생을 치러도 좋다. 그대의 박해를 감수하는 것도 물론 이 때문이다.[34]

김수영과 이어령이 벌인 '불온시 논쟁'이라는 것이 있다. 참여—순수 논쟁의 한 장면으로 다루어지기도 한다. 그런데 이 불온시 논쟁은 들여다보면 볼수록 애매하기 짝이 없다. 김수영과 이어령의 강조점이 확연히 분간되지 않기 때문이다. 여기에는 참여문학론을 대표하고 있다는 김수영에 대한 막연한 선입견이 개입되어 있는 것도 어느 정도는 사실이다. 하지만 김수영이 말한 불온시는 외연이 협소한 것은 아니다.[35] 불

---

34) 김수영, 앞의 책, 301쪽.
35) 이에 대하여 오문석은 불온시의 개념을 다음과 같이 정리하고 있다. "불온성이라는 개념은 문학적 기준과 정치적 기준 사이의 선택의 문제를 넘어서 '기준' 자체를 의문에 부치는 것"이며 "양자의 모순을 충분히 인정하면서도 그것이 화해를 지향

온시란 실험적인 시와 정치제도를 비판하는 시를 포함하여, 문학 본연을 노래한 새로운 시와 그 가능성까지를 포괄하는 시의 별칭이다. 시대와 화해할 수 없기 때문에 늘 시대와 불화하게 되는 불완전의 모습 일체를 가리켜 김수영은 '불온시'라고 부르고 있다.

그런데 이 불온시는 가능성으로 존재하기 때문에 그 실체를 보여줄 수 없다. 그 가능성에 대한 기투가 가능하다고 해서 그 실체를 얻을 수는 없는 것이다. 이러한 이상주의에 대한 경사가 그의 「반시론」을 낳게 하였다. 분명한 것은 그의 후기시론으로 일컬어지는 「반시론」과 「시여 침을 뱉어라」 등이 하이데거의 영향을 많이 받고 있는 것은 사실이지만, 자세히 보면 시와 산문의 관계가 역전되어 있다. 하이데거가 말한 대로 시는 은폐되어 있기 때문에 보여줄 수 없는 것이다. 그것은 시의 존재적 의미를 충실히 따른 결과이다. 하지만 시인은 그러한 시의 존재를 언어로서 표현해야 한다. 김수영은 이 지점에서 멈칫한다. 시는 은폐되어 있어서, 보여줄 수 없다. 이 시의 은폐성을 제거하기 위해서는 반은 시가 되고 반은 산문이 되어야 한다. 반은 노래가 되어야 하고, 반은 감추어져야 한다. 이러한 경계에서 이를 밀고나가는 것은 시인의 힘에 의존할 수밖에 없다. 김수영이 보여줄 수 있는 것은 시인 자신의 모습뿐이다. 시인 자신은 자신의 힘으로 이를 밀고 나가야 하지만 그마저도 보여줄 수는 없다. 그 자리에서 시인은 침묵한다. 은폐와 개진의 변증법적 길항에 대한 김수영 자신의 해석은 그 극한에서 또 다른 변종을 낳기에 이른다.

> 얼마 전에 내한한 프랑스의 앙띠로망의 작가인 뷔또르도 말했듯이, 모든 실험적인 문학은 필연적으로는 완전한 세계의 구현을 목표로 하는 진보의

했을 때의 상태를 담고 있는, 말하자면 '새로움'을" 내포하고 있다. 그는 이를 '극단의 대립을 통한 적대적 화해'라고 설명하고 있다(「김수영 시론 연구」, 연세대 박사학위논문, 2002, 114~115쪽).

편에 서지 않을 수 없게 되는 것이다. 모든 전위문학은 불온하다. 그리고 모든 살아있는 문화는 본질적으로 불온한 것이다. 그것은 두말할 것도 없이 분화의 본질이 꿈을 추구하는 것이고 불가능을 추구하는 것이기 때문이다. 그런데 「오늘의 한국문화를 위협하는 것」의 필자의 논지는 그것을 더듬어보자면 문학의 형식 면에서만은 실험적인 것은 좋지만 정치사회적인 이데올로기의 평가는 안 된다는 것이다.[36]

여기서 앙띠로망(반소설)과 뷔또르와의 관련성을 자세히 말하기는 어렵다. 하지만 그때 마침 김수영은 뷔또르 식의 어투를 자신의 글에 전사(轉寫)하고 있다. 불온시를 '현실에 대한 부정적 표현의 글'로 단순화해서 바라보는 것은 삼가야만 할 것이다. 김수영이 말한 '내가 발표할 수 없다고 한 나의 작품'은 현실적으로 발표될 수 없는 작품이지만 현실적인 의미를 획득할 수 없는 불완전한 작품일 수도 있다. 이 불완전한 작품이 하나의 사회적 기호로서 의미를 갖지 못하는 것은 작가의 몫일 수도 있고, 사회의 몫일 수도 있으며, 작품 그 자체의 문제일 수도 있다. 하지만 이러한 제반 조건을 무시하고 그것은 'X이다'라고 단정하는 것은 또 다른 불완전한 상황을 의미하는 것이다. 그러한 인식과 현실이 잔존하는 한 시인은 현실과의 대결을 멈출 수 없다. 그렇다면 불완전한 기호를 하나의 온전한 의미를 기호화하는 것은 어떻게 가능한가? 그 불완전한 기호와 시인의 일체화가 하나의 가능성이라고 할 수 있을 것이다.

김수영의 환유에 대한 이해는 이론적으로도 분명했던 것으로 보인다. 그가 번역한 에머슨의 책에는 다음과 같은 부분이 있다.

저속한 문체와 압축의 법칙 다음에 서적이 하는 소위 환유는 수사학의 주요한 힘이 되고 있다. 환유의 의미는 갑의 단어 혹은 영상을 사용하여 을의

36) 김수영, 「실험적인 문학과 정치적 자유」, 앞의 책, 159쪽.

단어나 영상을 의미하는 것을 말한다. 이것은 조속한 이상주의이다. 이상주의는 세례를 상징적인 것으로 간과한다. 그리고 이와 같은 모든 상징과 형태는 무상하고 변전적인 표현을 갖게 되는 것이다. 시인의 힘은 이와 같은 상징을 지배하는 데 있다. 즉 대자연 속에 있는 아무리 위대하고 견고한 사실일지라도, 이것들을 모두 유창한 상징으로서 사용하는 데 있다. 그리고 자기의 기분에 따라서 제 사물에 그 빛깔을 부여할 수 있는 재능으로서 자기균형을 취하는 데 있는 것이다. 세계와 역사와 자연의 권력 등—이러한 모든 것을 빌려서 그는 자기가 하고 싶은 말을 할 수 있는 것이다. 모든 문학이 그러하듯이, 모든 회화는 수사학의 쾌락 즉, 환유의 쾌락이라고 말할 수 있다고 생각한다.[37]

다시 김수영의 문학세계로 돌아오고자 한다. 김수영의 시세계에서 특징적인 것 중에서 지금까지 잘 조명이 안 되었던 부분은 성의 문제이다. 그의 시에서는 개인의 성과 생활을 다룬 시편들이 다수 존재한다. 김수영의 시에서 성이 중요한 주제로 다루어지고 있는 것은 인간의 유한성에 대한 사실적인 제시에서 기인한다. 하지만 인간의 영원에 대한 자각을 어떤 하나의 개념으로 고정시키지 않으면서 그 과정을 묘사하고자 하였던 것 또한 간과할 수 없는 사실이다. 이때 김수영의 시적 수사에 대한 고찰이 필요해지며 그것을 환유적인 방법이라고 일컬을 수 있다. 다만 이 환유적인 방법이 단순한 언어의 유희적 차원에 떨어지지 않았

---

37) 에머슨, 「예술과 비평」, 앞의 책, 189쪽. 이 글에서 에머슨은 상징과 환유를 같은 맥락에서 사용하고 있다. 일반적으로 '부분에서 전체를 대신함'을 뜻하는 환유는 그 관계를 바라보는 '경험'에서 비롯된다. 그 경험에 근거하여 보았을 때 "상징적 환유는 일상생활은 물론 종교와 문화를 특징짓는 정합적인 은유적 체계들 사이의 결정적인 연결기제이며 (…중략…) 수단을 제공한다."(G. 레이코프 & M. 존슨, 『삶으로서의 은유』, 노양진 · 나익주 역, 수정판, 박이정, 2006, 85쪽). 따라서 여기에서 말하는 '쾌락(pleasure)'은 대상의 경험을 언어적으로 일치시켰을 경우를 전제한 것이고, 이것은 하나의 사건인 셈이다.

던 것은 김수영이 지향한 문학적 완성에 대한 기투의 과정에서 찾아야 할 것이다.

존재의 쾌락과 운명의 자각은 묘한 상동성을 보여주고 있다. 프로이트는 이를 에로스와 타나토스로 명명한 바 있다. 라이오넬 트릴링은 「쾌락과 운명」에서 이를 통해 문학의 존재를 해명하고자 하였으며, 김수영은 이를 번역한 바 있다.[38] 이 과정에서 탄생한 것이 「병풍」이고 「폭포」이다. 김수영은 단어와 단어가 서로 충돌하면서 일으키는 효과에 대하여 많은 생각을 하였다. 이를 통하여 작품은 시인을 떠나 하나의 독립된 개체로 변화된다. 그것이 시인의 독립된 정신과 자기 균형에서 비롯된 것이라면 더욱 더 좋은 작품의 예가 될 것이다. 그런데 「병풍」이란 작품에는 '얼굴'이라는 시어가 나온다. 이 시어는 병풍을 사물뿐만이 아니라 인물로 의인화해서 해석할 수 있는 여지를 남겨두고 있다.[39]

실제 눈앞에 있는 사물로서의 병풍과 '병풍 같은' 어떤 인물이 중첩되어 표현되어 있는 것이다. 그 인물은 현재 앞에 누워 있는 주검일 수도 있으며, 전에 시인 자신을 숨 막히게 하던 그 인물일 수도 있다. 눈앞의 인장은 삶을 마감하는 종지부를 의미하지만 현실에서 자기를 살릴 수도 있고 죽일 수도 있는 경계의 상징이다. 그 병풍의 중의적 의미 앞에서 떨어뜨리는 눈물은 실로 사실적이다. '육칠옹해사(六七翁海士)'는 '육시(戮屍)할 자' 혹은 '육실헐 놈'의 파자(破字)일지도 모른다. 적어도 그렇게 파자하였을 때 김수영의 시는 상징을 뛰어넘어 상징을 갖고 유희를 즐긴다. 수사학의 쾌락 혹은 환유의 쾌락은 삶의 의미를 파헤치는 도구이자 수단인 것이다. 그 대상으로 시인은 자신을 아낌없이 던진다.

---

38) 라이오넬 트릴링, 「쾌락의 운명—워즈워드에서 도스토예프스키까지」, 『현대문학』, 김수영 역, 1965, 10~11쪽.
39) 최두석, 「김수영의 시세계」, 김승희 편, 『김수영 다시읽기』, 프레스21, 2000, 41쪽.

눈이 온 뒤에도 또 내린다.

생각하고 난 뒤에도 또 내린다.

응아 하고 운 뒤에도 또 내릴까

한꺼번에 생각하고 또 내린다.

한 줄 건너 두 줄 건너 또 내릴까

폐허에 폐허에 눈이 내릴까

—「눈」 전문

눈은 내리는 눈[雪]과 보는 눈[眼]의 의미를 갖고 있다. 「눈」에서 전면에 나타나는 의미의 '눈'은 분명 눈[雪]이지만 눈[眼]의 의미로서 읽힌다. 시작적인 대상으로서의 눈의 내림과 시인 자신의 감각적인 눈의 내림은 동일시되면서 시안에서 의미의 충돌 내지는 긴장을 연출한다. 시를 진술하는 '나'와 시인 자신의 '나'가 연출하는 이러한 장면은 자기-참조적인 시의 대표적인 예라고 할 수 있을 것이다.

이 밖에도 「미역국」, 「네이팜 탄」 등의 시에서 이러한 양상은 김수영 시의 한 특징으로 볼 수 있다. 이러한 동음이의어의 시적 표현은 동일성을 추구한 비유법으로서의 은유라기보다는 환유적으로 사용된다.[40] 시인의 표현은 구체적인 지시 표현을 상호 의미 연관시키거나 충돌시킴으로 인하여 그 연관성의 '빛남'에 주목하고 있기 때문이다. 이때 환유적으로 해석되는 시적 표현들은 시인의 생각과 메시지를 전달하는 하나의 도구로서 작용하기도 한다. 이러한 도구적 시각에서의 시적 표현은 지

---

40) 동음이의어를 환유로 볼 수 있는가에 대해서는 다른 의견이 있을 수 있다. G. 레이코프 & M. 존슨은 강동음이의성(Strong Homonymy)을 일반적인 은유의 범주에서 포함시키기 어렵다고 지적한 바 있다. 그렇다고 이것이 바로 환유의 범주에 속하는 것은 아니다. 하지만 G. 레이코프 & M. 존슨이 환유의 특성으로서 '물질성'을 강조하고 있는 것을 유추해볼 때, 넓은 의미의 환유적 기능을 수행하고 있는 것으로 보고자 한다. 중요한 것은 의식의 지향이 어느 쪽을 바라보고 있느냐 하는 문제이기 때문이다(G. 레이코프 & M. 존슨, 앞의 책, 204쪽 참조).

금까지 다양한 해석의 켜들을 만들어왔던 것이 사실이지만, 그 연관의 본질적인 측면에서 보자면 의미의 충돌과 긴장을 야기시킬 수 있는 동음이의어의 환유적 사용에서 그 가치를 찾아야 할 것이다.[41]

김수영 문학의 분명한 종착점은 언제나 「풀」이다. 김수영의 자기 시의 비밀을 알려면 자기의 번역을 보라고 말한다. 그가 번역한 블랙머의 「제스처로서의 언어」를 보면 이런 대목이 있다. '육신은 풀이다.'[42] 「햄릿」 가운데 일절이다. 셰익스피어는 '육신'의 상징적 의미로서 '풀'을 사용하고 있다. 신하 가운데 하나인 로즌크랜츠가 정신적 고통을 겪고 있는 햄릿을 위로하면서 "왕자님을 임금님께서 덴마크 왕의 후계자로 천거하신다고 친히 말씀하셨는데 말입니다."라는 말에 햄릿은 "아, 그거야, 뭐, 하지만 '풀이 자라고 있는 동안에' –이 속담도 좀 곰팡이가 났는데."라고 자신의 속내를 간접적으로 드러낸다.[43] 풀을 육신(몸)으로 해석한다면 '그것도 내가 살아있다는 가정하의 일이지' 정도의 뜻이 될 것이다. 하지만 김수영에게 있어서 '풀'은 진공의 언어이다. 왜냐하면 아직 그의 시는 텍스트에 긴박되어 있기 때문이다. '풀'이라는 시어를 환유적으로 해석할 수 있다면 김수영의 고독에 좀 더 접근할 수 있을 것이다.

5. 맺음말

김수영은 「현대식 교량」에서 "식민지의 곤충들이 24시간을/ 자기의 다리처럼 건너다닌다"라고 말했다. 또 「가다오 나가다오」에서는 "서푼

---

41) 졸고, 「시와 운명–김수영의 시를 중심으로」, 『반교어문연구』 10집, 반교어문학회, 1999, 387쪽.

42) R. P. 블랙머, 「제스처로서의 언어–언어의 기능에 대하여」, 『현대문학』 1959.5, 김수영 역, 234쪽.

43) 셰익스피어, 『셰익스피어 4대 비극』, 이경식 해설 · 번역, 서울대 출판부, 1996, 232쪽.

어치값도 안되는 미·쏘인은…… 소리없이 가다오 나가다오"라고 말했다. 일제로부터 해방이 되었으나 남과 북으로 분단된 국가의 시인으로서 식민지인의 자의식을 느끼고 표현하는 것은 당연한 일이다. 더욱이 자신의 시에 이런 시어를 사용한 시인들을 찾기는 당시에 어려운 일이었다. 하지만 이러한 표현만으로 김수영의 탈식민적인 의식을 강조하기에는 무언가 부족하다. 김수영의 시선이 분단된 한쪽에만 머무르지 않고 분단의 원인과 통일을 지향하는 모습은 분명히 탈식민적이다. 하지만 김수영은 개인으로서의 주체가 이념이나 집단에 종속되는 것에 대해서도 분명한 경계를 표시하고 있다. 개인적인 고독과 침묵은 김수영의 벗이다.

오히려 탈식민주의 문학론의 관점에서 보았을 때 김수영의 매력은 그의 침묵에서 우러나오고 있다. 그는 시인으로서 시와 산문을 썼으며, 번역으로 생계를 이어나갔다. 지금까지 소홀하게 다루어졌던 그의 번역을 살펴보면 문화와 교양에 대한 독립된 정신에 대한 갈구가 매우 컸음을 확인할 수 있다. 그와 친연성이 있었던 것으로 보이는 에머슨과 테이트의 경우만 보더라도 정치적 사고와 문학적 지향이 반드시 일치하는 것만은 아니었다. 그들은 비현실적이면서 보수적인 정치관을 보여주기도 했다. 하지만 그들의 의식은 비타협적인 일관성으로 시종하고 있다. 그 일관성을 유지할 수 있게 한 문화적 자장의 힘을 김수영은 선망의 시선으로 바라보았다. 그리고 이것을 자신의 문학으로 '번역'하였다. 이러한 번역의 행위는 시인 자신을 타자로서 인식하는 행위이면서 동시에 선망의 대상에 대한 새로운 문자적 수정을 의미한다. 자신을 알몸으로 드러내는 행위는 고귀한 정신에 대한 반항적 행위이지만 이러한 행동을 통하여 문자적인 생명력을 얻는 것은 시인 자신의 구원을 의미한다. 그리하여 김수영에게 있어서 언어는 최종심급으로 각인된다. 언어라는 최고의 상상은 시인이 만들어낸 일종의 환영이다. 이 환영은 탈식민의 근거

가 된다. 에머슨이 문화를 강조하고, 테이트가 정신을 강조하는 과정을
바라보면서 김수영은 언어를 새롭게 탄생시켰다. 하지만 이 언어라는
환영은 시인 개인의 주관적인 영역에 머물러 있기 때문에 그 전달의
과정에서 균열이 일어날 수밖에 없다. 김수영은 그 균열을 메우기 위
하여 다른 환영을 끊임없이 만들어야만 한다. 그런데 거짓말처럼 어느
순간 환유는 자기 메커니즘을 갖게 된다. 이것이 바로 김수영이 남긴 유
산이다.

■ 참고문헌

1. 기본자료

김수영, 『김수영 전집』 1 · 2 · 별권, 민음사, 1981.
_____, 『김수영 전집』 1 · 2, 민음사, 2003.
R · W 에머슨, 『문화 · 정치 · 예술』, 김수영 역, 중앙문화사, 1956.
알렌 테이트, 『현대문학의 영역』, 김수영 · 이상옥 역, 중앙문화사, 1962.

2. 단행본

김명인, 『김수영, 근대를 향한 모험』, 소명출판, 2002.
김상환, 『풍자와 해탈 혹은 사랑과 죽음』, 민음사, 2000.
김승희 편, 『김수영 다시읽기』, 프레스21, 2000.
김윤식, 『근대한국문학연구』, 일지사, 1973.
문학과비평연구회 편, 『탈식민의 텍스트, 저항과 해방의 담론』, 이회, 2003.
백 철 편, 『비평의 이해』, 민중서관, 1968.
이상섭, 『복합성의 시학』, 민음사, 1987.
황정산 편, 『김수영』, 새미, 2002.

3. 연구논문

강웅식, 「김수영 시론연구」, 상허학보 11집, 상허학회, 2003.
김승희, 「김수영의 시와 탈식민주의적 반언술」, 『현대시 텍스트 읽기』, 태학사, 2001.
박지영, 「김수영 시 연구-시론의 영향관계를 중심으로」, 성균관대 박사학위논문, 2001.
오문석, 「김수영 시론 연구」, 연세대 박사학위논문, 2001.
이경수, 「'국가'를 통해 본 김수영과 신동엽의 시」, 한국근대문학회 제11회 학술대회 발
　　표집, 2004.
손종업, 「캘리포니아에 저항하기」, 『탈식민의 텍스트, 저항과 해방의 담론』, 문학과비평
　　연구회 편, 이회, 2003.
조현일, 「김수영의 모더니티관에 관한 연구-트릴링의 영향관계를 중심으로」, 『작가연
　　구』 5호, 새미, 1998.
허윤회, 「시와 운명-김수영의 시를 중심으로」, 『반교어문연구』 10집, 반교어문학회,
　　1999.

4. 번역서

셰익스피어, 『셰익스피어 4대 비극』, 이경식 해설 · 번역, 서울대 출판부, 1996.
벤야민, 『벤야민의 문학이론』, 반성완 역, 민음사, 1983.
빌 애쉬크로프트, 『포스트 콜로니얼 문학이론』, 이석호 역, 민음사, 1996.
릴라 간디, 『포스트식민주의란 무엇인가』, 이영욱 역, 현실문화연구, 2000.
바트 무어-길버트, 『탈식민주의!-저항에서 유희로』, 이경원 역, 한길사, 2001.
피터 오스본, 「번역으로서의 모더니즘」, 『흔적 1』, 김소영 역, 문화과학사, 2001.
G. 레이코프 & M. 존슨, 『삶으로서의 은유』(수정판), 박이정, 2006

언어의 이민 : 김수영 시의
탈식민주의적 양가성

배 개 화

1. 서론

식민지를 경험한 대부분의 나라에서 일어나는 가장 큰 변화는 정치적
인 것인 동시에 언어적인 것이다. 식민지에서 제국의 언어는 중세 보편
주의의 영향하에서 라틴어나 중국어가 각 민족어에 했던 역할을 대신한
다. 제국의 언어는 보편주의의 가면을 쓰고 등장하지만, 실제로는 지배
자와 피지배자를 구분하고 계급을 구분하는 차별의 언어로서 작동한다.
또한, 해방과 더불어 제국으로부터의 직접적인 정치적 영향이 사라졌다
고 해도 언어적 영향은 쉽게 사라지지 않는다. 그 증거로 인도나 말레이
시아, 캐리비안 등에서 발견되는 변종 영어들, 즉 토착어와 이식어가 결
합하여 만들어진 피진 혹은 크레올이라고 부르는 비슷하지만 다른 언어
들을 들 수 있다. 많은 탈식민주의 문학 연구자들은 이러한 언어적 변종
들을 '탈식민적 언어(postcolonial language)' 라는 이름으로 재해석하고자
하는 노력들을 벌이고 있다.

우리나라의 경우는, 비록 식민지를 경험하기는 하였지만 피진이나 크레올과 같은 변종 언어를 탄생시킨 경험이 없기에, 언어 문제를 피식민적 경험 내지 탈식민적 경험의 중요한 모티브로 진지하게 고민한 적이 없다. 하지만 문화 본질주의적인 관점에 입각한 '우리말 순화' 운동을 통해서 '일본어' 혹은 '일본어 단어'들을 일상 언어 생활에서 몰아내기 위한 노력이 해방 이후부터 현재까지 지속적으로 수행되고 있는 것을 볼 때, 일본어의 흔적이라는 것이 우리가 상상하듯 그렇게 단순하지 않음을 알 수 있다. 더불어 1950년대를 대표하는 소설가 중 한 명인 장용학이 공공연하게 '언어 상실자'로 취급받았던 예에서 볼 수 있듯이 해방 직후의 문화적, 정치적 상황이 강제했던 새로운 '국어'(한국어)가 특정 세대의 작가들에게는 매우 낯선 것이었다.

탈식민적 글쓰기를 하는 대표적인 작가로 평가받는 라자 라오는 그의 소설 『칸타푸라』의 서문에서 "어떤 말을 해야 한다는 것이 한 번도 쉬웠던 적이 없습니다. 내 자신의 언어가 아닌 타인의 언어로 내 영혼을 전달하여야 했기 때문입니다. 또한 이방인의 언어에서 오용되고 있는 특정한 사고체계의 다양한 그림자와 침묵도 전달해야 했기 때문입니다. (……) 우리는 모두 본능적으로 2개 국어를 사용합니다. (……) 그러나 우리는 식민지 본국 영어 사용자처럼 글을 쓸 수는 없습니다. 또한 그렇게 해서도 안 됩니다. 그렇다고 우리가 순수 인도인으로서의 글만 쓸 수 있는 것도 아닙니다."[1]라고 고백한 적이 있는데, 여기에 담긴 고민과 고통은 피식민의 경험이 있는 문학인이라면 누구나 겪었을 법한 보편적인 것이라고 생각된다.

하지만 식민지 교육을 통해서 지성적 언어를 획득했던 우리 문학자들은, 라자 라오처럼 글을 쓸 때 부딪치는 언어 문제를 솔직하게 고백한

---

1) 빌 에쉬크로프트 외 2명, 『포스트콜로니얼 문학이론』, 이석호 역, 민음사, 1999, 102쪽.

적이 없었다. 물론 장용학이나 손창섭과 같은 몇몇 작가들이 짧은 메모의 형식으로 언어의 문제를 제기한 적이 있지만, 누구도 그것을 본격적으로 문제 삼지는 않았다. 이것은 해방 이후의 글쓰기가 모두 우리말로 이루어진 덕분에 식민지 체험의 언어적 영향이 심각하게 표면화되지 않았기 때문이다. 그런데 예외적으로 김수영이 '타자의 언어'(일본어)가 그의 언어/문학적 정체성 속에 깊이 침투해 있음을 솔직하게 고백하였다: "나는 번역에 지나치게 열중해 있다. 내 詩의 비밀은 내 번역을 보면 안다. (……) 그대는 기껏 내가 일본어로 쓰는 것을 비방할 것이다. 친일파라고. 저널리즘의 적이라고. (……) 하여튼 나는 해방 후 20년만에 비로소 번역의 수고를 덜은 文章을 쓸 수 있었다. 독자여, 나의 휴식을 용서하라."(일본어로부터 잡지 편집자의 번역—인용자)[2] 김수영에게 일본어는 고향과도 같이 편안한 존재이면서도 침묵 속에 숨겨두어야만 하는 것, 자신의 일부이면서도 부정되어야 하는 존재였다.

연구자에 따라서는 이 같은 언어의 문제를 '식민성'의 잔재로 해석하고픈 욕망을 가지게 될지도 모르겠다. 그러나 본고가 강조하고 싶은 것은 김수영에게서 나타나는 언어적 '혼종성(hybridity)'이 '식민성'으로 치부될 정도로 그렇게 부정적인 것이었나 하는 점이다. 물론 김수영이 자신이 경험했던 복잡한 언어적 변화를 '식민지적 경험'으로 규정하기도 했지만, 그것을 '식민성'이라고 규정하고 부정적인 것, 청산해야만 하는 것 혹은 고통을 주는 것으로만 보는 것은 바람직하지 않다. 특히 그것이 김수영의 시와 작품을 대상으로 한 것이라면 더욱더 그러하다.

호미 바바는 탈식민적 정체성을 '사이에 낀' 존재라는 표현을 통해서 설명하고자 한다. '민족성,' 공동체적 이해, 그리고 문화적 가치라는 상

---

2) 김수영, 「시작 노우트 6」, 『김수영 전집 2 산문』, 민음사, 1989, 301~302쪽. 이하 『전집 2』로 표시.

호주관적이고 집단적인 경험의 동일한 차이들이 재생산되는 것은 '사이에 낀 위치(in-between)'에서이다[3]. 이 공간들은 동일시를 강요하는 민족 내지 국민 국가적 상상들이 은폐하고 있는 내부의 차이를 드러낸다. 또한 호미 바바가 '문화적 위기의 언어'라고 규정한 탈식민적 언어는 '한국어', '일본어', '영어' 등과 같이 '~국어'-나라 이름을 따라서 명명된 언어들-라고 이름 붙여진 언어에 부과된 '국민국가적 상상'에 의구심을 갖게 한다. 탈식민적 언어는 한국어 사용자와 한국인을 자동적으로 동일시하는 식으로 행해지는 그 같은 상상이 혼종적이거나 이질적인 언어의 억압과 배제를 통해서 수행되는 것은 아닌지 반성하게 한다.

탈식민적 언어는 '양가성(ambiguity)'을 그 본질적 속성으로 내재한 것으로 축복의 언어인 동시에 고통의 언어이다. 이 언어는, 한편으로는 '동질화'에 저항한다는 점에서 국민(=민족) 국가가 작동시키는 상징적 폭력에 맞설 수 있는 가능성을 내포하고 있지만, 다른 한편으로는 상징자본으로서의 저평가 혹은 가치하락을 필연적으로 그리고 상시적으로 경험할 수밖에 없다. 김수영의 글쓰기에서 탈식민적 언어의 양가성이 내포한 소망스러움은 '자유의 언어'로, 고통스러움은 '언어의 이민' 혹은 '말더듬이'로 표상된다.[4] 이상과 같은 관점을 전제로 본고는 김수영의 시와 에세이를 탈식민적 언어의 양가성이라는 관점에서 분석하고자 한다.

2. 김수영, 언어의 이민자

일본으로부터 해방된 이후, 미군정은 식민지 기간 동안 조선 문학자

---

3) 호미 바바, 『문화의 위치』, 나병철 역, 소명출판, 2002, 28쪽.
4) 이러한 점은 해방 이후의 언어적 복잡성의 식민지적 배경을 논했던 「히프레스 문학론」이 끝에 가서는 '자유의 언어'에 대한 논의로 귀결되는 데서도 짐작할 수 있다.

들이 수년 동안 애써왔던 일을 한 번에 실현하였다. 미군정은 행정어 및 교육어로서 일본어가 한반도에서 사용되는 것을 금지-물론 이 같은 조치는 외국어로서 일본어를 교육하거나 사용하는 것을 금지하지는 않았다-하고 한국어에 국어의 위치를 부여하는 일련의 행정 명령을 내렸다. 1945년 9월 16일 미군정은 교육위원회를 구성하고 한국인은 한국어로 교육해야 한다는 새로운 교육령을 만들도록 하였다. 또한 1945년 9월 18일 미군정의 학무부는 모든 학교에서 사용되는 교육 용어는 한국어로 해야 한다는 명령을 발표하였다. 마지막으로 1947년 7월 28일 미군정은 한국어가 대한민국의 공식 언어임을 규정하는 법을 제정하였다.[5]

덕분에 남한에서 한국어는 다시 국가의 공식 언어로 복권되었으며, 일본어는 제2외국어로 격하되었다. 더불어 한국 사회에 대한 미국의 영향력이 커져감에 따라 영어가 점점 중요한 외국어가 되었다. 이처럼 변화된 정치적 환경이 강제하는 문화적 변동들은 문학적 환경을 식민지 시대의 그것과는 매우 다른 것으로 바꾸어 놓았다. 하지만 한국어가 '국어'가 되었음에도 불구하고 우리 문학자들에게 여전히 '언어'가 문제인 상황이 지속되었다. 이 점은 5~60년대에 활동했던 문학자들을 세대 구분하는 기준이 '모국어 구사의 유창성'이었다는 점에서도 잘 드러난다. 4·19세대(1960년대)가 등장하기 전까지의 문학, 즉 한국전쟁 발발을 전후해서 문단에 등단한 문인들을 전후문학세대라고 부른다고 할 때, 그 세대를 규정하는 가장 중요한 기준은 전쟁 체험이 아니라 언어 문제였다.[6]

---

5) 박붕배, 「미군정기의 국어과 교육」, 『도남학보』, 제2권, 도남학회, 1979, 32~33쪽.
6) 사실 전쟁체험을 자신의 주요한 문학적 재료로 삼았던 문학자들은 4·19세대로 알려진, 1960년대에 문단에 등장한 사람들이었다.

　　35세라고 하는 것은 1945년에 15세, 즉 중학교 2, 3학년쯤의 나이이고 따라
서 일본어를 쓸 줄 아는 사람이다. 따라서 35세 이상은 대체로 일본어를 통해
서 문학의 자양을 흡수한 사람이고 그 미만은 영어나 우리말을 통해서 그것
을 흡수한 사람이다. 그리고 35세 이상 중에서도 우리말을 일본어보다 더 잘
아는 사람들과 일본어를 우리말보다 더 잘 아는 비교적 젊은 사람들이 있다.
이 후자에 속하는 사람들 중에는, 全鳳建이가 언제인가 시작 노우트에서 말
했듯이 해방 후에 비로소 의식하고 우리말을 공부한 사람들도 적지 않다. 우
선 이러한 구분하에서만 보더라도 우리 문학이 얼마나 복잡한 식민지의 배
경 속에서 살아왔는가를 짐작할 수 있다.[7]

위 글의 주장에 따르면 당시의 문학자들은 다음과 같이 세대가 구분
된다. 첫째, 35세 이상이면서 한국어를 일본말보다 잘하는 사람, 둘째,
35세 이상이면서 일본어를 한국어보다 잘 하는 사람, 셋째, 35세 이하
이면서 한국어과 영어를 할 줄 아는 혹은 배운 사람이다. 세대에 따라
서로 공유하는 언어적 경험이 매우 달랐기 때문에 언어 문제와 관련해
겪는 고통의 정도도 달랐음이 분명하다. 같은 세대에 따라 시대를 살고
있었음에도 불구하고 그들의 실존적 시간은 전혀 다른 시간대 위에 있
었다.

전후세대를 대표하는 작가인 장용학의 문학은 철저한 일본 교육에 의
해서 시작되었으며, 해방이 되어서는 한국어를 배우는 일과 동시에 다
시 시작되었다. 그리고 일본어로 쓴 것을 문세영의 『조선어사전』을 동
원해서 국어로 번역해내는 일이 그의 문학방법이었던 점[8] 등은 두 번째
세대의 전형적인 모습이다. 김수영도 여기에 해당한다. "한국어에 익숙

---

7) 김수영, 「히프레스 문학론」, 『전집 2』, 200쪽. 「히프레스 문학론」의 탈식민주의적 가
　　치에 대한 언급은 곽명숙(「김수영의 시와 현대성의 탈식민적 경험」, 『현대문학연
　　구』 9집, 현대문학연구회, 89~123쪽)에 빚지고 있다.
8) 고은, 『1950년대』, 도서출판 청하, 1989, 223쪽.

하지 않을 뿐 아니라 신경질이 심하기 때문에, 나는 원고 한 장을 쓸 때면 두 세 번은 한국어 사전을 들춰본다. 그것은 내가 내 생각을 좀 더 분명히 하는데 도움이 되지만 그 과정에서 원래 생각했던 것을 잃어버리기도 한다. 그러나 시인은 얻는 것보다 잃는 것을 더 사랑한다. 그것은 역설이라기보다는 오히려 투쟁이다."9)

김수영은 당시 우리 문학자를 고통스럽게 했던 언어 문제를 '식민지적 환경'의 산물로 해석함으로써 '탈식민주의적'인 관점에서 접근하고 있다. 탈식민주의 이론이 대상으로 삼는 것은 피식민지의 지식인들 중에서도 두 개 이상의 언어를 사용하는 지식인들의 글쓰기였다. 식민지 지식인에게 제2외국어는 교육 등을 통해서 지성적 언어가 되었던 반면에 모국어는 정서적 언어를 구성하였다.10) 비슷하게 대학 교육까지를 식민지 기간 동안에 받았던 김수영에게 일본어는 비평의 언어, 학문의 언어였다. 해방 이후 영어 책에 밀려 일본어 책이 헌책방에서나 구할 수 있을 정도로 유행에 뒤떨어진 것이 되었음에도 불구하고, 그는 늘 일본어 책을 읽었고, 거기서 지적 자양을 흡수했다.11)

> 日本말보다도 빨리 英語를 읽을 수 있게 된,
> 몇차례의 言語의 移民을 한 내가
> 우리말을 너무 잘해서 곤란하게 된 내가12)

'언어 이민'이라는 용어는 김수영의 탈식민적 주체성을 구체화한 단

---

9) 김수영, 「시작 노우트 4」, 『전집 2』, 294쪽.

10) 이 같은 특징은 '디아스포라' 지식인에게서도 나타나는 특징이다. 에드워드 사이드는 1995년 한국을 방문하였을 때 문예잡지 『세계의 문학』의 편집자 김성곤과의 인터뷰에서 자신을 육체적, 정신적 망명객으로 소개한 바 있다. 그의 경우 학문적으로 사고하고 표현하는 일차 언어는 언제나 영어이며, 아랍어는 그에게 일상어일 뿐, 비평 언어나 학문 언어는 아니었다.

11) 김수영, 「히프레스 문학론」, 『전집 2』, 201쪽.

어이다. '이민'이란 물리적 공간의 이동뿐만 아니라 한 언어에서 다른 언어로의 이동을 의미한다. 그런데 식민화와 그 뒤를 이은 탈식민화는 공간의 이동을 동반하지 않는 언어적 이동을 가능하게 하였다. 이는 그 같은 상황의 변화가 초래한 '상징 권력'의 교체 때문이다. 관점에 따라서는 김수영의 경우를 다언어적인(multi-linguistic) 문화적 자산을 가지고 있는 것으로 긍정할 수 있을지도 모르겠으나, 정작 당사자에게 그것은 괴롭고 고통스러운 것이었다. 그에게 한국어와 일본어는 모두 모국어였지만 둘 다 불완전한 것으로 인식되었다. 그는 자신의 조국에서 떳떳하게 살고 있음에도 불구하고 그의 언어적 실존은 '경계선(the border)' 위에 있었다.

더불어 한국어와 일본어를 대하는 그의 태도는 늘 '양가적'이었다. 그는 한 번도 자신의 말을 온전하게 소유하고 있다고 생각하지 못했기 때문에 우리말에 대해서도 일본어에 대해서도 늘 콤플렉스를 느꼈다.

> 그들은 너무나 오랫동안 自己의 말을 잊고
> 남의 말을 하여왔으며
> 그것도 간신히 떠듬는 목소리로밖에는 못해왔기 때문이다.[13]

식민지 기간 동안 한국어와 일본어를 동시에 사용했던 '한국인'들은 마치 갑자기 자신의 언어를 잃어버린 것처럼 '말이 없고, 혀가 묶이고 그리고 단어를 잃어버린 것'처럼 되었다. 그것은 김수영이 말한 그대로 '더듬는 목소리'이었다. 이러한 표현은 시인의 실재 언어구사능력을 객관화한 것이라기보다는, 일본어에 억압되어야 했던 한국어의 위치를,

---

12) 김수영, 「거짓말의 여운 속에서」, 『김수영 전집 1 시』, 민음사, 1988, 274쪽. 이하 『전집 1』로 표시.
13) 김수영, 「헬리콥터」, 『전집 1』, 63쪽.

그와 더불어 정치적, 문화적 권력을 상실해야 했던 식민지 지식인의 내면화된 이미지를 표상하는 것이다. 그것은 스스로를 '불구'로 간주하는 자격지심과 결합되어 있다.[14]

하지만 시인의 목소리는 해방이 되었다고 해서 자동적으로 유창한 목소리로 변하지 않았다. 김수영에게 지적 활동의 매개는 일본어였지 한국어는 아니었다. 하지만 그는 '일본어를 쓰면 친일파고 저널리즘의 적'[15]으로 비난받는 대한민국에서 살아야만 했고, 그의 작품 발표는 한국말로 이루어져야 했다. 때문에 그의 언어생활은 내적으로 분열되어 있었다. 공적인 글쓰기라고 할 수 있는 시 창작이나 비평은 한국어로 이루어졌지만 그의 사적인 글쓰기는 일본어의 간섭을 받고 있었다. 하지만 이것은 영원히 침묵 속에 남겨두어야 할 비밀이었다.

> 나는 형편없는 저능아이고 내 시는 모두가 쇼우이고 거짓이다. 혁명도, 혁명을 지지하는 나도 모두 거짓이다. 단지 이 문장만이 얼마간 진실미가 있을 뿐이다. 나는 「고독」으로부터 떨어져 얼마나 긴 시간을 살아 온 것일까. 지금 나는 이 내 방에 있으면서, 어딘가 먼 곳을 여행하고 있는 듯한 기분이 들고, 향수인지 죽음인지 분별이 되지 않는 것 속에 살고 있다. 혹은 일본말 속에 살고 있는지도 모른다.(일본어 원문으로부터 원저자의 번역, 1961년 2월 16일의 일기-인용자)[16]

---

14) 대표적인 1950년대 작가인 손창섭의 경우, 그는 스스로를 작품 속에서 '육체적인 불구'로 묘사하고 있다. 손창섭의 「신의 희작」 및 「낙서족」 참조.

15) 김수영, 「시작 노우트 6」, 『전집 2』, 302쪽.

16) 김수영, 「일기초 (Ⅱ)」, 『전집 2』, 344쪽. 일본어 원문은 다음과 같다: ボクハ 話ニ ナラナイ 低能兒ダシ, ボクノ詩ハ ミンナ芝居デ, 嘘ダ. 革命モ, 革命ヲ 支持スル 僕モ ミンナ 嘘ダ. タダ コノ 文章ダケガ イクラモ 眞實味ガ アルダケガ. 僕ハ「孤獨」カラ 離レテ 何ト長イ 時間生キタンタラウ° 今 僕ハコノ 僕ノ 部屋ニ 居イナガラ, 何處カ 遠イトコロヲ 旅行シテイルヤウナ 氣ガ スルシ, 鄕愁トモ 死トモ 分別ノ ツカナイモノノナカニ 生キテヰル. 或ハ 日本語ノナカニ 生キテイルンカモ 知レナイ.(위의 책, 343쪽)

여기서 김수영을 지배하는 기분은 한마디로 '두려운 낯설음' (Unheimlich, 혹은 homelessness)이다. 이것은 '어둠 속에 비밀로 남아 있어야 하는 것이 빛 속으로 나올 때' 종종 느끼게 되는 감정이다.[17] 하지만 낯설음은 실제로 낯선 것이 아니며, 오히려 정신적 움직임에서는 언제나 친숙한 것이다. 그것이 '두려움'을 주는 낯선 것으로 느껴지는 것은 '억압' 때문이다.

김수영은 일본어로 된 자신의 일기를 보면서 그 같은 기분에 빠진다. 일본어를 사용하는 김수영, 그것은 자신의 또 다른 분신이지만 '코드 전환'(한국어로의 번역)의 기표적 작용을 통해서 억압되어 왔던 것이다. 이는 해방과 더불어 일본말과 우리말의 관계가 전도되었기 때문이다. 이제 일본어는 '우리말 순화'라는 목표하에 우리 언어생활에서 말소되어야 할 존재였다. 그것은 마치 음란 비디오처럼 사적 영역에서 '몰래' 누릴 수밖에 없는 것이 되었다. 하지만 그처럼 숨겨온 것이 의식화될 때, 김수영은 성장하면서 자신의 무의식 속으로 밀어 넣어둔 친근한 것들에 대해 그런 것처럼, 일본어에 대해 그리움과 함께 두려움을 느낀다.

호미 바바는 '두려운 낯설음'을 식민지 내지 탈식민지적 조건의 패러다임이라고 주장한다. 이 이상한 기분은 식민지 시대뿐만 아니라 식민지의 이후에도 지속되는, 공공적 삶을 지배하는 이분법적 대립의 허

---

17) S. Freud., 「두려운 낯설음(Das Unheimlich)」, 『프로이트 전집 18』, 열린글방, 1998, 132 쪽. 알릭스 스트라치(Alix Strachey)는 1925년 출판된 영역본에서 'unheimlich'를 'uncanny'로 번역하였는데, 이것의 의미는 '이상한, 설명하기 어려운'(strange, and difficult to explain)이다. 독일어 용례에서 'unheimlich'는 '집과 같지 않은, 편안하지 않은'의 의미로 사용되기도 한다. 호미 바바는 독일어 용례를 따라서 이 단어를 'unhomely 혹은 unhomeliness'(*The Location of Culture*, London:Routledge, 1994, p.9)로 번역한다. 이 단어는, 거울에 비친 자기 모습이 갑자기 다른 사람의 얼굴처럼 보이는 것과 같이, 가장 친근한 대상이 어느 날 낯설게 느껴질 때의 느낌을 함축하고 있다.

구성이 드러나는 순간과 관련이 있다. 그것은 사적인 것과 공적인 것, 과거와 현재, 그리고 심리적인 것과 사회적인 것이라는 이분법적 틈새에서 생겨난다. 이 덕분에 사회적 경험의 영역들이 설정하는 이원적 구분들의 대립쌍, 예를 들어 한국어 대 일본어와 같은 이원적 구분의 쌍―이것은 해방 이후의 일본과의 국교 단절에 의해서 공간적인 대립으로 표상되기도 했다―이 의문시된다. 비슷하게 김수영의 사적 삶을 지배하는 두 개의 목소리는 그 같은 이분법을 비웃는 듯 서로 얽혀 있어 어느 것이 김수영의 진짜 목소리―주체성을 규정하는 언어―인지 판단할 수 없게 한다. 마치 아수라 백작처럼, 겹쳐진 두 개의 목소리를 가진 김수영은 '혼종성', 즉 '사이에 낀' 현실의 경계에 거주하는 주체를 표상한다.

'4·19 시인'으로 김수영을 평가하는 비평적인 시선은 탈식민적 주체로서의 김수영을 오랫동안 간과해 왔다. 김수영이 '4·19 시인'으로 재생될 수 있었던 것도 '사이에 낀 존재'로서의 자신의 언어를 문학적 전략으로서 적극적으로 사용하였기 때문이다.

3. 더듬는 혀의 양가성

김수영은 '더듬는 혀'가 아니라 '유창한 혀'를 가지고 싶어 했다. '유창한 혀'는 죄의식도 없고 두려움도 없는 자유로운 혀이다. 그러나 언어적 '디아스포라(diaspora)' 상태는 해방 이후에도 지속되었고, 분단과 한국전쟁 그리고 연이은 독재정권의 수립은 그에게 '유창한 혀'를 돌려주지 않았다. 때문에 김수영은 자유롭게 말할 수 있는 혀를 그 누구보다도 갈구하였다. 그것은 그 스스로의 표현 그대로 그의 문학적 신앙이었다. "우리나라의 시단은 자고로 완전한 자유를 누려본 일이 없다. 자유가 없는 곳에서 무슨 시가 있겠는가! 이것은 너무나도 평범한 진리이지만 이 사실을 도외시하고 우리나라의 시단을 평할 수 없다."18)

  그런데 그의 용례를 살펴보면 '자유'가 '38선'의 짝패임을 알 수 있다. 그는 늘 글을 쓸 때면 무슨 38선이 있는 것 같은 느낌, 그 선을 넘어서야만 순결을 이행할 것 같은 강박관념, 무슨 소리를 하여도 반 토막 소리밖에는 못하고 있다는 강박관념으로부터 '시'를 해방해야 한다고 주장한다. 그에게 '38선'은 현실에 놓여 있는 물리적 공간을 의미하는 것이 아니다. 물론 현실의 물리적 공간으로서의 38선 역시 그의 시적 자유를 억압하는 기제로 작용하지만 더 중요한 것이 그것이 갖는 상징적 의미이다. '38선'의 표상 즉 단절과 구분은 이분법적 공간을 횡단하는 존재로서의 김수영의 실존을 부정한다. 그의 본질은 그 스스로 언어의 이민자라고 불렀던 것처럼 흐르는 것이다. 그의 실존은 이곳에 있으면서도 다른 곳에 존재하는 양가적인 것이다. 하지만 '38선,' 늘 구분하고 동질화하려는 현실의 상징권력은 흐르는 존재로서의 김수영의 실존을 억압하고 있다.

  김수영이 '현실상으로는 38선이 있지만 감정이나 꿈에 있어서는 38선 이란 타부는 문제되지 않는다.'19)라고 주장함에도 불구하고, 시인은 그러한 타부에서 자유롭지 못했다. 이것은 시인의 상상력을 위축시키고 그의 혀를 묶어 놓는다. 이 때문에 그는 언제나 98퍼센트도 아니고 99퍼센트도 아닌 100퍼센트의 자유를 추구한다. 그는, 시가 완전한 자유에 '대한' 시가 아니라 완전한 자유 '의' 시가 되기를 갈망했고, 이를 통해서 '유창한 혀'를 얻기를 소망했다. 그러나 상징적 '38선'은 4·19혁명이 열어놓은 짧은 해방의 시간을 제외하고 언제나 그의 상상력을 위축시켰고, 그의 혀는 여전히 더듬거리고 있었다. 그 목소리는 그 단어가 함축하

---

18) 김수영, 「나의 신앙은 '자유의 회복'」, 『전집 2』, 124쪽.
19) 김수영, 「창작자유의 조건」, 『전집 2』, 129쪽.

는 것 그대로 때로는 너무 침묵하였고, 때로는 너무 소란스러웠다:

그러나 나는 오늘 아침의 때문은 革命을 위해서
어차피 한마디 할 말이 있다
이것을 나는 나의 日記帖에서
찾을 수밖에 없었다

중용은 여기에 없다
(나는 여기에서 다시한번 熟考한다
鷄舍건너 新築家屋에서 마치질하는
소리가 들린다)

쏘비에트에는 있다
(鷄舍 안에서 우는 알 겯는
닭소리를 듣다가 나는 마른침을 삼키고
담배를 피워물지 않으면 아니된다)

여기에 있는 것은 中庸이 아니라
踏步다 죽은 平和다 懶惰다 無爲다
(但「中庸이 아니라」의 다음에 「反動이다」라는
말은 지워져있다
끝으로「모두 適當히 假面을 쓰고 있다」라는
한 줄도 빼어놓기로 한다)

담배를 피워물지 않으면 아니된다고 하였지만
나는 사실 담배를 피울 겨를이 없이
여기까지 내리썼고
日記의 原文은 日本語로 쓰여져있다.

글씨가 가다가 몹시 떨린 漢字가 있는데
그것은 물론 現政府가 그만큼 惡毒하고 反動的이고

假面을 쓰고 있기 때문이다.[20]

이 시의 시구 중 "中庸은 여기에는 없다. 소비에트에는 있다. 여기에 있는 것은 中庸이 아니라 踏步이다. 죽은 平和이다. 懶惰다. 無爲다. 모두 適當히 假面을 쓰고 있다"는 일본어 문장에서 나온 것이다. 일본어 문장은 가타가나로 쓰여 있으며, 1960년 9월 9일에 쓴 일기에서 확인할 수 있다. 中庸ハ ココニハナイ ソヴェットニハ アル ココニ アルイハ 中庸デハナイ 踏步(アシブミ)デアル 死ンダ 平和デアル 懶惰デアル 無爲デアル ミンナ 適當ニ 假面ヲ カブッテサル.[21]

다소 어수선한 이 시에서 의미상 핵심 부분은 김수영이 일기에 일본어로 쓴 부분이다. 그것이야말로 그가 가장 하고 싶은 말이었고, 심지어는 그 단어를 쓸 때 손이 떨릴 정도로 분노를 느끼기도 했다. 그를 그토록 분노케 한 대상은 4·19 이후 들어선 민주당 정부의 행태, 즉 개혁에 대한 국민의 기대를 저버린 행태이다. 손이 떨릴 정도로 분노를 느끼게 하는 대상을 일본어로 쓰는 것, 이것은 정통성 없는 국가권력에 대한 의식적 풍자이다. 더 나아가 이것은 단순한 위정자의 정치 행태에 대한 비판 이상의 국민국가의 본질적인 측면에 의문을 던지고 있다. 좋은 정부든 나쁜 정부든 상관없이 모든 정부는 단일 언어적 정비와 통제를 통해서 국민 국가적 통일성을 창출하는 상상적 작업을 중단 없이 수행한다. '일본어를 사용하면 친일파'라는 타부는 그 같은 국가적 상상의 전도된 그림자이다. 김수영의 일본어는 비록 의식적이지는 않지만 이 점을 건드리고 있다는 점에서 문제적이다.

무엇보다 이 시는 내용을 떠나 형식 자체에서 그 같은 풍자의 정신을

---

20) 김수영, 「中庸에 대하여」, 『전집 1』, 156~157쪽.
21) 김수영, 「일기초 (II)」, 『전집 2』, 337쪽.

잘 드러내고 있다. 일단 시각적인 면에서 이 시의 한국어 시구들은 일본어 시구들에 비해 부차적이다. 이 시에서 우리말은 단지 괄호 속에서만, 즉 독자적으로 출현하지 못하고 오직 덤으로서만 실현된다. 그것들은 시를 쓸 때의 정황, 첨가와 지움의 상황들을 부기하고 있다. 의미의 측면에서 이 부분은 일종의 소음이다. 그것들은 시의 의미를 만들어 낸다는 면에서 아무런 기여를 하지 않는다. 그것은 다만 일본어가 직조해내는 의미들이 산출되는 과정을 드러내줄 뿐이다. 이를 통해서 일본어 원문을 한국어로 옮겨 적는 동안 빠진 부분이나 삭제된 부분들이 무엇인지를 드러낸다. 한국어 부기들은 그가 일본어로 '이 정부는 반동이다'라는 구절을 적었다 지웠음을 에둘러 말한다. 또한 한국어로 옮겨 적는 과정에서 '모두 적당한 가면을 쓰고 있다'는 구절이 빠졌음을 보여준다. 시의 의미를 산출하는 데 참여하지 못하는 한국어 부기들은 이 시가 쓰이는 동안 시인 내부에서 작동하고 있었던 (무)의식적 검열을 폭로한다. 그는 '반동'이라는 단어를 쓰고 싶었지만 지워버렸다. 그것은 처음부터 그의 머릿속에만 있었고, 한 번도 심지어는 일본어로도 쓰인 적이 없었는지도 모른다.

한편 이 같은 부기는 시를 이해하기 어려운 것으로 만든다. 그것들은 마치 여러 개의 언어를 동시에 배우고 있는 사람이 자기의 생각을 가장 잘 전달할 수 있는 표현을 선택하다 보니, 완성된 문장은 여러 언어에서 차용한 단어들로 뒤죽박죽이 되어 결국은 이해할 수 없게 되는 것처럼, 그의 시를 하나의 요령부득으로 보이게 한다. '현 정부는 반동이다'는 시인의 주장은 작품 속에서 유추될 수도 있지만 우리말의 여음—마치 마치질 소리, 닭소리가 그런 것처럼—에 의해 교란되고 긴장은 떨어진다. 비록 그가 시 마지막에 현 정부가 악독하고 반동적이고 가면을 쓰고 있다고 적었다고 하더라도 그것은 시에서 해설적인 것으로 남을 뿐, 그 본래 의미—의도는 약화된다.

그렇다면 이 시에서 본질적인 내용은 그가 일본어로 쓴 부분일까, 아니면 한국어로 쓴 부분일까? 일본어로 쓰면 안 된다는 금기에 저항하면서도 여전히 그것에 묶여있는 이 '이중구속(double bind)'의 상황을 폭로하는 것은 일본어로 쓴 부분인가, 아니면 한국어로 쓴 부분인가? 분명한 것은 어느 한쪽으로는 금기에 완전히 저항할 수 없다는 점이다. 새가 한쪽 날개로 날 수 없듯, 시인은 두 언어 모두가 없이는 자신의 시를 완성할 수 없고, 그의 저항도 완성될 수 없다. 그의 시는 드러내면서도 지울 수밖에 없다는 것, 의미하지만 그것이 소음으로서만 그럴 수 있다는 역설을 행하는 식으로 스스로의 저항을 수행한다.

이처럼 진실은 소음 속에서 섬광처럼 자신의 얼굴을 살짝 드러냈다가 사라지는 것임에 분명하다. 그것은 『악마의 시』에서 위스키 시소다 씨의 술 취해서 더듬거리는 말 속에서 영국의 국가적 정체성에 대한 비밀이 폭로되듯이 말이다. "영, 영국인들의 문제점은 그 사람들의 역, 역, 역사가 해외에서 진행됐기 됐기 때문에 자기들도 그 역사의 의미를 모, 모, 모른다는 사실이다"22) 마찬가지로 '중용'이라는 허울 속에 숨어 있는 나태와 반동의 진면목이 까발려지는 것은 그의 '더듬거리는 혀'를 통해서이다.

더듬거리는 혀는 소음을 만들어내는 혀이다. 하지만 그것은 때로는 지독한 침묵으로 변하기도 한다. 완전한 음을 구사하지 못하는 혀는 때로는 '말 막힘(blocking)'을 만들어내기도 한다. 그것은, 김수영의 경우, '단어공포(word phobia)'로 구체화된다. 「거짓말의 여운 속에서」라는 시는 단어공포가 드러나는 대표적인 예인데, 여기서 공포의 대상은 '정치 의견'이다. 이것의 발화는 오직 네거티브 한 방식으로만 실현된다:

日本말보다도 빨리 英語를 읽을 수 있게 된,
몇차례의 言語의 移民을 한 내가
우리말을 너무 잘해서 곤란하게 된 내가

지금 불란서 소설을 읽으면서 아직도 말하지
못한 한가지 말——政治意見의 우리말이
생각이 안 난다 거짓말 거짓말

거짓말의 부피가 하늘을 덮는다 나는 눈을
가리고 변소에 갔다온다
사람들은 내 말을 믿지 않고 내가 내 말을 안 믿는다

나는 아무것도 안 속였는데 모든 것을 속였다
이 죄는 사과의 길이 없다 봄이 오고
쥐가 나돌고 풀이 솟는다 소리없이 소리없이

나는 한가지를 안 속이려고 모든 것을 속였다
이 죄의 餘韻에는 사과의 길이 없다 불란서에 가더라도
금방 불란서에 가더라도 금방 自由가 온다 해도[23]

　　이 시의 지배적 모티브인 '부정(否定)'에 대해서 프로이트는 다음과 같이 말한 바 있다. "억압된 이미지나 생각의 내용은 그것이 '부정'된다는 조건으로 의식에 떠오를 수 있다."[24] 사실 강박증 환자들이 부정하는 것은 늘 그의 진실이다. 따라서 그들로부터 어떤 진실을 얻기 위해서는 그가 부정하는 것이 무엇인지를 살펴보면 된다. 이런 관점에서 김수영의 시를 보면 그의 마음속에서 무엇이 억압되고 있는지를 잘 알 수 있다. 그것은 '정치의견'이다. 그는 이 단어를 너무나 잘 알고 있지만, 억

23) 김수영, 「거짓말의 여운 속에서」, 『전집 1』, 275쪽.
24) S. Freud., 「부정(Die Verneinung)」, 『프로이트 전집 14』, 열린글방, 1998, 198쪽.

압으로 말미암아 그것의 발화를 회피하고 있다. 이 같은 회피의 기제는 미래에 일어날지도 모르는 어떤 불행한 사건에 대한 예방이다. 한 글자라도 잘못 읽으면 지옥으로 떨어지는 불경의 경구처럼 이 단어를 소리 내어 말할 때 생길지도 모르는 어떤 결과에 대한 두려움 때문에 그는 그 말을 모르는 것으로 한다.

하지만 강박증에 가까울 정도의 회피는 동시에 그것에 대한 욕망을 측정할 수 있는 바로미터이다. "정치의견의 우리말이 생각이 안 난다"는 이 문장은 원래 의도(은폐)와는 정반대의 결과(폭로)를 낳는다. 이것은 '숨기는 것이 곧 드러내는 것'이라는 라캉이 「잃어버린 편지」에서 한 분석을 떠올리게 한다.[25] 비슷하게 진리는 스스로를 숨길 때 자신을 가장 진실하게 드러내는 것이라는 하이데거의 말[26]처럼, 김수영의 시는 감추려고 하는 것을 통해서 그가 가장 말하고 싶어 하는 것이 무엇인지를 분명히 드러낸다.

그러나 화자의 억압된 욕망이 드러나고 인지된다고 해서 억압이 사라지는 것은 아니다. 더구나 억압은 억압의 대상을 금기로 만드는 상징권력에 대한 주체의 동의에 의해서 생겨나는 것이다. 모든 억압은 억압당하는 자의 공모가 있지 않고서는 불가능하다. 그는 인정하기 싫은 현실로부터 자발적으로 눈을 돌린 것-여기서 그의 자학이 시작된다-이다. "There is no hope of expressing my/ vision of reality, Besides, if I did, it/ would be hideous something/ to look away from[sic]."[27] 김수영은 이 문장에 나오는 '끔찍한'이란 뜻의 "hideous"를 '보이지 않는'으로 해석할 수 있다고

---

25) 라캉은 편지의 회수를 '억압된 것의 귀환'으로 해석하는데 이는 프로이트가 강박증적 '부정'의 메카니즘을 새롭게 설명한 것에 지나지 않는다.

26) Jaques Lacan., 「「도둑맞은 편지」에 관한 세미나」, 『욕망이론』, 권택영 역, 문예출판사, 1994, 109쪽.

27) 김수영, 「시작 노우트 6」, 『전집 2』, 300쪽.

부기하고 있다. 이것은 물리적으로는 보이지만 심리적으로는 보이지 않는다는 깜찍한 자기 부정을 함축하고 있다. 마치 '정치의견'의 우리말이 생각나지 않는 것처럼.

그러나 봄이 오면 연약한 풀이 시멘트를 뚫고 솟아오르듯 진실은 아무리 감추려고 해도 감추어지지 않는다. 그의 시는 그가 '낱말 공포'를 앓고 있는 말더듬이라는 사실, 그리고 타부(권력에 도전해서는 안 된다)에 대한 두려움 때문에 스스로 혀를 묶어버렸다는 사실을 폭로한다. 이처럼 자기 스스로에 의해 폭로된 진실 앞에서 화자는 깊은 죄의식을 느낀다. 그것은 '그 단어'를 말할 수 있는 자유가 그에게 당장 주어진다고 해도 쉽게 지울 수 없다. 그것은 그가 억압의 이유를 내면화하고 더 나아가 억압의 지속에 스스로 공모했음을 폭로한다.

4. 유창한 혀의 회복 모색

'말더듬이'의 원인은 여러 가지이지만 가장 큰 원인은 심리적인 것이라고 한다. 2~4세 사이의 유아들이 말을 배우는 과정은 시행착오를 통해서 이루어지며, 아이들은 언어 표현에 대한 가설을 세우고 그것이 정확한 것인지 아닌지를 외부의 반응을 통해서 확인한다. 그런데 이 과정에서 부모가 아이의 시행착오에 대해서 지나치게 민감하게 반응을 보이고 그것을 교정해주려 애쓸 때, 아이들은 당혹감을 느끼며 자신이 무엇인가 잘못한 것은 아닌가 하는 죄의식을 느끼게 된다. 그리고 자신의 언어 표현에 문제가 있다고 생각하게 되며, 그 결과 발달과정상의 말더듬이가 병적인 말더듬이로 전환된다. 때문에 학자들은 말더듬이가 '아이들의 입에서 시작되는 것이 아니라 엄마의 귀에서 시작된다'는 주장을 한다.

이러한 말더듬이의 원인에 대한 분석은 다중언어를 사용하는 사람들에게서 종종 발견되는 말더듬이 현상, 특히 식민지를 경험한 사람들에

게서 발견되는 말더듬이 현상에 대한 어떤 단서를 제공한다. 식민지배
자들은 아이의 말더듬이를 고치려고 하는 어머니처럼 완고하다. 그들은
잘못된 것을 바로잡고자 하는, 혹은 발달을 촉진하고자 하는 열성을 보
이며 피식민자들을 훈육하고 때로는 체벌을 가하기도 한다. 그러나 그
결과 피식민자의 '말더듬이' 상태는 영속적인 것이 된다. 피식민자들의
내면에는 항상 자신이 부족하고 잘못된 존재가 아닐까 하는 불안감이
도사리게 되고, 자신이 놀라운 성취를 했을 때조차도 그것을 정당하게
평가하지 못한다.[28) 그리고 완고한 식민권력은 해방 이후에는 '권위주
의'인 정부로 대체되어 그 같은 관계는 반복된다. 한마디로 지배권력의
'계몽'에의 욕구가 크면 클수록 피지배자들의 '말더듬이' 상태는 심화
된다.

따라서 말더듬이를 극복하기 위해서는 무엇보다도 '자신감'을 회복하
는 것이 필수적이다. 김수영은 그 같은 '자신감'을 회복할 수 있는 계기
를 4·19에서 발견한다. 김수영에게 있어서 4·19는 그가 그토록 바라
던 '자유'를 잠시나마 맛볼 수 있었던 소중한 공간이었을 뿐 아니라, 그
러한 자유를 내 힘으로 얻을 수 있다는 '자신감'을 회복할 수 있는 계기
로 작용하였다. 그 경험은 김수영이 한국 사회의 후진성을 과거와는 다
른 관점에서 바라보게 만들었다. 이는 '4·19' 이전에는 국내 잡지가
송충이처럼 느껴져 근처에도 두지 않았고 읽지도 않았지만 4·19를 지
내면서 국내 잡지를 읽게도 되고 또 그 속에서 대견한 감마저 느끼게 되

---

28) 사이드는 오리엔탈리즘은 서양인의 서사이며 그 서사 속에서 동양인은 열등한 것,
　　불구의 것으로 규정된다고 한다. 피식민자들은 자신의 주체를 정립하는 과정에서
　　식민지배자가 만들어놓은 담론을 마치 진리의 담론인 것처럼 수용하게 되고, 오리
　　엔탈리즘의 서사가 그려놓은 자신의 이미지를 내면화하게 된다. 즉 식민지배자와
　　의 관계에서 피식민자들이 주체가 되는 것은 식민지배자의 상징 질서를 내면화하
　　는 것을 통해서이다.

었다는 것, 또 그와 반비례해서 외국인의 아무리 훌륭한 논문도 '그저 그렇군' 하고 생각하게 되었다는 것과 같은 김수영의 고백에서도 확인된다.[29]

이렇게 그가 변할 수 있었던 것은 그의 마음속에 외국(서양)에 대한 선망의 감이 더 이상 존재하지 않게 되었다거나, 우리나라의 후진성이 극복되었기 때문은 아니다. 다만, 무엇인가 그의 내부에서 스스로 '벽'[30]이라고 지칭했던 식민성이 극복될 수 있을지도 모른다는 희망이 생겨났기 때문이다. 「거대한 뿌리」에서 이러한 희망은 구분 짓고 평가하려고 하는, 근대성의 이분법적 사고방식을 풍자하는 것으로 실현된다.

> 비숍女史와 연애를 하고 있는 동안에는 進步主義者와
> 社會主義者는 네에미 씹이다. 統一도 中立도 개좆이다.
> 隱密도 深遠도 學究도 體面도 因習도 治安局
> 으로 가라 東洋拓植株式會社, 日本領事館, 大韓民國官吏,
> 아이스크림은 미국놈 좆대강이나 빨아라 그러나
> 요강, 망건, 장죽, 種苗商, 장전, 구리개 약방, 신전,
> 피혁점, 곰보, 애꾸, 애 못 낳는 여자, 無識쟁이,
> 이 모든 無數한 反動이 좋다.
> 이 땅에 발을 붙이기 위해서는
> ─ 第三人道橋의 물 속에 박은 鐵筋기둥도 내가 내 땅에
> 박는 거대한 뿌리에 비하면 좀벌레의 솜털
> 내가 내 땅에 박는 거대한 뿌리에 비하면[31]

이 시가 김수영의 시세계에서 차지하는 의의는 많은 연구자들에게 언급되었다. 특히 전통에 대한 인식과 관련한 최동호의 지적, 즉 "전통에

29) 김수영, 「밀물」, 『전집 2』, 27쪽.
30) 「벽」, 위의 책, 78쪽.
31) 김수영, 「거대한 뿌리」, 『전집 1』, 226쪽.

대한 부정적 시각을 떨쳐버리고 부정의 부정을 통해서 자기 긍정에 도달하게 된다"[32]라는 지적은 이 글의 논의와 관련해 숙고할 만하다.

김수영이 도달한 자기 긍정은 말더듬이의 회복에 있어 중요한 계기이다. 사실 전통은 그것을 규정하는 기준, 즉 '과거로부터 계승된 것'이라는 기준 때문에 식민지 시대의 우리 지식인들로부터 근대성과 대립되는 것으로 간주되었다. 기대와 경험 사이의 불균형으로 말미암아 기존의 해석적 체계로는 현실을 해석할 수 없었던 상황이 초래한, 개화계몽기이래의 '인식론적 위기(epistemological crisis)'[33]는 지식인들로 하여금 새로운 해석의 체계를 도입하도록 자극하는 동시에 그 위기를 초래한 전통에 대해서 부정적인 인식을 갖게 만들었다. 그리고 그 같은 인식은 '과거의 것=조선의 것, 새로운 것=서구의 것'이라는 이분법을 통해 합리화되었으며, 이는 해방 이후의 지식인들에게도 그대로 계승되었다.

하지만 그 같은 사고는 최근에 이루어진 탈식민주의의 전통 연구에 의해서 비판 부정되고 있다. 대표적인 탈식민주의 연구자인 호미 바바(Homi BhaBha)는, 전통은 다른 문화들의 전용과 이식을 정당화하는 은유적 등가성이기도 하지만, 다른 한편으로 식민지적 권위의 실행을 방해하는 환유적 기호라며[34] 그것이 가진 저항적 계기를 강조한다. 또한 상대적으로 보수적인 입장인 야우스(R. Jauss)도 외부로부터의 새로운 전통의 도입이 과거의 것과의 완전한 결별을 의미하지 않으며, 과거의 것은 변화된 시대를 해석하기 위한 새로운 틀로서 재발견될 수밖에 없다

---

32) 최동호, 「김수영의 시적 변증법과 전통의 뿌리」, 『김수영 다시읽기』, 김승희 편, 프레스21, 2000, 72~73쪽.

33) Alicia Juarrero Roque, "Language Competence and Tradition Constituted Rationality," Philosophy and Phenomenological Research, Vol. Ⅱ, No. 3, September, 1991, p.613.

34) 호미 바바, 앞의 책, 259~260쪽. 탈식민주의 문학 비평에 있어서 민족 전통의 연구가 가지는 가치에 대한 지적은 Bill Ashcroft 외 2인 공저의 *The Empire Writes Back*(2nd edition; London and New York: Routledge, 2002)의 16쪽 참조.

고 주장한 바 있다.[35]

그런데 김수영이 전통의 '환유적 계기'를 알아차리게 된 것은 아이러니하게도 이자벨라 버드 비숍의 *Korean and Her neighbours*를 읽고 나서였다.[36] 비숍의 글을 통해서 과거에 대한 그의 망각은 추억으로 재조직된다. 그리고 이 같은 전통에 대한 재인식은 그때까지만 해도 절대적인 것으로 인식되었던, 우리 문화와 서양 문화 사이에 놓인 문화적 차이들의 '약분불가능성'을 전복한다. 이는 전통과 근대성이라는 이분법적 구분에 함축된 가치평가를 전복하는 식으로 수행된다.

그 예로 두 번째 연을 들 수 있는데, 여기서 김수영은 자신을 지배하고 있었던 근대적 이분법에 대한 풍자를 수행한다. 근대성 내지 합리성의 이름으로 절대화된 것들(진보주의자, 사회주의자, 통일, 중립)이나 강한 금기를 동반하는 권위주의적 권력에 대한 지시어(동양척식주식회사, 일본영사관, 대한민국관리)나 문명어(아이스크림) 등과 같은 것들은 개좆, 네에미 씹, 그리고 좆대강과 같은 비속어로 에워싸여 조롱되고, 그 가치가 하락되는 수모를 당한다. 반면에 '그러나'라는 접속어의 반대편에 놓여 있는, 예전 같으면 후진성과 야만의 증거로 전자에 의해 억압되었고 부정되었을 단어들(요강, 망건, 장죽, 종묘상, 장전, 구리개 약방, 신전, 피혁점, 곰보, 애꾸, 애 못 낳는 여자, 무식쟁이)이 '사랑'의 대상으로 긍정된다.

---

35) Hans Robert Jauss, "Tradition, innovation, and aesthetic experience," *The Journal of Aesthetics and Art Criticism*, Vol. 46, Issue 3, Spring, 1988, p.379.

36) 김수영, 「茉莉書舍」, 『전집 2』, 74쪽. 『조선과 그 이웃나라』라는 이름으로 번역될 수 있는 이 책은 김수영의 친한 친구였던 김이석이 한국일보에 연재하기로 되어 있었던 『대원군』의 자료를 찾으면서 구한 것이었다. '40년 전의 조선'이라는 이름으로 되어 있는 이 책을 김이석이 번역하라고 김수영에게 빌려준 것이다. 김수영은 이것을 '70년 전의 한국'이라고 고쳐서 『신세계』지에 팔려고 했는데 잡지사가 망해서 단 1회밖에 못 실었다고 한다. 원저의 이름이 *Korean and her neighbors*라는 점을 감안할 때, 김이석이 구해준 책은 일본어판으로 짐작된다.

더 나아가 김수영은 우리 고유어의 '환유적 성격'을 특권화하여 새로운 시적인 언어의 가능성을 발견하고자 한다:

> 우리말의 경우에는 일제시대의 저해로 회전을 하지 못하고 있던 낱말들이 요즘에 와서 새로 발동을 시작하고 있는 것들이 있어서 이것들의 처리가 힘이 들 때가 많다. (……) 이를테면 「바랭이풀」 같은 것도 보기는 많이 본 풀인데도 일단 글 속에 써보려고 하면 어쩐지 서먹서먹하다. 「개똥지빠귀」란 새 이름도 그렇다. 그러나 나는 이런 실감이 안 나는 생경한 낱말들을 의식적으로 써볼 때가 간혹 있다. 「第三人道橋」의 「과오」를 저지르는 식의 억지를 해보는 것이다. 이것은 구태여 말하자면 眞空의 언어인 것이다. 이런 진공의 언어 속에서 어떤 순수한 현대성을 찾아 볼 수 없을까? 양자가 부합되는 교차점에서 시의 본질인 냉혹한 영원성을 구출할 수는 없을까?[37]

바랭이풀이나 개똥지빠귀 풀과 같은 단어들은 그가 시를 쓸 때면 너무나 애용해 마지 않는 '국어사전'에만 존재하는 단어들이다. 이것들은 언어적 화석들이지만, 그런 이유에서 '단어의 표상성'[38]을 더욱 강하게 드러낸다. 즉 이 단어들은 그 현실적 지시물(기의)과는 관련 없이 순수한 기표로서 그 현실성을 주장한다. 이런 점에서 이것들은 '제3인도교'와 등가―그의 시는 1964년에 발표된 것인데, 제3인도교는 1969년에 완공되었다. 따라서 시를 쓸 때는 이 다리는 개념만 있을 뿐 실재하지는 않았다―이다.

김수영은 이 같은 단어에 '진공의 언어'라는 별칭을 부여한다. 그것

---

37) 김수영, 「아름다운 우리말 10개」, 『전집 2』, 280~281쪽.
38) S. Freud., 「부정」, 앞의 책, 201~202쪽. 프로이트에 따르면 과거에 지각된 사물은 표상(이름)의 형태로 사람들의 기억 속에 남으며, 그 사물이 없어진 후에도 표상을 통해서 그 사물이 '실제로' 있었음을 믿는다고 한다. 덕분에 표상은 그것이 과거에 전혀 존재하지 않았다고 현재에도 그 등가물이 없다고 하더라도 심리적 세계에서는 실재하는 것으로 작용할 수 있다. 마치 '제3한강교'가 김수영의 시에서 실재성을 가지는 것처럼.

들은 시니피에와 시니피앙의 일치를 전제로 한 언어적 기능주의로는 설명될 수 없다. 하지만, 시인이 중시하는 것은, 한 언어(단어)가 그 지시대상을 찾지 못하고 머뭇거리는 순간이다. 이 순간에야말로 언어는 순수하게 언어 자체로 인식된다. 이 언어들은 동시대의 유행 관념이나 이데올로기와 같은 선입견에 물들지 않는 텅 빈 기호들이기 때문에, 다른 의미들로 충만해질 수 있는 가능성들을 가지고 있다. 김수영은 이러한 단어들에서 그 스스로가 시의 특권이라고 불렀던 '상상력'을 자유롭게 발휘할 수 있는 가능성을 모색하였다.

김수영은 '진공의 언어'를 이용하여 경계를 강요하는 언어의 빗장을 해제하고자 한다. 그는 지상에 그어놓은 경계들(38선)과 그 물리적 화신인 철조망들 위를 날아다니며 이항대립의 선들을 조롱할 수 있는 언어를, 그리고 그 언어의 권능(상상력)을 갈구하였다. 하지만 그 같은 갈구는 결코 민족주의적인 것이 '아니다.' 구분과 경계를 강조하는 '민족주의'는 흐르는 존재로서의 김수영과 양립할 수 없다. 이 점에서 김수영의 주장은 1960~70년대의 지식인이나 저널리즘의 민족주의와 동일시될 수 없다:

> 이들(참여파-인용자)의 사회참여의식은 너무 투박한 민족주의에 근거를 두고 있다. 미국의 세력에 대한 욕이라든가, 권력자에 대한 욕이라든가, 일제 시대에 꿈꾸던 것과 같은 단순한 민족적 자립의 비전만으로는 오늘날의 복잡한 상황에 놓여 있는 독자의 감성에 영향을 줄 수는 없다. 단순한 외부의 정치세력의 변경만으로 현대인의 영혼이 구제될 수 없다는 것은 세계의 상식으로 되어 있다. 현대의 예술이나 현대시의 출발점은 여기에 있다.[39]

사실 김수영이 지적한 것처럼, 60년대 문학의 참여파들은 식민주의로

---

[39] 김수영, 「변한 것과 변하지 않은 것」, 『전집 2』, 246~247쪽.

부터의 해방을 당면한 민족 문제로 믿고 있었기 때문에 외세 특히 미국의 극복을 자신의 문학적 실천의 중심 주제로 하고 있었다. 하지만, 김수영은 식민주의 극복에 대해에 대해서는 다른 생각을 가지고 있었다.[40] 그는 외부의 세력을 바뀌는 것만으로는 극복되지 않는 내면화된 식민성 혹은 '자유의 결여'를 더욱 문제 삼았다.

시 혹은 문학—이것은 결코 정치에 대한 차선책이 아니다—은, 김수영에게 자유의 결여에 저항하는 유일한 도구이다. 김수영은 시의 본질, 즉 꿈이나 감정을 자유롭게 '드러내는 것'—시의 어원 그대로—을 추구하는 과정에서 그것을 불가능하게 하는 현실의 문제를 양각화시켰다.[41] 그리고 자유 '의' 시에 대한 자신의 꿈을 실현하기 위해서, 때로는 시적 아름다움을 희생하기도 하였다. 즉 3장에서 살펴본 시들처럼, 시적 자유를 불가능하게 하는 현실을 시적 형식으로 전환하는 방식(환유)으로 현실의 문제를 풍자하였다.

김수영이 추구하는 시적 언어는 구분하고 계량화(혹은 등질화)하려는 근대적 이성 속에 숨어 있는 담론적 폭력을 폭로하는 기능을 수행하고자 한다. 현실적 정치권력이 자신의 합리성과 계몽주의를 강조하면 강조할수록, 그것이 가진 폭력적 성격은 더욱더 커진다. 김수영은 이러한 '질서'의 언어, '구분의 언어'에 대항하여 '흐르는 언어'를 만들고자 한다. 그 언어는 때로는 난삽하고, 때로는 저질스러우며, 말 막힘이 심한 것이다. 하지만 그 같은 전략을 통해서 그의 시는 고정된 동일화와 강요

---

40) 미국에 대한 김수영의 탈식민주의적 인식을 논한 논문으로는 김승희의 「김수영의 시와 탈식민주의적 반언술」(『한국문학이론과 비평』 제5집, 한국문학이론과 비평학회, 1999. 8, 33~71쪽)을 참조할 수 있다. 또한 탈식민주의 문학이론에서 '민족적(national)' 비평과 '민족주의적(nationalist)' 비평에 대한 구분은 *Empire Writes Back*의 17쪽 참조.

41) 이에 대한 논의는 배개화, 「김수영 시에 나타난 양가적 의식」, 『우리말글』 제36호, 우리말글학회, 2006, 274~275쪽 참조.

되고 부과된 위계질서를 문제 삼고, 장벽과 경계선을 뛰어넘을 수 있는 가능성을 제시하고자 하였다.

5. 결론

식민지의 이중언어적인 환경에서 교육 받은 김수영에게 한국어와 일본어는 둘 다 모국어였지만, 전자는 늘 후자에 의해서 억압되었다. 그런데 탈식민의 상황은 식민지 기간 동안 두 언어가 맺고 있던 관계를 전도시켰다. 김수영에게 지성의 언어였던 일본어는 문화적 금기의 언어로서 내면화되었고 급기야는 '낯선 두려움'의 감정을 불러일으키는 존재로 전환되었다. 두 개의 목소리를 가진 김수영의 언어는, 그 구성원들을 하나의 언어를 쓰는 사람들로 동질화시키는 국민국가적 상상 속에 존재하는 민족/문화적 차이들을 드러내며, '혼종성' 곧 '안'의 차이를 나타내고 '사이에 낀' 현실의 경계에 거주하는 주체를 표상한다. 하지만 그는 '사이에 낀 존재'로서의 자신의 언어를 문학적 전략으로서 적극적으로 사용함으로써 60년대의 정치, 문화적 환경에서 자기 언어의 실재성을 인정받고자 하였다.

'시는 나의 닻'이라는 김수영의 고백 그대로 시는 우리말과 일본어 사이를 부유하며 문화적 경계에 걸쳐 있던 그를 유일하게 현실과 맞닿게 하는, 그래서 정주를 간신히 가능케 하는 닻이었다. 하지만 그것은 불행하게도 늘 어눌한 언어로 쓰여질 수밖에 없는 운명이었다. "사전을 보면 쓰는 나이와 시/ 사전이 시 같은 나이와 시/ 사전이 앞을 가는 나이와 시/ 감기가 가도 감기가 가도/ 줄곧 앞을 가는 사전의 시."[42] 그의

---

42) 김수영, 「시」, 『전집 1』, 194쪽.

'시'는 매끄럽지도 않고 유창하지도 않지만-이 때문에 어떤 연구자는
서정 시인으로서의 김수영의 존재를 부정하기도 한다-, 분명히 한 개의
목소리이다. 만약 그것이 없었더라면 표현될 기회조차도 없었을지 모를
뒤틀린 목소리에 '시'는 한 개의 형식을 부여한다. 그것을 통해서 시인
은 식민도 탈식민도 아닌 중간지대에 놓인 자신의 주체성을 간신히 긍
정한다.

■ 참고문헌

김수영, 『김수영 전집 1 시』, 민음사, 1988.

______, 『김수영 전집 2 산문』, 민음사, 1989.

고　은, 『1950년대』, 청하, 1989.

곽명숙, 「김수영의 시와 현대성의 탈식민적 경험」, 『한국현대문학연구』 9, 한국현대문학
　　　회, 2001.

김승희, 「김수영의 시와 탈식민주의적 반언술」, 『한국문학이론과 비평』 제5집, 한국문학
　　　이론과비평학회, 1999.

______ 편, 『김수영 다시읽기』, 프레스21, 2000.

백낙청, 「한반도에서의 식민성 문제와 근대 한국의 이중과제」, 『창작과비평』 105, 가을
　　　호, 1999.

황의경, 『언어장애 이해와 교정의 실제』, 홍익제, 2004.

허윤회, 「김수영 지우기」, 『상허학보』 제14집, 상허학회, 2005.

Ashcroft, Bill, Griffiths, Gareth, Tiffin, Hellen(1989), *Empire Writes Back*, Routledge (이석호 역,
　　　『포스트콜로니얼 문학이론』, 민음사, 1999).

BhaBha, Homi K.(1994), *The Location of Culture*, Routledge (나병철 역, 『문화의 위치』, 소명출
　　　판, 2002).

Bourdieu, Pierre(1991), *Language and Symbolic Power*, Polity Press (정일준 역, 『상징폭력과 문화
　　　재생산』, 새물결, 1995).

Lacan, Jacaues, 『욕망이론』, 민승기 · 이미선 · 권택영 공역, 문예출판사, 1994.

Freud, Sigmund, 『쾌락원칙을 넘어서: 프로이트 전집 14』, 박찬부 역, 열린책들, 1998.

──────, 『창조적인 작가와 몽상: 프로이트 전집 18』, 정장진 역, 열린책들, 1996.

Jauss, Hans Robert, "Tradition, innovation, and aesthetic experience," *The Journal of Aesthetic and Art Criticism*, Vol. 46, Issue 3, Spring 1988.

Roque, Alicia Juarrero, "Language competence and tradition constituted rationality," *Philosophy and Phenomenological Research*, Vol. LI, no. 3, September 1991.

제3부

'시선'이라는 시학

김수영과 시각(視覺)의 문제

조 강 석

> 모든 시선에는 본질적으로 관점이 내포되어 있다.
> 그리고 모든 지식도 마찬가지이다.
>
> — 니체, 『도덕의 계보학』

1. 근대성과 시각

근대성은 인식 주체에 대한 존재론적 확증과 이에 기초한 세계에 대한 명석 판명한 인식, 그리고 이것들을 가능하게 하는 이성에 대한 신뢰 등에 의해 설명되어 왔다. 근대성의 이런 특징들을 철학적으로 기초한 데카르트는 다음과 같은 언급을 남긴 바 있다.

> 우리 삶은 모두 감각에 의해 유지된다. 그리고 그중 시각은 포괄적이면서도 가장 고귀한 감각이기 때문에 그 힘을 증대시키는 데 도움을 주는 발명품들은 어느 것보다 가장 유용하다.[1]

---

1) Rene Descartes, *Discourse on Method, Optics, Geometry and Meteorology*, 여기서는 Martin Jay, *Downcast Eyes: The Denigration of Vision in Twentieth-Century French Thought*, Berkeley: University of California Press, 1993, p.21에서 재인용

데카르트가 이처럼 시각을 모든 감각 중 가장 포괄적이면서도 고귀한 것이라고 설명하고 있는 것은 결코 우연한 것이 아니다. 시각을 통해 세계를 지각한다는 것은 개인이 주위의 환경을 과학적으로 인식한다는 것[2]을 의미하기 때문이다. 주체의 존재론적 확실성에 기초해서 세계에 대한 명석 판명한 인식을 얻고자 하는 그의 인식론적 체계와 '보는 이'의 눈을 중심으로 세계에 대한 명료한 시각장(visual field)을 구성해내고자 하는 근대적 시각체계는 긴밀한 관계에 놓인다고 할 수 있다. 우리는 데카르트적 인식론과 근대적 시각체계 간의 상호 연관성을 르네상스 이후 근대적 시각체계의 중심원리로 기능하는 원근법주의를 통해 확인할 수 있다. 원근법은 르네상스 시대에 브루넬레스키에 의해, 3차원의 세계를 2차원의 화면에 담는 유력한 방법의 하나로 개발된 근대적 발명품 중 하나이다. 기하학에 입각한 시각 공간의 합리화[3]라고 할 만한 이 원근법 체계는 '보는 주체'를 시각장의 중심에 위치시키고 시선을 소실점(vanishing point)에 집중시킴으로써 성립된다. 즉, 원근법의 시각체계는 시각의 장을 합리적으로 구조화할 뿐만 아니라 하나의 이상적 시점을 설정함으로써 '보는 주체'의 확고한 위치를 보장해주는 기능을 한다고 할 수 있다.[4] 주지하듯, 데카르트의 인식론적 체계는 주체의 존재론적 확실성에 기초해서 세계에 대한 명석 판명한 인식을 이끌어내는 체계이다. 원근법을 이런 인식론 체계와의 관련하에서 생각해볼 때, 원근법이 합리적 사유의 은유가 되어 왔다[5]는 지적은 타당함을 지니고 있다고 할 수 있다.

이처럼 데카르트의 인식론이 정초하고 있는 합리적 사유체계와 원근

---

2) 임철규, 「눈(眼)의 미학」, 『우리 시대의 리얼리즘』, 한길사, 1983, 130쪽.
3) 주은우, 「현대성의 시각체제에 대한 연구」, 서울대 박사학위논문, 1998, 4쪽.
4) 이수영, 「문학과 예술의 시각적 재현」, 연세대 석사학위논문, 1999, 17쪽.
5) 위의 논문, 17쪽.

법으로 대표되는 근대적 시각체계가 은유적 관계에 놓여 있다는 사실은 우리로 하여금 시각이라는 매개를 통해 근대성의 면모를 다시 들여다볼 여지들을 제공해준다. 우리의 관심을 끄는 부분은, 데카르트의 경우에서 볼 수 있듯, 특정한 '보는 방식(ways of seeing)'이 그 시대의 특정한 사유방식, 나아가 지배적 이데올로기와 내밀한 관계를 갖는다는 것이다.[6] 예컨대, 원근법이라는 하나의 발명품이 그 시대의 지배적인 '보는 방식'으로 추인되는 배경에는 원근법에 의해 세계를 보는 방식이 가장 과학적이며 정확하다는 믿음과 그 믿음을 보편화시킨 일정한 인식론적 체계, 나아가 기저 이데올로기가 엄연히 존재하고 있다고 할 수 있다. 이와 관련하여 우리는 근대성의 시각체제(scopic regimes)[7]에 대한 통찰을 보여주고 있는 마틴 제이의 중요한 지적들을 참조할 수 있을 것이다. 마틴 제이는 근대성과 시각의 관계에 대해 주목하면서 "남근이성시각중심주의(phallogocularcentrism)"[8]라는 용어를 사용하여 시각의 측면에서 근대성의 이성중심주의를 비판하고 있다.[9]

근대성의 시각중심주의적 면모와 이데올로기 혹은 권력과의 관계와

---

6) 이에 대해서는 주은우, 앞의 논문, 3쪽 참조. 주은우는 여기서 존 버거가 개념화하고 있는 '보는 방식(ways of seeing)'과 알튀세르 '이데올로기의 호명' 개념을 연관지어 설명하고 있다.

7) 이에 대해서는 Martin Jay, *"Scopic Regimes of modernity"*, in Vision and Visuality, Hal Foster ed. Seattle Bay Press, 1988 참조.

8) Martin Jay, *Downcast Eyes: The Denigration of Vision in Twentieth-Century French Thought,* Berkeley: University of California Press, 1993, p.494. Martin Jay는 이 책에서 근대성이 '남근이성시각중심주의'에 기초하고 있다는 것을 지적하고 프랑스 현대 철학자들이 이 지배적 시각체제에 균열을 내기 위해 어떤 노력들을 기울였는지 설명하고 있다.

9) 이에 대해서 이수영은 앞의 논문에서 근대성이 특히, 근대의 지배적 시각체제들을 수단으로, 시각적이고 합리적으로 구성된 주체가 중심이 되어 대상세계를 바라보고 재현하는 시각이성중심주의를 기본적인 토대로 하고 있기 때문이라고 부연 설명하고 있다. 5쪽.

관련하여 중요한 시사점을 제공한 또 하나의 논자로 우리는 푸코를 꼽을 수 있다. 그는 『감시와 처벌』에서, 18세기 말 제레미 벤담이 제기한 바 있는 판옵티콘(Panopticon)[10] 개념을 재조명하며 근대 사회에서 시선과 권력의 문제에 대해 상세히 설명하고 있다. 그는 이 문제와 관련한 한 인터뷰에서 다음과 같이 말하고 있다.

> 벤담이 고안해낸 것이야말로 의사나 형무소 관리관, 나아가서 실업가나 교육자들이 절실히 필요로 했던 선구적인 감시체제였습니다. 즉, 그는 감시의 문제를 해결하기 위해 새로운 권력의 기술을 고안했던 것입니다. 여기서 중요한 것은 효과적인 권력의 행사를 위해 동원된 새로운 메커니즘이 바로 시선의 권력이었다는 사실입니다.[11]

푸코의 논의는 시각과 근대성의 문제를 고려함에 있어 새로운 생각거리를 던져준다. 근대의 원근법 중심주의에 대한 비판이, 주체의 시선을 원근법적 소실점 속에 묶어둠으로써 그것을 당대의 지배적 시선과 동화시키는 효과를 낳는 기획에 대한 비판이라면 푸코의 논의는 조금 더 나아가 주체를 감시하고 훈육하는 '시선의 권력' 혹은 '권력의 시선'이 엄연히 상존하고 있다는 사실을 환기시켜주기 때문이다. 우리는 이와 관련하여 근대성의 시각체계에 대한 보다 근본적인 비판에 귀 기울일 필요가 있다. 라캉의 논의가 그것이다.

라캉은 '눈과 응시의 분열(The Split Between the Eye and the Gaze)'에 관한 일련의 세미나에서 시각장에서의 주체의 분열에 대해 설명하고 있

10) 1791년 영국의 철학자 제리미 밴덤(J. Bentham)이 제안한 개념으로 병원, 감옥 등에서 환자나 수인들이 한 사람에 의해 감시되는 원형감시장치 시스템을 의미한다.
11) 콜린 고든 편, 『권력과 지식—미셸 푸코와의 대담』, 홍성민 옮김, 나남, 1991, 183쪽.

다. 라캉은 여기서 주체의 시선이 실제로는 큰 타자의 '응시(the gaze)'에 의해 규율되고 있음에도 불구하고 주체가 자신이 보고 싶은 것을 보고 있다는 착각—즉, 라캉적 의미의 '오인'—을 통해 시각적 환영을 만듦으로써 자신의 시각장을 구성한다고 설명하고 있다. 주체의 이러한 시각적 '오인'은 라캉에 의해 "나는 나 자신을 보는 나 자신을 본다(see myself seeing myself)"는 명제로 정식화된다.[12] 이 명제를 통해 라캉은 주체의 시각장이, 주체 스스로 보고 싶은 것을 보고 있다는, 달리 말해 시각적 결여가 전혀 없다는 '오인'에 기초해서 구성되어 있다는 것을 보여주고 있는데 이때, 라캉이 강조하는 것은 주체의 '오인'에도 불구하고 실상 가장 근저에서 시각장의 주체를 규율하는 것은 바로 '밖에 있는 응시(the gaze that is outside)'[13]라는 것이다. 요컨대, 시각장에서 주체는 자신의 '눈'으로 보고 싶은 것을 보고 있는 '보는 주체'이기 이전에 (큰 타자의) 응시에 의해 '보여지는 주체'라는 것이다. 나아가 라캉은 주체가 응시를 식별하게 된다면 그는 곧 욕망과 함께 불안을 느끼게 될 것이라고 설명하고 있다.[14]

라캉의 논의에서 우리가 주목할 것은 주체의 시각장의 근저에 '응시'가 놓여 있다는 것, 그리고 이 '응시'가 실상 주체의 시각장을 규율한다는 것이다.

근대성과 시각에 대한 몇 가지 논의를 간략히 정리해보았다. 이 글은 근대성과 시각에 대한 이런 논의들을 도움삼아, 서구가 '경험적'으로 체

---

12) 주은우는 이에 대해 "나는 나 자신을 보는 나 자신을 본다"라는 시각적 '오인'과 "나는 나 자신을 생각하는 나 자신을 생각한다"는 데카르트적 코기토 간에 구조적 상동성이 있음을 지적하고 있다. 앞의 논문, 52쪽.

13) Jacque Lacan,. *The Four Fundamental Concepts of Psycho-Analysis*, Penguin Books., p.106.

14) 이에 대해서는 주은우, 앞의 논문, 49~50쪽 참조.

득해온 근대성을 '선험적'으로 수용하는 현실 위에 서 있던 시인 김수영의 시세계에 대해 재고해보는 것을 주된 목적으로 하고 있다. 따라서, 이 글은 김수영의 시세계 전반을 다루는 본격적인 김수영론이라기보다는 그 정지작업의 일환으로, 김수영의 근대성에 대한 태도에 접근하는 하나의 방법을 제시해 보고자 하는, 일종의 시론적인 성격의 글이라고 할 수 있을 것이다. 거두절미하고 이제 관심의 대상을 김수영의 시세계로 옮겨 보자.

2. '속지 않고 보기'와 시선의 재정향(再定向)

1) '바로 봄'과 인식의 문제

> 동무여 이제 나는 바로 보마
> 事物과 事物의 生理와
> 事物의 數量과 限度와
> 事物의 愚昧와 事物의 明晰性을
>
> 그리고 나는 죽을 것이다
>
> — 「공자의 생활난」 부분[15]

「아메리카 타임誌」와 함께 『새로운 都市와 市民들의 合唱』(1949. 4)에 수록된 이 시에 대해 시인 자신은 '히야까시같은 시'라고 말한 바 있다. 사실 모호한 표현들로 일관된 이 시를 통해 김수영이 말하고자 한 바가 무엇인지를 명료하게 파악해내는 것은 상당히 어려운 일이다. 그러나 해석의 난해함에도 불구하고 많은 논자들은 이 시에 대한 해석을 김수

15) 별도의 표시가 없는 한 시 인용은 민음사 판 『김수영 전집 1 시』, 1983.

영론의 앞머리에 놓고 있다. 그것은 이 작품이 그 모호함에도 불구하고 일정 정도 "김수영적 자의식의 축도"16)를 제공하고 있기 때문이다. 이 글의 관심사인 시각의 문제와 관련해서도 사정은 마찬가지이다. 이 시는 시인으로서 본격적으로 입문하는 김수영의 시작(詩作) 태도와 방법을 잘 드러내주고 있다.

여기서 주목할 것은 '바로 봄'이다. 잘 알려져 있듯이, 이 '바로 봄'을 유종호는 "朝聞道夕死可矣"라는 구절과 연관 지어 설명하고 있다.17) 김수영의 '바로 봄'이 도(道), 즉 진리를 깨침과 다르지 않다는 것이다. 그런데, 한 가지 흥미로운 것은 김수영이 공자의 '도를 듣는다'는 구절을 '바로 보'겠다는 구절로 바꾸어 놓고 있다는 것이다. '보는 행위'와 사유의 밀접한 관계는 서구 인식론의 기본 전제가 되어 왔다. 한나 아렌트는 철학의 태동기에서부터 사유(knowing)가 보는 행위(seeing)라는 맥락에서 설명되어 왔으며, 따라서 오늘날 서구의 개념어들 속에는 시각과 관계된 라틴어 어원의 흔적이 많이 남아 있다고 지적하고 있는데18), 이런 지적은 서구에서 사유와 '보는 행위'가 얼마나 밀접한 관계를 지녀왔는지를 잘 설명하고 있다. 김수영의 '바로 봄'은 이런 맥락에서 살펴볼 때 그 의미가 좀 더 명확히 파악된다. 즉, 김수영의 이 '바로 봄'은 사유와 시각의 근대적 관계를 고려해볼 때 그 구체적 함의가 드러난다고 할 수 있다. 김수영은 "사물의 생리"와 "수량" 즉, 근대적 인식론의 작동 기제인 세계의 수학적, 기하학적 원리와 질서에 기반하여 "명석성" 즉, '명석 판명한 인식'을 얻고자 하는 인식론적 의지를 '본다'는 행위와 연

---

16) 최동호,「김수영의 문학사적 위치」, 최동호 외, 『작가연구 5-김수영 문학의 재인식』, 새미, 1998, 13쪽.

17) 유종호, 「시의 자유와 관습의 굴레」, 김수영, 『김수영 전집 3』, 민음사, 1983, 245쪽.

18) Hannah Arendt, The Life of the Mind,. 여기서는 David Michael Levin, "Introduction", in *Modernity and the Hegemony of Vision*, ed by David Michael Levin, University of California Press, 1993, p.4에서 재인용.

관 짓고 있다.[19] '보는 행위'와 수학적 원리에 입각한 명석 판명한 인식이 관계를 맺는 것은 근대적 사건이다. 근대적 인식론이 예컨대, 삼각형의 내각의 합은 180도라는 자명한 수학적 원리에 입각한 합리적 공리들에 의거해 세계를 설명함으로써 성립하고 근대적 시각체계 역시 합리성에 근거하고 있음을 생각해볼 때, 김수영이 '도를 듣는다'는 공자의 구절을 '바로 보'겠다는 적극적 의지로 바꾸어 놓은 것은 결코 우연에 의한 것이 아니라고 할 수 있을 것이다. 결국, 김수영은 이 시를 통해 '보는' 행위로 은유될 수 있는, 세계에 대한 명석 판명한 인식을 얻고자 하는 태도와 의지를 드러내고 있다고 할 수 있다. 김우창이 우리 근대시에 아쉽게 결여된 것으로 꼽고 있는, "사물의 본질까지 꿰뚫어 보겠다는 형이상학적 충동"[20]을 떠올리게 하는 이 본질 직시의 의지, '바로 봄'의 의지를 추스르는 것을 김수영은 시작(詩作)의 출발점으로 삼고 있다.

2) 카메라 옵스큐라(Camera Obscura) 혹은 '보는 주체'와 대상세계

고통의 영사판 뒤에 서서
어룽대며 변하여가는 찬란한 현실을 잡으려고
나는 어떤 몸짓을 하여야 되는가

하기는 현실이 고귀한 것이 아니라
영사판을 받치고 있는 晝夜를 가리지 않는 어둠이

---

19) 이와 관련하여 하정일은 김수영의 '바로 봄'과 비판적 이성의 관계를 설명하며 "김수영은 근대의 기획, 곧 이성의 기획의 가능성을 극단까지 밀고 나가려 한 시인이었다고 해도 과언이 아닐 것이다"(「김수영, 근대성 그리고 민족문학」, 『20세기 한국문학과 근대성의 변증법』, 소명출판, 2000, 344쪽)라고 설명하고 있다.
20) 김우창, 「한국시와 형이상」, 『궁핍한 시대의 시인』, 민음사, 1997, 36~71쪽.

표면에 비치는 현실보다 한치쯤은 더
소중하고 신성하기도 한 것인지 모르지만

나의 두 어깨는 꺼부러지고
영사판 우에 비치는 길 잃은 비둘기와같이 가련하게 된다

고통되는 점은
피가 통하는 듯이 느껴지는 것은
비둘기의 울음소리

구 구 구구구 구구

시원치않은 이 울음소리만이
어째서 나의 뼈를 뚫으고 총알같이 날쌔게 달아나는가

이때이다—
나의 온 정신에 畵龍點睛이 이루어지는 순간이

영사판 우의 모오든 검은 현실이 저마다 색깔을 입고
이미 멀리 달아나버린 비둘기의 두 눈동자에까지
붉은 광채가 떠오르는 것을 보라

영사판 양면에 하나씩 서있는 설움이 합쳐지는 내 마음 우에
—「映寫板」 전문

　　앞서 인용한 것처럼 데카르트는 시각을 가장 고귀한 감각으로 여기고
시각의 힘을 증대시킬 발명품들이 대단히 유용한 것임을 강조하고 있
다. 실제로 근대인들은 다양한 광학장치를 개발하는 데 몰두했는데 그
대표적인 예가 바로 카메라 옵스큐라(Camera Obscura)이다. '어두운 방'
이라는 뜻을 가진 이 광학장치는, 빛이 어둡고 닫힌 내부에 작은 구멍을

통해 들어오면 반대편 벽에 뒤집힌 이미지가 생긴다는 오래된 속설을
원리로 하고 있다. 카메라 옵스큐라는 이러한 원리에 기초하고 근대의
과학 발전에 힘입어 구체화된 광학장치이다. 17세기와 18세기 동안 카
메라 옵스큐라는 인간의 시각을 설명하고 외부세계에 대한 인지자의 관
계와 지식 주체의 위치를 재현하는 데 있어 가장 널리 사용된 모델이었
다.[21] 조나단 크래리의 설명에 의하면, 카메라 옵스큐라는 단순한 광학
기기 이상의 의미를 지닌 장치였다. 그의 말을 인용해보자.

> 두 세기 동안 그것은 합리주의와 경험주의 모두에게 어떻게 관찰이 세상
> 에 대한 진실한 추론으로 이끄는지에 대한 모델로 존재하는 동시에 그 모델
> 의 물리적 현현(incarnation)은 보이는 세상을 관찰하는 수단이자 대중적인 유
> 희, 과학적 탐구, 예술적 실천의 도구로 널리 사용되었다.[22]

요컨대, 데카르트의 원근법적 시각체계가 그의 합리적 인식론체계의
은유라고 할 수 있듯이 카메라 옵스큐라라는 광학장치는 근대적 인식론
의 메커니즘을 실증해보이는 물리적 알리바이로 기능하고 있다고 할 수
있다. '어두운 방'의 이쪽에, 시각이라는 감각을 중심으로 도사리고 있
는 주체와 '어두운 방' 저쪽에 대상으로 현현한 세계, 그리고 그 세계의
표상으로서 '영사판'에 맺힌 세계의 상(象)은 고스란히 근대적 인식론의
물리적 실증이 될 법하다. 김수영의 시 「영사판」은 이러한 근대적 인식
론체계의 은유로서 시각체계가 작동하는 메커니즘과 함께 그것의 맹점,
난점에 대한 통찰을 동시에 보여주고 있다.

　1연에 제시되어 있듯이 시적 주체는 지금 '고통의 영사판'—현실을

---

21) Jonathan Crary, 임동근·오성훈 외 옮김, 『관찰자의 기술—19세기의 시각과 근대
　　성』, 문화과학사, 51쪽.
22) 위의 책, 52~53쪽. 이 부분의 번역이 다소 어색하지만 번역된 원문 그대로 인용하
　　였다.

‘바로 보는’ 데는 의당 고통이 따르기 마련이다―뒤에 서서 ‘찬란한 현실’을 잡으려고 서 있다. 그런데, 문제는 ‘바로 보겠다’는 의지에도 불구하고 현실이 명료하게 대상화되기는커녕 “어룽대며 변하여” 간다는 것이다. 시적 주체는 지금 자신과 세계 사이의 ‘어둠’을 매개로, 찬란하되 “어룽대며 변하여 가는” 현실을 ‘보고’ 있다. 문제는 세계가 그것을 대상으로 정립시키는 것만으로는 명료하게 포착되지 않는다는 것이다. 달리 말하자면, 대상화에 의해 명료하게 파악되지 않는, 니체적으로 말하자면 ‘인식의 세계정복’을 용이하게 허락하지 않는 ‘잔여 현실’이 엄연히 존재하고 있다는 것이다. 그리고 그것은 김수영의 시에서 ‘어둠’의 영역으로 은유되고 있다. 이것이, “현실이 고귀한 것이 아니라/ 영사판을 받치고 있는 晝夜를 가리지 않는 어둠이/ 표면에 비치는 현실보다 한 치쯤은 더/ 소중하고 신성하기도 한 것”인 까닭이다.[23]

　시인은 영사판을 통해 포착된 현실과 시선의 사각지대인 ‘어둠’을 아울러보고자 정신을 가다듬는다. ‘모오든 검은 현실’에 ‘저마다 색깔을’ 부여하는 ‘화룡점정’의 순간에 온 긴장이 집중된다. 그 결과는 무엇인가? 김수영은 ‘어둠’의 영역에까지 ‘저마다의 색깔’을 부여할 수 있었는가? 인식론적으로 환원해 말해보건대, 김수영은 시각을 중심으로 도사리고 있는 ‘특권화된’ 주체의 위치에서 대상세계의 모든 부면에 대해 파악, 인식하고 세계에 대한 명석 판명한 관념을 얻을 수 있었는가?

　김수영은 마지막 연에서 ‘영사판’ 이쪽과 저쪽에 두 개의 설움이 있음을 토로한다. 이 ‘두 개의 설움’은 어디서 연원하는 것일까? 대상세계에 대한 철저한 인식의 의지를 다잡은 시인이 부딪친 문제는 실상, 자신

---

23) Jonathan Crary는 카메라 옵스큐라의 패러다임이 후대에 마르크스, 베르그송, 프로이트 등에 의해 비판받고 있음을 지적하고 있다. 즉, 이들에 의해, 한 세기 전 진리의 장소였던 바로 그 장치가 진리를 감추고, 뒤집고, 신비화하는 절차와 힘을 위한 모델로 비판받게 되었다는 것을 지적하고 있다. 위의 책, 53쪽.

이 세계를 바라보기만 하는 대자적 존재가 아니라 스스로(부정성으로 점철된) 세계에 연(連)해 있는 즉자적 존재이기도 하다는 것이다. 자신이 모든 사태를 한 눈에 개괄할 수 있는 것이 아니라는 사실이 환기시키는 존재론적 상황, 그에 따르는 비감(悲感), 이것이 김수영의 (존재론적) 설움의 원천이다. 김수영은 여러 산문에서 자신 역시 부정성으로 점철된 세계의 예외적 존재가 아니라 그 안에 속해 있는 존재라는 것과 그러한 사실이 안겨주는 힘겨움을 토로하고 있는데[24] 이 시에서 그것은 '이쪽'과 '저쪽'의 '두 설움'으로 나타나고 있다. 세계가 대상화에 의해 명료하게 파악되지 않는다는 것과 영사판 '저쪽'뿐만 아니라 '이쪽'에도 설움이 있다는 인식으로 인해 김수영의 '바로 봄'은 새로운 국면을 맞게 된다. 그것은 '보는 주체'로서 시인 자신이 모든 것을 개괄할 수 있는 전능한 시선을 가지고 있지 않다는 것에서 기인한다.

3) '새로 보기' 혹은 '속지 않고 보기'와 시선의 교차

> 음탕할만치 잘 보이는 유리창
> 그러나 나는 너를 통하여 아무것도
> 보지 않고 있는지도 모른다
> 두려운 세상과 같이 배를 대고 있는

---

24) 예컨대, 다음과 같은 글을 꼽을 수 있을 것이다.
　　"나는 작가의—만약에 내가 작가라면—사명을 잊고 있는 것이 아닌가. 나는 타락해 있는 것이 아닌가. 나는 마비되어 있는 것이 아닌가. 이 극장에, 이 거리에, 저 자동차에, 저 텔레비전에, 이 내 아내에, 이 내 아들놈에, 이 안락에, 이 무사에, 이 타협에, 이 체념에 마비되어 있는 것이 아닌가. 마비되어 있지 않다는 자신에 마비되어 있는 것이 아닌가…… 나는 완전히 내 자신이 타락했다는 것을 자인하고 나서야 잠이 들었지만, 이튿날 아침에 일어나서 마루의 난로 위의 주전자의 물 끓는 소리를 들으면서 가만히 생각해보니, 역시 원수는 내 안에 있구나 하는 생각이 또 든다."「三冬有感」,『김수영 전집 3』, 앞의 책.

너의 대담성―
그래서 나는 구태여 너에게로 더 한 걸음 바싹 다가서서
그리움도 잊어버리고 웃는 것이다

부끄러움도 모르고 밝은 빛으로 너는 살아왔고
또 너는 살 것인데
透明의 代名詞같은 너의 몸을
지금 나는 엄폐물같이 생각하고
기대고 앉아서
安堵의 歎息을 짓는다

유리창이여
너는 언제부터 세상과 배를 대고 서기 시작했느냐
　　　　―「너는 언제부터 세상과 배를 대고 서기 시작했느냐」 부분

　「영사판」에서 '어둠'의 영역에 관심을 기울인 김수영은 인용된 시에서 이 문제를 다시 한 번 생각해보고 있다. 인용된 시에서 나타나듯 김수영은 유리창이 세계의 전모를 '투명하게' 보여주는 것 같지만 실은 '창밖'에 '어둠'의 영역이 존재함을 깨닫고 있다. 그렇기 때문에 김수영은 투명한 유리창 앞에서 이 유리창을 통해 "아무것도 보지 않고 있는지도 모른다"고 말하고 있다. 말하자면, 그는 이 '투명한 엄폐물' 안에서 시각을 교정하고 있는 셈이다.
　세상을 바라보는 주체의 확고부동한 위치가 주는 인식의 온전함이 보장될 때, 거듭 주체는 안온하다. 그러나 「영사판」에서 보았듯, 주체로부터 대상세계로 향한 일방적 시선에 의해 세계에 대해 완전한 시야를 확보하는 것은 불가능하다. '현실'은 '찬란하'나 '어룽대며' 손에서 미끄러진다. 실상, 김수영은 애초의 '바로 봄' 선언에도 불구하고, 시선의 일방통행으로 세계의 온전한 상을 포획할 수 있으리라는 기대가

충족되는 것이 불가능하다는 사실을 깨닫고 있음을 이처럼 초기의 시들을 통해 보여주고 있다. '바로 보겠다'는 의지만으로 세계의 온전한 상을 확보할 수 있는 것은 아니다. 「영사판」의 '어둠'과 같이 주체가 선 자리가 확보하는 시야각의 바깥에 놓여 있는 영역이 엄연히 존재하고 있는 것이다.

주체와 대상 간의 일방적 관계에 기초한 인식론체계의 은유인 이러한 '보는 방식'은 특정한 시각적 질서를 형성한다. 그리고 이것은 우리의 사고를 제한하는 결과를 낳는다.[25] 바로 이 맥락에서 시선의 사회학이 개입한다. 사실상, 볼 수 있는 것은 또 '보는 방식'은 그 시대의 상황에 맞게 규정되어 있으며 그것은 우리의 사고를 제한하고 있기 때문이다.

이제 '바로 봄'의 문제는 좀 더 복잡해진다. '바로보기' 위해서는 첫째, 자신이 볼 수 있는 것이 시선의 일방통행에 기초한 기존의 지배적 시각틀에 의해 규율되어 왔다는 것, 따라서 이 시야의 바깥에 놓인 '어둠'의 영역이 존재하고 있다는 것을 의식해야 하며 둘째, '보는 주체' 자신이 대상세계의 전모를 '바로 볼' 수 있는 확고한 입각점에 서 있는 것이 아니라 자신 역시 그 세계에 연(連)해 있다는 것을 감안해야 한다. "어린아이고 어른이고 살아가는 것이 신기로워/ 물끄러미 보고 있기를 좋아하는"(「달나라의 장난」) 김수영의 시선은 이제 또 다른 운명을 맞는다. 세계를 바라보되, 자신을 규율하던 기존의 지배적 시각틀과는 다른 입각지에 서서 보아야 하며, 그 시선이 자신의 내부로도 향해야 하기 때문이다. 따라서 김수영의 시선은 "나의 눈만이 혼자서 볼 수 있는" 것들로 향하며, 그는 이것들을 "默然히 默然히/ 그러나 속지 않고 보고 있을

---

25) 이수영, 앞의 논문, 15쪽.

것"(「여름뜰」)이라고 다짐한다.[26]

　김수영의 '바로 봄'의 시선은 이제 '새로 보기'와 '속지 않고 보기'의 시선으로 재정향된다. 다음의 시를 보자.

> 一九五〇年七月 以後에 헬리콥터는
> 이나라의 비좁은 山脈위에 姿態를 보이었고
> 이것이 처음 誕生한 것은 勿論 그 以前이지만
> 그래도 제트機나 카아고보다는 늦게 나왔다
> 그렇지만 린드버그가 헬리콥터를 타고서
> 大西洋을 橫斷하지 않았기 때문에
> 우리는 지금 東洋의 諷刺를 그의 機體안에 느끼고야 만다
> 悲哀의 垂直線을 그리면서 날아가는 그의 설운 모양을
> 우리는 좁은 뜰 안에서뿐만 아니라
> 심지어는 항아리 속에서부터라도 내어다 볼 수 있고
> 이러한 우리의 純粹한 癡情을
> 헬리콥터에서도 내려다볼 수 있을 것을 짐작하기 때문에
> 「헬리콥터여 너는 설운 動物이다」
>
> ─自由
> ─悲哀
>
> 　　　　　　　　　　　　　　　　─「헬리콥터」 부분

---

26) 김수영이 이런 의미에서 시각의 문제에 골몰한 흔적은 예컨대, 다음과 같은 구절들에 잘 나타나 있다.

(1) 나는 지금 간밤의 쓰디쓴 臭覺과 聽覺과 味覺과 統覺마저 잊어 버리려고 한다.
　　─「여름 아침」
　　(시각만이 집요하게 남아 있다 ─연구자 주)

(2) 나의 視覺을 쉬게 하라 ─「하루살이」

(3) 모든 곳에 너무나 많은 움직임이 있다
　　(…중략…)
　　그래도 무엇인가가 보이지 않느냐 　　─「비」

헬리콥터는 한국전쟁과 함께 이 땅에 소개되었다. 그것은 서구 근대 문명의 소산이다. 헬리콥터가 명백히 "동양의 풍자"인 까닭은 이 헬리콥터야말로 "유럽의 50년이 중국의 한 시대보다 낫다"(알프레드 테니슨, 「록슬리 홀」, 1842)는, 합리성과 유용성에 입각한 서구의 근대적 인식론의 물질적 증거이기 때문이다. 이 시에서 눈여겨 볼 것은 두 시선의 교차이다. 우선, 이 시에서 먼저 눈에 띄는 것은 "좁은 뜰" 안에서 그리고 "항아리" 안에서, 낙후된 현실, 그 "어두운 대지를 차고 이륙하는" 헬리콥터를 질시와 매혹이 섞인 "순수한 치정"의 눈으로 바라보는 시선이다. "뜰"과 "항아리"처럼 좁고 폐색된 입각지에서 올려다보는 시선에 의해 구성된 이러한 시각장의 중심에 헬리콥터가 놓여 있다. 그러나 김수영의 중요한 통찰은 이 시에 또 하나의 시선으로 구성된 시각장이 놓여 있다는 것이다. "우리의 순수한 치정"을 헬리콥터에서 '내려다보는' 시선에 의해 구성된 또 하나의 시각장이 바로 그것이다. 서구의 근대를 동경하는 시선에 의해 형성된 시각장의 중심에 헬리콥터가 있다. 그리고 그것을 바라보는 '눈'을 '응시(the gaze)' 하는 '외부의' 시선과 시각장이 엄연히 존재하고 있다. 김수영은 이를 묘파하고 있다. 김수영은 "헬리콥터"를 주조한 서구적 근대성의 시선에, 구체적으로 말하자면 화면의 중앙에 위치하고 있는 헬리콥터를 바라보는 시선에, 그 근대적 원근법상의 소실점에 자신의 시선의 초점을 일치시키는 방식으로 즉, 이 풍경을 바라보는 지배적 시선에 자신의 시선을 내어주는 방식으로 이 시의 시각장을 구성하지 않는다. 이 시가 구성하는 시각장의 초점은 헬리콥터에도 있지만, 미세하나마 "좁은 뜰"과 "항아리"에도 있다.[27] 그리고 여

---

[27] 그러나 아직, 이 시에는 지배적인 '보는 방식'에 균열을 내는 것과 같은 적극적 화면은 그려지지 않고 있다. 그것은 후기시 「거대한 뿌리」와 「현대식 교량」에 이르러서야 비로소 나타난다.

기에 머무는 시선은 헬리콥터가 환기시키는 두 가지 주된 정조 중 하나
인 '비애'의 원천이 된다. 그렇기 때문에, 이렇게 포개진 두 개의 시각
장 안에서 헬리콥터는 마냥 서구적 문명의 높이가 주는 '자유'만을 구
가하지 않는다. 그것은 "비애의 수직선"을 그리면서 날아간다. 서구가
'경험적'으로 체득해온 근대성과 그 산물들을 '선험적'으로 수입하는
"이 나라의 비좁은" 입각지에 서서 김수영은 시선의 교차를 매개로 그
것에 대해 양가적 태도를 보이고 있다.

　김수영의 이 양가적 태도와 그 귀결을 시각의 차원에서 좀 더 규명해
보기 위해 우리는 잠시 에둘러갈 필요가 있다. 위에 설명된 시에서, 헬
리콥터에서 '내려다보는' 것으로 상정된 '응시'의 시선에 좀 더 관심을
기울여보자. 그리고 이를 위해 다음 시를 읽어 보자.

　　눈은 살아있다
　　떨어진 눈은 살아있다
　　마당 위에 떨어진 눈은 살아있다

　　기침을 하자
　　젊은 詩人이여 기침을 하자
　　눈 위에 대고 기침을 하자
　　눈더러 보라고 마음놓고 마음놓고
　　기침을 하자

—「눈」 부분

　이 시는 「폭포」와 더불어 김수영의 치열한 자기 성찰을 보여주는 예
로 많이 언급되어 왔다. 자신이 세계와 '배를 맞대고' 있을 뿐만 아니라
스스로 그 세계에 즉자적으로 연(連)해 있다는 사실에 대한 통찰은 결과
적으로 '창밖'의 현실에 대한 '새로 보기'를 통해 서구의 근대적 시선으

로 점철된 시각장 안에 또 다른 시선의 시각장을 중첩시키는 결과를 낳을 뿐만 아니라 시인 스스로의 내면으로 향하는 내사적(introspective) 시선을 요구하기도 한다. 이 시는 「폭포」와 더불어 그런 내사적 시선이 낳는 반성적 성찰을 보여주는 시이다. 그런데 시선이 내사할 때 이루어지는 반성적 성찰을 담은 시로 무난하게 읽히는 이 시에서, 전체의 내용 구성상 가장 이질적인 부분으로 우리의 관심을 끄는 것은 "눈더러 보라고"라는 구절이다. 이 시가 자신을 성찰하는 내용을 담고 있다고 할 때, 시인이 굳이 "눈더러 보라고" 기침을 해야 할 이유가 있을까?

「헬리콥터」의 경우에서처럼, 시선이 '창밖'의 현실을 향할 때에 김수영이 예민하게 '식별' 해내었던 '응시'의 시선은 여기서도 문제가 되고 있다. 일종의 '무결한 대상'으로서 시인이 반성을 토로하는 대상인 이 '눈'의 응시를 전제하는 김수영의 이 구절은 시각과의 관련 속에서 김수영의 시를 읽을 때 생각해보아야 할 또 다른 큰 줄기를 달고 나온다.

3. '응시(the gaze)', 그리고 불안과 저항

1) 판옵티콘과 응시

(1)
내가 떳떳이 내다볼 수 없는 현실처럼
그의 눈은 깊이 파지어서
(…중략…)
나는 모오든 사람을 또한
나의 妻를 避하여
그의 얼굴을 숨어보는 것이요

— 「아버지의 寫眞」 부분

(2)

누가 있어 나를 본다면은

이것은 確實히 무서운 이야깃거리다

—「愛情遲鈍」 부분

(3)

이것은 누구에게도 보이지 않을 글이기에

(아아 그러한 時代가 온다면 얼마나 좋은 일이냐)

—「九羅重花」 부분

김수영은 한 산문에서 만취한 상태로 순경에게 "내가 바로 공산주의자올시다"라고 인사를 했다가 술이 깨고 나서 겁이 났고, 그렇게 겁을 내는 자신에 대해 또 화가 났었다는 일화를 소개하고 있다.[28] 그는 이 일화에서뿐만이 아니라 여러 곳에서, '보이지 않는' 곳에서 자신의 내면을 규율하는 존재에 대한 예민한 의식과 그로 인한 자기 검열에서 오는 고뇌를 토로하고 있다. 김수영을 괴롭히던 자기 검열의 문제는 시각장의 문제로 환언하면 자신이 '보는 주체'이기 이전에 '보여지는 주체'라는 것에 대한 예민한 의식으로부터 비롯된 것이다. 그것이 아버지로 상징되는 과거의 전통이건 혹은 '네이팜 탄'을 주조한, 합리성에 기반한 서구 문명의 높이이건, 자신의 글을 읽는 독자이건, 직접적으로 사상을 통제하는 권력이건 간에 김수영이 자신을 바라보는 이러한 '응시(the gaze)'에 대해 예민한 의식을 지니고 있었다는 것은 전기시의 여러 곳에서 드러난다. 위에 짧게 발췌된 시들은 그 몇몇 보기일 뿐이다. 그런데, 흥미로운 것은 이러한 김수영의 '응시'에 대한 예민한 자의식이 가장 뚜렷이 드러나는 것은 역설적이게도 4·19혁명 직후에 쓰인 시를 통해

---

28) 「시의 〈뉴 프런티어〉」, 『김수영 전집 3』, 민음사, 1983.

서라는 것이다.

우선 그 놈의 사진을 떼어서 밑씻개로 하자
그 지긋지긋한 놈의 사진을 떼어서
조용히 개굴창에 넣고
썩어진 어제와 결별하자

(…중략…)

이제야말로 아무 두려움 없이
그놈의 사진을 태워도 좋다
협잡과 아부와 무수한 악독의 상징인
지긋지긋한 그놈의 미소하는 사진을 ―
大韓民國의 방방곡곡에 안 붙은 곳이 없는
그놈의 점잖은 얼굴의 사진을
洞會란 洞會에서 市廳이란 市廳에서
會社란 會社에서
XX團體에서 OO協會에서
하물며는 술집에서 음식점에서 洋服店에서

(…중략…)

民主主義는 인제는 常識으로 되었다
自由는 이제는 常識으로 되었다
아무도 나무랄 사람은 없다
아무도 붙들어갈 사람은 없다
　　　　　　— 「우선 그놈의 사진을 떼어서 밑씻개로 하자」 부분

　　라캉에 의하면 응시(the gaze)의 현전은 욕망과 함께 불안을 낳는다. 지금껏 실상 내가 보고 싶은 것을 보고 있었던 것이 아니라는 것에 대한 깨달음은 주체로 하여금 응시의 규율에 의해 확보되던 시각장 너머의 것을 보고자 하는 욕망을 불러일으킨다. 동시에, 자신이 '보는 주체'이기 이전에 '보여지는 주체'라는 것에 생각이 미칠 때, 응시의 현전은 주체로 하여금 불안을 불러일으킨다. 인용된 시를 보자.

인용된 시에서 보듯 혁명 후 제일 먼저 해야 할 일로 김수영이 꼽은 것은 다름 아니라 권력자의 사진을 떼어내는 것이다. 김수영은 "우선 그 놈의 사진을" 떼어내자며 이것을 긴급하게 요청하고 있다. 그리고 그 긴급한 요청은 이 시의 리듬과 어조에 의해 한결 더 절실하게 들린다. 그는 혁명이 일어난 '이제는' "아무도 나무랄 사람"이 없음을, 그 어떤 응시의 시선도 없음을 홀가분한 심정으로 말하고 있다. 그러나 사실 우리는 여기서 그의 기쁨과 함께 그동안 그를 괴롭혀 왔던 불안의 징후를 읽어낼 수 있다. 그의 목소리가 고양되면 고양될수록, 사진 속에서 주시하던 권력의 시선으로부터 자유로워지는 지역과 사람의 목록이 급박하게 나열되면 나열될수록 그 이면에서 응시의 구체적 현전에 불안해하던 김수영의 내면이 드러나고 있다. 이를 통해 실상 김수영은, '혁명전' "대한민국"에는 동회는 물론 술집이나 유치원에 이르기까지 각급 사회의 곳곳, 전국의 각지에 이 감시의 시선, 응시의 시선이 편재하고 있었음을 말하고 있는 셈이다. 즉, '바로 보마'는 다짐에도 불구하고 김수영이, 응시의 눈이 실제로 보이는 곳에 편재하는 이 백일하의 판옵티콘 체제 속에서 자기 검열로 인해 상당한 고역을 겪고 있었음을 짐작할 수 있다. 그리고 이것은 앞서 김수영의 시선이 '창밖'의 현실로 향할 때나, 자신의 내면으로 내사할 때나 '외부에' 현전하는 응시에 그렇게 예민할 수밖에 없었던 사정을 설명해주고 있다.

응시에 대한 이처럼 예민한 의식은 기존의 권력자의 사진이 있던 자리에, 잠시의 공백 후 새로운 권력자의 사진이 들어선 이후 다시 한 번 집중적으로 나타난다. 그러나 이번에는 그 전과 다른 양상으로 나타난다.

2) 응시에 몸 내어놓기 혹은 위악

(1)

나는 點燈을 하고 새벽모이를 주자고 주장하지만
여편네는 지금 주는 것으로 충분하다는 것이다
아니 四百三拾圓짜리 한 가마니면 이틀은 먹을 터인데
어떻게 된 셈이냐고 오늘 아침에도 뇌까렸다

이렇게 週期的인 收入騷動이 날 때만은
네가 부리는 독살에도 나는 지지 않는다

무능한 내가 지지 않는 것은 이때만이다
너의 毒氣가 예에 없이 걸레쪽같이 보이고
너와 내가 半半 ―
「어디 마음대로 화를 부려보려무나!」

― 「만용에게」 부분

(2)

그러나 우산대로
여편네를 때려눕혔을 때
우리들의 옆에서는
어린놈이 울었고
비오는 거리에는
四十명 가량의 醉客들이
모여들었고
집에 돌아와서
제일 마음에 꺼리는 것이
아는 사람이
이 캄캄한 犯行의 現場을 보았는가 하는 일이었다
― 아니 그보다도 먼저
아까운 것이

　　　　　지우산을 現場에 버리고 온 일이었다

—「罪와 罰」 부분

　　4·19혁명이 변질, 좌절되고 새로운 권력이 들어서고 난 후 한동안 김수영은 두 가지 포즈를 취한다. 첫 번째는 일상의 속악함을 전면에 드러내는 포즈이며 두 번째는 위악의 포즈이다. 「만용에게」에서 김수영은 닭 모이 건으로 "여편네"와 싸우고 그 싸움에 지지 않는다고 너스레를 떨면서 세계와 자신의 '속악(俗惡)함'을 보여주고 있다. 이것이 이 시기에 김수영이 일상을 다루는 방식이다. 그는 이 시기 일상을 다룬 시들에서 이 속악함을 곳곳에서 보여주고 있다. 장을 보러 가면서 장바구니에 담길 물품의 품목을 나열하며 잔수다를 떨기도 하고(「마아케팅」), "파자마바람으로" 노상에서 순경을 만난 이야기, 닭 모이 주러 나간 이야기로 의뭉을 떨기도 한다(「파자마바람으로」). 그런가 하면 인용된 「죄와 벌」에서 보듯이 거리에서 "우산대로 여편네를" 때려눕히고 나서 "여편네"를 때린 것보다 우산을 현장에 버리고 온 것을 안타까워하는 위악도 보여준다. 물론, 대개의 경우 위선이 포즈이듯 위악도 포즈이다. 그렇다면 자신의 일상과 내면을 보란 듯이 속속들이 드러내보이고 '내가 왜 이러는지' "모르지?", "모르지?"[29] 하고 조롱하듯 누군가에게 묻는 이 포즈는 무엇인가?

　　이것은 '사진'을 떼어낸 자리에 들어앉은 또 다른 권력의 '응시'와 그것이 낳는 불안 앞에서, 자신의 몸을 속속들이 드러내보임으로써 소극적이나마 저항을 시도하는 것이라고 할 수 있다. 속악한 일상의 세목과 자신의 악덕을 구차하게 나열해가면서, 김수영은 또 다시 등장한 응시 앞에 자신을 완전히 드러내는 방식으로, 소극적이지만 그 국면에서는

---

29) 「모르지?」

가장 현실적인 저항의 방식으로 이 응시에 맞서고 있는 셈이다. 요컨대, 김수영은 응시에 몸 내어놓기 혹은 몸 드러내기를 통해 새롭게 들어선 응시의 판옵티콘 시스템에 저항하고 있다고 할 수 있다.

4. 근대적 시각장의 균열과 '바로 봄'

우리는 두 가지 문제를 살펴보았다. 첫째는, 김수영에게 있어 시작(詩作)의 출발점이었던, 본질직시의 '바로 봄'의 시선이, 시선의 일방통행에 기초한 근대의 지배적 시각 모델에 의해서는 "발산한 형상을 求"하기 어렵다는 즉, 세계의 온전한 상을 얻어낼 수 없다는 깨달음으로 인해 기존의 지배적 시각 질서에 복속되지 않는 '새로 보기', '속지 않고 보기'의 시선으로 재정향되었다는 것, 그리고 그것은 김수영의 시에 나타난 시각장에서 시선의 교차가 이루어지게 하였다는 것이다. 둘째는, 김수영이 자신의 시각장을 규율하는 '응시'의 시선을 식별해내었으며 이에 대해 예민한 의식을 가지고 있었다는 것, 그리고 이 '응시'에 대해 순차적으로 불안과 저항의 태도를 보였다는 것이다. 이제 김수영의 '바로 봄'이 이런 과정들을 거쳐 어떻게 새로운 양상으로 관철되고 있는지 그리고 그것의 의미가 무엇인지 다음의 시를 통해 확인해보고자 한다.

> 나는 이사벨 버드 비숍女史와 연애하고 있다 그녀는
> 一八九三년에 조선을 처음 방문한 英國王立地學協會會員이다
> 그녀는 인경전의 종소리가 울리면 장안의
> 남자들이 모조리 사라지고 갑자기 부녀자의 世界로
> 화하는 劇的인 서울을 보았다 이 아름다운 시간에는
> 남자로서 거리를 無斷通行할 수 있는 것은 교군뿐,
> 내시, 外國人의 종놈, 官吏들 뿐이었다 그리고
> 深夜에는 여자는 사라지고 남자가 다시 오입을 하러

閣步하고 나선다고 이런 奇異한 慣習을 가진 나라를
세계 다른 곳에서는 본 일이 없다고
天下를 호령한 閔妃는 한번도 장안外出을 하지 못했다고……

傳統은 아무리 더러운 傳統이라도 좋다 나는 光化門
네거리에서 시구문의 진창을 연상하고 寅煥네
처갓집 옆의 지금은 埋立한 개울에서 아낙네들이
양잿물 솥에 불을 지피며 빨래하던 시절을 생각하고
이 우울한 시대를 패러다이스처럼 생각한다

버드 비숍女史를 안 뒤부터는 썩어빠진 대한민국이
괴롭지 않다 오히려 황송하다 歷史는 아무리
더러운 歷史라도 좋다
진창은 아무리 더러운 진창이라도 좋다
나에게 놋주발보다도 저 쨍쨍 울리는 追憶이
있는 한 人間은 영원하고 사랑도 그렇다

비숍女史와 연애를 하고 있는 동안에는 進步主義者와
社會主義者는 네에미 씹이다 統一도 中立도 개좆이다
隱密도 深奧도 學究도 體面도 因習도 治安局
으로 가라 東洋拓殖會社, 日本領事館, 大韓民國官吏,
아이스크림은 미국놈 좆대강이나 빨아라 그러나
요강, 망건, 장죽, 種苗商, 장전, 구리개 약방, 신전,
피혁점, 곰보, 애꾸, 애 못 낳는 여자, 無識쟁이,
이 모든 無數한 反動이 좋다
이 땅에 발을 붙이기 위해서는
— 第三人道敎의 물 속에 박은 鐵筋기둥도 내가 내 땅에
박는 거대한 뿌리에 비하면 좀벌레의 솜털
내가 내 땅에 박는 거대한 뿌리에 비하면

怪奇映畵의 맘모스를 연상시키는
까치도 까마귀도 응접을 못하는 시꺼먼 가지를 가진

나도 감히 想像을 못하는 거대한 뿌리에 비하면……

　　　　　　　　　　　　　　　　　　　　　—「거대한 뿌리」 부분

이 시의 중심을 이루는 것은 시선의 교차와 시각장의 중첩이다. 이 시에는 세 겹의 시각장이 중첩되어 있다. 맨 앞에 인용된 연에는 「헬리콥터」에서 교차하던 두 개의 시선이 담겨 있다. 즉, 비숍 여사의 시선에 포착된 조선의 모습이 하나의 시각장을 이루고 있는데, 그 안에는 겉으로 드러나 있지는 않지만 그간 비숍 여사의 시선을 선망해오던 시선으로 구성된 시각장이 내포되어 있다. 이 시에서 중요하게 제시되고 있는 제3의 시각장은 비숍이 보지 못하거나 무의식중에 누락시킨 세목들로 가득 찬 화면이 보여주는 시각장이다. 비숍은 김수영이 언급하고 있는 『한국과 그 이웃나라들』에서 조선의 인상에 대해, "대부분의 골목길이 짐을 실은 황소 두 마리가 지나가기 어려울 만큼" 좁으며 "더럽고 악취나는 수채 도랑은, 때가 꼬질꼬질한 반라의 어린아이들과 수채의 걸쭉한 점액 속에 뒹굴다 나온 크고 옴이 오른, 눈이 흐릿한 개들의 즐거운 놀이터다"라고 묘사하고 있다. 합리성에 기반한 서구 근대의 자기 중심적 시선에 포착된 조선의 모습은 위에 묘사된 것처럼, 그리고 인용된 부분에 그려져 있는 것처럼 "기이한 관습"을 지닌 전근대적인 모습으로 비쳐진다. 김수영은 이처럼 낯선 것과 먼 것 즉, 타자를 낙후된 것으로 치부하는 일정한 이데올로기적 기능이 내재된 서구적 근대의 시각장, 즉 비숍의 시각장에 포착된 조선의 모습과는 다른 모습을 비숍의 시각장 위에 포개어 놓는다. 그의 시선은 '더러움'과 '기이함'의 인상에 침윤된 시선이 보지 못한 삶의 세목들, 예컨대, "요강, 망건, 장죽, 종묘상, 장전, 구리개 약방, 신전, 피혁점" 등과 비숍의 시각장의 중심에 있을 수 없는 사람들, 즉, "곰보, 애꾸, 애 못 낳는 여자, 무식쟁이" 등에게로 향한다. 그리고 이때, 비숍의 '화면'에서 전경화되지 못했던 이 다초점(多

焦點)들은 "놋주발"의 '쨍쨍 울림' 만큼 시각적 차원에서 '번쩍거린다'. 그리고 이 '번쩍거리는' 다중초점들은 단일한 초점에 기초한 비숍의 시각장에 균열을 가져온다. 말하자면 이 시에서 김수영은 같은 대상을 두고 비숍의 시선과 그의 시선이 구성하는 각기 다른 그림을 잇대어 놓음으로써, 시선이 관점에 의존하며 또한 '보는 방식'의 차이가 각기 다른 인식론적 태도, 가치관에 기반하고 있는 것이라는 사실을 여실히 보여주고 있다. 김수영은 그동안 일방통행되어 왔던 서구적 근대의 시선, 낙후된 국가의 근대화 드라이브를 규율하는 그 '응시'의 시선을 시에 직접 드러내면서 동시에 그와 어긋나는 또 다른 시선을 보여줌으로써 서구적 근대의 발전 경로와는 다른 경로를 모색하고자 하는 자신의 태도를 보여주고 있다.

「헬리콥터」에서 "어두운 대지를 박차고" 비상하는 헬리콥터에 대해 선망의 시선을 보냄과 동시에 이 땅의 낙후된 현실에 대해 비애를 느꼈던 시인은 이제 서구적 근대성이 축조한 시각장에서 벗어날 가능성을 모색하고 있다. 비숍의 시각장 위에 자신의 제3의 시각장을 얹어 놓음으로써 김수영은, 서구적 근대성이라는 큰 타자의 응시에 시선을 맞추며 그것을 자신의 시선으로 '오인'하던 것에서 벗어나고, '속지 않고 보기'를 통해 양가적 시선을 교차시키던 것에서 조금 더 나아가 근대적 기획의 시선이 구성하는 단일초점의 시각장에 또 다른 초점들을 부여하면서 이 지배적 시각장에 균열을 내고 있다. 그리고 그 결과 김수영이 얻게 되는 것은 지배적 이데올로기에 의해 규정되는 것이 아니라 "나의 눈만이" "속지 않고" "혼자서 볼 수 있는" 시선에 의해 새롭게 구성되는 시각장이다. 김수영은, 알튀세르식으로 말하자면, 지배적인 '보는 방식'의 '호명'에 응하지 않음으로써 새로운 '눈'을 얻게 된다. 그 결과 비로소 김수영의 '바로 봄'의 의지는 시작과는 전혀 다른 시각적 질서 속에

서 관철되고 있다. 그리고 그것이 우리에게 시사하는 바는 근대적 규율
에 의해 훈육된 시선과는 다른 방식으로 '사물'의 '명석성'을 '꿰뚫어
보고', "발산한 형상"을 "구(求)"할 여지를 1960대에 김수영이 보여주었
다는 것이다.

이 글은 김수영의 근대에 대한 태도를 계량하는 일종의 시금석으로서
시각의 문제를 다루어 보고자 하는 의도에서 씌어졌다. 그 전제는, 김수
영의 시가 다분히 시각적이며 우리는 그의 몇몇 중요한 시에서 시각장
을 구성해낼 수 있다는 것이었다. 이 글을 밑그림으로, 근대에 대한 김
수영의 이런 태도가 당대에 왜 문제적인 것이 되는지 또, 김수영의 이런
태도가 1930년대 모더니스트들의 태도와 어떤 차이를 보여주며 그 의미
는 무엇인지 하는 본격적인 논의들이 진행되어야 할 것이다. 그것이 다
음 작업이 될 것이다.

■ 참고문헌

김우창, 「한국시와 형이상」, 『궁핍한 시대의 시인』, 민음사, 1997.

유종호, 「시의 자유와 관습의 굴레」, 김수영 외, 『김수영 전집 3』, 민음사, 1983.

이수영, 「문학과 예술의 시각적 재현」, 연세대 석사학위논문, 1999.

임철규, 「눈(眼)의 미학」, 『우리 시대의 리얼리즘』, 한길사, 2009.

주은우, 「현대성의 시각체제에 대한 연구」, 서울대 박사학위논문, 1998.

최동호, 「김수영의 문학사적 위치」, 최동호 외, 『작가연구 5-김수영 문학의 재인식』, 새
　　　미, 1998.

하정일, 「김수영, 근대성, 그리고 민족문학」, 『20세기 한국문학과 근대성의 변증법』, 소
　　　명출판, 2000.

콜린 고든 편, 『권력과 지식-미셀 푸코와의 대담』, 홍성민 옮김, 나남, 1991.

John Berger, 『이미지-시각과 미디어』 (원제: Ways of Seeing), 동문선 편집부 옮김, 동문선,
　　　2002.

Jonathan Crary, 『관찰자의 기술-19세기의 시각과 근대성』, 임동근 · 오성훈 외 옮김, 문화

과학사, 2001.

David Michael Levin, *"Introduction"*, in Modernity and the Hegemony of Vision, ed. by David Michael levin, University of California Press, 1993.

Hal Foster, *"Preface"*, in Vision and Visuality, ed by Hal Foster, Bay Press Seattle, 1988.

Jonathan Crary, *"Modernizing Vision"*, in Vision and Visuality, ed by Hal Foster, Bay Press Seattle, 1988.

Martin Jay, *"Scopic Regimes of modernity"*, in Vision and Visuality, ed by Hal Foster, Bay Press Seattle, 1988.

Martin Jay, *Downcast Eyes: The Denigration of Vision in Twentieth-Century French Thought*, Berkeley: University of California Press, 1993.

Jacque Lacan,. *The Four Fundamental Concepts of Psycho-Analysis*, Penguin Books.

김수영 시에 나타난 시선의 정치학

이 광 호

1. 김수영 시에서의 시선의 문제

김수영의 시는 한국시의 현대성을 이해하는 데 중요한 텍스트이다. 김수영 시의 문학사적 위치와 그 주제적 형식적 특징에 대해서는 이미 많은 연구가 진행되었다.[1] 그럼에도 불구하고 김수영 시의 현대성을 새로운 맥락에서 분석하는 것은 여전히 의미 있는 작업이다. 김수영 시의 현대성을 분석하는 작업은 현대시의 사회적 맥락과 미학적 측면에 동시에 연관되는 미완의 과제이기 때문이다. 문학 언어가 가지는 감각적인 차원과 그것의 정치적 차원이 어떻게 연관되는가가 중요한 문제라고 한

---

[1] 김수영의 시의 주제론적 분석에 대해서는 수많은 저작들이 있으며, 김상환의 『풍자와 해탈, 사랑과 죽음』(민음사, 2000)이 대표적이다. 김수영 시의 형태론적 분석은 여러 개의 논문들이 제출되었으며 여태천의 「김수영의 시어 특성 연구– '움직임' 의 술어를 중심으로」(고려대 박사학위논문, 2005)를 들 수 있다. 그 외 김수영 논문집인 김명인, 임홍배 엮음, 『살아있는 김수영』(창비, 2005), 최동호 외, 『다시 읽는 김수영 시』(작가, 2005) 등이 있다.

다면, 김수영의 시는 문제적인 텍스트이다. 이 논문은 '시선의 정치성'이라는 맥락에서 김수영 시의 현대성을 재문맥화하려 한다.

한국 문학의 모더니티에 대한 탐구는 한국 문학의 텍스트 안에서 현대적 주체가 만들어지는 과정에 대한 성찰이기도 하다. 한국 현대문학 안에서 새로운 미적 주체가 형성되는 과정에서 흥미로운 지점 중의 하나는 '보는 주체'의 탄생이다. 근대세계에서 본다는 지각이 가지는 특권적 지위는 근대문학을 다른 차원에 진입시킨다. 눈에 보이는 것을 객관적 '사실'이라고 상정하는 근대적 믿음은 근대적 인식 주체를 떠받치는 중요한 근거이기도 했다. 볼 수 있는 대상으로서의 객체의 발견은 볼 수 있는 주체의 발견과 동시에 이루어졌다. 근대적인 주체가 주체화를 이룩하는 것은 대상을 정확하게 포착하고 파악할 수 있는 중심점의 자리에 선다는 것을 의미한다. 김수영의 시에서 특히 '보는 주체'의 문제가 부각되는 것은 그가 '본다'는 행위를 통해 세계와 시적 주체의 관계를 설정하는 시인이었기 때문이다.[2] 김수영의 시는 현대시에서 시선의 문제가 어떻게 미학적이고 동시에 정치적인 문맥을 동시에 가지는가를 보여주는 텍스트로 부각된다.

문학에서 시선의 문제는 문학적 언술이 세계를 재구성하는 방식을 이해하게 해준다. 한 사회는 사람들이 세계를 바라보는 일정한 '보는 방식'을 규정하며, 그 보는 방식은 역사적으로 형성된다. 시선은 개인을 가시적 세계 속에 일정하게 위치 지음으로써 그를 시각적 주체로 구성한다. 시각이 사회문화적으로 매개된다는 것은 특정한 시점이 개인에게 할당되고 이 시점에서 가시적 대상들과 관계 맺음으로써 개인이 '보는

---

2) 김수영의 시를 '시선의 모험'이라는 관점에서 언급한 글은 남진우의 『미적 근대성과 순간의 시학』(소명출판, 2001, 72~88쪽)이 있다. 하지만 본 논문은 시선의 문제를 '거리'의 맥락이 아니라, 시선의 주체화와 탈주체화라는 관점에서 그 감각의 정치학을 분석하려 한다.

주체(the seeing subject)’로 구성된다는 것을 의미한다. 보는 방식은 그 사회의 지배적인 이데올로기와 관계 맺고 있으며, 그래서 한 사회의 일반적인 보는 방식은 권력관계와 결부된 것이다.3) 미셸 푸코가 ‘가시성’의 문제를 권력관계와 결부시키고 시선의 비대칭성에서 권력이 발생한다고 통찰했을 때, 그것은 ‘보는 자’가 시선을 통해 대상에 대한 지배력을 가진다는 것을 의미한다.4) 보는 행위가 사회역사적인 것이고 그 가시성이 권력관계의 문제라면, 여기서 ‘시선의 정치학’을 제기할 수 있다.

그런데 문학적 언술에서의 시선의 문제는 단순히 지배적 상징 질서에 의해서 규정되는 것이 아니라, 그것과 관련 맺으면서 보는 주체와 대상 간의 다른 관계를 생성한다. 문학이 정치적인 것은 문학이 시간들과 공간들, 말과 소음, 가시적인 것과 비가시적인 것 등의 구획 안에 문학으로서 개입하는 것을 의미한다. 문학의 정치는 실천들, 가시성의 형태들, 공동세계를 구획하는 말의 양태들 간의 관계 속에 개입한다.5) 문학에서의 시선의 문제는 결국 볼 수 있는 것과 볼 수 없는 것을 배치하는 ‘감성의 분할’이라는 문제, 그리고 그 분할의 주체에 대한 질문을 의미한다. 한국 문학에서 시선의 문제를 탐구하는 것이 깊은 의미에서 문학의 정치성을 성찰하는 작업이 될 수 있는 것은 이러한 이유에서이다. 김수영 시의 정치성은 단지 그의 정치적 입장이나 그의 시에 나타난 정치적 내용에 국한되는 것이 아니라, 궁극적으로는 그의 시를 떠받치고 있는 시선의 체계가 어떻게 세계에 대한 다른 미적 태도를 보여주는가의 문제이다.6)

---

3) 주은우, 『시각과 현대성』, 한나래, 2003, 19~22쪽 참조.
4) 미셸 푸코, 『감시와 처벌』, 오생근 역, 나남출판, 2003 참조.
5) 자크 랑시에르, 『문학의 정치』, 유재홍 역, 인간사랑, 2009, 9~58쪽.
6) 여기서 ‘정치성’ 혹은 ‘정치학’은 사적인 영역과 구별되는 공적인 영역에서의 정치를 말하는 것이 아니라, 감각과 언어의 세계에서 권리가 있는 자와 없는 자를 가르

2. 김수영 시에서 '본다'는 것의 의미

김수영의 초기시에서는 '본다'는 행위를 두드러지게 의식하는 시적 표현들을 많이 발견할 수 있다. 우선 이 의식적인 행위가 어떤 시적 인식을 동반하고 있는지를 검토할 필요가 있다.

꽃이 열매의 上部에 피었을 때
너는 줄넘기 作亂을 한다

나는 發散한 形象을 구하였으나
그것은 作戰같은 것이기에 어려웁다

국수—伊太利語로는 마카로니라고
먹기 쉬운 것은 나의 叛亂性일까

동무여 이제 나는 바로 보마
事物과 事物의 生理와
事物의 數量과 限度와
事物의 愚昧와 事物의 明晰性을

그리고 나는 죽을 것이다

—「孔子의 生活難」전문

초기시 가운데도 특히 그 난해성이 두드러지고 시적인 형상화에 있어 그 추상성이 노출되는 이 시의 의미를 해명하는 것은 상당한 어려움이 따른다. 하지만 시적 주체의 세계에 대한 태도가 매우 단정적인 형태로

는 분할선과 관련된 정치를 의미한다. 적극적인 의미에서 정치는 익숙한 감성의 체계를 유지하려는 권력과의 싸움을 의미하는 것이라고 할 수 있다.

드러나 있는 시라는 측면에서 이 시의 중요성은 여전하다. 1연에서 시인은 꽃의 개화와 줄넘기 작란을 병치적인 이미지로 구성한다. 시적 주체가 구하는 것은 "發散한 形象"이지만 그것은 "작란" 같은 것이기에 어려움이 따른다. 다른 식으로 말하면 개화라는 사건으로부터 "發散한 形象"을 구하려는 노력은 쉽지 않다. 그것의 어려움을 인정할 수밖에 없을 때, 아주 엉뚱한 이미지가 등장한다. 국수를 잘 먹는 것을 "나의 叛亂性"이라고 한다면, 그 "叛亂性"은 "發散한 形象"을 구하지 못한 자의 "叛亂性"이다. 그러니까 '개화'로부터 "發散한 形象"을 얻지 못한 '내'게 남은 것은 이런 종류의 사소한 "叛亂性"이다. 그 사소한 반란성으로부터 "나"는 "發散한 形象"을 얻는 것 대신에 세계에 대한 다른 태도를 준비한다. 그것은 '바로 본다'는 표현으로 압축되어 있다.[7]

'바로 본다'는 의미를 이해하기 위해서는 "發散한 形象"과 "叛亂性" 사이에서 그 의미 맥락을 재구성할 필요가 있다. "發散한 形象"을 구하기 어려움과 그에 대응하는 사소한 "叛亂性" 사이에서 '바로 본다'는 행위의 제3의 의미가 시작된다. 그러니까 '바로 본다'는 것은 보는 주체의 의지가 강조된 표현이다. 이 시에서 1연을 제외하고는 줄곧 1인칭의 주어가 명시적으로 등장하는 이유도 이와 연관된다. '바로 본다'는 것은 1인칭 '내'가 스스로 본다는 것, 시각적 주체의 탄생을 의미한다. 이런 측면에서 이 시는 김수영 시에서 '보는 주체'의 자기 정립을 선언하는 것으로 이해될 수 있다. 이 시의 마지막 문장에 등장하는 "그리고 나는 죽을 것이다"라는 선언은 '보는 주체'의 자기 의지가 삶을 관통하고 죽음의 시간까지도 끌어들이려는 태도를 보여준다. '보는 주체'의 의식화

---

7) 김현은 '바로 본다'는 표현에 대해 다음과 같이 분석한 바 있다. "바로 본다는 것은 대상을 사람들이 그 대상에 부여한 의미 그대로 이해하지 않고, 그 나름으로 본다는 것을 뜻한다. 그의 반란성은 그 비습관적이며, 비상투적인 그의 대상 인식을 지칭하는 어휘이다." 김현, 「자유와 꿈」, 『김수영의 문학』, 황동규 편, 민음사, 1983, 106쪽.

는 죽음에 대해 단호하고 주체적인 입장을 취하게 하는 것이다. 이 시에 는 '너'와 '동무'라는 2인칭이 한 번씩 등장하고 '나'라는 1인칭 주어가 4번 등장한다. 여기서 2인칭은 1인칭을 확립하기 위한 대상으로서의 존 재이다. 이 시의 제목이 '공자의 생활난'인 것은 엉뚱하고도 기이하다. 옛 선인의 이미지가 이 시의 돌발적인 진술들과 아무런 연관이 없는 듯 이 보이기 때문이다. 아마도 '공자'로 대표되는 선인이 진리를 터득하 는 과정, "事物과 事物의 生理"를 꿰뚫어보는 것은 바로 그 '보는 주체' 의 정립과 관련되어 있다고 생각할 수 있다. 중요한 것은 '바로 본다'는 행위가 보는 주체를 정립하려는 강렬한 자기 의지의 표현이라는 것이 고, 그것은 1연의 개화로부터 마지막 연의 죽음의 시간까지 스스로를 밀 고 나가는 시적 주체성의 의식화를 보여준다는 점이다.

> 어린 동생들과 雜談도 마치고
> 오늘도 어제와 같이 괴로운 잠을
> 이룰 準備를 해야 할 이 時間에
> 괴로움도 모르고
> 나는 이 책을 멀리 보고 있다
> 그저 멀리 보고 있는 듯한 것이 妥當한 것이므로
> 나는 괴롭다
> 오오 그와 같이 이 書籍은 있다
> 그 冊張은 번쩍이고
> 연해 나는 괴로움으로 어쩔 수 없이
> 이를 깨물고 있네!
> 가까이 할 수 없는 書籍이여
> 가까이 할 수 없는 書籍이여.
>
> —「가까이 할 수 없는 書籍」부분

> 瓦斯의 政治家여
> 너는 活字처럼 고웁다

내가 옛날 아메리카에서 돌아오던 길
뱃전에 머리 대고 울던 것은 女人을 위해서가 아니다

오늘 또 活字를 본다
限없이 긴 활자의 連續을 보고
瓦斯의 政治家들을 凝視한다

—「아메리카 타임誌」 부분

김수영의 시에서 시적 주체가 읽는 대상은 다양하다. 우선 시적 주체는 책과 활자를 읽는다. "가까이 할 수 없는 書籍"은 먼 나라를 건너 온 서적이고 '주변 없는' 사람이 만져서는 안 되는 책이고 2차 대전 이후의 긴 역사를 갖춘 것 같은 책이다. 그런데 지금 시적 화자는 이 책을 '멀리' 보고 있다. '멀리 본다'는 이 책과 시적 화자의 거리감을 말해준다. 그 거리감이 '괴로움'을 만들어 낸다. 왜 이 책은 멀리 볼 수밖에 없는 책인가? 물론 이 시에서 이 책의 내용을 구체적으로 말해주지는 않는다. 책이란 문자적인 기록물이고 그것은 어떤 사상이나 역사나 정보를 담아내는 공간이다. 책을 가까이서 보지 못하고 멀리 보아야 하는 사태는 그 책과 시적 주체 사이의 거리를 말해주지만, 그 거리감을 만드는 것은 그 책을 읽는 지금의 상황일 것이다. 그 책은 어렵거나 불온한 책이고, 그 책을 어렵거나 불온하게 만드는 것은 화자가 처한 상황이다. '멀리 본다'는 것은 그래서 하나의 진실을 직접적으로 대면하지 못하게 하는 어떤 억압적 상황을 암시한다. 책을 둘러싼 억압은 그래서 정치적이다. 두 번째 시에서 '아메리카 타임지'의 활자들은 정치가에 비유된다. 타임지의 활자들의 연속을 응시하는 것은, "瓦斯의 정치가"를 응시하는 것과 같다. 타임지의 활자들은 마치 무늬처럼 한없이 곱게 이어져 있다. 그 활자들은 내용이 아니라, 어떤 무늬의 형태처럼 보인다. 그 활자들은 그래서 해독의 대상이 아니라, 다만 응시의 대상이다. "瓦斯의

김수영의 '운율시학'

정치가"들 역시 해독할 수 있는 대상이 아니라, 응시의 대상이다. 이 두 편의 시에서 책과 활자에 대한 시적 주체의 시선에는 그 문자들의 세계를 둘러싸고 있는 현실의 억압에 대한 문제의식이 포함되어 있다. 책을 가까이 할 수 없게 하거나 해독할 수 없게 만드는 세계에서, 책에 대한 응시는 그 억압에 대한 응시가 된다.

倒立한 나의 아버지의
얼굴과 나여

나는 한번도 이(虱)을
보지 못한 사람이다

어두운 옷 속에서만
이(虱)는 사람을 부르고
사람을 울린다

나는 한번도 아버지의
수염을 바로는
보지 못하였다

新聞을 펴라

이(虱)가 걸어나온다
行列처럼
어제의 물처럼
걸어나온다

— 「이(虱)」 전문

詠嘆이 아닌 그의 키와
詛呪가 아닌 나의 얼굴에서

오오 나는 그의 얼굴을 따라
왜 이리 조바심하는 것이요

조바심은 습관이 되고
그의 얼굴도 습관이 되어
나의 無理하는 生에서
그의 寫眞도 無理가 아닐 수 없이

그의 寫眞은 이 맑고 넓은 아침에서
또 하나의 나의 팔이 될 수 없는 悲慘이요
행길이 얼어붙은 유리창들같이
時計의 열두시같이
再次는 다시 보지 않을 遍歷의 歷史……

나는 모든 사람을 避하여
그의 얼굴을 숨어 보는 버릇이 있소

—「아버지의 寫眞」부분

　　김수영의 시에서 아버지를 '보는' 것은 억압을 동반하는 것이다. 첫 번째 시에서 "한번도 아버지의 수염을 바로는 보지 못하였다"라고 고백하는 것이나, 두 번째 시에서 아버지의 사진을 "숨어 보는 버릇이 있"다고 고백하는 것은 아버지의 얼굴을 본다는 것의 억압을 말해준다. 그런데 아버지는 다만 가족내적인 가부장적 권력으로서의 아버지일 뿐인가? 두 편의 시에서 아버지는 '나'와 아버지를 둘러싼 어떤 상황과 역사에 연루되어 있다. 앞의 시에서 아버지의 얼굴은 거꾸로 세워져 있고, 그 이미지에는 이(虱)가 겹쳐진다. '나'는 이(虱)를 본 적이 없으나, 어두운 곳에서만 그것이 활동하는 것을 안다. 그런데 그 이(虱)가 걸어나오는 것은 신문(新聞)이다. 이(虱)와 아버지의 수염은 바로 볼 수 없는 것과 보이지 않는 곳에 있다는 것이라는 차이를 가진다. 그것은 '본다'는 것의 어려움이 따르는 두 가지 대상이다.

　두 번째 시는 보다 구체적이다. 돌아가신 아버지의 사진에서는 "내가 떳떳이 내다볼 수 없는 現實처럼 그의 눈은 깊이 파지어" 있다. 아버지를 바로 볼 수 없는 것과 현실을 떳떳이 내다 볼 수 없는 것은 똑같이 보는 행위를 억압하는 상황이다. 그것은 일종의 비유적 관계에 있지만, 다른 문맥에서 말한다면, 아버지도 현실과 역사의 중요한 일부이다. '나'는 아버지를 바로 보지 못하지만 "나의 飢餓처럼 그는 서서 나를 보고/ 나는 모든 사람을 또한/ 나의 妻를 避하여/ 그의 얼굴을 숨어서 보는 것"이다. 이것은 전형적인 시선의 비대칭성이다. 아버지가 '나'를 볼 때 그는 서서 '나'를 보고, '나'는 처(妻)와 사람들의 눈을 피해서 숨어서 그를 보아야 한다. 그것은 아버지와 '나'와의 문제가 아니라, 두 사람을 둘러싼 어떤 관계들의 억압을 말해주는 장면이다. 그의 사진 때문에 '내'가 경험하는 '조바심'과 '비참'은 이런 상황의 소산이다. 아버지의 사진은 "再次는 다시 보지 않을 遍歷의 歷史"이기 때문이다. 따라서 아버지의 사진을 보는 것은 조바심과 비참을 무릅쓰는 모험이고, 그래서 "遍歷의 歷史"는 남몰래 숨어서 보아야 하는 것이다. 여기서 '숨어서 본다'는 것은 아버지의 사진이라는 대상에 대한 관음증적인 시선을 의미하는 것이 아니라, 그 사진을 보는 것을 어렵게 만드는 타인들의 시선으로부터 억압을 의미한다.

우리들의 戰線은 눈에 보이지 않는다
그것이 우리들의 싸움을 이다지도 어려운 것으로 만든다
우리들의 戰線은 당게르크도 놀만디도 延禧高地도 아니다
우리들의 戰線은 地圖冊 속에는 없다
그것은 우리들의 집안 안인 경우도 있고
우리들의 職場인 경우도 있고
우리들의 洞里인 경우도 있지만……

　　보이지는 않는다.

— 「하······ 그림자가 없다」 부분

　　김수영의 시에서 '보이지 않는다'라는 것은 무엇인가? 4·19 직전에 쓰인 이 시에서 敵은 눈에 보이지 않기 때문에 싸움은 매우 어려운 것이 된다. 그 敵은 "民主主義者를 假裝하고/ 자기들이 良民이라고 하고/ 자기들이 選民이라고 하고/ 자기들이 會社員이라고" 한다. 적(敵)이 눈에 보이지 않기 때문에 전선(戰線)은 뚜렷하지 않고 그것이 싸움을 어렵게 만든다. '집안'과 '직장'과 '洞里'가 전선(戰線)일 수 있다는 것이다. 그래서 싸움의 모습 또한 "활발하지도 않고 보기 좋은 것도 아니"며, 그렇지만 "우리들은 언제나 싸우고 있다". "우리들의 싸움은 하늘과 땅 사이에 가득 차 있다". 화자는 그 싸움을 "민주주의 싸움"이라고 명시적으로 말하고, 다른 한편으로 그것에 "그림자가 없다"라는 시적 표현을 덧붙인다. '그림자가 없다'는 표현은 '戰線'이 눈에 보지지 않는다는 사실과 비유적 관계를 이룬다. 보이는 것은 그림자가 있지만, 보이지 않는 것은 그림자를 갖지 않는다. 그림자는 그것이 빛 속에 노출되어 있기 때문에 가능한 것이다. 여기서 '보이지 않는다'라는 것은 '책'과 '아버지'를 똑바로 보는 것의 어려움과는 조금 다른 문맥 속에 있다. '책'과 '아버지'를 똑바로 볼 수 없는 것은 그것들이 처한 상황과 역사에 기인하는 것이지만, 여기서 '戰線'이 보이지 않는 것은 시적 화자의 싸움이 일상적 현실 속에서 벌어지는 사태임을 암시한다. 그것이 '볼 수 없다'라는 문장과 '보이지 않는다'라는 표현의 차이이다. '볼 수 없다'는 문장에서 중요한 것은 시각적 주체의 억압의 문제이지만, '보이지 않는다'라는 문장에서 문제의 핵심은 대상의 모호함이다.

　　김수영의 시에서 '본다'는 것은 시적 인식에 관한 가장 핵심적인 표현이다. 시적 주체에게 '본다'는 것은 자기와 세계 사이의 관계를 투철하게 응시하고 그것을 보지 못하게 하는 것들과의 싸움을 의미한다. 그런데 시적 주체가 볼 수 없게 만드는 요인들이 있다. 시적 주체가 보려는 것들을 둘러싼 억압이 존재하고, 시적 주체가 보려는 대상 자체가 모호하기 때문이다. 이런 문제들 때문에 시적 주체가 보려는 의지는 쉽게 관철되지 않는다. 그럼에도 불구하고 김수영의 시에서 '본다'는 것은 시적 주체가 '보는 주체'로서의 자신의 위상을 세우고 그것을 억압하고 좌절시키는 상황과 싸우려는 의지를 보여주는 행위이다. 그래서 시적 주체는 '본다'는 행위를 통해 세계를 인식하고 자기 내부의 억압과 허위를 성찰하는 존재로서 자신을 정립한다. 김수영의 시에서는 '보는 주체'로서의 '시적 주체'는 그 '본다'는 행위를 통해 자신의 내적 성찰을 밀고 나간다. 시선이란 주체가 외부의 대상을 향하는 것이지만, 김수영의 시에서 대상에 대한 시선은 오히려 자기 내부의 부끄러움으로 되돌아온다. 이것은 대상에 대한 시선을 매개로 자기 자신에 대한 또 다른 시선을 작동시킨다는 것을 의미한다.

3. 김수영 시에서 시선의 동선과 그 반역성

김수영의 시에서 '본다'는 행위의 의미론적 국면 못지않게 중요한 것은 시적 시선의 위치와 움직임이다. 김수영 시에서 시선의 미학적 정치적 차원이 밝혀지려면 바로 이런 시선의 동선을 파악하는 것이 필요하다. 우선 김수영의 시에서 우선적으로 드러나는 시선의 위치는 위에서 아래를 내려다보는 시선이다. 그 시선의 미학적 정치적 차원을 해명하는 것은 김수영 시학의 문제적 국면을 밝혀내는 작업이 될 수 있다.

팽이가 돈다
팽이가 돌면서 나를 울린다

　　제트機 壁畵밑의 나보다 더 뚱뚱한 주인 앞에서
　　나는 결코 울어야할 사람은 아니며
　　영원히 나 자신을 고쳐가야할 運命과 使命에 놓여 있는 이 밤에
　　나는 한사코 放心조차 하여서는 아니될 터인데
　　팽이는 나를 비웃는 듯이 돌고 있다
　　비행기 프로펠러보다는 팽이가 記憶이 멀고
　　강한 것보다는 약한 것이 더 많은 나의 착한 마음이기에
　　팽이는 지금 數千年前의 聖人과도 같이
　　내 앞에서 돈다
　　생각하면 서러운 것인데
　　너도 나도 스스로 도는 힘을 위하여
　　공통된 그 무엇을 위하야 울어서는 아니된다는 듯이
　　서서 돌고 있는 것인가

―「달나라의 장난」 부분

　이 시에서 시적 화자는 다른 사람의 집에 갔다가 아이가 팽이를 돌리는 것을 본다. 그 집은 "나 사는 곳보다는 餘裕가 있고/ 바쁘지도 않으니/ 마치 別天地같이 보이"는 집이다. 팽이가 도는 것이 '달나라의 장난' 같아 보이는 이유는 우선 이 집의 여유와 '나'의 상황이 좀 다르기 때문일 것이다. 또 다른 문맥에서 팽이가 도는 것은 지금 시적 화자의 내적 상황에 대한 부끄러움을 만든다. 그 팽이는 "나를 비웃는 듯이 돌고 있다." 팽이라는 사물을 보는 '나'의 시선의 위치는 물론 위에서 아래를 내려다보는 것이고, 팽이는 한낱 시선의 대상으로서의 사소한 사물에 불과한 것이다. 김수영의 시에서 흥미로운 것은 눈 아래의 사물에 대한 시선이 사물에 대한 시선의 주체가 가지는 지위를 강화하는 데로 귀결되지 않는다는 것이다. '나'는 그 사물에 대해 우월적인 위치에서의 시선을 갖고 있지만, 그 사물은 오히려 '나'를 비웃는다. 그 사물은 '나'의 우월적 시선으로 사물화되는 대상이 아니며, 또한 1인칭 시적 화

자와 정서적으로 동일화되는 사물도 아니라는 측면에서 김수영 시의 독특한 시선의 위치가 자리 잡는다. 그 사물보다 우월한 위치에 있음에도 불구하고 그 대상에 대한 시선을 통해 시적 주체는 "생각하면 서러운 것인데/ 너도 나도 스스로 도는 힘을 위하여/ 공통된 그 무엇을 위하여 울어서는 안된다"는 어떤 내적 윤리적 성찰에 다다른다. 사물에 대한 시선이 그 사물을 지배하고 동일화하는 시선이 아니라, 그것으로부터 자기 반성적 인식을 이끌어오는 데서 김수영 시의 시선의 움직임이 가지는 특이성이 있다.

> 방 두간과 마루 한간과 말쑥한 부엌과 애처로운 妻를 거느리고
> 외양만이라도 남과 같이 살아간다는 것이 이다지도 쑥스러울 수가 있을까
>
> 詩를 배반하고 사는 마음이여
> 자기의 裸體를 더듬어보고 살펴볼 수 없는 詩人처럼 비참한 사람이 또 어디있을까
> 거리에 나와서 집을 보고
> 집에 앉아서 거리를 그리던 어리석음도 이제는 모두 사라졌나보다
> 날아간 제비와 같이
>
> 날아간 제비와 같이 자국도 꿈도 없이
> 어디로인지 알 수 없으나
> 어디로이든 가야할 反逆의 정신
>
> 나는 지금 산정에 있다—
> 시를 배반한 죄로
> 이 메마른 산정에서 오랫동안
> 꿈도 없이 바라보아야할 구름
> 그리고 구름의 파수병인 나.
>
> —「구름의 파수병」 부분

지금 화자는 "먼 山頂에 서 있는 마음으로/ 나의 자식과 나의 아내와/ 그 주위에 놓인 잡스러운 물건들을 본다." 산정에서 아래를 보는 조감(鳥瞰)의 시선으로 자신의 일상적 현실을 내려다본다. 앞의 시선과 마찬가지로 여기에서도 위에서 아래를 내려다보는 시선이 등장하지만, 그 시선은 시선의 주체가 가지는 우월적 지위를 확인시켜주는 것이 아니다. 오히려 여기에서의 '山頂'이라는 위치는 시선의 우월적 지위를 보장받는 곳이 아니라. 반성적 성찰을 피할 수 없는 정신적 극지(極地)에 가깝다. "함부로 흘리는 피가 싫어서/ 이다지 낡아빠진 생활을 하는 것은 아니리라"라는 자신에 대한 성찰이 가능해지는 것이 산정이라는 위치이다. 산정에서 시적 화자는 시를 배반하고 살아가는 자신을 들여다본다. 그 높은 위치에서 오히려 화자가 반성하는 것은 "자기의 肉體를 더듬어 볼 수 없는 시인"에 대한 반성이다. 그 산정 위에는 구름이 있다. 구름은 끊임없이 형태를 바꾸는 것이고 그 질량을 가늠하기 힘든 대상이다. 구름은 "꿈도 없이 바라보아야 할" 대상이다. "구름의 파수병"으로 스스로를 설정하는 것은 산정 아래의 일상적 현실과 산정 위의 구름 사이에서 자신의 위치를 만들어야 할 시적 주체의 운명을 암시한다. 시적 주체가 그런 위치에 머무를 수밖에 없는 것은 "시를 반역한 죄" 때문이다. 여기서 '시에 대한 반역'이란 이중적인 의미를 갖는다. 그 하나가 일상적 현실에 매몰되어 '시'를 잃어버린 것이라면, 다른 하나는 일반적인 '시'의 형태를 반역하는 전위적인 시쓰기의 모험이라고 할 수 있다. 산정이라는 위치에서의 시적 주체의 시선은 시와 일상적 현실 사이에서, 생활의 세계와 반역의 정신 사이에서 자신을 재정립해야 하는 시적 운명을 드러낸다.

> 이게 아무래도 내가 저의 섹스를 概觀하고
> 있는 것을 아는 모양이다
> 똑똑히는 몰라도 어렴풋이 느껴지는

　　모양이다

　　나는 섬뜩해서 그전의 둔감한 내 자신으로
　　다시 돌아간다
　　憐憫의 순간이다 恍惚의 순간이 아니라
　　속아사는 憐憫의 순간이다

—「性」 부분

　　김수영의 시 가운데도 특이한 위치를 차지하는 이 시에서는 적나라한 성적인 장면들이 묘사된다. 이 시에서 특히 두드러진 단어는 "槪觀"이라는 것이다. 몰입이라는 의미의 정반대의 의미를 가질 이 표현은 보는 주체와 대상 사이의 관계를 가장 날카롭게 드러내준다. 성적인 관계 도중에 그것에 몰입하지 않고 "槪觀"하는 위치에 서게 될 때 두 사람의 성적인 상호 작용은 비대칭적인 것이 된다. '보는 주체'는 몰입하는 주체가 아니라, 타인을 시선의 대상으로 삼는 주체이기 때문이다. 그런데 이 시에서도 역시 그 시선의 권력은 온전히 관철되지 않는다. 상대방이 이 "槪觀"의 시선을 눈치채게 되면, 개관하는 주체의 우월적 지위는 보장되지 않는다. '나' 역시 시선의 대상이 될 수 있기 때문이다. 그때 섬뜩함을 느끼는 1인칭 화자는 차라리 "둔감한 내 자신"으로 돌아가려 한다. "槪觀"하는 주체를 포기하는 방식으로 시적 화자는 자신의 시선을 거두어들인다. 그것은 타자와 자신을 속이는 순간, "속아사는 憐憫의 순간"이라고 할 수 있다. 이 성적인 장면에서도 개관하는 주체의 시선의 권력은 보장되지 않고, 그것은 다시 1인칭의 부끄러운 자기 성찰로 되돌아온다.

　　눈은 살아있다
　　죽음을 잊어버린 靈魂과 肉體를 위하여
　　눈은 새벽이 지나도록 살아있다

> 기침을 하자
> 젊은 詩人이여 기침을 하자
> 눈을 바라보며
> 밤새도록 고인 가슴의 가래라도
> 마음껏 뱉자
>
> —「눈」 부분

'눈'을 보는 시적 주체의 시선은 낭만적인 동경이나 동일시에 머물러 있지 않다. 우선 시적 화자는 "눈은 살아있다"라고 선언한다. '눈이 살아 있다'는 것은 그것이 하나의 대상이 아니라 하나의 생명체임을 의미한다. 그 생명체는 어떤 정신을 표상한다. 김수영 시의 특이성은 그 대상에 어떤 이념이나 관념을 덧씌우지 않는 데 있다. 김수영 시의 관심은 그 정신의 동력 자체이지 그 정신의 이념적 내용이 아니다. '눈'이 표상하는 것 역시 그러하다. 눈이 가지는 다양한 의미 자질 가운데 이 시에서 구체적으로 말해주는 것은 아무것도 없다. 다만 중요한 것은 그것이 살아 있다는 것이고, 그 살아 있음에 대한 경의를 표하는 것은 기침을 하고 가래를 뱉는 행위이다. 이 행위는 결코 낭만적인 행위일 수 없으며, 또한 눈에 대한 동경을 표현하는 행위라고 보기도 어렵다. 기침을 하거나 가래를 뱉는 것은 육체 안에 있던 것을 밖으로 쏟아내는 행위이다. 그 행위는 일종의 연행(演行)적인 것으로서 세계와 현실에 대한 토로라고 할 수 있다.

"눈더러 보라고 마음 놓고 마음 놓고/ 기침을 하자"라는 표현에서 드러나는 것처럼, 기침을 하는 행위는 어떤 억압과 싸우는 것이다. 마음껏 기침을 하거나 가래를 뱉는 것은 쉽지 않은 일이다. 그런데 눈에게는 그렇게 할 수 있으며, 오히려 "눈더러 보라고" 그렇게 하는 것이다. 여기서 시적 주체와 눈과의 시선의 관계는 역설적인 것이 된다. '눈'은 단순히 시선의 대상이 아니라, 살아 있는 또 다른 주체이며, 기침을 하는 존재를 '보는' 또 하나의 주체이다. 그런데 이 살아 있는 주체는 '젊은 시인'으로 하여금 기침을 하게 하는 대상이다. 그 안에 억눌린 것을 토해내도록 만드는 조건이 된다. '눈'은 따라서 주체이면서 대상인 존재이며, '눈'은 시선의 대상이며, 시선의 또 다른 주체이다. 이 시에서 1인칭 주체가 표면적으로는 등장하지 않고 '젊은 시인'에 대한 청유형의 문장으로 구성되어져 있고, 이 시의 대부분의 문장의 주어가 '눈'이라는 점은 의미심장하다. 이 시에 발화 주체로서의 1인칭 시적 주체의 존재감은 거의 드러나지 않는다. 이런 방식으로 시적 주체와 '눈'이라는 대상 사이의 관계는, 시선의 주체와 대상이라는 일반화된 관계를 넘어선다.

바람의 고개는 자기가 일어서는 줄
모르고 자기가 가닿는 언덕을
모르고 거룩한 산에 가닿기
전에는 즐거움을 모르고 조금
안 즐거움이 꽃으로 되어도
그저 조금 꺼졌다 깨어나고

언뜻 보기엔 임종의 생명같고
바위에 뭉개고 떨어져내릴
한 잎의 꽃잎 같고
革命같고
먼저 떨어져내린 큰 바위같고
나중에 떨어진 작은 꽃잎같고

나중에 떨어져내린 작은 꽃잎같고

—「꽃잎 1」부분

'꽃잎'에 대한 시적 주체의 시선 역시 그러하다. 여기서 '꽃잎'을 바라보는 1인칭 주체의 존재감은 거의 드러나지 않는다. 따라서 꽃잎이라는 대상을 1인칭 주체의 정서적 대상물로 동일시하는 사태는 벌어지지 않는다. 그러면 여기서 꽃잎은 시선의 대상인가 아니면 또 다른 주체인가? 물론 이 시를 지배하는 언술의 체계는 숨어 있는 시적 주체의 꽃잎에 대한 시선이라고 할 수 있다. 그런데 이 시는 두 가지 방식으로 '꽃잎'이라는 사물을 대상화하는 것을 유예한다. 우선 하나는 그 대상을 바라보는 행위와 시선의 주체를 숨기는 방식으로 그 대상에 대한 시선의 지배를 드러내지 않는다. 이 시의 첫 문장인 "누구에게 머리를 숙일까"에서 이 행위의 주체가 무엇인지는 상당히 모호하다. 그것을 1인칭 주체나 '바람의 고개', 혹은 '꽃잎'으로 한정한다고 해도 그 행위의 주체를 단언하기는 어렵다. 두 번째는 그 대상을 하나의 의미로 동일화하지 않는다. "임종의 생명", "한 잎의 꽃잎", "혁명", "먼저 떨어져 내린 큰 바위", "나중에 떨어진 작은 꽃잎" 등으로 비유를 나열할 때, 그 비유들은 그 원관념을 구체화하면서 한편으로는 그것의 동일성을 무너뜨린다. 그리고 이 비유들은 어떤 움직임들을 포착하고 있다. 그래서 이 시의 정조는 비인칭적이고 비동일적인 뉘앙스를 구축하게 된다. 이 시에서 시선의 주체와 시선의 대상은 그 위계적 질서가 무너져 있다. 그래서 이 시에서 꽃잎은 시선의 대상인 동시에 다른 행위의 주체가 된다.

> 풀이 눕는다
> 비를 몰아오는 동풍에 나부껴
> 풀은 눕고
> 드디어 울었다
> 날이 흐려서 더 울다가
> 다시 누웠다
>
> 풀이 눕는다
> 바람보다도 더 빨리 눕는다

바람보다도 더 빨리 울고
바람보다 먼저 일어난다

날이 흐리고 풀이 눕는다
발목까지
발밑까지 눕는다
바람보다 늦게 누워도
바람보다 먼저 일어나고
바람보다 늦게 울어도
바람보다 먼저 웃는다
날이 흐리고 풀뿌리가 눕는다

―「풀」전문

　김수영 시의 대표작 중의 하나로 널리 알려진 이 시를 시선의 관점에서 다시 분석하는 것은 김수영 시의 미학적 특이성을 밝히는 작업이 될 수 있다. 이 시에서 풀을 바라보는 시선의 주체는 표면적으로는 존재감을 드러내지 않는다. 그 존재가 자신의 모습을 부분적으로 드러내는 구절은 "발목까지/ 발밑까지 눕는다"라는 표현이다. '풀이 발목까지 눕는다'라고 표현했을 때, 이 시의 시선의 주체는 풀이 눕는 풀밭 한가운데 서 있다는 것을 짐작할 수 있다. 이 표현조차 없었다면 시적 주체의 1인칭의 존재감은 거의 드러나지 않았을 것이다. 그러니까 이 시는 풀밭 한가운데 서 있는 시적 주체가 바람에 누웠다가 일어나는 풀의 움직임을 관찰하고 묘사하는 내용이라고 할 수 있다. 이 시에서 시적 화자는 풀에 어떤 관념을 부여하지 않고 그 눕고 일어나는 움직임과 리듬 자체에 집중한다. 이 시에서 풀에 어떤 관념을 부여하는 해석은 적절하지 않으며, 이 시에서 중요한 것은 풀의 움직임과 그 리듬 자체의 에너지다. 단순하고 반복적인 단문형의 묘사를 통해 이 시는 그 풀의 리듬 자체가 시가 되는 미학적 수준에 다다른다. 여기서 중요한 것은 이 시의 시선의 주체와 풀과의 관계이다. 시선의 주체는 풀밭의 한가운데 있지만, 풀을 대상화하거나 주체의 관념 안으로 동일화하지 않는다. 시선의 주체는 마치 존재하지 않는 것처럼, 풀 자체의 움직임과 에너지에 집중하고 그것을 언어적 리듬으로 포착하려 한다. 여기서 시선의 주체와 시선의 대상의 위계적 질서는 거의 의미가 없는 것이 되어 버린다. 풀은 단지 시선의 대상이 아니라, 이 시에서 지배적인 행위의 살아 있는 주체이다.

김수영의 시에서 가장 문제적인 국면은 그의 시에서 시적 주체가 '보는 주체'로서의 자기 정립을 추구하고 있음에도 불구하고, 그것이 시선의 주체와 대상 사이에서 나타나는 불평등한 권력관계로 환원되지 않는다는 점이다. 더 나아가 시선의 대상을 또 다른 주체로 설정함으로써 1인칭 주체의 시선의 권력을 무너뜨리는 상황으로 진행된다. 여기서 시선의 주체와 시선의 대상의 위계적 질서는 의미가 없는 것이 되어 버린다. 그의 시에서 사물은 시선의 대상인 동시에 다른 행위의 주체가 된다. 여기서 김수영 시의 미학적 모더니티는 감각의 정치학을 둘러싼 다른 장소를 만들어낸다. 근대적 의미의 시선의 주체를 정립하는 작업과, 그 시선의 주체화를 스스로 무너뜨림으로써 시선의 권력을 해체하는 작업이 김수영의 시에서는 동시에 일어나는 것이다. 김수영 시의 현대성과 반역성이 이러한 감각의 정치학과 관련된다는 것은 중요하며, 그것이 김수영 시의 미학적 차원이 가지는 정치적 맥락이라고 할 수 있다.

4. 시선의 정치성과 현대성

김수영의 시에서 특히 '보는 주체'의 문제가 부각되는 것은 그가 '본다'는 행위를 통해 세계와 시적 주체의 관계를 설정하는 시인이었기 때문이다. 김수영의 시는 현대시에서 시선의 문제가 어떻게 미학적이고 동시에 정치적인 문맥을 가지는가를 이해하는 데 중요한 텍스트로 부각된다. 김수영 시의 정치성은 그의 정치적 입장이나 그의 시에 나타난 정치적 내용에 국한되는 것이 아니라, 궁극적으로는 그의 시를 떠받치고 있는 시선의 체계가 어떻게 세계에 대한 다른 미적 태도를 보여주는가의 문제이다.

김수영의 시에서 '본다'는 것은 시적 인식에 관한 가장 핵심적인 표현이다. 시적 주체에게 '본다'는 것은 자기와 세계 사이의 관계를 투철하게 응시하고 그것을 보지 못하게 하는 것들과의 싸움을 의미한다. 그러나 시적 주체가 볼 수 없게 만드는 요인들이 있다. 시적 주체가 보려는 것들을 둘러싼 억압이 존재하고, 시적 주체가 보려는 대상 자체가 모호한 상황에 있기 때문이다. 이런 문제들 때문에 시적 주체가 보려는 의지는 쉽게 관철되지 않는다. 그럼에도 불구하고 김수영의 시에서 '본다'는 것은 시적 주체가 '보는 주체'로서의 자신의 위상을 세우고 그것을 억압하고 좌절시키는 상황과 싸우려는 의지를 보여주는 행위이다. 그래서 시적 주체는 '본다'는 행위를 통해 세계를 인식하고 자기 내부의 억압과 허위를 성찰하는 존재로서 자신을 정립한다. 김수영의 시에서는 '보는 주체'로서의 '시적 주체'는 그 '본다'는 행위를 통해 자신의 내적 성찰을 밀고 나간다. 시선이란 주체가 외부의 대상을 향하는 것이지만, 김수영의 시에서 대상에 대한 시선은 오히려 자기 내부의 부끄러움으로 되돌아온다. 이것은 대상에 대한 시선을 매개로 자기 자신에 대한 또 다른 시선을 작동시킨다는 것을 의미한다.

김수영의 시에서 '본다'는 행위의 의미론적 국면 못지않게 중요한 것은 시선의 위치와 움직임이다. 김수영의 시에서 우선적으로 드러나는 시선의 위치는 위에서 아래를 내려다보는 조감(鳥瞰)의 시선이다. 그런데 그 시선은 시선의 주체가 가지는 우월적 지위를 확인시켜주는 것이 아니다. 사물을 지배하고 동일화하는 시선이 아니라, 그것으로부터 자기 반성적 인식을 이끌어오는 데서 김수영 시의 시선의 움직임이 가지는 특이성이 있다. 더 나아가 시적 언술은 시선의 대상을 또 다른 주체로 설정함으로써 1인칭 주체 시선의 권력을 무너뜨리는 움직임으로 진행된다. 여기서 시선의 주체와 시선의 대상의 위계적 질서는 의미가 없는 것이 되어 버린다. 그의 시에서 사물은 시선의 대상인 동시에 다른 행위의 주체가 된다. 여기서 김수영 시의 미학적 모더니티는 감각의 정치학을 둘러싼 다른 장소를 만들어낸다.

'본다' 는 행위의 의식화를 통해 근대적 의미의 시선의 주체를 정립하는 한편, 그 시선의 주체화를 스스로 무너뜨림으로써 시선의 권력을 해체하는 작업이 김수영의 시에서는 동시에 일어난다. 서정시에서 시적 주체와 대상과의 관계는 이른바 '세계의 자아화' 라고 표현되는 대상에 대한 주체의 동일화 과정이다. 그 과정은 '보는 주체' 의 대상에 대한 시선의 지배를 통한 동일화이기도 하다. 그것은 궁극적으로는 시적 주체가 주체화를 강화하는 과정이다. 김수영 시의 현대성은 그 시선의 동력을 통해 주체화의 과정과 탈주체화의 국면이 함께 진행된다는 것이다. 김수영 시의 현대성과 반역성이 이러한 감각의 정치학과 관련된다는 것은 매우 중요하며, 그것이 김수영 시의 미학적 차원이 가지는 정치적 맥락이라고 할 수 있다. 김수영 시의 정치성은 이렇게 시선의 주체화와 탈주체화를 동시에 밀고 나가는 시선의 미학적 동력을 생성한 데 있다. 시선의 주체화와 탈주체화는 김수영 시의 근대성과 탈근대성의 이중적인 양상을 함께 보여주는 국면이며, 그의 시가 가지는 전위성의 미학적 철학적 맥락을 이해하게 만든다. 김수영의 시의 현대성과 정치성에 대한 탐구는 이러한 미학적 특이성에 대한 분석을 통해 그 구체성을 보장받을 수 있다.

『김수영 전집』, 민음사, 1981.

『김수영의 문학』, 민음사, 1883.

김명인·임홍배 엮음, 『살아있는 김수영』, 창비, 2005 .

남진우, 『미적 근대성과 순간의 시학』, 소명출판, 2001.

이광호, 『도시인의 탄생』, 서강대 출판부, 2010.

이진경, 『근대적 시공간의 탄생』, 푸른숲, 1997.

주은우, 『시각과 현대성』, 한나래, 2003.

데이비드 마이클 레빈 엮음, 『모더니티와 시각의 헤게모니』, 정성철 외 역, 시각과언어, 2004.

마르쿠스 슈뢰르, 『공간, 장소, 경계』, 정인모 외 역, 에코리브로, 2010.

미셸 푸코, 『임상의학의 탄생』, 홍성민 역, 이매진, 2006.

________, 『감시와 처벌』, 오생근 역, 나남출판, 2003.

자크 랑시에르, 『문학의 정치』, 유재홍 역, 인간사랑, 2009.

자크 데리다, 『시선의 권리』, 신방혼 역, 아트북스, 2004.

김수영 시에 나타난 '시선의 기술'의 전개 양상[1)]

근대적 '피로/우울', '휴식'과의 상관성을 중심으로

김수이

1. 서론

김수영의 시는 근대적 삶의 여러 층위가 갈등하는 가운데 불안한 균형을 찾아가는 생활-시의 현장이다. 김수영이 생활을 "熱度를 測量할 수 없"는 난공불락의 대상으로 규정하면서 "生活無限"(「愛情遲鈍」)이라 부른 것은 이를 반증한다. 생활의 진정성을 열망하는 생활인-시인으로서 김수영은 부단한 고뇌 속에 생활의 부정성을 반성하고 타파해 나간다. 이는 근대의 과학으로는 측량하기 힘든 생활의 열도, 즉 생활의 진정성을 '보는' 행위를 통해 획득하는 과정으로 이어진다. 김수영은 근대세계가 권장하는 '보는 주체'로서 생활의 기술을 학습하며 그 연장과 대칭, 탈주의 선상에서 시의 기술을 창출한다.

---

1) 이 논문은 2011년 4월 15일 한국시학회 정기학술대회에서 발표한 「김수영 시의 미학-'보다'의 기술 및 시선의 동력학을 중심으로」를 수정·보완한 것이다.

생활의 기술과 시의 기술을 함께 전개하는 '보는 주체'로서 김수영은 이중의 정체성을 보유한다. 하나는 근대적 패러다임이 양산하는 '시각 중심'의 주체이며, 다른 하나는 그러한 주체에 거리를 두고 근대의 바깥을 향해 '시각 이상의 시각'을 발휘하고자 하는 주체다. 여기서 근대적 생활의 기율을 학습한 주체가 피동적·자동적으로 작동하는 시선과, 그러한 자신을 반성하는 주체가 능동적·의지적으로 발산하는 시선 사이에 균열이 생길 것은 필연적이다. 김수영의 시에서 전자는 '시선조작술'과 '바로보기'의 양극의 균열로, 후자는 시선조작술을 거부하면서 '바로보기'를 근대 갱신의 비전을 품은 '메타 시선의 기술'로 변주하려는 지향성으로 나타난다. 이 균열은 김수영의 시의 핵심 화두이자 딜레마의 원천인 생활의 기술과 시의 기술의 균열에 그대로 상응한다. 김수영에게 자기 분열을 내재한 생활의 기술은 '온몸'의 시의 기술과 분리될 수 없으며, 분리되어서도 안 되는 것이었다. 김수영에게 현대시사의 독보적 위치를 부여한 그의 시 특유의 현실적·미학적 긴장감은 '생활(의 시선)과 시(의 시선)의 일치'라는 난해하고 아이러니한 시적 과업으로부터 발생한다. 시선(들)의 아슬아슬하고 팽팽한 운동은 시의 엔진 역할[2] 을 하면서 쉽게 일치하기 힘든 생활과 시의 열도를 함께 증폭시킨 것이다. 생활과 시의 "쉴 사이 없"(「폭포」)는 상호이행을 추구하는 김수영의 시에서 '시선의 기술'은 생활의 기술과 시의 기술을 각기 혹은 함께 관장하면서 근대시의 새로운 시공간과 풍경을 여는 데 기여한다.[3] 더불어

---

2) 이와 관련해 남진우는 '보다'가 '보이다'와 더불어 김수영의 시세계를 주재하는 핵심 술어라고 파악한다. "'보다'라는 동사는 그의 시세계의 출발점에서 종착점까지를 일관되게 관통하고 있"으며, "대상은 대상대로 가만히 보여지기만 하는 것이 아니라 적극적으로 화자의 눈길을 잡아끈다." 남진우, 『미적 근대성과 순간의 시학: 김수영·김종삼 시의 시간의식』, 소명출판, 2001, 79쪽 참조.

3) 김수영 시의 '시선'의 문제에 관한 대표적인 연구성과는 다음과 같다. 남진우는 김수영 시의 미학이 가시성/불가시성과 수직성/수평성의 두 원리를 기반으로 한 '시

시선의 기술은 부작용과 쇄신의 과정을 통해서도 근대시에 낯선 시공간과 풍경을 축조하는 데 일조한다.

김수영의 시에서 생활과 시의 생산적인 상호 작용과 혁신은 대체로 부정성의 계기를 통해 마련된다. 이 글은 시선의 기술의 부작용과 쇄신을 초점으로 하여 김수영 시의 동력과 미학을 살펴보기로 한다. 시선의 기술의 부작용은 육체와 정신의 실제 증상으로 나타나는데, 근대 도시생활이 강제하는 '보는 주체'로 살아가면서 김수영은 만성적인 '피로'와 '우울'에 시달리며 '휴식'을 간절히 열망한다. 생활의 기율인 '시선 조작술'과 시의 기율인 '바로보기', 김수영의 시는 이 두 시선의 기술이 갈등하는 과정을 내면화하면서, 생활과 시가 일치하는 시선의 기술을 고안하는 데 집중한다.

김수영은 시선의 기술을 쇄신하는 과정에서 근대의 시각-이성의 권역을 벗어난 대상과 마주한다. 그가 결정적으로 직면한 비가시적 대상은 '어둠'과 '신(神)'이다. '어둠'과 '신'은 보는 행위를 무력하게 만드는 관념적 실재이자, 요령부득의 타자 즉 빈 구멍으로서 김수영의 시에 이질적으로 각인되어 있다. '어둠'과 '신'은 근대의 '보는 주체'가 관장할

선의 탄생과 모험'을 통해 이룩되며, 김수영의 시는 근대-미래 생활을 향한 시선의 상상적 모험으로서 시적 순간을 지속적으로 선취하는 장이라고 파악한다.(위의 책, 76~88쪽 참조) 이광호는 김수영의 시에서 '보다'가 세상에 참여하고 세상을 해석하고 타자와 소통하는 중요한 기제임에 주목하면서, 도시의 거리를 도시-시골, 근대-탈근대의 '이중적인 시선'이 분할하고 재구성되는 새로운 감각-생활의 공간으로 해석한다.(이광호, 『도시인의 탄생-한국문학과 도시의 모더니티』, 서강대 출판부, 2011, 96~102쪽 참조) 조강석은 '이중구속'과 '비화해적 가상'에 초점을 둔 김춘수와의 비교 연구에서 김수영의 시가 '시선'의 근본적인 전복, 즉 자신을 포함한 현실과 기성 질서에 포섭된 의미를 무한한 부정의 방식으로 갱신하고자 했다고 본다.(조강석, 『비화해적 가상의 두 양태-김수영과 김춘수의 시학 연구』, 소명출판, 2011.4, 6쪽 참조) 이 견해들은 '시선'에 의해 경영되고 재편성되는 장으로서 김수영 시의 구조와 미학을 거시적이면서도 미시적으로 규명한다.

수 없는 근대의 잉여와 바깥을 상징하며, 응시 불가능한 것을 응시하기 위해 김수영은 시각 이상의 시각인 '영감(靈感)'을 발휘하는바, 김수영 시의 중요한 원동력인 '시선의 기술'을 규명하기 위해서는 이 이질적인 '어둠'과 '신'의 내용을 면밀히 탐구할 필요가 있다. 당위와 필연성은 김수영의 시 자체로부터 온다. 김수영의 시는 '불온'과 "번개처럼 금이 간"(「사랑」) '균열'의 미덕을 치열하게 증언하는 것으로써 부단히 현재 적 생명력을 확보하고 있기 때문이다. 비유하자면, 이 글의 지향점은 김 수영의 시를 채우는 동시에 성글게 하는 '금이 간 충전재(a broken filling)'들을 가능한 투명하게 응시하는 것에 있다.

2. 시선의 기술의 작동과 내면화 양상

1) 시선조작술과 바로보기의 균열 – '피로'와 '우울'

김수영의 시[4]에서 시선의 기술은 원근, 각도, 높이, 속도, 무게, 선명 성, 가시성(가능성), 선조성(계기성), 운동성, 이중성, 자각(발견), 능동/ 피동 등의 다양한 활성화 원리를 통해 전개된다.[5] 이 원리들은 단일한

---

4) 이 논문은 『김수영 전집 1 시』, 민음사, 1981을 텍스트로 한다.
5) 구체적인 증거를 제시하기 위해 각각의 예들을 보이면 아래와 같다. 그런데 이 논문 의 목적은 김수영의 시에 나타난 '보다'의 다양한 양상을 자세히 분석하는 데 있지 않으며, 시선의 기술의 부작용과 한계를 통해 드러난 '피로'와 '우울', '휴식'의 열 망, '어둠'과 '신(神)'의 의미에 주목하고 그 시적 의의와 역할을 규명하는 데 있다. 따라서 '보다'의 기술의 활성화 원리와 양상에 관한 자세한 분석은 하지 않는다.
① 원근
  • "나는 이 책을 멀리 보고 있다/ 그저 멀리 보고 있는 것이 妥當한 것이므로"
  (「가까이 할 수 없는 書籍」)
② 각도
  • "동무여 이제 나는 바로 보마"(「孔子의 生活難」)

형태로 발현되기도 하지만, 여러 요소가 결합해 복합적인 양상을 연출하기도 한다. 다양한 양태로 작동하는 김수영 시의 시선의 기술은 근대적 이성의 특징인, 보이는 것과 보여지는 것의 상호성이 사라진 시각중

• "나는 한번도 아버지의/ 수염을 바로 보지/ 못하였다"(「이(虱)」)
• "내가 떳떳이 내다볼 수 없는 現實처럼/ (……)/ 그의 얼굴을 숨어 보는 것이요"(「아버지의 寫眞」)
• "여름뜰을 흘겨보지 않을 것이다"(「여름뜰」)
• "당신을 찾아갔다는 것은 現實을 直視하기 위하여서였다"(「말」)

③ 높이
 • "너를 다시한번 치어다보고 혹은 내려다보면서 無量의 歡喜에 젖는다"(「九羅重花」)
 • "가만히 앉아있어도 자꾸 뻐근하여만가는 목을 돌려/ 시간과 함께 비스듬히 내려다보는 것"(「방안에서 익어가는 설움」)
 • "먼 山頂에 서있는 마음으로/ 나의 자식과 나의 아내와/ 그 주위에 놓인 잡스러운 물건들을 본다"(「구름의 파수병」)

④ 속도
 • "아슬아슬하게/ 세상에 배를 대고 날아가는 精神이여// (……)// 뮤우즈여/ 너의 腹部를랑 하늘을 바라보게 하고──"(「바뀌어진 地平線」)

⑤ 무게
 • "내가 괴로워하기보다/ 남이 괴로워하는 양을 보기 위하여서도/ 나에게는 若干의 輕薄性이 必要한 것이다"(「바뀌어진 地平線」)
 • "삶에 지친 者여/ 자를 보라/ 너의 무게를 알 것이다"(「자(針尺)」)

⑥ 선명성
 • "나의 눈이랑 한층 더 맑게 하여다우"(「陶醉의 彼岸」)
 • "틈 사이로 흘러들어오는 겨울바람보다도 나의 눈을 밝게 한다"(「나의 家族」)

⑦ 가시성(가능성)
 • "나는 한번도 이(虱)를/ 보지 못한 사람이다"(「이(虱)」)
 • "없어지는 自體를 보기 위하여서만 불을 켠 것도 아닌데"(「구슬픈 肉體」)
 • "時間에 달린 기이다란 時間을 보시오"(「웃음」)
 • "음탕할 만치 잘 보이는 유리창/ 그러나 나는 너를 통하여 아무것도/ 보고 있지 않는지도 모른다"(「너는 언제부터 세상과 배를 대고 서기 시작했느냐」)
 • "우리들의 戰線은 눈에 보이지 않는다"(「하…… 그림자가 없다」)

⑧ 선조성(/계기성)
 • "오늘 또 活字를 본다/ 한없이 긴 活字의 連續을 보고/ 瓦斯의 政治家들을 凝視한다"(「아메리카 타임誌」)
 • "눈에 걸리는 마지막 물건이 무엇이냐고 물어보는 듯/ 영롱한 꽃송이는 나의

심주의[6]에 연원한다. 김수영의 시에서 시각은 절대적 권위를 누리며, 대상화된 주체 및 타자 · 세계에 대한 관찰과 반성, 해석과 판단의 기능을 수행한다. 김수영은 시작 초기부터 일찌감치 삶과 시의 근본 자세를 '바로보기'로 선포한 바 있다. "동무여 이제 나는 바로 보마/ 事物과 事物의 生理와/ 事物의 數量과 限度와/ 事物의 愚昧와 事物의 明晣性을//

　　　마지막 忍耐를 부숴버리려고 한다"(「九羅重花」)
　⑨ 운동성
　　• "하나의 가냘픈 物體에 도저히 固定될 수 없는/ 나의 눈이며 나의 정신이며"(「방안에서 익어가는 설움」)
　　• "나의 눈을 찌르는 이 따가운 가옥과/ 집물과 사람들의 음성과 거리의 소리들을"(「거리(一)」)
　⑩ 이중성
　　• "감정과는 다른 각도와 높이에서 보게 되는 나는"(「시골 선물」)
　　• "구차한 나의 머리에/ 聖스러운 鄕愁와 宇宙의 偉大感을/ 담아주는 삽시간의 刺戟을/ 나의 家族들의 기미많은 얼굴에/ 比하여 보아서는 아니될 것이다"(「나의 家族」)
　　• "영사판 양편에 하나씩 서있는/ 설움이 합쳐지는 내 마음 우에"(「映寫板」)
　⑪ 자각(/발견)
　　• "지금은 이 煩雜한 現實 우에 하나하나 幻想을 붙여서 보지 않아도 좋다"(「거리(二)」)
　　• "정말 속임없는 눈으로/ 지금 팽이가 도는 것을 본다"(「달나라의 장난」)
　　• "나의 방안에 설움이 충만되어있는 것을 발견하였다"(「방안에서 익어가는 설움」)
　　• "이제 나는 曠野에 드러누워도/ 時代에 뒤떨어지지 않는 나를 發見하였다"(「曠野」)
　⑫ 능동/피동
　　• "남을 보기 전에 네 자신을 먼저 보이는/ 矜持와 善意가 있다"(「헬리콥터」)
　　• "이것은 누구에게도 보이지 않을 글이기에"(「九羅重花」)
　　• "길이 끝나기 전에는/ 나의 그림자를 보이지 않으리"(「더러운 香爐」)
6)　"데카르트주의는 범시각주의인데, 거기에서 절대적인 지식이나 절대적 명증성과 확실성을 가진 지식은 시각의, 시각에 의한 사유물이다. 전방위 감시체제의 핵심어는 감시(inspection)이다. 즉 감시자의 시야에서 결코 벗어날 수 없는 끝없는 주시와 경계라는 이중적 의미가 여기에 들어 있다. 이때의 감시란 〈보이지는 않고 보기만 하는〉 전지전능한 무소불위의 경계에 의한 통제를 뜻하는데, 여기에서 보는 것과 보여지는 것의 상호성은 사라진다."(정화열, 박현모 역, 『몸의 정치』, 민음사, 1999, 258쪽.)

그리고 나는 죽을 것이다"(「孔子의 生活難」, 1945). 태도와 신념은 확고하되, 구체적인 의미는 사실상 모호한 이 시적 선언은 김수영의 시세계 전체를 지배하는 재귀적 정언명령으로 기능한다. 실제로 김수영의 시는 '바로보기'의 (불)가능성을 끊임없이 긍정/부정하는 갈등 속에 전개된다. 김수영의 시선의 기술이 근대적 이성-시각의 강점과 한계를 노출한 것도 이러한 과정에서다.

김수영의 시에 기입된 시선들은 근본적으로 근대의 이성을 대리하는 '눈', "전체 중의 부분만을 파악하고 인식하는 '감옥'으로서의 눈, 모든 대상을 '타자화'하고 폭력을 유도하는 파괴적인 인간의 눈"[7]의 속성을 내장하고 있다. 근대의 이성-시각적 주체는 대상을 파악하기 위해 대상에 미필적 고의의 (무)의식적 폭력을 가하며, 이렇게 동원된 폭력의 부작용은 결국 주체 자신에게 부메랑이 되어 돌아온다. 근대적 주체의 보는/인식하는 행위는 생산적이면서도 파괴적인 양면성을 가지며, 성패와 관련 없이 주체에게 크고 작은 후유증을 남긴다. 그 후유증은 김수영의 시에서 괴로움, 비참, 서러움, 슬픔, 구슬픔, 자조, 열패감 등의 부정적 감정을 거느린 '우울'과 '피로'의 증상으로 나타난다. 몇 가지 예를 들기로 한다. 바다 건너에서 온 번쩍이는 서적을 "멀리 보"는 일은 "이를 깨물"어야 하는 '괴로움'을(「가까이 할 수 없는 書籍」), 아버지의 사진을 "보지 않"거나 "숨어 보"는 일은 '비참'과 "떳떳치 못함"을(「아버지의 寫眞」), "詩를 배반하고 사는", "자기의 裸體를 더듬어보고 살펴볼 수 없는 詩人"인 자신을 보는 일은 '비참'과 열패감을(「구름의 파수병」), "都會안에서 쫓겨다니는 듯이 사는/ 나의 일이며/ 어느 小說보다도 신기로운 나의 生活이며/ 모두 다 내던지고" "정말 속임없는 눈으로/ 지금 팽이가 도는 것을 보"는 일 역시 '서러움'과 자조를 유발한다.(「달나라의 장난」)

7) 임철규, 『눈의 미학 눈의 역사』, 한길사, 2004, 32~39쪽 참조.

피로와 우울에 시달리면서도 김수영이 '보는' 일에 강박적으로 매진하는 이유는 도시생활이라는 그의 기본 생존조건에 있다. 김수영은 도시의 생활이 "煩雜한 現實 우에 하나하나 幻想을 붙여서 보"(「거리(二)」)는 일, 곧 시선을 조작하는 일이라고 말한다. 이때 '보는 주체'는 '보이는 것을 보는 주체'나 '보고자 하는 것을 보는 주체'가 아니라, 누군가의 의도대로 '보아야 할 것을 보는 주체'이다. 보이는 것(vu)보다 볼거리로 주어진―것(donné-à-voir)이 먼저 존재하는 가운데 주체에게 '눈과 응시의 분열'이 일어나고 있는 것이다.[8] 현실의 실상을 오인, 은폐, 변형, 미화하면서 현실과 자신을 기만하는 '시선조작술'은 근대문명이 주체의 응시 이전에 '응시의 선재성'을 부여하는 대타자로서 개인에게 강권하는 생활/생존의 법칙이다. "내가 살기 위하여/ 몇개의 번개같은 幻想이 必要하다"(「矜持의 날」)는 김수영의 고백은 그가 근대적 생활/생존의 강제된 기율로서 '시선조작술'을 분명히 인식하고 있음을 예증한다. 주체에게 특정한 응시방식을 강권하는 시선조작술은 '피로'와 '우울'로 내면화되며, 이를 반성하는 주체의 성찰의 시선 역시 아이러니하게도 피로와 우울로 내면화된다. 시선조작술과 바로보기가 주체에게 동일한 증상을 촉발하는 것은 흥미로운데, 이는 두 가지로 설명될 수 있다. 하나는 시선조작술과 바로보기는 부정성과 긍정성으로 대비를 이루지만 둘 다 근대적 이성―시각 주체가 구사하는 특유의 기술이라는 점이며,

---

8) 라캉은 "우리 눈에 보이는 것은 누군가의 눈이 우리를 보고 있다는 점에 의존한다는 사실" 즉 "나는 단 한 지점에서 볼 뿐이지만, 나의 실존 속에서 나는 사방에서 응시되고 있다"는 '응시의 선재성'을 주장한다. 주체는 스스로 보는 것이 아니라 시관적 장이 구성해놓은 방식대로 보는 것이며, 따라서 시관적 장에 의해 보여지는 것이다. 우리는 세계의 광경 속에서 응시되고 있는 존재들로, 우리를 의식하는 존재로 만드는 것은 동시에 우리를 speculum mundi(세계의 거울)로 위치시킨다. 자크 라캉, 『정신분석의 네 가지 근본 개념』, 자크―알랭 밀레 편, 맹정현·이수련 역, 새물결, 2008, 114~118쪽 참조.

또 하나는 허위의 시선과 그것을 반성하는 시선은 모두 주체 자신과 삶
에 대한 윤리의식을 수반한다는 점이다. 이 점에서 피로와 우울은 도시
생활인의 윤리적 자의식의 발로로 볼 수 있다.

> 지금은 이 煩雜한 現實 우에 하나하나 幻想을 붙여서 보지 않아도 좋다
> 꺼면 얼굴이며 노란 얼굴이며 찌그러진 얼굴이며가 모두 幻想과 現實의
> 中間에 서서 있기에
> 나는 食人種같이 殘忍한 貪慾과 强烈한 意慾으로 그중의 하나하나를 일일
> 이 뚫어져라 하고 들여다보는 것이지만
> 나의 마음은 달과 바람모양으로
> 서늘하다
> (…중략…)
>
> 여기는 좁은 서울에서도 가장 번거러운 거리의 한모퉁이
> 憂鬱 대신에 수많은 기폭을
> 흔드는 快活
>
> —「거리(二)」(1955. 9. 3) 부분

> 疲勞는 都會뿐만 아니라 시골에도 있다
>
> 푸른 연못을 넘쳐흐르는 장마통의
>
> 싸리꽃 핀 벌판에서
>
> 나는 왜 이다지도 疲勞에 집착하고 있는가
>
> —「싸리꽃 핀 벌판」(1959. 9. 1) 부분

주변과 분리된 도시 개인의 내·외적 응시가 펼쳐지는 시 「거리(二)」
에서 '나'는 서울 번화가의 한 찻집에 앉아 거리의 사람들과 풍경을 "뚫
어지"게 바라본다. 구경꾼으로서 '나'의 일차원적인 직시(直視) 혹은 정
시(正視)는, "번잡한 현실 우에 하나하나 환상을 붙여서 보"는 생활인으

로서 '나'의 평소의 작위적 시선과 대조된다. 도시는 시선의 분열과 이
중성을 무비판적으로 체화한, "환상과 현실의 중간에 서" 있는 사람들
을 양산하고 고무하는 생활 공간이다. 따라서 시선 조작을 중단하고 "번
잡한 현실"을 직시하기 위해서는 생활인에서 구경꾼-되기의 일시적 존
재 전환이 필요하다. 구경꾼으로서 '나'는 "식인종같이 잔인한 탐욕과
강렬한 의욕"의 응시의 자발적 욕망으로 충전되어 있으며, 대상 "하나
하나를 일일이 뚫어져라 하고 들여다보"는 직시를 통해 대상에 "하나하
나 환상을 붙여서 보"는 시선조작술을 전복하면서 시선의 자율성을 회
복한다. 번잡한 도심의 찻집이라는 자본주의의 상업-문화적 공간에서
'나'가 보는 주체의 자율성을 확보하는 것은 이채로운데[9], 이 순간 '나'
는 "우울 대신에 수많은 기폭을/ 흔드는 쾌활"로 뒤덮인 도시 풍경의 실
상을 간파한다. 쾌활(현실+환상)의 실체인 우울(현실)이 구경꾼의 무심
한 직시에 의해 간파되는 아이러니는 시선조작술이 도시인의 불가피한
생존의 기술이라는 점을 역설적으로 반증한다. 그러나 환상을 부착하지
않은 직시가 사태의 개선으로 곧바로 이어지는 것은 아니다. 직시는 오
히려 "나의 마음"을 "달과 바람모양으로 서늘하"게 한다. '마음의 서늘

---

9) 보는 주체의 자발적이고 자율적인 시선이, 투명한 유리창을 통해 거리의 사람들을
   무심히 바라볼 수 있는 '도심의 찻집'이라는 근대문명의 상업적·문화적 장소에서
   가능해지는 것은 중요한 대목이다. 보는 주체는 자본의 질서를 경유한 도심에서 구
   경꾼 즉 무심한 시선의 주체가 됨으로써 시선조작술을 통해 체득한 대타자의 시선
   의 기획의 일부로서의 시선이 아닌 주체적이고 비판적인 시선을 확보한다. 도심에
   서, 도시의 질서로부터 잠시 이탈해 도시의 실상을 직시하는 아이러니는 주체가 스
   스로 응시하는 것이 아니라 시관적 장에 의해 응시되는 것이라는 사실, 따라서 시
   관적 장의 응시를 투사하는 것에 불과한 주체의 응시가 발생하는 지점이야말로
   '주체의 추락'과 그로 인한 주체의 '실재에 대한 무지'가 발생하는 지점이라는 사
   실을 떠올리게 한다. 도심의 찻집에서 '현실+환상'의 시선 조작의 폐해를 각성, 거
   부하며 현실의 "하나하나를 일일이 뚫어져라 하고 들여다보는" '나'는 도시가 강요
   하는 시선의 법에서 이탈해 그동안 무지했던 세계의 실재와 마주한다. 위의 책, 121
   쪽 참조.

함’은 시선조작술을 행하는 ‘나’의 심신에 쌓인 ‘피로’와 ‘우울’을 의미한다. 근대적 생활인의 자기 기만적인 시선의 기술의 부작용인 피로와 우울은 철저히 개인의 몫으로 귀속되며, 적어도 김수영이 살던 시대에는 사회적으로 승인되거나 처리되지 않은 잉여에 속했다.

한편, 시선조작술은 주체의 의지 및 대상의 정체와 무관하게 자동으로 작동한다. 시 「싸리꽃 핀 벌판」에서 ‘나’는 시선조작술이 필요 없는 시골의 자연에서도 “피로에 집착하”고 있다. 피로와 우울이 보는 행위의 항상적인 부산물임을 암시하는 장면이다. 도시생활의 기율인 ‘보는 일’은 주체의 심신에 각인되어 자동 작동하며, 강박적으로 자동화된 ‘보는’ 행위는 만성적인 피로와 우울의 증상을 통해 시각 편향의 근대문명의 부작용을 표출한다. 근대의 개인이 생활/생존을 위해 시선의 기술을 가동한 결과는 아이러니하게도 ‘피로’와 ‘우울’이라는 내적 균열의 과잉 사태이다. 이런 맥락에서 근대의 생활과 시선의 기술의 주체는 피로와 우울의 주체이기도 하다. “번잡한 현실”을 바로보지 않고 환상을 덧붙여보기, 그렇게 살아가는 자신을 바로보지 않기. 이중 삼중의 시선조작술은 근대적 주체가 비주체적으로 수행하는 생활/생존 행위로, 작위/허위의 생활–시각 주체는 대상 상실과 자기 상실의 원환 고리 속에서 피로와 우울의 악순환을 거듭한다. 근대세계는 시각의 과잉과 기만을 지배전략으로 하여 피로와 우울을 부단히 양산하는 까닭에 반복은 계속된다. 김수영은 이를 날카롭게 통찰하는데, 시 「바뀌어진 地坪線」(1956)에서 그는 피로와 우울이 근대 생활의 필연적인 잉여임을 적시하면서 ‘생활’을 위한 ‘우울’의 불가피성을 수락하는 동시에 자조한다. “뮤우즈여/ 용서하라/ 생활을 하여나가기 위하여는/ 요만한 輕薄性이 必要하단다/ (…중략…) // 그만한 憂鬱이 또한 必要하다”.

2) 메타 시선의 기술- '피로' 와 '우울' 의 변주로서 '사랑' 과 '혁명'

피로와 우울은 도시생활자가 시선조작술을 통해 추인하는 '도회의 생리' 와 '번잡한 현실' 의 부산물이자, 그것을 '바로보(지 못하)는' 윤리적 자의식의 부산물이다. 이 균열은 김수영이 자신의 시선을 반성하는 메타 시선을 창출하는 계기로 작용한다.

   ① 나는 이미 정하여진 물체만을 보기로 결심하고 있는데
     만약에 또 어느 나의 친구가 와서 나의 꿈을 깨워주고
     나의 그릇됨을 꾸짖어주어도 좋다

     함부로 흘리는 피가 싫어서
     이다지 낡아빠진 생활을 하는 것은 아니리라
—「구름의 파수병」(1956) 부분

   ② 피곤한 하루의 나머지 시간이 눈을 깜짝거린다
     世界는 그러한 無數한 間斷

     오오 사랑이 追放을 당하는 時間이 바로 이때이다
     내가 나의 밖으로 나가는 것처럼

     눈을 가늘게 뜨고 山이 있거든 불러보라
     나의 머리는 管樂器처럼
     宇宙의 안개를 빨아올리다 만다
—「피곤한 하루의 나머지 시간」(1960. 10. 29) 전문

①에서 '나' 는 "이미 정하여진 물체만을 보기로 결심하고 있"는 까닭에 "그릇된" "낡아빠진 생활을 하"고 있다. 시선의 협소한 고정은 생활의 타락과 내면의 고갈로 귀결된다. '나' 는 내심 "친구가 와서 나의 꿈을 깨워주고 나의 그릇됨을 꾸짖어주"기를 바라는데, 이 소극적인 갈망

에는 비루한 생활에 대한 위기의식이 투영되어 있다. 김수영은 시선의 고착에 따른 부정적인 생활을 체험하면서 타개의 필요성을 절감하며, '시선'과 '생활'을 공동의 운명체로 인식한다. ②에서 "눈을 깜짝거리"는 "피곤한 하루의 나머지 시간"은 피곤하여 눈을 깜빡거리는 '나'의 환유를 겸한다. 시선이 제 기능을 잃고 명멸하는 시간, "世界는 그러한 無數한 間斷"으로 화한다. 시선의 형태와 세계의 형태, 시선의 작동과 세계의 존립은 유비(類比)관계에 있는 것이다. 세계는 주체의 시선을 통해 개진되며, 주체의 시선에 생긴 균열은 세계의 "무수한 간단"으로 즉각 전이된다. 시선의 위력은 세계의 존재방식과 함께 김수영 시의 핵심 동력인 '사랑'의 존재방식도 결정한다. 시선의 활발한 작동 여부가 사랑의 가능성을 결정하는 바, 이 시에서 보듯 피곤한 시간의 흐린 시선은 사랑을 무력화한다. "오오 사랑이 追放을 당하는 時間이 바로 이때이다". 김수영의 시에서 시선과 생활, 시선과 세계, 시선과 사랑의 작동은 모두 비례관계에 있음이 확인된다.

시선 조작에 따른 피로와 시선의 쇠약을 돌파하는 방법은 무엇일까? 김수영에 의하면, "눈을 가늘게 뜨"는 것이다. 시선의 전략적인 조정에 의해 "나의 머리"는 희뿌연 "宇宙의 안개를 빨아올리다 만다". 우주는 다시 은폐에서 개진으로, 사랑은 불가능성에서 가능성으로 차원을 이동한다. 시선조작술이 양산한 피로와 우울이 시선의 재편성을 촉발하는 과정은 흥미로운데, 뜬 눈과 감은 눈의 아슬아슬한 조합인 '가늘게 뜬 눈'은 근대자본주의 생활이 유포하는 '현실+환상'의 이중적인 시선과는 근본적으로 구별된다. '가늘게 뜬 눈'은 눈 감기와 뜨기 사이의 긴장을 견디며 시선조작술에서 바로보기로 이행하는 과도기의 시선이다. "눈 가늘게 뜨기"는 피로와 우울을 견제하는 시선의 기술의 차선책이자 최선책이며, '바로보기'는 도시생활 속에서 시선조작술과 피로·우울에 맞서면서 타자와 세계에 대한 '사랑'을 쟁취해가는 갱신형의 기술이다. 김수영 시세계의 절정을 이루는 작품 「사랑의 變奏曲」에서 "아들아, 너는 도시의 피로에서 사랑을 배울 거다"라는 확신에 찬 선언—예언이 나온 맥락, "눈을 떴다 감는 기술"이 "사랑을 만드는 기술"로서 "혁명의 기술"로 전화(轉化)하는 비밀이 여기에 있다.

> 그리고 이 사랑을 만드는 기술을 안다
> 눈을 떴다 감는 기술—불란서혁명의 기술
> 최근 우리들이 四·一九에서 배운 기술
> 그러나 이제 우리들은 소리내어 외치지 않는다
>
> (…중략…)
>
> 아들아 너에게 狂信을 가르치기 위한 것이 아니다
> 사랑을 알 때까지 자라라
> 人類의 종언의 날에
> 너의 술을 다 마시고 난 날에
> 美大陸에서 石油가 고갈되는 날에
> 그렇게 먼 날까지 가기 전에 너의 가슴에
> 새겨둘 말을 너는 都市의 피로에서
> 배울 거다
> 이 단단한 고요함을 배울 거다
>
> —「사랑의 變奏曲」(1967. 2. 15) 부분

　"눈을 떴다 감는 기술"은 근대생활의 기율인 시선조작술과 그에 따른 피로와 우울을 기원으로 하며, 시선조작술에서 바로보기로 이행하는 과도기의 수세적 전략으로 마련되었다. 이 시에서 김수영은 "눈을 떴다 감는 기술"이 바로 '사랑'과 '혁명'의 동력이라고 규정한다. "눈을 떴다 감는 기술"은 도시생활의 피로와 우울을 '사랑'으로, 그 사랑을 다시 '혁명'으로 변주하는 경이로운 비법이다. 시선의 기술을 혁신하는 과정은 곧 사랑을 만들고 혁명을 준비하는 과정으로, 세계를 어떻게 바라볼 것인가의 문제는 세계를 어떻게 변화시킬 것인가의 문제와 직결되어 있다. "이 사랑을 만드는 기술을 안다/ 눈을 떴다 감는 기술―불란서혁명의 기술/ 최근 우리들이 四·一九에서 배운 기술". 눈을 떴다 감는 반복 운동, 눈 뜨기와 감기 사이의 역동적 운동을 통해 김수영의 시선의 기술은 허위의 조작술에서 정직한 바로보기로, 피로와 우울의 삶에서 "단단한 고요함"의 삶으로, 비주체적인 것에서 주체적인 것으로 전환한다.

"눈을 떴다 감는 기술"은 김수영이 행해온 시선의 기술들을 보다 상위 차원에서 조율하는 '메타-시선의 기술'이다. 이는 상황에 맞게 시선을 계속 조정하고 재구성하는 기술, 첨단의 근대성을 내장한 시선의 기술을 의미한다. 근대적 이성-시각의 지속적인 쇄신형으로서 메타 시선의 기술은 "도시의 피로"가 '사랑'으로 질적으로 전환하고, '사랑'이 다시 '혁명'으로 증폭하는 힘으로 작용하면서 '근대의 완성'을 지향한다.[10]

3) 시각의 중지 혹은 바로보기의 순간적 성취―'휴식=자유'

그러나 시선의 기술이 초월적 이성으로 세계의 본질을 간파하거나, 사랑과 혁명의 기술로 도약하는 것은 항상적으로 일어나는 사건은 아니다. 김수영에게 도시의 일상은 여전히 '시선조작술'과 '바로보기'의 균열로 점철된다. 시선의 분열과 조작을 자동 수행하면서 바로보기를 열망하지만 자주 그에 미달하는 주체, 근대적 일상생활에 대한 불만이 주

---

10) 3장에서 상론하겠지만, 김수영의 메타-시선의 기술은 "눈을 떴다 감는 기술" 외에 '영감'과 '범감각을 품은 시선'으로 분화한다. 이는 응시 불가능한 것을 응시하는 초월적 이성의 경지로, 시각 이상의 시각 및 범감각을 활성화하는 시선을 뜻한다. 시각-이성으로 포섭할 수 없는 '근대의 바깥'에 대한 지향과 연결된다.

된 원인[11]인 피로와 우울에 시달리는 주체는 '휴식'을 열망한다.

소리없이 기고 소리없이 날으다가
되돌아오고 되돌아가는 無數한 하루살이
—그러나 나의 머리 위의 천장에서는 너의 소리가 들린다—
하루살이의 反覆이여

불옆으로 모여드는 하루살이여
벽을 사랑하는 하루살이여
感情을 잊어버린 詩人에게로
모여드는 모여드는 하루살이여
—나의 視覺을 쉬이게 하라—
하루살이의 恍惚이여

— 「하루살이」(1957) 부분

김수영이 희구하는 휴식은 육체나 정신이 아닌 "시각을 쉬"는(「하루살이」) 것, 시각활동의 중단이라는 점에서 문제적이다. 근대적 시선의 기술의 부작용을 해소하기 위해 시각 자체를 중지하는 방법은 '중단의 부정성'[12]을 통한 근대적 '보는 주체'의 해체와 재편성을 시사한다. '시각의 휴식'은 도시의 삶 속에서 김수영이 고안한 근대적 의미의 휴식으로, 시각적 주체에 대한 재고의 필요성을 내포한다. 김수영은 대상을 보다 명확하게 판별하기 위해 시각의 휴식이 필요함을 역설한 것[13]을 넘어, 시각적 주체와 시선의 기술에 대한 근본적인 성찰을 촉구한 것이다. 시에 그려져 있듯이, 시각 기만에 나포된 도시인의 상징인 하루살이의 반복적

---

11) 김유중, 『김수영과 하이데거』, 민음사, 2007, 203쪽.
12) "진정 다른 것으로의 전환이 일어나려면 중단의 부정성이 필요하다." 한병철, 『피로사회』, 문학과지성사, 2012, 49쪽 참조.
13) 여태천, 『김수영의 시와 언어』, 월인, 2005, 135~136쪽.

인 삶은 그 시각의 본성이 바뀌지 않는 한 변화할 수 없다. "나의 시각을 쉬이게 하라"는 명령형을 가장한 청유형에는 시선의 변화를 통한 삶의 변화에 대한 열망과 함께, 시각의 휴식이 주체의 능력 밖의 일14)이라는 생각이 투영되어 있다. 보는 주체가 도시생활의 기율에 복종하는 한 시선의 기술의 부작용인 피로와 우울이 해소되기 어려울 것은 자명하다.

　여기서 김수영은 시각의 중지가 아닌, '바로보기'의 적극적 성취를 통한 휴식을 추구한다. 생존을 위한 생활의 기술이 '온몸'의 시의 기술과 윤리적으로 일치하는 바로보기는 주체의 전폭적인 실천을 요청한다. 이 주체는 바로보기의 주체이자, 자신의 시선의 기술을 성찰하는 메타 시선의 기술의 주체이다. 바로보기는 바로보지 못하는/않는 상태로부터 이탈하는 지속적이며 필사적인 과정으로, 보는 주체의 특정한 위상이 아닌, 보는 주체가 최선을 다해 도달해야 할 고양된 상태를 의미한다. 바로보지 못하기/않기와 바로보기 사이의 간극은 김수영의 시에서 생활 및 시의 간극에 상응한다. 이 시선·생활·시의 각기 혹은 상호 벌어진 간극에서 흘러나오거나 흘러나오지 못하는 것이 '눈물'이다. 시 「記者의 情熱」은 "번개같이" 바로보기를 성취하는 예외적인 순간을 통해, 시선·생활·시가 "눈물이 흘러나올 여유조차 없는" 온전한 '휴식'에 도달하는 장면을 그려보인다.

오랜 疲困도 苦痛도 忍耐도 잊어버리고
새사람 아닌 새사람이 되어
아무도 모르고 너 혼자만이 아는
네가 쓴 記事 위에

14) "매일같이 마시는 술이며 모욕이며/ 보기싫은 나의 얼굴이며/ 다 잊어버리고" "구태여 낯익은 하늘을 보지 않고" "남의집 마당에 와서 마음을 쉬다"라는 독백으로 이루어진 시 「休息」도 '휴식'이 보는 행위를 쉬는 일이며, 아이러니하게도 "남의집 마당"에서 비로소 가능한, 주체의 통제를 벗어난 것임을 보여준다.

恍惚히 너를 찾아보는 아침이여
번개같이 가슴을 울리고 가는 묵은 생명과 새 희망의 無數한 衝突 衝
突……
누구의 힘보다 강하다고 믿어오던
無色의 生活者가 네가 아니던가
自由여
아니 休息이여
어려운 休息이여
부르기 힘드는 사람의 이름들
눈에는 보이지 않는 너무나 무거운
너의 짐
그리고 逸樂, 安易, 虛僞……
모두다 잊어버리고 나와서
太陽의 다음가는 自由
自由의 다음가는 揭示板
너무나 어려운 휴식이여
눈물이 흘러나올 餘裕조차 없는
揭示板과 너 사이에
오늘의 生活이 있을진대
(…중략…)
어려운 休息
참으로 어려운
얻기 어려운 休息
너의 긴 時間 속에 언제고 內包되어있는 休息.

—「記者의 情熱」(1956) 부분

'나'를 '너'로 타자화하여 바라보는 이 시는 과거와 현재의 삶의 대립
구조에 기반한다. 과거와 현재의 삶은 피곤과 휴식, 묵은 생명과 새 희
망, 무색의 생활과 황홀한 아침 등으로 선명히 대비된다. 전자는 시선조
작술의 삶에, 후자는 바로보기의 삶에 속한다. 이 시에서 바로보기는 바

로쓰기, 즉 정직하고 치열한 글쓰기에 의해 확보된다. ‘나’는 “네가 쓴 기사”를 통해 사회와 개인, 공적 언술과 개인적 언술의 행복한 일치를 목도한다. 바로보기의 본질은 김수영이 시선 조작의 삶 속에서 갈망하던 ‘휴식’이며 그 동의어인 ‘자유’이다. “자유여/ 아니 휴식이여/ 어려운 휴식이여”. 휴식=자유는 “너의 긴 時間 속에 언제고 內包되어있”기에 전적으로 ‘너’의 노력에 좌우된다. 김수영의 휴식=자유는 세 가지 혁신을 포함한다. 첫째, 시선조작술에서 바로보기로의 전격적인 도약. 둘째, “새사람 아닌 새사람이 되”는 존재의 전환. 셋째, “오랜 피곤”에 젖은 “무색의 생활”을 전복하는 생활의 혁신. 정리하면, “눈물이 흘러나올 여유조차 없는” “오늘의 생활이 있”어야 할 당위의 자리는 시선, 존재/주체, 생활의 질적 전환이 함께 성취되는 자리이다. 보는 주체로서 김수영의 진정한 휴식=자유는 시각의 중지라는 부정과 중단의 차원보다는, 바로보기의 실천과 혁신의 차원을 통해 획득된다. 사회와 개인, 생활과 시의 간극 속에서 “참으로 어려운/ 얻기 어려운” 휴식=자유는 현실을 직시하는 주체(의 특별한 상태)만이 누릴 수 있는 윤리적이며 존재적인 특권이다. 김수영은 현실로부터 학습한 시선의 기술의 부작용을 자각하고, 피로와 우울의 증상을 시선-존재/주체-생활 개선의 지표로 삼음으로써 현실 속의 휴식=자유에 도달한 것이다.

3. ‘시선의 기술’의 진화
–시각 이상의 시각 혹은 범(凡)감각을 품은 시선

1) 영감(靈感), 시각 이상의 시각을 지닌 시선

김수영은 “낡아빠진 생활”과 ‘보는 행위’에 따른 피로와 우울을 사랑과 혁명의 에너지로 변주하는 한편으로, 바로보기의 성취를 통해 휴식=

자유를 순간적으로나마 만끽한다. 그러나 생활의 피로와 우울은 계속 발생하며, 변주되고 승화될 수 있을지언정 근본적으로 해소될 수는 없다. 사랑과 혁명, 휴식=자유는 생활인 김수영이 항상 보유할 수 있는 것이 아니라, 예외적 순간에 일시적으로 향유할 수 있는 것이다. 이로 인한 내면의 균열은 현상 너머의 비가시적 대상과 마주할 때 돌출된다. 김수영에게 볼 수 없는 것을 보(고자 하)는 순간은 "너무나 멀리 잊어버려 天上의 무슨 등대같이 까마득히 사라져버린 귀중한 생활"에 대한 반성과 함께 노래한다. 생활의 부정성 및 부정적인 생활에 대한 자각과 반성이 통렬해질수록 궁극의 실재/본질에 대한 김수영의 갈망은 강렬해진다.

> 암만해도 잊어버리지 못할 것이 있어 다시 불을 켜고 앉았을 때는 이미 내
> 가 찾던 것은 없어졌을 때
>
> 반드시 찾으려고 불을 켠 것도 아니지만
> 없어지는 自體를 보기 위하여서만 불을 켠 것도 아닌데
> 잊어버려서 아까운지 아까웁지 않은지 헤아릴 사이도 없이 불은 켜지고
>
> 나는 잠시 아름다운 統覺과 調和와 永遠과 歸結을 찾지 않으려 한다
>
> 어둠 속에 본 것은 청춘이었는지 大地의 진동이었는지
> 나는 자꾸 땅만 만지고 싶었는데
> 땅과 몸이 一體가 되기를 원하며 그것만을 힘삼고 있었는데
>
> (…중략…)
>
> 생활이여 생활이여
> 잊어버린 생활이여
> 너무나 멀리 잊어버려 天上의 무슨 燈臺같이 까마득히 사라져버린 귀중한
> 생활들이여

말없는 생활들이여

마지막에는 *海底*의 풀떨기같이 혹은 책상에 붙은 민민한 판대기처럼 무감

각하게 될 생활이여

(…중략…)

나는 쉴사이없이 가야하는 몸이기에 구슬픈 육체여

— 「구슬픈 *肉體*」(1954) 부분

"암만해도 잊어버리지 못할 것" "내가 찾던 것" "어둠 속에 본 것"은 보잘것없는 생활의 반대편에 있는 삶의 궁극적인 지향성을 뜻한다. 부정과 부재의 형태로 진술되는, "아름다운 통각과 조화와 영원과 귀결", "천상의 무슨 등대같이 까마득히 사라져버린 귀중한 생활들", "청춘", "대지의 진동" 등이 그 구체적 목록들이다. 어둠 속에서만 아스라이 볼 수 있고 불을 켜면 사라져 버리는 미적이고 신성하며 생동하는 가치들은 '내'가 처한 현실의 "말없는 생활", "마지막에는 *海底*의 풀떨기같이 혹은 책상에 붙은 민민한 판대기처럼 무감각하게 될 생활"과 정확히 대척점에 있다. "내가 찾던 것"들은 지금 '나'의 목전에서 어둠과 불빛, 가시성과 비가시성, 존재와 부재의 미묘한 간극에서 명멸한다. 이 정체불명의 대상을 응시하는 '나'의 시선은 갈 곳 없는 무정향(無定向), 언어화할 수 없는 요령부득의 상태에 있다. "잊어버려서 아까운지 아까웁지 않은지 헤아릴 사이도 없"는, "반드시 찾으려"거나 "없어지는 자체를 보기 위하여서만"도 아닌, 주체는 약화되고 대상은 결핍된 이 궁핍한 응시[15]

---

15) '무언가의 지속적인 결락'은 '응시'의 본질이다. "시각을 통해 구성되고 표상의 형체들 속에 정돈되는 것과 같은, 사물에 대한 우리의 관계 속에서는 무언가가 층에서 층으로 미끄러지고 통과되고 전달되면서 결국 항상 어느 정도는 빠져나가 버리"는데 "이것이 바로 응시라 불리는 것"이다. 자크 라캉, 앞의 책, 116쪽.

는 응시 자체의 무력함과 불가능성을 절감하게 하면서 주체로 하여금 응시의 불가능성 자체를 응시하도록 촉구한다. "내가 찾던 것"은 비가시성 속의 가시성("어둠 속에 본")으로 현존하거나, 가시성 속의 비가시성("불을 켜고 앉았을 때는 이미" "없어졌을 때")으로 현존한다. 이를 자각하는 순간은 응시의 한계가 드러나는 순간이자, 주체가 보고자 하는 대상을 더 이상 시각에만 의지해 볼 수 없는 순간이다.[16) 김수영이 "어둠 속에 본", 현상의 균열 속에 찰나적으로 출현하는 삶의 궁극적 실재는 시선의 기술의 한계를 일깨우면서, 비가시적 영역을 응시하는 시각 이상의 시각을 촉구한다. 이는 근대적 이성–시각 중심의 주체가 한계 지점이자 새로운 전환의 국면에 도착했음을 의미하는데, 김수영은 이 균열을 통합하는 동시에 보존하는 이중의 방향성을 견지한다. 「사랑」은 이를 미학적으로 구현한 텍스트로, "어둠 속에서도 불빛 속에서도 변치 않는 사랑"의 통합과, 그 사랑을 가르쳐 준 "어둠에서 불빛으로 넘어가는/ 그 刹那에 꺼졌다 살아났다" 하는 "그만큼 불안하"고 "번개처럼 금이 간 너의 얼굴"의 균열의 동시적 공존을 형상화한다.

> 어둠 속에서도 불빛 속에서도 변치않는/ 사랑을 배웠다 너로해서
>
> 그러나 너의 얼굴은/ 어둠에서 불빛으로 넘어가는/ 그 刹那에 꺼졌다 살아났다/ 너의 얼굴은 그만큼 불안하다
>
> 번개처럼/ 번개처럼/ 금이 간 너의 얼굴은
>
> —「사랑」(1961) 전문

---

16) 시선이 쇠할 때 김수영이 고안한 "눈 가늘게 뜨기", "눈을 떴다 감는 기술"도 이런 상황에서는 소용이 없다. 김수영이 응시의 한계를 "자꾸 땅만 만지고 싶"고 "땅과 몸이 一體가 되기를 원하"는 촉각과 전(全) 감각의 열망으로 전환, 해소하고자 하는데, 김수영의 비극적 자기 인식 및 현실 인식이 '몸/육체'를 주어로 삼는 것은 그가 자신을 '보는 주체'에서 '전 감각을 활성화하는 몸의 주체'로 인식하는 사고의 전환을 보여준다. 이에 관해서는 3장 2)절에서 다룬다.

'사랑'은 불변의 가치이자, 어둠과 불빛 사이의 찰나에 명멸하면서 균열의 형태로 순간적으로 가시화되는 실재이다. 불변하는 사랑의 실재는 가시성 속의 비가시성, 비가시성 속의 가시성의 아이러니한 존재방식을 갖고 있다. 이런 맥락에서, '경계'와 '명멸', '균열'의 속성으로 형상화된 '너의 얼굴'은 '사랑'의 의인화로도 해석할 수 있다. 보는 주체가 '사랑'의 실체/실재를 목도하는 순간은 실상 시각 이상의 시각을 발휘하는 순간이다. 이는 존재가 자신의 존재 전체로 시각 자체가 되는 순간, 하이데거가 통찰한, "현존재가 현재를 앞서 또는 넘어 그 자신을 시간성들 속으로 투사하여 그 자신의 유한성을 파악함으로써 그 자신을 탈자적으로 초월하는 일별의 순간(Augenblick), 또는 시각의 순간(moment of vision)"17)에 비견될 수 있다. "딴 데에서 오"는 '바람'처럼, "예기치 않은 순간에 오"는 '구원'(「절망(絶望)」)처럼 김수영의 시세계에 이질적으로 등록된 시어 '영감(靈感)'18)과 '신(神)'은 이러한 일별의 순간, 시각의 순간에 출현한다.

    ① 한없이 풀어지는 피곤한 마음에도
      너는 결코 서둘지 말라
      (…중략…)

      災殃과 不幸과 格鬪와 靑春과 千萬人의 生活과
      그러한 모든것이 보이는 밤

---

17) 헤르만 라파포트는 하이데거가 『존재와 시간』에서 보여주는 '존재 이해'를 이와 같이 요약한다. 김수영의 시에서 시각 이상의 시각으로서 영감(靈感)이 발휘되는 장면들은 시적 주체가 자신의 존재의 한계를 인식하면서 그것을 초월하는 존재적 정점의 순간이라는 점에서 하이데거가 말하는 '시각의 순간'으로 설명될 수 있다. 헤르만 라파포트, 「시간의 재」, 마틴 제이 외, 『모더니티와 시각의 헤게모니』, 정성철 · 백문임 역, 시각과언어, 2004, 375쪽 참조.

18) 영(靈), 영혼, 사령(死靈) 등도 같은 계열에 속한다.

눈을 뜨지 않은 땅속의 벌레같이
아둔하고 가난한 마음은 서둘지 말라
節制여
나의 귀여운 아들이여
오오 나의 靈感이여

—「봄밤」(1957) 마지막 연

② 深淵은 나의 붓끝에서 퍼져가고
　나는 멀리 世界의 奴隷들을 바라본다
　塵芥와 糞尿를 꽃으로 마구 바꿀 수 있는 나날
　그러나 深淵보다도 더 무서운 自己喪失에 꽃을 피우는 것은 神이고

　나는 오늘도 누구에게든 얽매여 살아야 한다

—「꽃」(1957. 11) 부분

③ 堅固한 것을 좋아하는 사람들이
　팔을 고이고 앉아서 窓을 내다보는
　手煖爐는 文明의 廢物

　三月도 되기 전에
　그의 內部에서는 더운 물이 없어지고
　어둠이 들어앉는다

　나는 이 어둠을 神이라고 생각한다

　이 어두운 神은 밤에도 外出을 못하고 자기의 領土를 지킨다
　──唯一한 希望은 겨울을 기다리는 것이다

　(…중략…)

　그는 人類의 悲劇을 안다

> 그래서 그는 낮에도 밤에도
> 어둠을 지니고 있으면서
> 어둠과는 妥協하는 법이 없다
>
> ―「手煖爐」(1955) 부분

①에서 ‘나’는 “눈을 뜨지 않”고도 ‘영감(靈感)’에 의해 세계의 진정한 실상, “재앙과 불행과 격투와 청춘과 천만인의 생활과/ 그러한 모든 것이 보이는 밤”의 ‘시각의 순간’에 도달한다. 이 순간이 ‘나’의 부정적인 생활과 피곤의 정점에서, 어두운 ‘밤’에 도래한다는 사실은 중요하다. 시각 이상의 시각인 영감이 발현되기 좋은 시간은 ‘낮’보다는 ‘밤’이며, 존재 전체가 시각으로 화하여 자신을 초월하는 ‘시각의 순간’의 동력은 명징한 이성이 아닌 “한없이 풀어지는 피곤한 마음”이기 때문이다. 이 피곤은 아무것도 할 수 없는 탈진 상태가 아닌, 오히려 특별한 영감을 주는 ‘근본적인 피로’, 피로 속에서 특별한 시각이 깨어나는 ‘눈밝은 피로’[19]라고 할 수 있다. 이 시는 생활의 피로 속에 한계에 봉착한 김수영의 시선의 기술이, 응시 불가능한 대상을 응시하며 ‘시각 이상의 시각’으로 화하는 지점을 선명히 목도하게 한다. “오오 나의 영감이여”라는 감탄구는 실상 이 순간을 위한 것이라고 볼 수 있다.

②에서 ‘나’는 세계의 어두운 실상을 한눈에 “바라보”는 시각의 순간

---

19) 한병철은 피터 한트케의 논의에 기대어 피로를 ‘분열적인 피로’와 ‘근본적인 피로’로 구분한다. 분열적인 피로는 말 못하는, 보지 못하는, 분열시키는 피로이고, 세계가 없는, 세계를 없애버리는 고독한 피로이며, 탈진한 자아의 피로이다. 반면, 근본적인 피로는 말 잘하는, 보는, 화해시키는 피로이고, 세계를 신뢰하는 피로이며, 영감을 주고 시각을 깨어나게 하며 세계가 경이감을 되찾게 하고 흩어진 개인들을 모이게 하는 우리―피로이다. 김수영의 시에서 시선 강박에 따른 피로와 영감을 불러일으키는 피로는 각기 ‘분열적인 피로’와 ‘근본적인 피로’에 상응한다. 한병철, 앞의 책, 66~73쪽 참조.

에 있다. ‘나’는 “멀리 세계의 노예들을 바라보”면서, “심연보다도 더 무서운 자기상실”이 만연한 세계와 그 속에 편재하는 ‘신’을 응시한다. “심연보다도 더 무서운 자기상실에 꽃을 피우는 것은 신”이므로, “진개와 분뇨를 꽃으로 마구 바꿀 수 있는 나날”은 ‘신’에 의해 성취될 수 있다. ‘꽃’의 미학과 윤리를 내장한 ‘신’은 “분뇨와 진개”로 제유된 추악한 현실과 극적으로 대비된다. “오늘도 누구에게든 얽매여 살아야 하”는 생활인의 불행한 자의식에서 파생된 비유인 “세계의 노예들” 역시 ‘신’과 대립관계에 있다. ‘신’은 인간 존재의 본질을 훼손하는 근대세계의 어둠/심연으로부터 탈출하는 자유를 상징하며, 이러한 ‘신’에 대한 응시 역시 생활의 부정의식에서 촉발된다.

③에서 ‘나’는 어느 여름날 “문명의 폐물”인 ‘수난로’를 통해 “그의 내부”에 “들어앉”은 ‘어둠’을 응시하면서 근대문명의 실체를 일별하는 시각의 순간을 경험한다. ‘나’는 “이 어둠을 신이라고 생각한다”. 문명이 좋아하는 “견고한 것”, “창을 내다보는” 시각 편향성과 대립하는 ‘내부의 어둠’은 근대문명이 통제할 수 없는 잉여를 뜻한다. 김수영은 ‘어둠’과 ‘신’을 “어두운 신”으로 통칭하는데, ‘어두운 신’은 각자 내면에 해소할 수 없는 잉여를 품고 살아가는 “인류의 비극을 아”는 전지적 존재로 그려진다. 작동이 중지된 ‘여름철의 수난로’를 근대문명의 잉여이자 그 잉여를 관장하는 ‘어두운 신’으로 환치하는 김수영은, “휴식이 필요한 사람들이/ 여름이면 그의 곁에 와서/ 곧장 팔을 고이고 앉아있”는 일상의 정황에서 근대문명의 빈 구멍을 응시한다. 김수영이 시화한 ‘피로’가 근대적 생활 및 시선의 기율에 따른 피로이며, 그가 갈망하는 ‘휴식’이 ‘시각의 중지’인 이유를 다시금 확인할 수 있다. 작동이 중지된 여름철의 수난로는 ‘시각의 중지’의 한 메타포로서, 시각=이성중심의 근대문명의 부정적인 작동을 잠시 중지하는 ‘휴식’을 의미한다.

김수영의 시에서 ‘영감’은 비가시성 속의 가시성 혹은 가시성 속으로 비가시성으로 현존하는 응시 불가능한 대상을 응시하는 '시각 이상의 시각'으로서, 근대적 시선의 기술의 진화이자 극복의 형태로 볼 수 있다. 김수영은 영감에 의한 '시각의 순간'을 통해 '어둠'과 '신'으로 비유한 근대문명의 결핍/잉여이자 바깥을 응시한다. 이 순간은 김수영이 응시의 한계와 불가능성 자체를 응시하는 순간이자, '보는 주체'로서 자신의 한계를 직시하며 이탈하는 순간이기도 하다.

2) '광대(廣大)한 손'을 지닌 눈, 범(凡)감각을 품은 시선

응시 불가능한 대상을 응시하는 감각인 '영감'은 현상 너머의 실재에 대한 '바로보기'의 역할을 수행한다. 영감은 비가시적 영역을 관통하는 확장된 의미의 시각이며, 근대문명과 근대적 이성-시각 주체의 한계를 성찰하는 메타-시선의 기술이다. 영감이 부정적인 생활에 대한 반성과 근대적 시선의 기술의 피로 속에 발현되는 것은 시각의 갱신과 확장으로서 영감의 위상을 반증한다. 환언하면 영감은 시각의 상상력을 탑재한 실재의 감각, 혹은 실재를 감지하는 '상상의 시각'이다.

시 「여름뜰」에 형상화된 '여름뜰'은 "부자유한 생활"에 대한 반성이 비가시적 실재에 대한 바로보기로 비약하면서 상상의 시각인 영감이 상상의 촉각을 거느리게 되는 문제적 공간이다. 앞서 분석한 '여름철의 수난로'(「手煖爐」)가 근대세계의 결핍과 잉여를 현시하는 사물이라면, "나의 눈만이 혼자서 볼 수 있는 주름살"과 "굴곡이 있"는 '여름뜰'은 "모오든 언어가 시에로 통하"는, 근대세계의 균열이 '시'로 상징된 모종의 완전성을 향해 지양되는 공간이라고 할 수 있다. 이를 가능하게 하는 것은 '여름뜰'의 "광대한 손을 보"는 눈, 촉각을 비롯한 범(凡)감각을 내장한 눈이다. 눈앞의 세계를 "속지 않고 보"기 위해서는 현상과 실재를 두루 관통하는 눈, 시각 외의 다른 감각들과 연대하는 눈이 요구된다.

> 무엇때문에 不自由한 생활을 하고 있으며
> 무엇때문에 自由스러운 생활을 피하고 있느냐
> 여름뜰이여
> 나의 눈만이 혼자서 볼 수 있는 주름살이 있다 屈曲이 있다
> 모오든 言語가 詩에로 通할 때
> 나는 바로 一瞬間 전의 大膽性을 잊어버리고
> 젖먹는 아이와같이 이즈러진 얼굴로
> 여름뜰이여
> 너의 廣大한 손(手)을 본다
>
> (…중략…)
>
> 여름뜰을 흘겨보지 않을 것이다
> 여름뜰을 밟아서도 아니될 것이다
> 默然히 默然히
> 그러나 속지 않고 보고 있을 것이다
>
> ― 「여름뜰」(1956) 부분

"여름뜰"의 보이지 않는 "주름살"과 "광대한 손을 보"는 눈은 단순히 촉각을 시각화하는 눈이 아니라, 촉각의 직접성과 감응력을 내장한 눈이다. 하이데거는 '사유'를 '손의 사랑' 혹은 '손으로 빚어내는 개념'이라고 명명함으로써 '사유'의 본질이 육감성과 운동성에 있음을 강조한 바 있는데, 여름뜰의 "광대한 손"은 하이데거가 말하는 '생각하는 손', 다른 감각들을 활성화하는 범감각적인 손[20])의 면모를 보여준다. 여름

---

20) '손의 사랑' 혹은 "손으로 빚어내는 개념(manual concept)"으로서 하이데거의 '사
  유'를 정화열은 다음과 같이 해설한다. "손은 손의 육감성, 손의 사회성, 손의 말하

뜰에서 "합리와 비합리의 중간에 서서" 근대적 시선의 기술이 처리하지 못하는 잉여('주름살')와 현상 너머의 실재('광대한 손')를 "묵연히 묵연히" 보는 '나'의 눈은 응시하며 촉감하며 생각하는 눈, 다른 감각들과 권력적 위계가 아닌 평등한 연대를 이루고 있는 눈이다. 여름 뜰에서 김수영은 촉각을 위시한 범감각을 내장한 시선을 획득[21]하고, 시각 이상의 시각으로 현상과 실재 모두를 "속지 않고 보"는 바로보기를 행한다. 김수영이 현실과 현실 너머를 동시에 겨냥하는 바로보기로 생활과 시의 간극을 최소화하는 현장인 여름 뜰은 "부자유스러운 생활"에서 "자유스러운 생활"로 나아가는 통로로서, 김수영의 시선의 기술이 도달한 최대치의 시선의 풍경을 보여준다.

4. 결론

김수영의 시는 이성-시각중심주의를 정체성으로 한 근대적 주체의 시선의 기술이 '생활과 시의 일치'를 추구하는 가운데 갈등하고 갱신하며 진화하는 운동의 현장이다. '시선조작술'과 '바로보기'는 근대적 주

기, 손의 사유를 통하여 인간의 인성을 의미한다. (…중략…) '생각하는 손' 때문에 손의 작품은 형태를 갖춘 행동이 된다. 손은 단순한 몸의 '연장(extension)'이 아니라 편입된 몸이다. 손은 체험된 몸이다. 손은 조직화된 '모임체'다. 구체화된 행동으로서 손은 범감각적이다. 손은 청각, 시각, 말하기, 노래하기 등과 같은 다른 감각들의 일들을 활성화시킨다. 손은 감각들의 사회성을 구현한다." 정화열, 앞의 책, 255~256쪽 참조.

21) 인용문에는 나와 있지 않지만, 「여름뜰」에서 "비오듯 내리"는 '나'의 내면의 "억만의 소리"는 다른 감각을 배제해온 김수영의 시선의 기술이 청각과 연동해 증폭되는 순간을 생생하게 보여―들려준다. "시선이 일방향으로 초점을 한가운데로 모음으로써 고립되는 데 반해, 청각의 음향 효과는 중심에서 퍼져나가 그것을 사회화한다."는 관점에서 볼 때, 청각을 비롯한 다른 감각과 연동된 시선은 보다 풍부하고 고차원적인 것이 된다. 위의 책, 259~260쪽 참조.

체가 구사하는 양 극단의 시선의 기술로, 전자가 현실과 주체를 왜곡하고 기만함으로써 기존 질서를 공고화하는 근대의 지배전략인 반면, 후자는 현실과 주체를 직시하고 교정함으로써 새로운 질서를 창출하는 근대의 혁신전략에 속한다. 김수영은 전자에서 후자로 부단히 이행하고자 하는데, 두 시선의 기술은 그의 심신에 모두 '피로'와 '우울'로 각인된다. 시선조작술과 바로보기는 시선의 과잉과 부진으로 나타나는 양상이 다를 뿐, 양자 모두 부정적인 생활에 대한 윤리적 자의식을 수반한다. '피로'와 '우울' 속에 김수영이 열망한 '휴식'이 '시각의 중지'와 '바로보기의 전격적 성취'의 이중 양상을 띠는 것도 이런 맥락에서다. 김수영의 시에서 피로와 우울은 주체의 시선을 위축시키고 사랑을 추방하는 부정적 역할과, 시선의 기술을 혁신하고 사랑과 혁명의 토대가 되는 긍정적 역할을 함께 수행한다.

김수영은 두 가지 방향으로 시선의 기술을 혁신해나가는데 둘은 모두 메타-시선의 기술의 성격을 지닌다. 하나는 근대적 시선의 기술의 자기갱신이다. 시선조작술과 바로보기 사이의 긴장을 견디며 둘을 변증법적으로 지양하는 '눈 가늘게 뜨기' 및 "눈을 떴다 감는 기술"은 '사랑의 기술'과 '혁명의 기술'로 전화되어 현실의 개선과 근대세계의 혁신을 추동한다. 또 하나는 근대적 시선의 기술의 근본적인 형질 전환이다. 근대가 처리할 수 없는 잉여인, 응시 불가능한 대상과 응시의 불가능성 자체를 응시하는 '시각 이상의 시각'인 '영감', 다른 감각들과 동등한 위치에서 그 감각들을 활성화하고 육화하는 '범감각을 품은 시선'은 존재 전체가 하나의 눈이 되는 '시각의 순간'에 도달함으로써 현실 너머와 근대세계 바깥을 포착한다. 김수영의 시선의 기술은 시각과 시각 너머, 존재와 존재 너머, 현실과 현실 너머, 근대와 근대 너머를 향해 동시에 진화해간 것인데, 그 원천이 현실의 생활에서 강압적으로 학습한 시선의 기술에 따른 근대적 피로와 우울, 휴식의 열망이며, 그 행복한 성취

가 보는 주체가 자신과 현실의 균열을 직시하는 가운데 경험하는 순간
적인 사건이라는 점은 김수영의 시를 포함해 현대시가 직면한 아이러니
의 운명이라고 하겠다.

■ 참고문헌

김수이, 「김수영의 시에 나타난 우울증의 양상과 치유기제-현대성을 기원으로 하는 우
　　　울증의 세 차원을 중심으로」, 『한국시학연구』 제28호, 한국시학회, 2010.8.
김유중, 『김수영과 하이데거』, 민음사, 2007.
남진우, 『미적 근대성과 순간의 시학: 김수영·김종삼 시의 시간의식』, 소명출판, 2001.
맹정현, 『리비돌로지-라캉 정신분석의 쟁점들』, 문학과지성사, 2009.
여태천, 『김수영의 시와 언어』, 월인, 2005.
이광호, 『도시인의 탄생-한국문학과 도시의 모더니티』, 서강대 출판부, 2011.
조강석, 『비화해적 가상의 두 양태-김수영과 김춘수의 시학 연구』, 소명출판, 2011.
임철규, 『눈의 미학 눈의 역사』, 한길사, 2004.
정화열, 박현모 역, 『몸의 정치』, 민음사, 1999.
한병철, 김태환 역, 『피로사회』, 문학과지성사, 2012.
헤르만 라파포트, 「시간의 재」, 마틴 제이 외, 『모더니티와 시각의 헤게모니』, 정성철·
　　　백문임 역, 시각과언어, 2004.
자크 라캉, 자크-알랭 밀레 편, 『정신분석의 네 가지 근본 개념』, 맹정현·이수련 역, 새
　　　물결, 2008.

김수영, '반여성주의'에서 '반반의 미학'으로[*]

조 영 복

1. 문제 제기

김수영의 시 「죄와 벌」에 대한 인상은 강렬하다. '여편네'에 대한 가학성과 폭력성은 이상(李箱)의 반대편에서 독자를 당혹하게 하며, 그것이 소심함과 부끄러움에 대한 자의식과 중층화되어 있다는 점에서 아이러니를 느끼게 한다. 한편으로는, 김수영의 '여성관'을 요약적으로 제시해 주는 듯한 느낌을 주기도 한다. 실제로, 김수영의 여성관을 다룬 어떤 논문들은 이 '여편네'라는 여성 비하적 호칭에서 출발한다. 그의 아내나 거리의 여성, 주변의 여성들에 대한 태도를 통해 김수영의 '여성관'을 엿볼 수 있다거나, 이는 김수영의 가족주의적 시각을 분석함으로써 가능하다고

[*] 2001년 『여성문학연구』 제6호에 발표했던 논문을 재수록하면서 의미를 손상하지 않는 범위 내에서 문장과 용어를 수정했다. 이미 오래전 발표한 것이라 현재 본인 스스로도 확신할 수 없게 된 내용도 포함되어 있지만, 편집자의 판단을 존중하고자 원래 논문 그대로 싣기로 했다. 독자들의 양해를 구한다.

본 논문들[1]도 있다. 일상적 삶의 풍경을 제재로 삼았을 때 이것이 두드러지게 나타날 것이므로 김수영 시의 일상성에 관한 테마론적 접근법도 이 범주에 속한다고 할 수 있다.

이들 연구들의 공통점은 대체로 '반여성주의'라는 관점에서 김수영을 보고 있다는 점이다. 이들 연구들은 김수영의 신화가 한편으로는 남성적 영웅주의적 시각에서 만들어진 것이며 따라서 그 신화를 한꺼풀 벗길 필요가 있다는 관점을 가진 것이다. 이 같은 '페미니즘적 시각'은, 일면 허구적으로 구성돼온 '김수영의 신화'를 전복한다는 점에서 그 당위성이 인정된다. 하지만 그 신화의 전복이 김수영과 김수영 시의 핵심을 벗어난 차원에서 시도된다면 그것 또한 하나의 김수영 신화를 만드는 허구의 성채가 될 것임은 부정하기 어렵다. 아내나 여성, 가족을 언급한 시편들과 몇몇 산문을 통해서 김수영의 '반여성주의'의 핵심은 무엇인가를 고찰하고자 한다.

2. '여편네' —반여성주의의 출발?

「죄와 벌」「여자」「性」「여편네의 방에 와서」「금성라디오」「사랑」「미스터 리에게」「伏中」「반달」「적」「여수」「만주의 여자」 등은 이른바 '아내, 여성'을 소재로 한 시편들이다. 김수영의 시에서 '여성'은 대부분 부정적인 시각으로 그려져 있다는 것이 연구자들의 대체적인 판단이다. 이는 김수영의 여성관이 '반여성주의적'임을 반증한다는 것이다. 특히 그의 반여성주의적 입장은 '호칭' 및 '여성의 속물화'에서 분명하게 드러난다

1) 정효구, 「자유와 사랑의 어두운 저편」(『현대시사상』 1996, 가을, 고려원); 한명희, 「김수영의 시정신과 시방법론적 연구」(서울시립대 대학원, 2008); 김용희, 「김수영 시에 나타난 분열된 남성 의식」(한국시학회 제6회 학술발표대회 발표문, 2000.11. 11.); 문혜원, 「아내와 가족, 내 안의 적과의 싸움」(『작가연구』 제5호, 1998).

고 평가된다. 그의 여성에 대한 인식은 단적으로는 '여편네'로 통칭되는 이 '여성' 호칭에서 드러나며(「죄와 벌」), '여성'은 경박하고 이기적이며 동물적인 본능과 세속적인 욕망을 소유하고 있을 뿐 아니라 이를 거침없이 드러내는, 자의식이 없는 존재(「여자」)라는 것이 김수영의 여성관의 핵심이라는 것이다.

김수영의 여성관을 한마디로 표현하자면 '가부장적이며 남근주의적이다.' '여편네'라는 여성의 통칭은 김수영의 우월적인 남근중심주의자적 의식을 보여준 것이며, 이는 김수영 자신 혹은 남성들의 자유만을 소중하게 지키고자 하면서 여성의 자유에 대해서는 심각하게 생각하지 않았음을 의미한다는 것이다. 정효구의 글에서 흥미로운 점은, 현실과 생활이 제거된 자리에서 김수영이 여성에게 느끼는 감정은 연정과 그리움이지만, 그렇지 않은 자리에서는 욕정 혹은 정복욕이라는 것이다. 이 같은 '반여성주의'로서의 김수영을 보는 관점들은, 필자에게는 김수영의 '여성주의'를 고찰할 수 있는 논의의 출발점이 된다.

김수영에게 '현실과 생활'이란 곧 근대를 살아가는 삶의 문제이자 지식적인 삶을 실천하는 문제였다. 그 같은 '생활, 현실'의 문제가 중요한 시적 대상이 될 때 '비하된 여성'이 등장한다는 것은, 한편으로는 '여성'에 대한 언급이 근대적 삶의 형식에 대한 진술일 수 있음을 의미하는 것이며 다른 한편으로는 그것이 일종의 허영과 허위와 가식에 대한 자기 성찰의 텍스트적 맥락일 수 있다. 그의 반여성주의 진술은, 그의 텍스트가 일종의 '위악의 텍스트'이자 '에둘러 가기의 텍스트'임을 의미하는 것은 아닐까. 문제의 핵심을 바로 파고들기보다는 그 '문제'를 위악적으로 표면화함으로써 역설과 아이러니를 강렬하게 표출하는 텍스트로 기능하는 것은 아닌가. 김수영 시에서 이것을 놓치면 김수영 시의 독법은 자칫 그가 꾸려온 '위악의 장막'에 빠지는 계기가 되는 것은 아닌가.

　‘여성’을 대상으로 한 시편들은 한편으로는 연민과 동정으로 다른 하나는 위악과 공격의 어조적 특성을 보여준다. ‘생활에 얼이 빠진 여인’, ‘돈을 버는 거리의 여인들의 어색한 모습’(「미스터 리에게」 「거리 二」)을 ‘물질적 욕망에 가득차 있는 여인’이나 ‘돈을 벌기 위해 혈안이 된 여자’를 의미한다고 보는 것은 산문적 독해가 아닐까.[2] 「미스터 리에게」에서 ‘어색한 표정의 여인’을 향해 시인은 자신의 연민을 강하게 표출한다. 「금성라디오」 「만용에게」와 같은 시편들에서 아내의 억척스러움과 속물성은 거의 동물적인 본능에 가까운 것으로 그려지고 있고 그것을 관찰하는 시인의 어조 역시 공격적이다. 공격적일 뿐 아니라 아내를 사이에 두고 시인은 팽팽한 긴장과 경멸의 열도를 강력하게 분사한다. 그런데 공격적인 어조가 궁극적으로 어디를 향하는가 하는 문제에서 시는 하나의 휴지(休止)를 설정해둔다. 그것은 행간적이며 암묵적이다. 아내를 향한 비판과 경멸의 방향성이 향하는 곳은 바로 시인 자신인 것이다. 김수영 시의 어조가 매저키즘적이고 위악적인 성격을 띠고 있다는 것은 흥미롭다. 시 양식은 본질적으로 자기 고백의 절대담론의 성격을 지니고 있으며, 시적 주체의 진술은 시인의 내면 언어의 반복 재현이다. 타인에 대한 공격적인 언어조차 사실은 자기 내부에 갇혀서 맴도는 매저키즘적 담론에 불과하다. 아내에 대한 공격은 실상 무능력하고 위선적인 자기 자신에 대한 공격의 이면이다.

　지식인적 삶의 실천이라는 범주에 그의 삶의 방향성이 있었다는 점을 생각해보면, 그의 위악적 어조는 자기 삶의 부끄러움에 대한 자책이자 자기 위선에 대한 냉소적 반어이다. 최상의 공격이 최선의 방어인 것이다. 가장 지근거리에 있는 존재에 대한 거둘 수 없는 공격은 달랠 길 없는 자기 자신의 무능과 위선에 대한 최상의 심리적 방어인 것이다. ‘여

2) 한명희, 앞의 논문, 47쪽.

편네'라고 부르는 그의 호칭법은 지식인의 자괴감이거나 혹은 일상적
삶 속에 생활인으로서 자신이 던져졌을 때 느끼게 되는 자기 파멸적 충
동의 역설적 선택 아닐까. 어조 자체가 '아내(여성)'라는 타자를 향하기
보다는 자기 공격성의 형태를 띠고 나타난다는 점에서 우리는 보다 구
체적인 결론에 이를 수 있다. 현실과 생활이 제거된 자리에서 그의 위악
은 더 이상 필요치 않으며, 그리움이나 연정의 형식으로 그는 가족과 아
내를 불러보곤 했던 것이다.

따라서 역설과 아이러니의 형식을 띤 김수영의 시 텍스트의 표층을
지탱하는 밑동을 잘라 심층의 욕망을 탐색할 필요성이 제기된다. '여편
네=여성 비하'라는 등식은, 은유 형식의 기본원리, 즉 야콥슨이 말한 문
학 언어의 기본 속성에 적용해 보더라도 의문을 가질 수밖에 없다.

3. 서정적 말의 틈새에서 솟아나는 여성성

'여성주의' 관점에서 김수영의 시를 읽으면서 '여성성'에 대한 개념
을 다시 들여다보게 된다. 김수영의 '여성 인식'을 다룬 논문들에서 '여
성성'의 개념에 대한 다기한 혼란을 읽게 된다. '남성성'과 '여성성'을
생물학적 대립 개념으로 이해하거나 가치론적인 방향성을 갖는 것처럼
인지하는 경향도 있다. 이 방향성은 기존의 관습대로 남성성이 '남성다
움'이나 '남성적인 경향'으로, '여성성'이 '여자다움'이나 '여성적인 성
향'의 의미를 갖도록 유도한다. '남성성'이 '생물학적 성의 차이에 의해
서 결정되는 것이 아니며 구체적인 사회문화적 속성 속에서 이해되어야
하는 것'[3]이라는 지적에도 불구하고 그것은 시종 생물학적인 성의 차이
에 의해서 이해되고 있다는 느낌을 지울 수 없다. '남성성'의 학문적, 인

---

3) 김용희, 앞의 논문, 1쪽.

지학적 용어는 생물학적 성(sex)의 개념이기보다는 사회학적 성(gender)의 의미가 강하다.

그 '남자다움'의 사회문화적 맥락이 우리 사회에 여전히 존재하기는 하지만 '남성성'을 '남자다움'으로 이해하는 것은, 상식적인 수준에서 벗어나지 못한다. 그의 시나 산문에 나타난 '힘'에 대한 강조가 그의 '남성다움'의 열망과 관계된다든가, 김수영의 남성성은 '시간, 운명, 몽매, 역사, 긍지'와 같은 개념어인 한자어를 빈번하게 사용하는 데서도 나타난다든지, 제트기, 레이판기와 같은 군대 용어를 사용하는 데서도 그의 남성성은 표출된다든지 등의 논의도 이 같은 '상식적 이해'의 범주에 속해 있는 듯하다. 군대에서 쓰는 용어가 왜 남성성의 단어인지 의문을 해소하기 어려운 것이다. 남성성의 단어와 여성성의 단어가 따로 존재하는지에 대한 의문은 접어두고라도, 개념어로서의 한자어를 남성성의 단어라고 보는 것 또한 비약이다. 우뇌와 좌뇌의 구분, 서정성(감정) 취향과 이성(논리)적 취향의 구분 등으로 여성과 남성의 차이를 부각시키는 논의는 일단 접어두자. 한 인간의 능력이나 자질은 전적으로 생물학적인 남성성과 여성성에 의존하지 않는다. 크리스테바의 유명한 논지, 한 인간의 내부에는 여성과 남성이 동시에 살고 있다는 것을 기억하도록 하자.

김수영의 언어 감각이나 한자어 취향은 그의 세대의 언어 훈련 및 한국어 습득과 깊은 관계가 있다. 그것은 김수영에게 어떤 영향을 미쳤는지는 이미 그가 밝혀놓은 글[4]이 있고, 이에 대해서 그 구체적인 실상을 논의한 연구[5]도 있느니 만큼 여기서의 재론은 불필요할 듯하다. 단, 김수

---

4) 김수영, 「가장 아름다운 우리말 열 개」, 『김수영 전집 2』, 민음사, 1982.
5) 김상환, 「전용, 혼용, 변용」, 『세계의 문학』 1994. 가을, 민음사; 졸고, 「동경, 수사, 그리고 에세이」, 『오늘의 문예비평』 1997. 겨울, 산지니; 졸고, 「김수영 시의 죽음 의식과 현대성」, 『한국현대시와 언어의 풍경』, 태학사, 1999 등 참조.

영의 남성성을 논의하는 근거가 김수영 시에서 보이는 단어들이 '문명과 도구를 특징으로 하는 근대성 속의 남성성에 대한 관념의 형성과 밀접한 관계가 있다'는 것에서 찾아진다는 점은 논의의 편의를 위해서 기억할 만하다. 이 근대성의 삶 속에서 김수영의 남성성은 균열되고 틈이 벌어져 현실과 갈등하게 된다는 것이 핵심인 것처럼 보이기 때문이다.

김수영의 시는 '남성성의 강박적 이상 추구'와 그에 좌절한 자의 자기 균열의 텍스트가 아니라 자기 안의 여성성과 남성성의 대립 혹은 자기 안의 여성성과 자기 바깥의 남성적 세계 사이의 대립을 보여주는 텍스트라고 말하는 편이 낫다. 다른 말로 하면, 자기 내부의 양성적 성격의 충돌과정에서 갈등하는 텍스트이며, 여성적 자아가 세계의 남성성에 저항하면서 그 세계를 전복하고자 하는 텍스트이다. 따라서 그가 아무리 여편네, 마누라 등으로 자기 아내 혹은 이 세상의 모든 아내(여성)에 대한 극한 경멸과 모욕을 퍼붓는다 해도 그것은 자신 내부의 화자의 목소리에 편향된다. 그것은 힘과 속도로 가시화되는, 근대의 남성성에 대한 통렬한 비판의 맥락을 가진다. 우리가 지금까지 김수영 시의 솔직성, 부끄러움, 소시민의식 비판이라는 맥락은 이 통렬한 남성성의 비판과 부끄러운 자기 안의 여성성의 고백에 다름 아닌 것이다.

따라서 여성성, 남성성의 개념과 요소들은 생물학적 남성·여성의 개념이 아니며, 사회문화를 비롯한 인식과 관습의 차원에서 형성된 가치의 개념들(우월한 남성성과 열등한 여성성)로서도 아닌, 권력적 다수성(majority)과 소수성(minority)의 개념으로 이해해야 할 것들이다.[6] 이 관점에서 비로소 김수영의 엄격하고 신랄한 자기 비판과 자기 속물성에 대한 자기 고백적 담론이 이해될 것이며, 일상적 자아·세속적 자아에

---

6) G. Deleuze, Felix, Guattari, *A Thousand Plateaus*, Univ. of Minnesota Press, 1987, pp. 272~282.

대한 자기 경멸에 동의할 수 있게 되는 것이다. 그리고 왜 김수영이 그토록 끊임없이 새로운 시적 방법론에 매달리고 '자유'의 문제에 예민한 촉수를 들이대고 있었는지를 이해할 수 있게 될 것이다. '탈식민주의적 텍스트'라는 관점에서 그의 시의 제3세계 관점들을 해석해온 논의도 이 '권력적 개념의 여성성 남성성'을 통해서 보다 명료해질 수 있을 것이다.[7] '제3세계적 관점'은 바로 '권력적 소수성'의 개념 속에서 이해될 성격의 것이다.

'권력적 소수성'의 의미에서 여성성과 남성성을 이해할 때 김수영의 시편들은 '반남성주의' 텍스트이다. 자기 비하와 풍자를 통해 권력적인 세계와 힘에 대한 전복을 시도하고 있다는 점에서 그러하다. 김수영의 여성 비하의 텍스트들은 많은 경우 요설조의 것들인데, 그것은 시적 언어 바깥의 대화를 철저하게 단절시키면서 자기 풍자와 내면 고백으로 가라앉아버린다. 그것이 한편으로는 김수영의 부끄러움과 소시민의식의 원형이 된다. 다른 한편으로는, 사회역사적으로 규정받는 언어 현실과의 대화를 단절시키고 객관적 제시를 불가하게 함으로써[8] '난해의 장막'을 만들어낸다. 특히 후자는 그의 시가 비약과 반복의 구조 속에서 시가 난해성을 띠게 하는 결정적인 요인으로 작용한다. '죽음'을 다룬 많은 시들이 이 구조를 보인다.[9] 전자의 경우, 여성과 아내에 대한 조롱과 경멸은 자기 내면의 부끄러움의 다른 이름이며, 이는 결국 자신의 내부를 향한 자기 언어의 양상을 보인다. 어조가 자기 풍자성을 벗어날 때 그의 목소리는 차분하고 안정적이며 부드러운 여성적 목소리를 띤다. 그의 시에서 '여성을 비하하는 듯하지만 사실은 자기 이야기를 하고 싶

7) 김승희, 「탈식민주의적 고찰」, 한국근대문학회 제2회 학술대회 발표문, 2000.6.10.
8) M. 바흐친, 『장편소설과 민중언어』, 전승희 외 역, 창작과비평사, 1988, 94~95쪽.
9) 졸고, 「김수영 시의 죽음 의식과 현대성」 및 「김수영 시의 난해성과 구조」, 『한국 현대시와 언어의 풍경』, 태학사, 1999 참조.

어하는 것'이라는 지적들은 자기 풍자와 고백의 담론들을 소박하게 의미 규정한 것이다. 이 고백과 자기 풍자의 미미하지만 서정적인 말의 틈새에서 김수영 시의 여성성이 열린다.

4. 역설 혹은 반어, 반반의 미학

위에서 제기한 논의들을 구체화하기 위해서 김수영의 흥미로운 산문한 구절을 기억하고자 한다.

> 여편네를 욕하는 것은 좋으나, 여편네를 욕함으로써 자기만 잘난 체하고 생색을 내려는 것은 치기다. 시에서 욕을 하는 것이 정말 욕이 되는 것은 아니지만, 하여간 문학의 악의 언턱거리로 여편네를 이용한다는 것은 좀 졸렬한 것 같은 감이 없지 않다.[10]

김수영은 이 문장에 이어 자신을 속물 혹은 역설의 속물이라고 규정한다. 집에 들어앉아 있는 시간이 많고 자연히 신변잡사에 취재한 것이 많은 시기에 쓴 시들에서 이 속물근성이 자연스럽게 배어나온다는 것이다. 김수영의 '속물근성'이란 생활과 현실에 접근해 있을 때 그에게 자연스럽게 배어나왔다는 것인데, '여성 비하'가 대부분 가족과 일상적인 삶이 제재가 되었을 때 두드러진다는 점을 확인하게 된다. 그러니까 '여성 비하'와 '자기 속물성 비판'은 같은 의미계열체의 시어인 것이다. 또한 이들 시들이 역설의 형식으로 진술되고 있다는 점은 '여성 비하'와 '자기 속물성 비판'의 내적인 맥락을 숙고할 것을 요구한다. 표층적인 의미를 파악하는 데 집중해서는 이 '여성 비하'의 심층적인 맥락들을 제대로 짚어낼 수 없다는 것이다.

---

10) 『김수영 전집 2』, 앞의 책, 293쪽.

그의 '역설'은 '반반'의 미학이다. 무슨 말인가. 「잔인의 초」에서 보여준 생명과 생명의 대치나 「만용에게」에서 보여주는 '너와 나'의 '1대 1 대결의식'은 이 반반의 미학을 의미한다.[11] 여기서 '반반'은 남성과 여성, 나와 아내, 정직과 부정직, 고결함과 속물성의 대립이며 이들은 서로 등가적으로 맞서 있다. 그의 시는 이 반 대항들의 길항과 긴장에 의해서 유지된다. '여편네'를 욕하는 것은, 그의 표현대로 하면, 한갓 언턱거리, 핑계, 술책에 불과하다. '여편네'는 '문학의 악'의 '언턱거리'이다. 즉 '여편네'의 매도와 희화화는 문학의 술책에 불과하다. 그것도 치기어린 술책에 불과하다. 불가능을 추구하는 고독의 영토에서 정직의 한계에 다가가기 위해 치열하게 시도된 방법론일 따름이다.[12] 시에서는 '욕을 하는 것'이 '정말' 욕을 하는 것은 아니기에 더더욱 그러하다. '여편네 욕하기'와 '자기 잘난 체하기'는 실상은 반반의 대립과 긴장에 의해 유지되는 김수영 시학의 방법론적 요체를 증명할 뿐이다. 그의 시는 이 긴장과 대립에 의해서 생명을 얻고 지속된다. 아내와 나의 대립은 나의 고결함이나 아내의 속물성을 대립시키기 위해서가 아니다. 그것은 김수영 자신의 정신의 긴장과 비판의식을 지속시키는 일종의 리듬이며 반복의 리토르넬로이다. 그러니까 산문적 담론으로 해석할 성격의 진술이 아니며, 사전적 의미에 매달리면서 의미의 반 대항들의 기원을 찾아나설 필요도 없는 것이다. '너와 나의 반반'은 이 같은 일상이 소재가 된 시들에서 그의 정신의 긴장과 자의식을 지탱하고 있는 중요한 원칙이며, 그의 인식론적 출발점이다. 이것이 '반반의 미학'의 기원이다. 이 대립과 긴장의 방법론을 얼마나 의기양양하게 드러내었는가는 그의 자작시 노트가 말해주고 있다.

---

11) 김수영, 「신작 노우트 5」, 위의 책, 297쪽.
12) 황동규, 「정직의 공간」, 김수영 외, 『김수영 전집 3』, 민음사, 1983, 123쪽.

「잔인의 초」를 다룬 시작 노트에서 그는 이 '반반'이 '생명과 생명의
대치'를 취급한 데 있다는 투로 말하고 있다. '너와 나', '생명과 생명의
대립'은 이 시의 12행 '에미없는 놈–생명'에서 밀도 있게 시도되고 있다
는 것이다.

이 시의 탄탄한 긴장과 밀도가 '나와 에미없는 놈'의 단단한 대치에
의해 유지되고 있다는 것은 이 '대치'의 중요성이 간단히 부정될 수 없
는 성질의 것임을 보여준다. 이를 그는 자신의 본질이자 시의 본질로 보
인다고 쓰고 있다. 그가 이 계열의 작품이라 명시하고 있는 「만용에게」
는 이 반반의 의미가 무엇인가 하는 암시를 던져준다. 「만용에게」는 바
로 이 '반반의 미학'이 견고하게 구축되어 있는 시인 것이다. 「만용에
게」는 닭 모이값 계산을 두고 아내와 한판 대결을 벌이는 시편이다. 주
기적인 수입 소동이 날 때도 그는 아내의 독살에 결단코 지지 않는다는
투로 이렇게 쓴다.

> 무능한 내가 지지 않는 것은 이때만이다
> 너의 毒氣가 예에 없이 걸레쪽같이 보이고
> 너와 내가 半半—
> 「어디 마음대로 화를 부려보려무나!」
>
> —「만용에게」 부분

이 시에서 두드러지게 나타나는 '아내의 속물성'은 시의 방법론을 위
해 필요한 '희생적 제의'가 아니었을까. 시적 긴장과 시인 자신의 정신
의 견고함을 지속시키기 위해서 그의 시는 반반의 대립이 필요했던 것
이다. 무능한 시인인 '나'가 손익 계산에 유능한 '너'에 대항해 결단코
너에게 패배하지 않는 것은 이 긴장의 순간에서만이었던 것이다. 정신
의 강고함은 미학의 완미함과 밀접하게 연관되어 있는 것, 이것이 김수
영 시의 핵심이다. 그의 시에서 비판의식, 참여의식을 논할 수 있는 것

은 바로 이 반반의 미학에 기댐으로써 가능한 것은 아닌가. 역설과 아이러니는 이 '반반의' 긴장의 미학에서 그 효력이 발생했던 것은 아닌가. 이것이 여성 비하의 실제 내용이 아닌가. 그의 시가 누리는 '긴장'의 지속은 사실은 반반의 힘의 균형이 시의 구조적 완미함을 이루면서 조화를 이루고 있을 때 극화된다. 아내가 가진 반의 속물성은 자신이 가진 비속물성의 동일적 타자이다. 그의 시가 '자기만 잘난 체'하려고 하는 욕망이나 자기 생색을 내는 그런 유아스런 치기, 그리고 그 치기를 넘어서는 것은, 이 반반의 효과가 주는 긴장과 역설의 미학 한가운데에서이다. '아내'는, '문학의 악'의 '언턱거리'를 넘어 시의 심층적 주제를 이끌면서 긴장과 역설의 미학적 차원을 동시에 포괄하는, 방법론적인 대상이자 시학의 원천인 것이다.

이제 김수영이 말하는 '악'의 출처를 알아보자. 그가 읽었다는 바타이유[13]의 『문학의 악』을 뒤집어 보면 그 출처가 보이지 않을까. 그는 한 산문에서 그의 시의 요체는 그가 번역했던 글을 보면 된다고 했거니와, 그의 '악'은 그가 읽은 바타이유의 『문학의 악』의 한 구절을 비춰봄으로써 그 실체가 드러날 수도 있을 것이다. 김수영은, 보들레르는 릴케의 안티테제라고 쓴다. 보들레르는 자신의 육체성을 완전히 벗어버리지 못하는 유한적 인간으로서의 자신을 대상으로 하기 때문이라는 것이다. 이를 좀 더 구체화해보자. 릴케는 육체를 넘어선 인간의 유형으로 천사를 제시한다. 천사는 자체 내에서 쉬고 있는 자족적인 존재의 대변자로서 인간의 궁핍을 두드러지게 해주는 존재이다. 천사는 그래서 인간의 접근을 거부하는 척도이자 인간이 경탄할 수밖에 없는 완벽한 모범으로 묘사된다. 그러기에 천사는 육체를 가지지 않은 '망각적 존재'가 되는 것이다. 반면, 보들레르의 인간은 비망각적 존재로서의 인

13) 『김수영 전집 2』, 앞의 책, 294쪽.

간이다.[14] 그는 자신의 육체성을 완전히 벗지 못한 채 악의 문제에 정면
으로 대면해 있다. 보들레르의 육체는 악의 그것을 상징한다. 악은 선을
지키고 명확히 하기 위해 존재한다. 인간은 악에 접근함으로써 선에 밀
착되는 것이다. 여기에 악과 인간 존재의 역설이 존재한다.

바타이유는 그의 책에서 보들레르적인 악마성을 '순간적인 역설'[15]
속에서 찾는다. 그는 사르트르가 보들레르론(『시인의 운명과 선택』)[16]에
서 말한 '자유의 현기증 나는 역설'에 대해 다음과 같이 해석하고 있다.

> 자유가 현기증 나는 것이기 위하여는 무한한 오류의 길을 선택해야 한다.
> 그렇게 해서 자유는 선에 빠져 있는 이 세계에서 독자적인 것이다.[17]

반대로, 악에 자신을 던져 넣기 위해서는 선에 밀착되어 선을 유지하
고 강화시켜야 한다. 이것은 김수영에게 하나의 방법론으로도 이해된
다. 김수영이 말하는 '육체성'은, 한편으로는, 그의 시에서 구체적인 형
상을 가지고 있는 존재를 의미하는 듯하며, 다른 한편으로는, 의미의 직
접성을 말하는 듯하다. 김수영은 자신의 시가 드러난 진술 그대로 읽히
는 것을 거부했다. 그의 시에는 '읽기의 방법론'이 심층적으로 숨어 있
었던 것이다. 그이 시가 왜 난해한가를 관통할 수 있는 대목이다. 이것
을 김수영은 역설 혹은 반어라 말하고 있다. 김수영의 '여성'에 대한 인
식도 이 층위에 있었던 것으로 생각된다.

그의 '역설' 혹은 '반어'는 그가 시 「미인」을 해설하면서 밝힌 한 구
절에 잘 투영되어 있다. 릴케의 유명한 「오르페우스에게 바치는 송가」

---

14) 「臥禪」, 위의 책, pp.104~105.
15) G. 바타이유, 『문학과 악』, 최윤정 역, 문학과지성사, 1995, 66쪽.
16) 사르트르, 『시인의 운명과 선택』, 박익재 역, 문학과지성사, 1985.
17) 바타이유, 앞의 책, 39쪽.

의 제3장의 '다른 입김'을 인용하는 과정에서 그는 이 '역설'의 의미를
명백하게 보여주었다. 김윤식은, 이 대목이 김수영 신화의 핵심임을 간
파한다.[18] 그 '다른 입김'이란, 사상과 감정이 타인의 영혼 속에서 무르
익게 되는 경지를 의미한다. 참여시의 가능성은 자유의 주장에서가 아
닌 자유의 이행에서 오는 것임을 자조적으로 드러내었다는 것이다. 김
윤식은 이 맥락에서 김수영의 독서 체험을 문제 삼았지만, 중요한 것은
김수영 자신이 강조한 이 '역설'과 '반어'의 층위이다. 김수영은 분명
여기에서 역설과 반어가 가지는 '자유'의 미묘한 긴장 상태를 문제 삼
고자 했고 그것을 그는 '반반의 미학'으로 이름 지었던 것이다. 하나는
다른 하나(반 대항)의 대립 개념이지만 그것은 반어의 기능을 위한 대립
이지 가치론적 개념(열등과 우등)의 대립이 아니다. 하나는 다른 하나의
위나 아래에 존재하지 않고 측면에 존재한다. 가치론적으로는 중립 개
념이다. 하나는 다른 하나를 강조하고 빛나게 하기 위해 존재하는 기능
적인 차원의 대립이다. 이 지구상의 대립되는 것들은 서로 맞서서 서로
에게 빛을 던져준다. 그것은 가장 아름다운 풍경이 된다. 남자와 여자,
낮과 밤, 어둠과 빛, 무거움과 가벼움 같은 것들이다. 보들레르와 니체
를 거쳐 이상, 밀란 쿤데라에 이르는 길이 여기에 있다.

　김수영의 시 「미인」에서, '아니렷다'는 Y여사가 천사같이 아름답다는
반어이며, 자신의 배부른 시는 축사 옆의 날카롭게 닮은 부삽날의 반어
이며, 담배연기는 신적인 미풍을 의미하는 반어이다. 즉 그에게 '악'은
'자유의 현기증 나는 경지'를 가능하게 하기 위해 빠져들 수밖에 없는
무한한 오류의 길 위에 세워져 있는 세계이다. 악은 반어이며 역설이다.
'여편네'는 마누라의 속물근성을 지칭하기 위해 사용된 호칭이라기보
다는 시인 자신의 속물근성을 회피하고 정신의 긴장 상태를 지속시키는

---

18) 김수영, 「변증법의 표정」, 『김수영 전집 3』, 앞의 책, 297쪽.

방법론적 시어이자 미학의 원천이다. 그것은 악 그 자체이기보다는 오히려 선의 현기증 나는 역설이다. 대립의 빛나는 한 순간을 위해 순간적이며 찰나적인 시간성을 견딘다. 악은 선과 대립함으로써 그 순간성을 지속시킨다. 찰나성은 지속으로 그 영원성을 보장받는다. 따라서 '악'을 말 그대로의 '악'으로 읽게 되면 김수영 시는 생명력을 잃는다. 시독법의 치기를 벗어날 수 없다. 시적 진술은 산문적 진술과는 차이가 있으며, 직접적 자기 언술 행위와는 그 층위가 다르다.

5. 매저키즘의 정치학과 위축된 남성의 거울

그가 포로수용소에서 돌아와 성북동에 정착하고 쓴 한 편의 시를 읽어보자.

> 누구 한 사람의 입김이 아니라
> 모든 家族의 입김이 합치어진 것
> 그것은 저 넓은 門窓戶의 수많은
> 틈 사이로 흘러들어오는 겨울바람보다는 나의 눈을 밝게 한다
>
> 조용하고 늠름한 불빛 아래
> 가족들이 저마다 떠드는 소리도
> 귀에 거슬리지 않는 것은
> 내가 그들에게 全靈을 맡긴 탓인가
> (…중략…)
>
> 제 각각 자기 생각에 빠져있으면서
> 그래도 조금이나 부자연한 곳이 없는
> 이 家族의 調和와 統一을

나는 무엇이라고 불러야 할 것이냐

차라리 위대한 것을 바라지 말았으면
矛盾한 가족들이 모여서
罪없는 말을 주고 받는
좁아도 좁고 넓어도 좋은 房안에서
나의 偉大의 所在를 생각하고 더듬어보고 짚어보지 않았으면

거칠기 짝이 없는 우리집안의
한없이 순하고 아늑한 물결 -
이것이 사랑이냐
낡아도 좋은 것은 사랑뿐이냐

―「나의 가족」 부분

　‘서책’은 당대 많은 시인들의 사변의 저장고였다. 그 서책이 장엄하게 자신들의 머리 위에서 빛날 때 그들은 그에 빗대어 시의 현대성을 논할 수 있었고 이는 50년대 초기시들에서 보이는 ‘사변성’의 바탕이 되었다. 박인환이 그랬고 김수영이 그랬고 박태진이 그랬다. 그런데 위의 시에서 시인의 사변은 가족들이 묻혀온 세속의 먼지와 장구한 세월의 때에 파묻혀 한 순간 사라진다. 서책의 장엄함과 인류역사의 위대성은 일상의 확실성에 비해 얼마나 추상적이며 덧없고 속절없는 것인가. 이 순간의 진리를 깨닫는 순간, 오래되고 낡아 고색창연한 바로 그 일상의 단면들이 억세고 아름다운 세월의 지층 속에서 아름답게 빛나는 경지를 시인은 볼 수 있었다. 그 거침과 부조화와 번잡, 낡은 일상의 색깔을 그는 ‘사랑’이라고 불렀다. 파도처럼 옆으로 기면서 이루어놓은 세대의 지층을 그는 고색창연한 색깔로 읽었다. 이 시는 그가 피난지에서 돌아와 쓴(1954) 시편이니만큼 오랜만에 맛보는 가정의 평화와 일상의 안락함에 대한 안도와 휴식이 게재되어 있다. 그래서 위 시에서 그의 가족

주의는 따뜻하고 부드럽게 전개된다. 이것은 그의 후기시편인 「美人」에서 읊은 반어론의 핵심과 상통한다. '노래는 욕망이 아니며 손에 넣을 수 있는 사물에 대한 걸식이 아니다'는 것, 그것은 다름 아니라 '우리들의 신변에서 마법처럼 우리 입술을 감싸고 도는 신적인 입김'과 같은 것이라는 그 내용 말이다. 「나의 가족」은, 후일, 다른 사람의 입김과 훈풍이 인감임을 인식하게 하고 인간을 존재하게 한다는 릴케론의 핵심적 구절과 연결될 수 있는 통로를 마련한다. 이 가족주의와 어조의 자기 안정성은 아마도 전생을 겪는 와중에서 자기 내부의 절대적인 목소리와 한 순간 마주쳤기 때문에 가능했을 것이다. 그의 가족주의는 가정에 안주하고 그것에 의미를 두는 그런 것이 아니라 높은 이상과 정신적 지향이 좌초당한 뒤에 오는 운명애적인 느낌을 주는 그런 가족주의이다.[19]

'이 온화하면서도 운명애적인 가족주의가 그 이후의 그의 삶을 지배할 수 있었던가'를 질문하자마자 우리는 금세 그것을 부정하게 된다. 이후, 현실과 생활을 직접적으로 언급한 시편들에서는 운명애적인 요소조차 사라지고 이 '신성가족'은 붕괴된다.[20] 김수영의 '가족'은 이 물질적 궁핍과 일상적 삶의 생존 경쟁으로부터 분리되면서 현실에서 끝없이 표류한다. 그것이 가족과 아내에 대한 공격성과 적의를 부풀린다. 이것이 평자들로 하여금 그를 '남근주의자'로 이해하게 한 근거가 된다. 그의 가족주의에 대한 신랄한 비판은 자본주의가 그에게 던져준 외상의 이면이며 남근주의자의 역설이다. 소시민적 욕망에 대한 자의식의 이면이며 경제적 무능함에 대한 자기 공격의 역설이 된다.

김수영의 반어적 가족주의, 반어적 여성관을 달리 이해하기 위해서는 우리는 저 오래된 프로이트의 오이디푸스 삼각형의 모델을 가져와야 한

---

19) 김화영, 「교양주의의 붕괴와 언어의 범속화」, 위의 책, 269쪽.
20) G. 들뢰즈 외, 『앙띠 외디푸스』, 최명관 역, 민음사, 1997, 108~118쪽.

다. 이 신성가족 삼각형의 모델이 붕괴되는 장면은 김수영의 매저키즘 자의식과 관련을 맺고 있는 듯 보인다. 그에게 매저키즘적 자의식은 이중적인데, 한편으로는 사회구조적인 차원에서 다른 한편으로는 남성성의 전도된 욕망 때문이다. 생활과 현실에 굴복한 그의 경제적 무기력과 무능력에서 기인한 것이다. 김수영의 시편을 두고 '근대적 삶 속에서 균열된 남성성'을 보여준다고 언급한 논의들을 조금 확장해보자. 이른바 '가족의 오이디푸스 삼각형'의 모델은 금제와 억압을 통해 사회를 안정시키는 하나의 상징체계로서 이것을 우리는 '신성가족의 모델'이라고 부른다. 이 '신성가족 모델'은 그 사회의 억압과 금제가 한 사회를 어떻게 지탱시켜 나가는가를 보여주기에 적합하다. '아버지와 어머니와 나'로 설정된 삼각형체계가 억압과 금제의 기본 꼭짓점들이다. 그러나 김수영에게서 이 삼각형의 체계는 여지없이 무너진다. 김수영의 자의식의 밑단을 은밀히 파고 들어가 보자. 가족의 번잡과 소란스러움에 대한 선병질적인 반감으로 그는 이 신성가족을 무너뜨린다. '여편네'라는 호칭으로 아내를 비하하는 장면에서 이 모델은 희화화된다. 김수영에게 가족은 자신의 생활인으로서의 임무를 강제하고, 속인으로서의 삶을 살게 하며, 자질구레한 일상의 업무로부터 한시도 놓여나지 못하게 하는 구속적인 존재이다. 그가 가족의 억압으로부터 얼마나 벗어나고자 했던가는 많은 산문과 일화들이 보여주고 있다. 그러나 그가 아내를 조롱하고 무시하며 속되다고 논급하는 그의 욕망의 이면은 그 자신의 내면적 속물성에 대한 부끄러움과 결단코 분리될 수 없다. 여성에 대한 폄하와 비난과 조롱은 실상은 그 자신의 속됨에 대한 자의식과 부끄러움의 이면이다. 앞에서도 지적했듯, 그의 시의 특징으로 지적되는, 두 개념의 대립을 통해 정서적 긴장을 유지하는 시적 방법론은 소시민의식에 대한 부끄러움과 근본적으로 동일한 것이다.

김수영 시의 밀도와 진정성은 그 욕망의 깊고 강렬하면서도 자기 파괴적인 속성에 기인한다. 김수영의 내면적인 부끄러움은 매저키즘적 욕망에서 뿜어져 나온 것이다. 매저키즘을 성심리학적인 차원에서 피학성 이상심리의 반영으로 보는 것은 이 논문에서 의도한 것이 아니다. 일군의 철학자들은 대체로 이 매저키즘을 개인적인 것, 인간학적인 문제로 보기보다는 사회, 구조적인 것으로 본다. 부끄러움이 공격을 부르고 그것이 욕망의 형식으로 나타난 것이 매저키즘이다. 김수영의 공격성과 부끄러움은 사회적 억압과 규율들이 그에게 제공해준 매저키즘의 이면들이라고 부를 수는 없을까.

아내에 대한 조롱은 사실은 자신을 향한 것이라는 앞의 관점에서 이를 매저키즘의 양상을 띤다고 소박하게 말할 수 있다. 에리히 프롬은 '매저키즘은 사회가 기능하는 데 가장 중요한 심리적 조건 중의 하나이며 권위주의 사회를 계속적으로 결합시키는 주된 요소가 된다' 라고 쓴다.[21] 권위주의 사회의 매저키즘은 사회구조를 '안정' 시킨다는 것이다. 매저키스트적 사고에 있어 공통적인 것은 개인의 삶이 자신의 의지와 관심 밖에 있는 힘들에 의해 규정되고 있다고 생각하는 것이다. 사회적 운동법칙에 속하는 어떠한 객관적 요소들, 현재의 사회를 유지 고수하기 위해 창출된 모든 법적 사회적 제도들이 개인들에게 자신들로서는 어떻게 할 수 없는 힘들로 인식된다. 그 힘은 낯설지만 막강해서 공포를 가중시킨다. 개인들의 무력감이 극대화될 때 매저키즘은 등장한다. 빌헬름 라이히는 매저키즘이 인간학적 사실이기보다는 자본주의 사회가 낳은 극단적 욕구불만의 하나라고 본다.[22] 김수영의 매저키즘은 역설로, 반어로 치환된다. 그는 극단화된 자기 무력감을 아내에 대한 공격성으로 치환하거나 위장함으로써 생활과 현실에 굴복당한 자기 자신을 방어한다. 그렇

---

21) 허창운 외, 『프로이트의 예술이론』, 민음사, 1997, 122~123쪽.
22) 빌헬름 라이히, 『문화적 투쟁으로서의 성』, 박설호 편역, 솔, 1996, 90~98쪽.

다. 이 대목에서 그는 비겁하다. '시대의 자유를 위해 철저하게 싸우다 간 참여시인' 등등의 논법이 비판을 받는 대목은 이 점에서는 정당하다. 김수영의 한계를 지적한 논의들이 설득력을 갖는 측면도 여기에 있다.

그렇다면, 김수영 시에서 매저키즘의 미학적 원리는 어떻게 설명할 수 있는가. 매저키즘의 주인공은 권위적인 여성에 의해서 새로이 교육받고 변형되는 것처럼 보이지만 사실 그 여성을 재구성하고 역할에 맞는 의상을 입히고 여성이 그에게 내뱉는 거친 말을 가르치는 사람은 바로 주인공 자신이다. 피해자(주인공)가 박해자(권위 있는 여성)의 입을 통해서 말하고 있는 것[23]이다. 매저키즘 욕망의 주체는 매저키즘의 박해자가 아니라 피해자이다. 매저키즘의 박해자는 자본주의의 거대하고 멈출 줄 모르는 속물적 욕망을 알레고리한 여성, 영웅적이고 권위적인 육체를 지닌 여성이다. 그런데 김수영의 '아내'는 시인에 의해 재구성된 여성이다. 자본주의적 권력과 세속성을 훼손하거나 드러내는 데 시인의 욕망이 뻗어 있지는 않다는 것이다. 오히려 시인 자신의 모욕, 부끄러움, 무기력을 솔직하게 드러내는 데 '여성'은 '사용'된다. 시인은 스스로 만든 그 여성의 권력과 권위 앞에서 모욕당하고 좌절한다. 피해자로서의 역할에 그는 충실해 있지만 주체적인 피해자로서 그는 존재한다. 김수영 시에서 공격성의 방향은 사실은 자기 자신을 향해 있다는 것은 여기서도 입증된다. 이것 또한 그의 시의 아이러니이자 반어의 한 국면이 아닐 수 없다.

다른 한편으로, 성적 정체성의 측면에서 김수영의 매저키즘은 남성으로서의 어떤 위신과 관련된다고 생각된다. 그것은 결과적으로 김수영 시의 '반여성주의'의 알리바이를 의문스럽게 한다. 프롬의 논의를 조금 더 따라가 보자. 여성에 대한 남성의 불안정한 지위와 여성의 조소에 대한 두려움에서 남성은 여성에 대해 잠재적인 증오심을 갖는다. 그의 증

23) G. 들뢰즈, 『매저키즘』, 이강훈 역, 인간사랑, 1996, 24쪽.

오심은 일종의 방어적인 기능을 한다. 남성의 여성 지배와 억압하고자 하는 남성의 권력적 욕망은 오히려 여성들에게 그들의 약함과 열등감을 인식하는 동인이 된다. 여성 지배에 대한 남성의 권력적 욕망은 가부장제에 기초한 성서적 신화가 남성에게 제공하는 안락과 같은 것이다.[24) 남성의 허영은 근본적으로 자신이 얼마나 뛰어난 실행자인가 하는 것으로 표출되는데, 그것은 자기가 할 수 있는 것을 보여주면서 자기가 결코 실패하지 않는다는 사실을 입증하려는 데 있다.

흥미로운 것은, 김수영 시에서 시적 주체와 아내의 성적 정체성이 서로 전도되어 있다는 것이다. 시인에게는 남성성보다는 여성성이 우세하다. 즉 그의 남성성은 대부분 거세되거나 초월되어 있고 그의 여성성은 아내나 주변 여성들의 남성성 앞에서 민감하게 반응한다. 그가 현실과 생활의 자리에 서 있을 때 이 성적 정체성의 전도는 극심하다. 생활과 현실의 자리에서 남성성과 여성성의 엇갈림 혹은 자리바꿈은 확고하다. 그의 위축된 남성성은 바로 현실과 생활의 무능력자로서의 자기 인식에 관련될 때 나타난다. 이 같은 위축된 남성성을 위장하고자 하는 욕망이 자기 풍자와 아내에 대한 공격성이라는 형식으로 나타나는 것이다.

공격적인 그의 논조가 타인을 향하기보다는 자신을 향하고 있는 데서 이것은 보다 분명한 의도를 갖는다. 바로 '허영의 특수한 성격'[25)]으로서 그의 여성 비하와 경멸이 존재한다고 말할 수 있을 것이다. 그의 여성 혹은 아내는 남성의 목소리가 우세한 성서적이며 신화적인 영웅이다. 그의 시에 나타난 여성 혹은 남성은 전도된 것이다. 따라서 그가 '여편네', '마누라'라는 호칭을 사용하는 것을 두고 여성을 동물적으로 폄하하거나 경멸한다는 '증거'라고 말할 수는 없을 듯하다. 그는 보고문

---

24) 에리히 프롬, 『불복종에 관하여』, 문국주 역, 범우사, 1996, 215쪽.
25) 위의 책, 214쪽.

을 쓴 것이 아니라 '시'를 썼다는 것을 기억하자. 그의 남성성은 세계(생활, 현실)의 남성적 권력 앞에서 여지없이 붕괴되거나 억압된다. 그때 반어 혹은 풍자가 튀어 나온다. 김수영의 남성성은 타자 즉 세계, 아내, 일상, 근대성, 폭력과 힘으로 상징되는 이 남성성의 세계 앞에서 끊임없이 실험당하거나 굴절된다. 혹은 위선과 허영의 가식적인 남성성을 드러내게 된다. 이것이 김수영의 텍스트이다. 그 가식성이 김수영 시의 '반여성주의'를 표면적으로 강화하고 또한 그의 시의 독법을 어렵게 하는 또 다른 이유이다.

6. 여보, 사랑을 부르는 여성성의 목소리

김수영 시에서 한편으로 꼽히는 몇 가지 텍스트들은 여성성의 발현이 두드러지는 시이다. 「거대한 뿌리」 「나의 가족」 「비」 「사랑의 변주곡」 등은 여성성의 언어로 감싸진 세계이다. 그 여성성의 세계는 많은 시들에서 보이는 비약적 진술과 반복의 주술성과 상관성을 갖는다. 그것의 미학적 효과에 대해서는 더 많은 논의가 있어야 할 것이다. 「풀」은 대지와 뿌리, 곧 풀의 모성성과 비약적인 생명의식과 리듬감을 보여준다. 풀은 저 대기에서 솟아 나온 바람과 소통하면서 자신의 뿌리를 대지에 누이고 대기와 땅의 모든 생명들을 품어낸다. 대지에 누인 풀의 뿌리는 거대한 생명의 뿌리이다. 「거대한 뿌리」에서 그것은 제3인도교의 철근 기둥이 아니라 자기 안에 내려진 거대한 내성의 뿌리로 의미화된 것이다. 그의 여성성은 그 내밀한 자기 안의 세계, 근대의 이면에 있는 혼돈과 먼지의 세계를 정안(正眼)하는 힘이 된다. 아내나 여성의 이름이 '그리움과 연정'의 이름으로 불려질 때 그 목소리는 성서적 신화에서 비롯된 가부장적 영웅의 그것이 아닌 여성적 부드러움의 언어이다. 이때야 비로소 공격과 풍자의 어조는 소멸되기 시작한다. 위축된 남성성을 뚫고 여성성이 비로소 솟아나온다.

「비」에서 그의 여성성은 모성적 부드러움의 세계로 그를 데려간다. 그 시에서 그 남성적 영웅적 목소리는 사라진다. 시인의 고백적이고 내면적인 여성의 목소리로 '여보'라고 나지막하게 말한다. 이 '여보'가 '일반적인 사람'을 부를 때의 호칭, 곧 '하오'할 상대의 호칭인지, '여편네'의 다른 호칭인지, 단지 '아!' 하는 감탄사 정도인지 뚜렷하게 구분할 수 없다. 그러나 '여보'라고 말할 때 그의 어조는 해초같이 흔들리면서 자기 내면의 언어로 가라앉는다. '여보'의 다의성과 다성성은 분명 자기와 세계를 동시에 열어젖힘으로써 자기 내부의 조소와 풍자로부터 벗어나는 열림의 언어이다. 그것은 그 유연하고 모성적인 언어의 빛깔로 폭력적 세계의 어둠을 걷어낸다. 근대세계의 남성적 영웅들이 소멸한 자리에 들어선 여성적 황홀함의 세계가 우리를 휴식과 안정으로 데려간다. 그 여성성은 일상적인 삶의 저류에 흐르는 밤과 같이 어둡고 괴로운 비애를 한순간 친근함의 빗줄기로 감싼다.[26] 그의 많은 시의 주제가 되었던 '설움'은 이 '비애'의 빗줄기에 의해 점자 용해된다. 그 빗줄기는 바로 김수영이 권력적이고 계몽적인 근대적 기획의 장면 앞에서 스스로를 반성하고 반성하게 했던 바로 그것, 자기 안의 여성성, 여성적 목소리의 언어가 아닐 수 없다.

그러기에 그는 시멘트 회사와 발전소, 완벽한 질서로 상징되는 근대화의 해독 앞에서 혼돈과 무질서를 말할 수 있었던 것이다.[27] 그것은 그가 후일 여성을 '종교'적인 차원에서 이해할 수 있는 단초를 만든다. '나의 여자는 죽음 반 사랑 반이다. 죽음이 없으면 사랑이 없고 사랑이 없으

26) 신범순, 「포스트모더니즘의 보드리야적 지형도」, 『글쓰기의 최저낙원』, 문학과지성사, 1993, 102쪽.
27) 김수영, 「시여 침을 뱉어라」, 『김수영 전집 2』, 앞의 책, 253쪽.

면 죽음이 없다'[28]와 같은 경구들에서 '여성'은 초월적이고 종교적인 대상이다. '여성'은 '죽음'과 '사랑'의 상호 소통과 비약적인 넘나듦을 통해 정의된다. 이는 그의 시에 나타난 '반여성주의'라는 맥락을 다시 들여다보게 만든다. 그의 '반여성주의적' 어법은 결국 '비약적 사유'[29]를 향해 가는데 중요한 동인이 된다. 이때의 사변적인 시풍들은 난해시의 전범을 이룬다. 김수영은 일상성에 종속되어가는 정신의 타락만큼이나 언어의 관습적 산문적 규범들과도 벗어나고자 했을 것이다. 시의 의미가 일상적 언어의 그것과 다르듯, 김수영 시 읽기의 독법 또한 자동화되고 관습화된 의미의 법률들로부터 자유로워져야 한다. 이 점에서 김수영의 시의 '반여성주의'라는 문맥은 검토되고 수정되어야 할 것이다.

28) 김수영, 「나의 연애시」, 위의 책, 89쪽.
29) 김수영 시의 사변성과 난해성이 비약적 진술과 관계를 맺는 점에 대해서는 졸고, 「김수영 시의 죽음 의식과 현대성」 참조.

김수영의 시에 나타난 '여편네' 인식 고찰

맹 문 재

1. 서론

한 사람이 다른 사람을 호칭하는 문제는 단순하지 않다. 단순히 이름을 지어 부르는 것이 아니라 호칭하는 데에는 화자와 청자 간의 연령, 성별, 사회적 위치, 교육 정도, 관습, 그리고 인격 등이 내포되어 있는 것이다. 그러므로 작품에 나타난 호칭의 문제를 가지고 한 시인의 여성 인식을 살펴보는 것은 가능하다고 볼 수 있다. 물론 시작품의 화자와 실제의 시인은 동일시될 수 없고 청자의 경우에도 마찬가지이지만,[1] 상대에 대한 시인의 태도가 있는 만큼 그 인식을 살펴볼 수 있는 것이다.

주지하다시피 지금까지 김수영의 시세계에 대한 대부분의 연구는 그의 '자유 정신'에 집중되어 왔다. 그의 시작품이 한 예술품에 불과한 것이 아니라 그 이상의 정신적 혹은 시문학사적인 가치가 있다고 여기고

---

1) 화자와 청자의 관계는 '실제의 시인 → 함축적 시인 → 현상적 화자 → 현상적 청자 → 함축적 독자 → 실제의 독자'로 볼 수 있다. 김준오, 『시론』, 삼지원, 1994, 204쪽.

다양한 연구 방법을 통해 작품 세계를 규명해온 것이다.[2] 진정 김수영은 자유를 성취하기 위해서는 피의 냄새를 맡아야 하며 혁명은 고독한 것이라는 사실을 간파하고 자신의 소시민적 한계를 극복하기 위해 끊임없이 반성하면서 나아갔다. "그의 시적 추진력이 당대적인 것이면서 시대를 넘어설 수 있었던 것은 바로 이 끝없는 자기 혁신에 있"[3]는 것이다.

따라서 1960년대 참여시의 주창자로서 그가 온몸으로 밀고 나간 시작품에 대한 연구는 앞으로 더욱 다양해질 필요가 있는데, 그 일환으로 이 논문에서는 그의 작품에 나타난 여성 인식을 고찰하고자 한다. 지금까지 그의 작품 연구에서 별로 다루지 않았던 여성 인식을 주제로 삼고 고찰해보는 것은 보다 다양하면서도 심도 있는 연구의 한 방법이라고 생

---

2) 김수영에 관한 논의는 140여 편에 이르는 학위논문만 보더라도 그 연구의 방대함과 다양함을 짐작할 수 있다. 따라서 자유정신에 대한 연구를 다 정리하는 것은 사실 어려운데, 대표적인 것으로 다음을 들 수 있다.
　(1) 강웅식, 「'긴장'의 시론과 '힘'의 시학」, 『시, 위대한 거절』, 청동거울, 1998, 15~165쪽. (2) 권오만, 「김수영 시의 '고백시'적 경향」, 『시의 정신과 기법』, 새미, 2002, 10~51쪽. (3) 김명인, 「그토록 무모한 고독, 혹은 투명한 비애」, 『실천문학』 1998년 봄, 실천문학사, 213~235쪽. (4) 김명인, 『김수영, 근대를 향한 모험』, 소명출판, 2003, 11~333쪽. (5) 김우창, 「예술가의 양심과 자유」, 『궁핍한 시대의 시인』, 민음사, 1978, 255~271쪽. (6) 김윤배, 『온몸의 시학, 김수영』, 국학자료원, 2003, 99~128쪽. (7) 김윤태, 「4·19혁명과 민족현실의 발견」, 민족문학연구소 엮음, 『민족문학사 강좌·하』, 창작과비평사, 1995, 234~256쪽. (8) 김인환, 「시인의식의 성숙과정」, 『문학과 문학사상』, 열화당, 1978, 144~182쪽. (9) 김현승, 「김수영의 시사적 위치와 업적」, 『창작과비평』 1968년 가을호, 창작과비평사, 435~445쪽. (10) 백낙청, 「김수영의 시세계」, 『민족문학과 세계문학』, 창작과비평사, 1978, 242~248쪽. (11) 염무웅, 「김수영론」, 『민중시대의 문학』, 창작과비평사, 1979, 213~240쪽. (12) 유중하, 「달나라에 내리는 눈」, 『실천문학』 1998년 여름, 실천문학사, 285~303쪽. (13) 정남영, 「바꾸는 일, 바뀌는 일 그리고 김수영의 시」, 『실천문학』 1998년 겨울, 실천문학사, 299~314쪽. (14) 정재찬, 「김수영론 : 허무주의와 그 극복」, 문학사와 비평연구회 편, 『1960년대 문학연구』, 예하, 1993, 168~205쪽. (15) 최동호, 「김수영의 시적 변증법과 전통의 뿌리」, 『디지털문화와 생태시학』, 문학동네, 2000, 225~251쪽. (16) 하정일, 「김수영, 근대성 그리고 민족문학」, 『실천문학』 1998년 봄, 실천문학사, 193~211쪽.
3) 최동호, 『한국현대시사의 감각』, 고려대학교 출판부, 2004, 90쪽.

각하는 것이다.⁴⁾

이 논문에서는 김수영의 시작품에 나타난 여성 인식을 살펴보기 위한 방법으로 호칭을 고찰하고자 한다. 김수영이 여성에게 어떠한 자세를 가졌는가는 다양한 면에서 살펴볼 수 있겠지만 작품에 나타난 호칭을 가지고도 가능하다고 생각하는 것이다. 시인의 호칭에는 일상의 생활에서와 마찬가지로 상대방에 대한 관심 정도 내지 태도가 들어 있기 때문이다. 김수영의 시작품에 나타난 여성에 대한 호칭은 다음과 같다.

〈표1〉 김수영 시에 나타난 호칭 형태

호 칭	해당 작품	합 계
여편네	「생활」, 「여편네의 방에 와서」, 「모르지」, 「누이의 방」, 「파자마바람으로」, 「만용에게」, 「반달」, 「죄와 벌」, 「식모」, 「전화이야기」, 「도적」, 「세계일주」, 「성」	13편
아내	「구름의 파수병」, 「사치」, 「초봄의 뜰 안에」, 「여름 아침」, 「거미잡이」, 「이사」, 「말」, 「이혼 취소」, 「금성라디오」, 「미농인찰지」, 「장시(2)」	11편
여자	「너를 잃고」, 「시골 선물」, 「중복」, 「먼 곳에서부터」, 「만주의 여자」, 「여자」, 「거대한 뿌리」, 「거위 소리」, 「강가에서」, 「X에서 Y로」, 「네 얼굴은」, 「금성라디오」	12편

---

4) 김수영 시의 여성관을 고찰한 연구는 다음에 보듯이 아주 적은 편이다.
　(1) 정효구, 「김수영 시에 나타난 사랑」, 『20세기 한국시와 비평정신』, 새미, 1997, 336~357쪽. (2) 문혜원, 「아내와 가족, 내 안의 적과의 싸움」, 『흔들리는 말, 떠오르는 몸』, 나남, 1999, 332~341쪽. (3) 조영복, 「김수영, 반여성주의에서 반반의 미학으로」, 『여성문학연구』 제6호, 여성문학회, 2001, 32~53쪽. (4) 한명희, 『김수영 정신분석으로 읽기』, 월인, 2002, 64~90쪽. 이밖에 김수영 시의 남성관을 언급한 논문으로는 다음을 들 수 있다. (1) 김용희, 「김수영 시에 나타난 분열된 남성의식」, 『한국시학연구』 제4호, 한국시학회, 2001, 58~92쪽.
　이 논문들 중에서 (3)을 제외하고는 김수영의 여성관을 반여성주의라고 규정하고 있다. 김수영이 남성우월적 사고에 빠져 있다거나 전근대적인 여성관을 지니고 있다고 규정함으로써 자유정신을 지향한 김수영의 시세계를 해명하지 못하고 있다.

너(네)	「사랑」, 「누이야 장하고나!」, 「누이의 방」, 「구라중화(九羅重花)」	4편
계집애	「시골 선물」, 「격문」, 「만주의 여자」	3편
누이	「누이야 장하고나!」, 「누이의 방」, 「피아노」	3편
그녀	「거대한 뿌리」, 「식모」	2편
당신	「엔카운터지」, 「이혼 취소」	2편
여사	「거대한 뿌리」, 「미인」	2편
소녀	「구라중화」, 「수난로(水煖爐)」, 「반달」	3편
아가씨	「원효대사」	1편
아낙네	「거대한 뿌리」	1편
부녀자	「거대한 뿌리」, 「미농인찰지(美濃印札紙)」	2편
처	「아버지의 사진」, 「조국에 돌아오신 상병포로 동지들에게」, 「절망」, 「적2」	4편
년	「어느 날 고궁을 나오면서」, 「성」	2편
여인	「아메리카 타임지」, 「거리2」, 「미스터 리에게」	3편
여보	「비」	1편
엄마	「VOGUE야」	1편
순자야	「꽃잎3」	1편
영숙아	「우선 그놈의 사진을 떼어서 밑씻개로 하자」	1편
장문이	「나가타 겐지로」[5]	1편
매춘부	「엔카운터지」	1편
부인	「거리2」	1편
과부	「묘정의 노래」	1편
어미	「토끼」	1편

위의 〈표1〉에서 보듯이 김수영이 여성을 호칭한 형태는 '여편네'로부터 '어미'에 이르기까지 25가지에 이르고 있다. 물론 '순자야', '영숙아', '장문아' 등은 대상의 이름을 직접 부른 것으로 그 성격이 유사하

---

5) 2003년 개정판 이전의 『김수영 전집 1 시』(민음사)에는 「永田絃次郎」으로 표기되어 있다.

므로 함께 묶을 수도 있을 것인데, 그렇게 되면 23가지가 된다. 김수영이 여성을 호칭한 것 중에서 '여편네'(13편)가 가장 많고 다음으로 '여자'(12편), '아내'(11편)의 순이다. 세 호칭은 대부분 작품 화자의 아내를 가리키는데, 그러한 면은 초기보다도 후기의 작품에서(특히 1962년부터) 많이 나타나고 있다. 작품의 화자는 아내 외의 여성에게는 '여사'나 '여인' 등 비교적 격식을 차리거나 '부인', '처' 등 객관적인 호칭을 사용하고 있다. 따라서 김수영의 작품에서 아내를 칭하는 '여편네'나 '여자'나 '아내'가 주목되는데, 특히 '여편네'의 경우 관심을 끈다. '여편네'는 '여자'나 '아내'보다 분명 그 격이 낮기 때문에 김수영의 여성 인식을 살펴보는 데에 중요한 단서가 되는 것이다.

이러한 호칭의 변화는 김수영 시세계의 흐름을 반영하는 것이기에 주목된다. 주지하다시피 김수영은 3·15마산의거와 4·19혁명을 겪으면서 이전 시대에 추구하던 모더니즘 시 경향으로부터 참여시로 전향했다. 그런데 참여시 지향의 모습도 시간의 흐름에 따라 다소 변화를 보였다. 1960년에는 혁명을 외칠 정도로 정치적이고 관념적이고 격정적인 목소리를 내었고, 1962년 무렵부터는 비교적 일상적이고 구체적인 모습을 보였으며, 1965년부터는 자기반성을 추구하면서 참여시를 지향한 것이다.

가령 1960년에는 "민주주의의 싸움이니까 싸우는 방법도 민주주의식으로 싸워야한다"(「하…… 그림자가 없다」)라거나, "그 지긋지긋한 놈의 사진을 떼어서/ 조용히 개굴창에 넣고/ 썩어진 어제와 결별하자"(「우선 그놈의 사진을 떼어서 밑씻개로 하자」), "우리가 찾은 혁명을 마지막까지 이룩하자"(「기도」), "혁명이란/ 방법부터 혁명적이어야 할 터인데/ 이게 도대체 무슨 개수작이냐"(「육법전서와 혁명」), "혁명은/ 왜 고독한 것인가를"(「푸른 하늘을」), "8·15를 6·25를 4·19를/ 뒈지지 않고 살아왔으면 알겠지/ 대한민국에서는 공산당만이 아니면/ 사람 따위는 기천 명쯤 죽여보아도 까딱도 없거든"(「만시지탄은 있지만」), "너희들 미국인과 소련인은 하루바삐 나가다오"(「가다오 나가다오」), "혁명은 안 되고 나는 방만 바꾸어버렸다"(「그 방을 생각하며」) 등과 같이 정치 문제에 대해 격정적인 목소리를 내었다. 그렇지만 1961년 6월에 들어서부터는 '신귀거래(新歸去來)'란 부제가 붙은 연작시들을 발표하면서 격정적인 목소리를 다소 가라앉히고 일상의 면들에 관심을 갖는 모습을 보였다. 그렇다고 참여시를 포기한 것은 아니고 자신의 몸을 아파하고(「먼 곳에서부터」, 「아픈 몸이」), 절망하고(「절망」), 전향(轉向)을 생각하고 (「轉向記」), 적(敵)을 인식한(「적」) 것이다. 그리하여 이즈음부터 이전과 다르게 여성에 대해 관심을 보였고 또한 호칭에 있어서도 '여편네'(「여편네의 방에 와서」, 「모르지?」, 「누이의 방」, 「파자마바람으로」, 「만용에게」, 「반달」, 「罪와 罰」)를 본격적으로 사용하기 시작했다. 그리고 1965년 이후는 "왜 나는 조그마한 일에만 분개하는가"(「어느 날 古宮을 나오면서」), "나는 한 가지를 안 속이려고 모든 것을 속였다"(「거짓말의 여운 속에서」), "지독하게 속이면 내가 곧 속고 만다"(「性」)와 같이 자기반성을 하면서 대항 의지를 지속해, "바람보다 늦게 누워도/ 바람보다 먼저 일어난다"(「풀」)고 '풀' 같은 사회적 존재에 대해 신뢰감을 지켰다.

그렇다면 김수영이 시작품에서 '여편네'란 호칭을 사용한 이유는 무엇일까? '여편네'의 사전적 개념은 아내를 속되게 이르는 말이다. 그러므로 언뜻 보면 김수영은 자신의 아내를 속되게 호칭하고 있다고 볼 수 있다. 실제로 그의 산문(수필)을 보면 자신의 아내를 '여편네'로 종종 칭하고 있기 때문에 아내를 얕잡아보거나 비하하는 것으로 여겨지기도 한다.

그렇지만 이러한 판단을 시작품 자체에 도입시키는 것은 무리이다. 시작품의 화자와 작품을 창작한 시인을 일치시키는 것은 수필과 같은 산문의 경우에 비해 무리인 것이다. 따라서 수필의 경우와 같이 시작품의 화자를 시인으로 보는 것은 상식적 차원에서 시작품을 해석하는 우를 범하는 일이다. 시인의 인격을 통해 작품의 품격을 평가하게 되어 타당하지 못한 결과를 낳게 되는 것이다. 시작품이 시인의 삶으로부터 독립되거나 분리될 수 없는 것이지만, 그리하여 시작품에 등장하는 화자가 시인이라고 볼 수도 있지만, 시작품이 곧 시인의 자서전이라고는 볼수 없으므로 서로 분리시켜야 하는 것이다. 따라서 김수영의 시작품에 나타난 '여편네'를 시인의 아내라고 보지 않고 독립적인 대상으로 인정하는 것이 진정 필요하다. '여편네'를 시인의 아내를 호칭하는 것으로 한정시키기보다 시작품에 독자적으로 존재하는 대상으로 보는 것이 마땅한 것이다. 이러한 전제가 성립되었을 때, 김수영의 시작품에 등장하는 '여편네'의 근거와 그 의미를 비로소 객관적으로 인지할 수 있고, 나아가 시인의 여성 인식을 보다 정확하게 파악할 수 있는 것이다.

2. 여성 인식의 실제

앞에서 살펴보았듯이 김수영의 시작품에 나타난 여성에 대한 호칭은 주로 '여편네', '아네', '여자' 등인데, 과연 이러한 호칭들이 반여성주의를 나타내는가를 규명하는 것이 이 논문의 중심 과제이다. 그동안 김수영의 시세계에 대해서는 인간의 자유를 억압하고 방해하고 왜곡시키는 대상들에 대해 온몸으로 비판하고 나섰다고 평가해온 것이 정답처럼 인정되어왔다. 따라서 만약 그의 시세계가 반여성주의를 띠고 있다면 심각한 문제가 야기될 수밖에 없다. 자유정신을 지향해온 그의 시세계 자체가 사회적 약자인 여성을 억압함으로 인해 모순되기 때문에 새로운 평가가 내려져야 하는 것이다. 이러한 문제는 우선 다음의 시작품으로 진단해볼 수 있을 것이다.

수입에 대해서 생각하는 것은 너나 나나 매일반이다
모이 한 가마니에 430원이니
한 달에 12, 3만 환이 소리 없이 들어가고

알은 하루 60개밖에 안 나오니
묵은 닭까지 합한 닭모이값이
일주일에 6일을 먹고
사람은 하루를 먹는 편이다

모르는 사람은 봄에 알을 많이 받을 것이니
마찬가지라고 하지만
봄에는 알값이 떨어진다
여편네의 계산에 의하면 7할을 낳아도
만용이(닭 시중하는 놈)의 학비를 빼면
아무것도 안 남는다고 한다

나는 점등(點燈)을 하고 새벽모이를 주자고 주장하지만
여편네는 지금 주는 것으로 충분하다는 것이다
아니 430원짜리 한 가마니면 이틀은 먹을 터인데
어떻게 된 셈이냐고 오늘 아침에도 뇌까렸다

—「만용에게」 부분

위의 작품에서 보듯이 '여편네'는 자본의 이익에 많은 관심을 보이고
있다. 모이 한 가마니의 값이 430원인 것을 통해 한 달에 12만환 내지 13
만환이 들어가는 것을 인지하고 있는 것이 그 단적인 면이다. 그리하여
'여편네'는 "아니 430원짜리 한 가마니면 이틀은 먹을 터인데"를 기준으
로 삼고 한 달에 6,450원(64,500환)의 사료비가 들어가야 하는데 실제로
는 12만환 내지 13만환이 들어가고 있으므로 그 차이가 어떻게 해서 발
생하는지를 고민하고 있다. 사료비가 계산상에 비해 실제로는 2배 정도
가 더 들어가고 있으므로 그 원인이 무엇인지를 따져보고 있는 것이다.[6]

6) 2003년 개정판 이전의 『김수영 전집 1 시』에 수록된 대로 계산하면, 화폐단위가 환
   이 아니라 원이었기 때문에 20배 정도의 차이가 난다. 따라서 이렇게 엄청난 차이가

그리하여 '여편네'는 그 이유를 알아내지만, '나'는 그렇게 하지 못한다. 결국 '나'는 '여편네'에 비해서 '무능'하다고 말할 수밖에 없는 것이다.

그렇다면 사료비가 계산상보다 2배 정도 더 들어간 원인은 무엇일까? 그것은 바로 '만용이'의 속임수 때문이다. 사료를 분실한 것도, 도둑이 든 것도, '만용이' 때문이라는 것을 '여편네'는 파악하고 있는 것이다.[7] 따라서 그의 횡령을 막으면 양계 운영의 이익 창출이 가능하다고 보고 (뚜렷한 다른 생계 대책이 없기도 하지만) '여편네'는 한편으로는 열심히 수지를 따지면서 다른 한편으로는 '만용이'에게 경계심을 늦추지 않는다.

또한 '여편네'는 달걀이 하루에 60개밖에 생산이 안 되니 수지가 안 맞는다는 것도 알고 있다. 그리하여 그 상황을 일주일의 식비 중 엿새는 닭이 먹는 셈이고 자신을 비롯한 식구는 하루밖에 못 먹는다고 비유적으로 자조하고 있다. 그리하여 "7할을 낳아도/ 만용이(닭 시중하는 놈)

나는데도 불구하고 양계 운영을 한다는 것은 상식적으로 납득이 되지 않으므로 "12, 3만환"이 타당하게 여겨진다. 이 작품이 발표(1962. 10. 25)되기 135일 전인 1962년 6월 10일 제2차 화폐개혁이 단행되어 화폐단위가 '환'에서 '원'으로, 또 10 대 1로 평가절하되었다. 이러한 사실로 미루어 보아 김수영은 이즈음 두 화폐단위를 혼용한 것으로 보인다.

7) 이러한 근거는 다음의 글에서 여실히 알 수 있다.
"설상가상으로 얼마 전에는 모이를 사러 조합에 갔다가 모이 두 가마니를 실어놓은 것을 오줌 누러 간 사이에 자전거째 도둑을 맞았다고 커다란 대학생놈이 꺼이꺼이 울고 들어왔습니다. 집안이 온통 배 파선한 집같이 되었습니다.
그런데 이런 집에도 양계를 하니까 돈이 있는 줄 알고 또 얼마 전에는 도둑까지 들었습니다. (…중략…) 도둑이 어디 들었느냐고 물으니 만용이(만용이란 닭 시중을 하는 앞서 말한 대학생) 방쪽에 들어왔다고 합니다. 나는 아랫배에 힘을 잔뜩 주고 여편네와 함께 계사 끝에 떨어져 있는 만용이 방쪽으로 기어갔습니다. 어둠을 뚫고 맞지도 않는 신짝을 끌고 가보니 만용이는 도둑과 이야기를 주고받고 있었습니다."
김수영, 「양계변명」, 『김수영 전집 2 산문』, 민음사, 1995, 45쪽.

의 학비를 빼면/ 아무것도 안 남는다고” 불평을 늘어놓는다. ‘여편네’가
자신의 일에 대해 이렇게 분석적으로 파악하고 있는 것도 사업 운영자
다운 자세이다. 자본주의 사회에서 자기 자본의 이익에 관심을 가지고
있는 자로서 사업의 세부 사항을 파악하는 것은 당연한 일이다.

이런 점에서 ‘나’와 ‘여편네’는 근본적으로 차이가 난다. ‘여편네’는
양계업을 소득을 얻을 수 있는 대상으로 대하고 있는데 비해 ‘나’는 그
렇지 않은 것이다. 오히려 ‘나’는 다른 면에서 양계업에 대한 보람을 찾
고 있다. “나는 양계를 통해서 노동의 엄숙함과 그 즐거움을 경험했습니
다.”(「양계변명」)라고 말하고 있듯이, 양계업을 통해 노동의 가치를 체
험하게 된 것을 보람과 즐거움으로 삼고 있는 것이다. 김수영의 노동에
대한 긍정적인 자세는 다음의 작품에서도 볼 수 있다.

물을 뜨러 나온 아내의 얼굴은
어느 틈에 저렇게 검어졌는지 모르나
차차 시골 동리 사람들의 얼굴을 닮아간다
뜨거워질 햇살이 산 위를 걸어내려온다
가장 아름다운 이기적인 시간 위에서
나는 나의 검게 타야 할 정신을 생각하며
구별을 용사(容赦)[8]하지 않는
밭고랑 사이를 무겁게 걸어간다

—「여름 아침」 부분

위의 작품에서 보듯이 ‘나’는 밭을 매는 노동을 “가장 아름다운 이기
적인 시간 위에서/ 나는 나의 검게 타야 할 정신”이라고 말하고 있다.

---

8) 2003년 개정판 『김수영 전집 1 시』에서는 이전에 ‘용사(容赦)’로 되어 있는 것을 일
본식 한자라고 여기고 ‘용서’로 바꾸었다. 필자는 시인의 본래 의도를 인정해야 한
다고 생각하고 ‘용사(容赦)’로 되살려 쓴다. ‘용사(容赦)’란 ‘용서하여 놓아주다’란
뜻이다.

노동의 가치를 단순히 육체적인 차원으로만 국한하지 않고 정신적인 차원으로까지 새기고 있는 것이다. 그리하여 모든 예술의 출발은 노동과 관계가 있다는 것을 새삼 확인하게 된다. 시작품은 인간의 노동을 적극적으로 인지하고 수용할 때 건강함을 가질 수 있는 것이다. 김수영은 노동에 대해 그와 같은 경건함을 가지고 "구별을 용사(容赦)하지 않는/ 밭고랑 사이를 무겁게 걸어"간다. 또한 "보석 같은 아내와 아들은/ 화롯불을 피워가며 병아리를 기르고/ 짓이긴 파 냄새가 술 취한/ 내 이마에 神藥처럼 생긋하다"(「초봄의 뜰 안에」)라고 노동의 소중함을 말하고 있다. 양계 운영을 하는 동안 전염병에 걸린 닭들이 죽어가는 모습을 보면서 생명의 귀중함에 안타까워하고, 약을 사러 다니면서 꼭 필요한 것이 사료상이나 도매상에 절품된 현실을 보면서 모순되고 허약한 사회에 분노하는 것도 노동에 대한 신성함이 있기 때문이다.

그렇다고 김수영이 노동의 신성함에만 관심이 있고 자본의 이익에 전혀 관심을 가지지 않은 것은 아니다.9) 그러한 모습은 「만용에게」에서 "나는 점등을 하고 새벽모이를 주자고 주장하"는 데서 확인된다. 그렇지만 '나'의 제의는 '여편네'에게 여지없이 거부당하고 만다. 왜냐하면 '여편네'가 보기에 '나'의 제의는 현실적으로 타당한 대책이 못되기 때문이다. 그리하여 "여편네는 지금 주는 것으로 충분하다"고 말한다. "아니 430원짜리 한 가마니면 이틀은 먹을 터인데/ 어떻게 된 셈이냐고 오늘 아침에도 뇌까"린다. 이처럼 '여편네'는 자본주의의 가치를 삶에 철

---

9) 그러한 인식은 다음의 글에서 여실하게 나타나고 있다.
"양계는 저주받은 사람의 직업입니다. 인간의 마지막 가는 직업으로서 양계는 원고료벌이에 못지 않은 고역입니다. (…중략…) 근 10년 경영에 한 해도 재미를 보지 못한 한국의 양계는 한국의 원고료벌이에 못지 않게 비참합니다. 이 비참한 양계를 왜 집어치우지 못하고 있는지 모르겠습니다. 군색한 원고료벌이의 보탬이 되기는 커녕 원고료를 다 쓸어 넣어도 나오는 것이 없습니다." 김수영, 「양계변명」, 『김수영 전집 2 산문』, 민음사, 1995, 43~45쪽.

저하게 적용하고 있고, 그에 비해 '나'는 자본의 이익에 대해 관심이 있
고 그 필요성을 인정하고 있지만 적극적으로 실행하지 못하고 있다. '여
편네'가 자본주의에 밝은 프로이고 전문가라면 '나'는 아마추어이고 비
전문가인 셈이다. 그리하여 '나'와 '여편네'의 관계는 아이와 어머니의
관계로도 놓인다.

> 여편네의 방에 와서 기거를 같이해도
> 나는 이렇듯 소년처럼 되었다
> 흥분해도 소년
> 계산해도 소년
> 애무해도 소년
>
> (…중략…)
>
> 여편네의 방에 와서 기거를 같이해도
> 나는 점점 어린애
> 나는 점점 어린애
> 태양 아래의 단 하나의 어린애
> 죽음 아래의 단 하나의 어린애
> 언덕 아래의 단 하나의 어린애
> 애정 아래의 단 하나의 어린애
> 사유 아래의 단 하나의 어린애
>
> ―「여편네의 방에 와서―新歸去來1」

위의 작품에서 보듯이 '여편네'와 '나'와의 관계는 마치 어머니와
'소년' 또는 '어린애'의 관계와 같다. '나'는 '여편네' 앞에서 아무리
'흥분'을 해도 '계산'을 해도 '애무'를 해도 '어린애'의 존재에 불과한
것이다. 그러한 관계는 시간이 간다고 해서 달라지는 것이 아니라 '점
점' 고착화되고 만다. 그리하여 '태양'이나 '죽음'이나 '언덕'이나 '애

정' 이나 '사유' 아래에서 '나' 는 '단 하나의 어린애' 에 불과하다는 사실을 깨닫고 있다. '나' 는 '여편네' 로부터 철저히 보호받고 조종받고 그리고 그녀를 따르는 존재에 놓여 있다. '나' 는 '여편네' 를 속일 수 있겠지만 '그만큼/ 지독하게 속이면 내가 곧 속고'(「性」) 마는 사실을 잘 알고 있는 것이다.

따라서 '내' 가 '여편네' 를 비하하고 있는 것은 인간 자체에 대해서가 아니라 그 속성에 대한 것이다.[10] 자본주의적 세계관에 철저한 '여편네' 를 비판하고 있는 것이다. '나' 는 '여편네' 를 자신을 조종하고 업신여기고 끝내 복종하도록 만드는 무서운 존재라고 여기고 있다. 결국 '여편네' 를 자유 정신에 대한 적으로 보고 있는 것이다.

그렇다면 김수영은 왜 적의 상징으로 '여편네' 라는 기호를 썼을까? 적을 나타내는 기호로 돌멩이나 장미꽃이나 여우를 써도 상관없는 일 아니겠는가? 또한 적의 상징으로 자본가나 자본가 계급에 해당하는 대상을 직접 명명하는 것이 더욱 효과적이고 또 공격적이지 않겠는가?

그렇지만 이 점은 김수영이 생각하는 적이 사회적 존재이므로 돌멩이나 아파트와 같은 무생물이거나, 장미꽃이나 선인장과 같은 식물이거나, 여우나 두더지와 같은 동물을 지칭할 이유는 없다. 또한 적의 대상인 자본가 계급을 직접 거명하지 않는 것이 공격을 한층 주도면밀하게 하는 전략이다. 적에 대한 직접적인 거명은 표면적으로는 더 당당하고 유리할지 모르지만 단순한 것이어서 오히려 불리할 수 있다. 공격할 대상이 단순하지 않은데 단순하게 공격해서는 실패할 수밖에 없다는 것을 김수영은 잘 알고 있는 것이다. 적이란 결코 단순한 상대가 아니다.

---

10) 김수영은 1950년 김현경과 결혼해서 아들 준과 우를 두었는데, 아내와 말다툼을 하며 살기는 했지만 대체적으로 자상한 가장 모습을 보였다. 최하림, 「아이들은 자란다」, 『김수영평전』, 실천문학사, 2003, 316~336쪽.

우리들의 적은 늠름하지 않다
우리들의 적은 커크 더글러스나 리처드 위드마크모양으로 사나웁지도 않다
그들은 조금도 사나운 악한이 아니다
그들은 선량하기까지도 하다
그들은 민주주의자를 가장하고
자기들이 양민이라고도 하고
자기들이 선량이라고도 하고
자기들이 회사원이라고도 하고
전차를 타고 자동차를 타고
요릿집엘 들어가고
술을 마시고 웃고 잡담하고
동정하고 진지한 얼굴을 하고
바쁘다고 서두르면서 일도 하고
원고도 쓰고 치부도 하고
시골에도 있고 해변가에도 있고
서울에도 있고 산보도 하고
영화관에도 가고
애교도 있다
그들은 말하자면 우리들의 곁에 있다

—「하······ 그림자가 없다」 부분

위와 같이 김수영은 적의 상황을 여실하게 현실에서 인식하고 있다. 적은 진정 미국의 영화배우인 커크 더글러스(Kirk Douglas)나 리처드 위드마크(Richard Widmark)의 생김새처럼 "사나웁지 않"고 오히려 "선량하기까지"하다. 또한 적은 "민주주의자를 가장하고" "양민이라고도 하고" "애교도 있"는 대상으로 존재한다. 적은 결코 멀리 있는 것이 아니라 항상 "우리들의 곁에 있"는 것이다.

따라서 김수영은 적에 대한 공격에서 승리하기 위해 고도의 전략을 짜내려고 했는데, '여편네'가 그러한 차원의 산물이다. 김수영의 시편들이 난해성을 띠는 것은 세계인식이 깊은 점도 있지만, 이와 같이 주도

면밀하게 적을 공격하는 전략을 갖고 있기 때문이다. 가령 김수영의 최고 작품으로 평가받는 「풀」의 경우 풀과 바람의 관계가 있을 뿐 그 어디에도 직접적인 공격은 보이지 않는다. 그렇지만 "바람보다 늦게 누워도/ 바람보다 먼저 일어나고/ 바람보다 늦게 울어도/ 바람보다 먼저 웃는다"와 같이 대비를 통한 풀의 공격성은 결코 약한 것이 아니다. 간접적인 공격을 통해 오히려 풀이 승리를 거두는 것을 더욱 적극적으로 전해 주고 있는 것이다. 마찬가지로 「눈」의 경우에도 "기침을 하자/ 젊은 시인이여 기침을 하자"라고 직접적인 공격 없이 기침하는 행동만 제시하고 있지만, 시인으로서 지향해야 할 진정한 용기와 실천 행동이 어떠한 것인지를 충분히 보여주고 있다. 따라서 김수영의 시작품에 나타나는 여성에 대한 호칭은 새롭게 인식해야 한다. 특히 「만용에게」, 「여편네의 방에 와서—新歸去來1」, 「생활」, 「반달」, 「도적」 등에서 아내를 비하하는 호칭인 '여편네'를 사용했다고 해서 일방적으로 반여성주의적인 태도를 보인다고 평가하는 것은 재고되어야 하는 것이다.

김수영의 시작품에서 '여편네'는 그 어떤 대상보다도 친밀성과 객관성을 공유하고 있다. '여편네'는 부모형제나 친구보다도 관계가 깊지만 어디까지나 계약관계의 대상이다. 마치 고용주와 고용인의 관계와 같은 대상이어서 계약이 어긋나면 얼마든지 돌아설 수 있다. 부모형제인 경우는 불가능한 일이지만 부부는 새로운 계약관계를 맺을 수 있는 것이다. 이런 점에서 김수영은 자신의 시작품에서 불가결하게 인정해야 하면서도 대항해야 할 대상으로 '여편네'를 칭하고 있는 것이다. 따라서 '여편네'는 고용인이 비인격적이고 속물적인 고용주를 비판하기 위해 쓴 상징어와 같다고 볼 수 있다.

김수영의 '여편네'에 대한 이와 같은 태도는 다른 작품에서도 잘 나타나고 있다. "이 밭주인은 차밭 주인의 소작인이다/ 그러나 우리집 여편네는 이것을 모두/ 자기 밭이라고 한다 멀쩡한 거짓말이다"(「반달」)라거나, "돈에 치를 떠는 여편네"(「도적」)라는 등 속물적으로 묘사하고 있는 데서 여실히 확인된다. 그러면서도 김수영은 자신 역시 자본주의 제도에 몸을 맞춰 살아가야 하는 존재(存在)임을 인정하고 있다. 자신이 자본주의의 한 구성원이라는 사실을 거절할 수도 회피할 수도 없음을 깨닫고 있는 것이다. 그렇지만 김수영은 자본주의의 요구에 일방적으로 순응할 수만은 없다고 생각하고 그에 대한 대응을 보인다. 갈브레이드(John Kenneth Galbraith)가 『대중은 왜 빈곤한가』에서 상황에 순응하는 것이야말로 극복해야 할 것[11]이라고 인식한 것처럼 김수영은 자본주의를 '여편네' 라고 비하하며 맞선 것이다.

3. 여성 인식의 의미

김수영은 자본주의를 '여편네' 로 부르며 신랄하게 공격하고 있지만 그 싸움에서 승리한다는 확신을 갖고 있지는 않다. 자본주의가 다수라면 김수영은 소수이고, 자본주의가 거인이라면 김수영은 소인이기 때문이다. 자본주의가 프로라면 김수영은 아마추어이고, 자본주의가 힘센 사장이라면 김수영은 힘없는 종업원이기 때문이다. 그렇지만 김수영은 주눅 들거나 힘없이 물러서지 않고 그 나름대로 대항하기 위해 궁리한다. "파자마바람으로 주스를 마시면서/ 프레이저의 현대시론을 사전을 찾아가며 읽고 있으려니/ 여편네가 일본에서 온 새 잡지 안의/ 김소운(金素雲)의 수필을 보라고 내던"(「파자마바람으로」)지는 바람에 자신이 추구하는 시론이 흔들리는 상황에서도 "어떻게든지 체면을 차려볼 궁리"(「파자마바람으로」)를 한다. "제일 피곤할 때 적에 대"(「적2」)하기도

11) John Kenneth Galbraith, *The Nature of Mass Poverty*, 최광렬 옮김, 『대중은 왜 빈곤한가』, 홍성사, 1979, 63~74쪽.

한다. 그리고 다음과 같이 구체적으로 대항하기도 한다.

> 이렇게 주기적인 수입 소동이 날 때만은
> 네가 부리는 독살에도 나는 지지 않는다
>
> 무능한 내가 지지 않는 것은 이때만이다
> 너의 독기가 예에 없이 걸레쪽같이 보이고
> 너와 내가 반반—
> 「어디 마음대로 화를 부려보려무나!」
>
> —「만용에게」 부분

위의 작품에서 보듯이 김수영은 '네'로부터 물러설 수 없다는 자세를 분명하게 나타내고 있다. 화자인 '나'는 "이렇게 주기적인 수입 소동이 날 때만은/ 네가 부리는 독살에도 나는 지지 않는" 자세를 보이고 있는 것이다. 그리고 "무능한 내가 지지 않는 것은 이때만이다/ 너의 독기가 예에 없이 걸레쪽같이 보이고/ 너와 내가 반반—/ 「어디 마음대로 화를 부려보려무나!」" 하며 당당하게 맞서고 있는 것이다.

'나'는 '여편네'로부터 자본주의 체제의 약자로서 조종당한다. 위의 작품에서 볼 수 있듯이 '내'가 '만용'이를 나무라는 것도 '여편네'의 조종 때문으로 볼 수 있다. 그렇지만 '내'가 '만용'이를 나무라는 것은 일방적으로 '여편네'에게 순종하는 것이 아니라 오히려 '무능'한 존재이지만 가만히 있지 않는 모습이다. '만용'이를 통해 간접적으로 '여편네'를 공격하는 것이다. "너와 내가 반반—/ 「어디 마음대로 화를 부려보려무나!」"라고 열어 두고 있는 것이다. '나'의 '만용'에게 대한 자신감 있는 태도를 통해 간접적으로 '여편네'에게 강인함을 알리려고 하는 것이다. '내'가 무능한 존재로 보일지라도 일방적으로 무시당하지 않고 나름대로 주체성을 가지고 있음을 알리려는 행동이다. 양계 운영의 손실이 '만용'의 소행이라고 보는 것은 수입에 신경을 쓰고 있는 '여편네'의 입장이지 결코 '나'의 생각은 아니다. '무능한 내' 책임도 있겠지만 '여편네'의 책임도 크다고 생각하고 있는 것이다. 그리하여 '나'는 '여편네'에 대한 불평을 '만용'에게 한다. '만용'이도 책임이 있기 때문이지만, 그보다도 내가 효과적으로 싸울 수 있는 상대이기 때문이다. '만용'이는 '수입 소동이 날 때'마다 '독살'을 부리는데, 그것은 양계 운영의 손실 책임이 자신에게 전가되는 것을 느끼고 반발하는 것이다. '만용'의 그 반발에 '나' 역시 물러서지 않는다. "네가 부리는 독살에도 나는 지지 않"으려고 하는 것이다. 이 싸움은 결코 '만용'에게 지기 위한 것은 아니지만 이기기 위한 것도 아니다. 단지 '여편네'에게 보여주기 위한 싸움인 것이다. 결국 "너와 내가 반반─"으로 하는 싸움이다. '나'와 '만용'의 1대 1 싸움이지만 궁극적으로 '나'와 '여편네'의 1대 1 싸움인 것이다.

> 초가 쳐 있다 잔인의 초가
> 요놈─ 요 어린 놈─ 맹랑한 놈─ 6학년 놈─
> 에미 없는 놈─ 생명
> 나도 나다─ 잔인이다─ 미안하지만 잔인이다─
> 콧노래를 부르더니 그만두었구나─ 너도 어지간한 놈이다─ 요놈─ 죽어라
>
> ──「잔인의 초」 부분

"몇 년 전에 「만용에게」라는 제목의 작품을 쓴 것이 있는데, 생명과 생명의 대치를 취급한 주제면에서나, 호흡면에서나, 이 「잔인한 초」는 그 작품의 계열에 속하는 것이라고 생각된다. 너와 나는 〈반반〉이라는 의미의 말이 그 「만용에게」의 모티브 비슷하게 되어 있는데 그러한 1대 1의 대결의식이 이 「잔인한 초」에도 들어 있다. (…중략…) 아무래도 나의 본질에 속하는 것 같고 시의 본질에 속하는 것 같다."[12]라고 김수영

12) 김수영, 「시작 노우트 5」, 『김수영 전집 2 산문』, 민음사, 1995, 297쪽.

스스로가 토로하고 있듯이, 위의 작품에는 그의 시 본령이 잘 나타나 있
다. 김수영 시의 본령은 1 대 1 대결의식이다. 그리하여 '나'는 '놈'과
대결하고 있다. '놈'은 어리고 맹랑하고 6학년밖에 안 되었고 에미 없는
상대라면 '나'는 '잔인'할 정도로 '생명'이 있는 상대이다. 그렇지만 양
자간에 벌이는 대결이 쉽게 승부나지 않는다. "너도 어지간한 놈"이기
때문이고, '나도 나'이기 때문이다. 그리하여 '나'는 "요놈― 죽어라"
하고 공격하고 있는 것이다.

> 돈에 치를 떠는 여편네도 도적이 들어왔다는
> 말에는 놀라지 않는다
> 그놈은 우리집 광에 있는 철사를 노리고 있다
> 싯가 700원가량의 새 철사뭉치는 우리집의
> 양심의 가책이다
> 우리가 도적질을 한 것은 아니지만 우리가
> 훔친 거나 다름없다 아니 그보다도 더 나쁘다
>
> (…중략…)
>
> 그래도 여편네는 담을 고치지 않는다
> 내가 고치라고 조르니까 더 안 고치는지도 모른다
> 고칠 사람을 구하기가 어려운 것도 있고
> 돈이 아까울지도 모른다
>
> (…중략…)
>
> 아니 내가 고치라고 하니까 안 고칠 거라
> 이 추측이 맞을 거라 이 추측이 맞을 거라
> 이 추측이 맞을 거라
>
> ―「도적」 부분

위의 작품에서 보듯이 김수영은 자본주의에 대한 자신의 공격을 강화하기 위해 또 한 번 '여편네'를 적으로 등장시키고 있다. '여편네'는 "돈이 아까워" 담을 고치지 않고 있지만 "내가 고치라고 하니까 안 고"치는 면이 강하다. 이렇게 본다면 '여편네'는 '내'게 적이다. '내'가 철저하게 공격해야 할 상대인 것이다. 이처럼 '나'와 '여편네'의 싸움은 단순히 부부간의 대결이 아니라 양쪽 속성간의 대결이다. '나'는 거대한 자본주의 체제로부터 무능하고 소외된 존재이고, '여편네' 역시 자본주의 체제로부터 지배받고 있지만 '나'를 조종하고 억압하는 전문가적인 존재이다. 그러므로 '나'의 '여편네'에 대한 공격은 결국 자본주의 체제에 대한 대항인 셈이다. '나'는 그 싸움에서 승리를 거두지 못한다는 사실을 잘 알고 있다. 그렇지만 싸움의 의미는 이기고 지는 결과에만 있는 것이 아니라 과정 그 자체에도 있는 것이다. 그리하여 "애타도록 마음에 서둘지 말라/ 강물 위에 떨어진 불빛처럼/ 혁혁한 업적을 바라지 말라"(「봄밤」)라는 마음으로, 그리고 "그러나 이런 거짓말을 해도 별로/ 성과는 없었다 성과가 없을 것을/ 알고 있기 때문에 나는 여편네의/ 거짓말에 반대하지 않는"(「반달」) 여유를 가지고 대항하는 것이다.

이처럼 김수영은 인간 소외와 물질주의와 끝없는 경쟁을 낳고 있는 자본주의에 대해 '여편네'라는 시적 장치로써 만들어 놓고 싸우고 있다. 한편으로는 자신의 소시민성을 부단히 부끄러워하고 반성하면서 다른 한편으로는 힘닿는 한 자본주의와 대결하고 있는 것이다. 김수영의 시적 성취가 당대적인 것이면서 동시에 시대를 넘어설 수 있는 것은 끝없는 자기 혁신에 있는 것이지만, 동시대의 그 누구도 심각하게 생각하지 못했던 자본주의의 모순을 온몸으로 인식하고 대항했다는 점에도 있는 것이다.

4. 결론

이상에서 살펴보았듯이 김수영의 시작품에 나타난 '여편네'는 단적
으로 말해서 반여성주의를 나타내는 호칭이 아니고, 시적 장치의 한 대
상일 뿐이다. 그러한 근거는 다음의 글에서 또한 엿볼 수 있다.

> 여편네를 욕하는 것은 좋으나, 여편네를 욕함으로써 자기만 잘난 체하고
> 생색을 내려는 것은 稚氣다. 시에서 욕을 하는 것이 정말 욕이 되는 것은 아
> 니지만, 하여간 문학의 惡의 언턱거리로 여편네를 이용한다는 것은 좀 졸렬
> 한 것 같은 감이 없지 않다. 이불 속에서 활개를 치거나, 아낙군수노릇을 하
> 기는 싫다.[13]

김수영은 집안에만 들어앉아 있는 사람과 같이 "아낙군수노릇을 하기
는 싫다"라고 말하고 있다. "惡의 언턱거리로 여편네를 이용한다는 것"은
졸렬한 행위라고 토로하고도 있다. '惡'의 핑계거리로 '여편네'를 이용하
고 있기는 하지만 그것은 졸렬한 일이고 나아가 "시에서 욕을 하는 것이
정말 욕이 되는 것은 아니"기 때문에 '여편네'라고 말하는 것이 곧 자신의
아내를 비하하는 일이 아니라고 말하고 있는 것이다. 이와 같이 김수영의
시에서 '여편네'는 반여성주의 사상을 내포하고 있는 것이 아니다.

물론 페미니스트의 관점에서 보면 이 점은 동의할 수 없을지 모른다.
남성인 김수영이 여성인 아내를 비하하려는 의도가 아니었다고 할지라
도 그와 같은 호칭을 사용했다면 잠재적인 면에서 아내를 자신보다 낮
게 여기고 있는 증거라고 주장할 수 있다. 김수영의 의도와 상관없이 남
성주의 사고관이 이미 사회의 관습이나 윤리에 의해 몸에 배었다고 주
장할 수 있는 것이다. 그런 주장은 김수영이 산문(수필)에서 아내를 '여

---

13) 김수영, 「시작 노우트 4」, 『김수영 전집 2 산문』, 민음사, 1995, 293쪽.

편네'라고 호칭하고 있는 점을 근거로 제시하면 더욱 일리가 있어 보인다. 나아가 여성주의 및 남성주의란 가하는 쪽에만 해당하는 개념이 아니라 받는 쪽도 함께하는 개념이기에 더욱 설득력을 가질 수 있다.

그렇지만 이러한 페미니스트의 비판도 김수영의 시에 나타난 '여편네'란 시어가 시인의 아내를 호칭하는 것에 한정시킬 수 없다는 전제를 인정한다면 다르게 생각될 수 있다. 오히려 새로운 차원으로 '여편네'를 규명할 필요가 생긴다. 다시 말해 김수영의 시에서 쓰인 '여편네'는 그의 아내를 호칭하는 것이 아니기에 반여성주의의 문제는 성립되지 않고 새로운 관점으로 고찰할 필요가 있는 것이다.

그리하여 이 논문에서는 김수영의 시작품에 등장하는 '여편네'를 시인이 대항하고자 하는 상대로 삼고 살펴보았다. 그 敵은 「만용에게」, 「여편네의 방에 와서―新歸去來1」, 「생활」, 「반달」, 「도적」 등에서 여실하게 나타나고 있듯이 자본주의적 속성을 가진 대상이다. 김수영은 그 적들로부터 회피하거나 두려워하지 않고 자유 정신을 위해 맞섰다. 나와 너, 정직과 타락, 고결과 속물, 정의와 불의, 자유와 억압, 휴머니즘과 자본주의의 대립구조에 속에서 자신의 주체성을 잃지 않고 당당하게 대결한 것이다.

■ 참고문헌

1. 자료

김수영, 「여름 아침」, 『김수영 전집 1 시』, 민음사, 2003.
______, 「눈」, 『김수영 전집 1 시』, 민음사, 2003.
______, 「봄밤」, 『김수영 전집 1 시』, 민음사, 2003.
______, 「초봄의 뜰 안에」, 『김수영 전집 1 시』, 민음사, 2003.

______, 「하…… 그림자가 없다」, 『김수영 전집 1 시』, 민음사, 2003.

______, 「우선 그놈의 사진을 떼어서 밑씻개로 하자」, 『김수영 전집 1 시』, 민음사, 2003.

______, 「기도—4·19순국학도 위령제에 부치는 노래」, 『김수영 전집 1 시』, 민음사, 2003.

______, 「육법전서와 혁명」, 『김수영 전집 1 시』, 민음사, 2003.

______, 「푸른 하늘을」, 『김수영 전집 1 시』, 민음사, 2003.

______, 「만시지탄은 있지만」, 『김수영 전집 1 시』, 민음사, 2003.

______, 「가다오 나가다오」, 『김수영 전집 1 시』, 민음사, 2003.

______, 「그 방을 생각하며」, 『김수영 전집 1 시』, 민음사, 2003.

______, 「여편네의 방에 와서」, 『김수영 전집 1 시』, 민음사, 2003.

______, 「파자마바람으로」, 『김수영 전집 1 시』, 민음사, 2003.

______, 「만용에게」, 『김수영 전집 1 시』, 민음사, 2003.

______, 「반달」, 『김수영 전집 1 시』, 민음사, 2003.

______, 「적2」, 『김수영 전집 1 시』, 민음사, 2003.

______, 「잔인의 초」, 『김수영 전집 1 시』, 민음사, 2003.

______, 「어느 날 고궁을 나오면서」, 『김수영 전집 1 시』, 민음사, 2003.

______, 「도적」, 『김수영 전집 1 시』, 민음사, 2003.

______, 「거짓말의 여운 속에서」, 『김수영 전집 1 시』, 민음사, 2003.

______, 「性」, 『김수영 전집 1 시』, 민음사, 2003.

______, 「풀」, 『김수영 전집 1 시』, 민음사, 2003.

______, 「양계변명」, 『김수영 전집 2 산문』, 민음사, 1995.

______, 「시작 노우트 4」, 『김수영 전집 2 산문』, 민음사, 1995.

______, 「시작 노우트 5」, 『김수영 전집 2 산문』, 민음사, 1995.

2. 단행본 및 논문

강웅식, 「'긴장'의 시론과 '힘'의 시학」, 『시, 위대한 거절』, 청동거울, 1998.

권오만, 「김수영 시의 '고백시'적 경향」, 『시의 정신과 기법』, 새미, 2002.

김명인, 「그토록 무모한 고독, 혹은 투명한 비애」, 『실천문학』 1998년 봄, 실천문학사.

______, 『김수영, 근대를 향한 모험』, 소명출판, 2003.

김용희, 「김수영 시에 나타난 분열된 남성의식」, 『한국시학연구』 제4호, 한국시학회, 2001.

김우창, 「예술가의 양심과 자유」, 『궁핍한 시대의 시인』, 민음사, 1978.

김윤배, 『온몸의 시학, 김수영』, 국학자료원, 2003.

김윤태, 「4·19혁명과 민족현실의 발견」, 민족문학연구소 엮음, 『민족문학사 강좌·하』, 창작과비평사, 1995.

김인환, 「시인의식의 성숙과정」, 『문학과 문학사상』, 열화당, 1978.

김준오, 『시론』, 삼지원, 1994.

김현승, 「김수영의 시사적 위치와 업적」, 『창작과비평』 1968년 가을호, 창작과비평사, 2003.

문혜원, 「아내와 가족, 내 안의 적과의 싸움」, 『흔들리는 말, 떠오르는 몸』, 나남, 1999.

박윤우, 「1950년대 모더니즘 시의 '부정성' 연구」, 서울대 박사학위논문, 1998.

백낙청, 「김수영의 시세계」, 『민족문학과 세계문학』, 창작과비평사, 1978.

염무웅, 「김수영론」, 『민중시대의 문학』, 창작과비평사, 1979.

유중하, 「달나라에 내리는 눈」, 『실천문학』 1998년 여름, 실천문학사.

정남영, 「바꾸는 일, 바뀌는 일 그리고 김수영의 시」, 『실천문학』 1998년 겨울, 실천문학사, 2003.

정재찬, 「김수영론 : 허무주의와 그 극복」, 문학사와 비평연구회 편, 『1960년대 문학연구』, 예하, 1993.

정효구, 「김수영 시에 나타난 사랑」, 『20세기 한국시와 비평정신』, 새미, 1997.

조영복, 「김수영, 반여성주의에서 반반의 미학으로」, 『여성문학연구』 제6호, 여성문학회, 2001.

최동호, 「김수영의 시적 변증법과 전통의 뿌리」, 『디지털문화와 생태시학』, 문학동네, 2000.

최하림, 「아이들은 자란다」, 『김수영평전』, 실천문학사, 2003.

하정일, 「김수영, 근대성 그리고 민족문학」, 『실천문학』 1998년 봄, 실천문학사.

한명희, 「김수영 정신분석으로 읽기」, 월인, 2002.

John Kenneth Galbraith, *The Nature of Mass overty*, 최광렬 옮김, 『대중은 왜 빈곤한가』, 홍성사, 1979.

김수영 시에서의 '여성',
그 기호적 의미망 읽기

임 명 숙

1. 들어가는 말

김수영 시인에 대해서 가장 먼저 혹은 깊게 각인되어 떠오르는 몇 개의 기표를 말하라면 '참여'와 '저항'이 아닐까 싶다. 이러한 기표들이 기의 아래로 미끄러지는 과정 속에서 이상 다음으로 지금까지 지속적으로 조명을 받으며 연구되어 왔다고 해도 크게 과장이 된 말은 아닐 것이다. 김수영 연구사가 30여 년이 넘는 지금 그의 시는 고정된 시각에서 벗어나 다시-보고,[1] 또 새롭게 읽어낼 필요성이 있는, 그래서 다각도에서 논의되어질 부분 가운데 '여성'이라는 기표에 주목하게 된다. 이는 그의 시텍스트에서 드러나는 여성이라는 기호의 의미 생성과정 즉, 흔적, 목소리들이 자신을 증언하듯 때론 타자들의 사고를 대변하듯 무의

---

1) 특집, 「김수영 문학의 재인식」, 『작가연구』 5호, 새미, 1998; 김승희 편, 『김수영 다시읽기』, 프레스21, 2000.

식적 혹은 의식적 울림이 다양하게 기호망을 구축하고 있기 때문이다.

그동안의 문학 연구, 특히 구조주의적 분석에서 말하는 주체는 에코이고, 시적 자아나 화자, 시인 자신으로 불리워져, 즉 초월적 자아로서 불리워져 왔다. 그러나 정신분석학과 언어학을 조합한 라캉의 주체이론에서부터 기호 분석을 정립한 크리스테바는 현상텍스트가 아니라 발생텍스트에 관심을 갖는다. 즉 구조가 아니라 구조화로서 간주된 텍스트, 완성되고 닫혀진 텍스트로서가 아니라 충동에 무한히 구축되고 허물어지고 또다시 구축되는 기호들의 총체로서의 텍스트를 대립시킨다.[2]

이와 같은 맥락에서 볼 때 김수영 시에서 드러나고 있는 여성이라는 기호적 의미망은 열려진 텍스트로서 또 하나의 기표를 다시 만들어가는, 그래서 과정 속의 논의라고 할 수 있다. 그렇기에 완성되고 닫혀진 것이 아니라 무한히 구축하고 또다시 허물어지는 과정, 그것 자체를 열어놓고 있는 논의라고 할 수 있다. 이러한 논의가 가능한 것은 말하는 주체에 의해서 시텍스트를 구축하는 것들이 언어를 향하여 언어 안에서, 그리고 언어를 가로지르는 욕동, 즉 교환가치와 그 주역들, 주체와 그 제도들을 향하여 그 안에서 그리고 그것들을 관통하는 욕동의 끊임없는 기능 작용이기 때문이다. 때문에 시텍스트의 의미 작용은 무질서하게 분할된 토대도 아니고 구조화와 탈구조화의 실천, 즉 주체와 사회

---

2) 크리스테바가 말하는 기호를 요약하면, 기호는 어떤 단일한 독특한 실재에 대응하지 않지만 연상된 이미지들이나 사고들의 집합을 환기시킨다. 그럼에도 불구하고 그 자신을 지탱해주는 초월적인 기호(그것은 자의적이다)로부터 거리를 취하려고 하는 경향이 있다. 또 기호는 의미(조합)의 특정한 구조의 일부분이고 그런 의미에서 상호관계적이다. 그것의 의미는 다른 기호들과의 상호 작용의 결과다. 그리고 기호는 변형(transformation)의 원리에 정박되어 있다. 이런 영역 안에서, 새로운 구조는 영원히 생성되고 변형된다. 결국 의미란 기호 개개적인 것의 문제가 아니라 한편으로는 기호계적이고 또 한편으로는 상징계적인 과정에 의해 생산되는 것이다. 줄리아 크리스테바, 『시적 언어의 혁명』, 동문선, 2000 참조.

의 한계를 향한 극한에로의 이행이다.[3] 때문에 김수영 시인을 말하는 주체로 보고, 시를 말하는 주체의 텍스트적 실천의 의미 작용이라 할 때, 시텍스트에서 발화되고 있는 여성이라는 기표가 주체 혹은 타자로서 의미 생성을 하는 과정 속에 '여자', '여편네', '아내'라는 기호적 의미망이 어떻게 현현되고 있는가를 밝힘으로써 김수영 시에 대하여 또 하나의 '열린 읽기'를 제공하게 될 것이다.

2. 여자, '에브젝트'로서의 분화

'여자'는 사전적 의미로는 '여성(女性)인 사람'이다.

크리스테바에 의하면 모든 사물들을 인식하고 다루는 여성은 그것을 전복시키려는 쾌락의 소음들이나 웃음, 그리고 시들의 소음에 의해서 위협을 받는데, 사회적 속박들, 아버지 이름의 부권 상징 등 사회와 현실은 그것을 쫓아내고 비천한 것으로 천시한다. 이때의 대상은 여성이자 어머니의 몸으로 곧 '에브젝션(abjection, 대상천시)'된다[4]는 것이다. 그래서 에브젝션이 나를 점령할 때, 이 정서로 이루어진 덩어리는 사실 어떤 정의된 대상(object) 자체가 아니다. 에브젝트는 나와의 관계항이 아니다. 그것이 대상이라면 나에 대항하는 가치만을 갖는다. 그것은 내가 명명하고 상상할 수 있는, 내 앞에 있는 대상이 아니다. 내가 타자나, 혹은 다른 사물들에 기댐으로써 적어도 초연하고 자발적인 존재가 되도록 도와 하나의 대상에 하나의 자아가 있듯이, 하나의 초자아에는 하나의 에브젝트가 있는 것이다. 그것은 바로 내가 길들여진 야수적인 고통인데, 주체가 그 고통을 아버지로 바꾸기 때문에 숭고한 동시에 광적이

---

3) 위의 책, 211쪽 참조.
4) 줄리아 크리스테바, 『공포의 권력』, 서민원 옮김, 동문선, 21~23, 319쪽 참조.

다. 즉 타자의 욕망을 상상하기 때문에 주체는 그 야수적인 고통을 지탱한다. 전에는 잊혀졌던 삶 속에 친근하게 존재했던 그 이질성은, 이제는 나와 분리되어서 혐오스러워져 나를 집요하게 공격한다. 그런데 상징 질서가 밀어내는 이 혐오스러운 것이 여성에게는 다시 상징계를 뚫는 힘으로 작용하여 부적절하거나 건강하지 않은 것이라기보다 동일성이나 체계와 질서를 교란시키는 것에 가깝다. 그래서 그것이 대상이라면 나에 대항하는 가치만을 갖는다. 그러나 만약 그렇지 않고, 대상이 바로 나로 하여금 의미가 욕망하는 아슬아슬한 틀 속에서 균형 잡도록 도와주고 모호한 상태인 내가 동일화되는 것을 도와준다면, 선택된 대상인 에브젝트는 갑자기 배타적이 되어 나를 의미가 붕괴되는 장소로 가게 한다.[5]

　김수영 시인은 말하는 주체로서 시텍스트에 '여자'를 발화할 때에 시적 자아를 불안에 빠뜨리거나 고통스럽게 하는 비천한 존재로 부각시키고 있는데, 즉 그의 무의식 속에서 의미 생성이 매우 불안정해보이거나 혹은 초월적이고 힘을 지닌 것으로 기호들이 너무나 에브젝트하다. 시 「여자」에서 여자라는 기호들은 '집중된 동물'이고, '에고이스트'이며, '전쟁', '죄', '포로', '뱀' 등으로 말하는 주체의 의식 혹은 무의식 속에서 모두가 에브젝트하게 의미 작용을 하고 있기 때문이다. 다시 말해 비천한 기표들은 말하는 주체의 욕동 안에서 역동적으로 작용하여 욕망이 흘러넘치는 그곳에서 다양하게 분화되고 있다. 이는 언어의 일차적 의

---

5)　'에브젝트'가 되는 것은 부적절하거나 건강하지 않은 것이라기보다 동일성이나 체계화 질서를 교란시키는 것에 가깝다. 예컨대 자신을 숨긴 테러 행위, 미소 짓는 증오, 껴안는 대신 품는 육체에 대한 욕망, 비수로 '나'를 찌르는 친구 등을 크리스테바는 '에브젝션'의 예로 들고 있다. 그렇기에 '에브젝트'는 주체가 자신의 존재, 의미, 언어 그리고 욕망을 가능케 하는, 결핍을 인지할 수 있도록 하는 것이며, 그래서 주체의 경험에서 그 절정의 형태를 갖는다. 위의 책, 21~43쪽 참조.

미만을 보더라도 매우 불안정하고, 또한 에브젝트한 것들이 말하는 주
체인 나(시적 자아)와 별개항이 아니라 안과 밖, 의식과 무의식이 경계
선 그곳에 존재하고 있기 때문이다.

> 여자란 집중된 동물이다
> 그 이마의 힘줄같이 나에게 설움을 가르쳐준다
> (…중략…)
> 이런 집중이 여자의 선천적인 집중도와
> 기적적으로 마주치게 한 것이 전쟁이라고 생각했다
> 그런 의미에서 나는 전쟁에 축복을 드렸다
>
> 내가 지금 6학년 아이들의 과외공부집에서 만난
> 학부형회의 어떤 어머니에게 느낀 여자의 감각
> 그 이마의 힘줄
> 그 이마의 집중도(集中度)
>
> 이것은 죄에서 우러나오는 것이다
> 여자의 본성은 에고이스트
> 뱀과 같은 에고이스트
> 그러니까 뱀은 선천적인 포로인지도 모른다
> 그런 의미에서 나는 속죄에 축복을 드렸다

—「여자」 부분

　　말하는 주체는 "여자란 집중된 동물"이라고 단언을 하고 있다. 여자
의 존재를 묻는 것이 아니라 여자란 존재에 대하여 마치 정체성을 파헤
쳐 늘어놓듯이 여자를 지칭하고 있다. "선천적"으로 "집중도"를 지닌 동
물인 여자, 그 여자는 '내' 의식을 뚫고 무의식 속에 고착된 "전쟁"과
"마주치게" 하는 존재로 명명되고 있다. 이때 내 무의식 속에 고착된 전
쟁과 의식 속의 여자는 등가를 이룬다. 전쟁, 그것은 에브젝트의 최정점

과도 같은 기표로서 작용을 하기 때문이다. 역사 속에서 전쟁이 어떠한 상황에서 벌어졌든 전쟁 그 자체는 매우 에브젝트하기 때문이다. 때문에 시인에게 있어 한국동란이라는 기표는 무의식 속에 고착("포로")되어 결코 지워낼 수 없는 수많은 기의들을 형성하게 된다. 그것은 곧 수면(의식) 위로 뚫고 들어와 내가 현재 놓여 있는 거대한 현실 속에서("과외공부") 나를 짓누르는("학부형") 두터운 각질층을 형성하는 또 다른 기표를 만들어내며 작동을 하기에 말하는 주체에게는 여자와 전쟁은 에브젝션시킬 수밖에 없는 당위성을 지니게 된다. 이때 내게 있어 여자는 내 존재의 축, 문화의 도화선, 바로 그곳에서 너무나 혐오스러워 에브젝트한 동물(뱀)로 위치한다.

이 시는 얼핏 표층만 읽어내면 일반 대중(필자를 포함)들에게는 소위 저항시인이라 읽혀져 왔던 '풀'의 시인, 그래서 김수영의 시처럼 잘 읽혀지지 않는 시 가운데 하나라고 여겨진다. 하지만 어떠한 기표든 확정된 의미가 아닌, 그래서 하나의 기호가 단일한 의미로 고정된 것이 아닌, 그래서 자크 데리다의 '산종'처럼 불확정적임에 주목하게 된다.

지금 말하는 주체에게 있어 여자는 너무나 에브젝트하다("여자는 마물(魔物)야"-「복중(伏中)」, "무식한 여자가 여기 있구나"-「만주(滿洲)의 여자」, "나의 여자들의 더러운 발은 생활의 숙제"-「반주곡」). 여자는 마물이기에 비천한 존재로 전락되고, 무식하기에 외면해야 할 대상이며, 더러운 발을 가졌기에 천하게 여겨지고, "간음한 얼굴"(「네 얼굴은」)을 지닌 여자이기에 더더욱 에브젝션시켜야만 하는 동물이다. 이러한 여자들은 "6학년 아이들의 과외공부집에서 만난/ 학부형회의 어떤 어머니"로 혼효되어진다. 에브젝트한 존재, 곧 과외공부집에서 만난 어떤 여자의 "이마의 힘줄"조차 "죄"에서 우러나오는 것, 그래서 원죄성을 지니게 한다. 무엇인가에 잔뜩 힘을 주었을 때 튀어나오는 힘줄, 이마에 툭 불거져 나온 여자의 본성은 원죄성을 띤 '뱀'이다. 뱀은 타자(시적 자아

혹은 아담으로 대표되는 남성)를 괴롭힌, 즉 타자를 유혹하여 죄를 짓게 한 장본인으로서 상징 질서(시적 자아, 기독교적인 가치관 혹은 남성지배담론)를 교란시키고, 거스르고, 문란하게 한 존재이다. 때문에 상징 질서는 이러한 존재를 에브젝션시키는 당위성을 지니게 된다. 뱀은 상징 질서를 타락시켰기에 상징 질서가 요구하는 어떠한 인격적인 가치나 목소리를 지닐 수 없는, 그래서 거세시켜야만 할 대상이기 때문이다. 이 뱀이 여자이고, 그 여자는 코기토(cogito)에서도 밀려난 비천한 대상이다. 이처럼 비천한 존재들인 여자는 이성적 사고나 논리적 사고와는 거리가 먼 무식한 여자다. 그래서 말하는 주체에게는 비천한 전 조건을 지닌 존재로서 에브젝트의 최정점에 놓이게 된다.

그런데 시인이 그토록 비천하게 여겼던 여자, 그 존재가 "내 몸"을 "아프"게 하고 '설움'을 주는 존재로 분화되고 있다는 점에 주목할 필요성이 있다. 이는 안정된 주체의 위치에서 말해지지 않은 것이며, 말하는 주체가 정의한, 즉 토해놓은-에고이스트, 뱀, 집중된 동물, 마물, 간음한 얼굴 등-경계선 바로 거기에 세워진 심연이기 때문이다.

> 먼 곳에서부터
> 먼 곳으로
> 다시 몸이 아프다
>
> 조용한 봄에서부터
> 조용한 봄으로
> 다시 내 몸이 아프다
>
> 여자에게서부터
> 여자에게로
>
> 능금꽃으로부터

능금꽃으로……

나도 모르는 사이에
내 몸이 아프다

─「먼 곳에서부터」 전문

말하는 주체는 "몸이 아프다"고 언술하고 있다. 그 아픔의 원인은 모른다. "나도 모르는 사이에" 내 몸이 아프기 때문이다. 그 아픔은 "먼 곳에서부터", "여자에게서부터" 시작된 아픔이다.

그렇다면 내 아픔의 시작인 그 먼 곳은 도대체 어디인가. 먼 곳은 기호계로서 아직 상징 질서로 진입하지 않는 개체, 즉 그 개체가 원초적 어머니의 몸(Chora)[6]과 하나가 되던 그런 곳이다. 그곳은 말하는 주체에게 있어 일찍이 너무도 친근하고 아늑한 공간으로 선과 악의 구별도 없고, 그래서 주체와 타자의 경계가 없는, 끝없는 욕구 속에 요구하고 욕망하는 결핍된 주체가 있는 공간이 아닌, 바로 시원의 세계이다. 그 먼 곳은 이자관계, 즉 어머니와 구별이 없는 나와 타자가 하나가 되는 그런 공간이다. 그 먼 곳은 "여자에게로부터" 시작되었다. 그 먼 곳은 자연('봄', '능금꽃')과 인간('나', '여자')이 동일성을 이루던 곳이다. 그 먼 곳에서 나는 어머니의 몸과 하나가 되었기에 어떠한 욕망도 생기지 않

---

6) '코라'는 크리스테바가 처음으로 사용한 말이 아니다.
  플라톤의 대화편 『티마이오스』(장인 · 창조자 · 신이라는 뜻)에 따르면, 세계의 형성자인 신이 세상을 창조할 때, 우리 이전에 존재하던 우주가 파멸할 때 생긴 파편(4원소를 구성하는 삼각형)을 재료로 세상을 만들었는데, 그 재료는 수용체(receptacle, 모성적인 것, 장소) 등 11종의 다양한 물질이었다. 그것은 다양성 자체로 인해 설명할 수 없고, 알 수 없는 성질을 지닌다. 즉 논리적 사고의 바깥에 위치하며, 추측이나 지각의 대상도 아니므로 그것을 추측하는 행위 자체는 하나의 몽상이다. 즉 모성처럼 생성을 받아들이는 수용체를 플라톤은 코라라 지칭하였던 것이다.
  크리스테바는 플라톤의 코라를 프로이트의 이드나 자신의 기호계의 자리에 위치하는 충동의 장소로 간주하였다. 위의 책, 324쪽 참조.

는, 모든 요구와 욕구가 모두 해소되었다. 하지만 그곳에서 '나'는 영원히 살아갈 수가 없다. 나는 상징 질서로 들어와야 하는 주체이기 때문이다. 다시 말해 말하는 주체인 나는 언어를 습득(아버지의 법)했기 때문이다. 그곳을(기호계, 상상계) 벗어나 상징 질서로 진입하기 위해서 나는 어머니의 몸을 에브젝션시켜야만 한다. 상징 질서의 명령이다. 어머니를 비천화시켜야만 아버지의 법, 즉 상징 질서가 나를 용납하기 때문이다. 이제 상징 질서에 진입한 내 몸은 명징한 세계, 즉 먼 곳으로부터 벗어나 있다. 먼 곳에서 멀어진 이곳이 바로 내가 살아갈 수 있는 현실태인 것이다. 그런데 이곳에서 나는 원인 모를 통증이 있다. 나도 모르게 몸이 아프기 때문이다. 이 아픔은 먼 곳에서 이미 시작된 아픔이다. 먼 곳에서 에브젝션시켰던 나는 너무도 큰 고통을 겪어야만 했는데, 그것이 사라지지 않고 내 무의식 속에 각인되었고, 이를 내 의식으로는 알 수가 없다. 때문에 말하는 주체의 통증의 순간은 무와 환각 같은, 그래서 그 먼 곳에서 여자를 최초로 비천화했던 그 사실을 깨닫게 되는 순간('속죄')이며, 그것은 아픔과 동궤에 놓인다.

이처럼 말하는 주체에게 있어 분화되는 여자는 원초적 어머니로서 마물이었고, 무식했고, 더러웠고, 간음한 얼굴을 지닌 뱀이었으며, 에고이스트로서 집중된 동물이었다. 바로 내가 비천화시켰던 여자였다. 이러한 여자의 기호적 의미 생성의 절정, 즉 시텍스트에서 에브젝트로서 여성이라는 기호가 말하는 주체의 욕동 속에서 타자성을 벗고 주체로 분화되고 있는 것이다. 이는 시텍스트에서 여자라는 기호가 전쟁과 기호적 등가를 이룸으로써 무의식과 의식의 대립처럼 의식 속에서 뱉어내는 언술과 무의식 상태에서 발화되는 언술이 나와 타자, 안과 밖의 대립이 존재하는 것이 아니라 말하는 주체의 욕동 속에서 분화되기 때문이다. 이것이 바로 김수영 시인의 무의식("나도 모르는 사이에")에 지워지지 않는 끔찍한 고통, 그것이 현실태에서 여자라는 기호적 의미는 분화를

함으로써 고착('설움')을 풀어 놓아주는("축복을 드리"는), 그래서 말하
는 주체에게 있어 극한에로의 이행인 것이다.

3. 여편네, 그 미혹적 존재의 거리

　김수영의 시텍스트를 형성하고 있는 많은 주변적 상황, 즉 당대의 사
회적, 문화적, 개인적인 요소들은 한 시인으로, 남편으로, 아버지로서
언술 행위의 주체는 끊임없는 욕망-그것이 육체적이든 정신적이든-을
언표화시키게 되고 그 언술 행위를 하는 과정 속에서 욕망의 대상에 대
하여 무의식은 여러 양상으로 시텍스트에 드러날 수밖에 없다. 이러한
상태에서 여성이라는 기호가 '여편네'라는 기호로 에브젝트해질 때, 그
기호적 의미 생성과정 속에서 시인의 시선과 응시로 들어오는 성적 대
상으로서의 여편네는 진정한 매혹과는 상관없이, 즉 미혹적 거리두기를
하고 있다.

　여편네는 사전적 의미로 '미혼이 아닌 여자', '아내를 속되게 이르는
말'이다.

　성(性), 즉 섹슈얼리티(sexuality)는 복잡한 개념이며, 다양한 영역에 걸
쳐 적용된다. 단순한 성적인 욕망이나 이성에의 욕구, 즉 본능적 충동에
서 더 나아가 사회적 권력구조에 의해 영향을 받는다. 또한 가부장적인
권력구조를 형성하는 가장 기본적인 요소이기도 하다. 이러한 섹슈얼리
티가 가부장적인 사회에서는 사회적으로 규정된 성적 전형성(stereotype)
이 남성의 여성 지배와 폭력을 당연시하는 데 일조하기 때문에 이때 여
성의 섹슈얼리티는 수동적이고 복종적으로 규정되기도 한다. 그러나 섹
슈얼리티는 인간 의지의 산물로 상징되어야 한다. 이때 섹슈얼리티는
정치적, 제도적 틀에서 더 나아가 심리적, 철학적, 존재론적 틀에서 분
리될 수 없는 근원적인 요소이기 때문에 여성의 섹슈얼리티는 안정되고

고정적인 경향이 아니라 문화적 영향을 받는 동시에 개인적인 차이를 보이기도 한다.7) 대상에 대한 섹슈얼리티적 욕망을 느낄 때 주체는 그 대상이 매혹 혹은 미혹적이기 때문이다. 인간이 인간에게 사랑(욕망, 섹 슈얼리티)을 느낄 때, 매혹되는 것은 자연에 매혹되는 것과는 달리 주관 적인 경향이 매우 강하다고 할 수 있다. 반면 미혹은 인간의 상상력이 만들어내는 대상에 관한 사유, 즉 인간의 상상력이 만들어내는 대상에 관한 사유이다. 그래서 자연이 아닌 문명이 창조한 미는 매혹보다 미혹 에 속하기 때문에 미혹은 표현의 영역 너머에 있다. 그러면서도 그것이 상징 질서 안에 있지 않으면 아무런 의미가 없다.8)

사랑은 어떠한 형태로든 동서고금을 막론하고 문학에서 되묻고 되묻 는 중심 테마라 해도 그다지 과언은 아닐 것이다.

시 「性」은 얼핏 표층구조만 읽어내면 꽤 이드적이고 원색적으로, 혹 은 어떠한 시적 메타포가 없이 그야말로 노골적으로 언술 행위를 드러 낸 것으로 읽혀진다. 가장 본능적이고 감각적이고 육체적(physical)인 성 은 그야말로 아름답고 순수하고 성스러워야 하는데 「性」에서는 그러한 순간의 쥬이쌍스가 전혀 배어나지 않는다. 말하는 주체가 성적 대상인 두 기표('여편네', 혹은 '그년')에 대하여 착각을 하고 있기 때문이다. 다시 말해 정신, 육체가 순수한 상태로부터 스스로 전락("그년하고 하듯 이")하고 있음으로써 말하는 주체의 '性'은 결핍되고, 언어마저 잃어버 리게("지독하게 속이면 내가 곧 속고") 된다. 주체는 바로 대상을 바로 보지 못하고 있다. 주체의 시선과 응시 속에 들어오는 대상에 대한 사랑 혹은 성적 욕망은 벗겨보면 텅 빈 베일 속의 구멍인 바로 그것(the Thing) 이란 사실을 놓치고 있기 때문이다. 이는 거울 속에 비친 타자(이미지)

---

7) 이수연, 『메두사의 웃음』, 커뮤니케이션북스, 1998, 53~73쪽 참조.
8) 권택영, 『몸과 미학』, 경희대 출판국, 2004, 4~5쪽.

를 보고 자신인 줄 착각하는 라캉의 거울단계[9]와도 같다. 분명 그년과 여편네는 매혹 혹은 미혹적 대상이 되어야 하는데, 대상에 대한 그 자체가 착각으로 미혹적 거리를 두게 된다. 여편네에 대한 미혹적 사유, 즉 "내가 저의 섹스를 개관하고 있는 것" 자체가 환상이란 것, 그래서 주체는 결코 대상을 바로 볼 수가 없다.

> 그것하고 하고 와서 첫 번째로 여편네와
> 하던 날은 바로 그 이튿날 밤은
> 아니 바로 그 첫날 밤은 반시간도 넘어 했는데도
> 여편네가 만족하지 않는다
> 그년하고 하듯이 혓바닥이 떨어져나가게
> 물어제끼지는 않았지만 그래도
> 어지간히 다부지게 해줬는데도
> 여편네가 만족하지 않는다
>
> 이제 아무래도 내가 저의 섹스를 개관하고
> 있는 것을 아는 모양이다
> 똑똑히는 몰라도 어렴풋이 느껴지는
> 모양이다
>
> 나는 섬찍해서 그전의 둔감한 내 자신으로
> 다시 돌아간다
> 연민의 순간이다 황홀의 순간이 아니라
> 속아 사는 연민의 순간이다
>
> 나는 이것이 쏟고 난 뒤에도 보통때보다
> 완연히 한참 더 오래 끌다가 쏟았다
> 한번 더 고비를 넘을 수도 있었는데 그만큼

9) 자크 라캉, 『욕망 이론』, 문예출판사, 1994 참조.

지독하게 속이면 내가 곧 속고 만다

―「性」 전문

시 「性」 전문이다. 이 시는 필자가 몇 해 전에 읽었던-물론 감동적이었다-파울로 코엘류의 『11분』이란 소설과 어느 부분이라고 단언할 수는 없으나 꽤 비교가 되는 측면이 있다고 여겨진다.

"나는" "그것하고 하고 와서" "여편네와 반시간도 넘게", "첫 번째"로 "첫날 밤"도, "이튿날 밤"도 그것을 하고 있다. 이때 내 성적 대상은 여편네가 우선이 아니라 "그년"이 먼저였다. 그렇다면 나에게 매혹적이고, 미혹적인 존재는 과연 누구인가. 나는 여편네에겐 "그년하고 하듯이 헛바닥이 떨어져나가게/ 물어제끼지는 않았"기에 정신과 육체가 하나가 되지 않은 상태이다. 이때 여편네는 미혹적일 수가 없다. 내 사유와 상상력으로 만들어지는 미혹, 즉 무의식에는 그년이 이미 먼저 자리하고 있기 때문에 결코 미혹적 대상이 될 수가 없다. "여편네는 만족하지 않"음을 내가 인지했고, 그래서 나는 "황홀의 순간"으로 결코 들어갈 수가 없다. 이는 이드 혹은 초자아가 지배를 받지 않는 세계, 즉 상상계로 진입하는 순간, 혹은 찰나지만 상상계로 들어가는 쥬이쌍스가 없다는 의미가 된다. 때문에 이 순간은 "황홀의 순간이 아니라/ 속아 사는 연민의 순간"이 되어 내 비스듬한 응시로 각인되는 성적 대상인 여편네는 미혹적 거리를 지닌 존재가 될 수밖에 없다. 그래서 내가 "지독하게 속이면 내가 곧 속고 마는" 것처럼 말하는 주체 스스로가 도덕을 알면서도 그 가치를 부정하는 것이기에 미혹적 거리는 더욱 멀게만 된다. 이 미혹적 거리는 '여편네'가 이미 자신의 성적 대상인 남편이 매혹적인 대상(그년)을 취한 것을 알고 있기에 더욱 멀어지게 된다. "내가 저의 섹스를 다 개관하고 있는 것을 알"기에. 이 순간 나는 그런 여편네가 "섬찍해서" "둔감했던" 옛 상태로 돌아간다. 둔감했던 옛 상태는 바로 여편네를

"지독하게 속"였던 그때이다. 속였던 그때는 오히려 나만의 쥬이쌍스는 있을 수 있다. 그러나 지독하게 속였기에 여편네는 배타적이 된 미혹적 대상으로 내 상상력의 사유로 미혹에서 멀어지는 순간 나는 섬찍해지면서 "오래 끌다가 쏟았"건만 여편네는 더 거리두기를 한다. 이제 텅 빈 베일만 나는 응시하게 되는 것이다. 그렇기에 내가 "여편네의 방에 와서 / 흥분을 해도/ 애무를 해도" 아내는 나를 "소년"을 퇴행한다(「아내의 방에 와서」).

때문에 이제 소년, 즉 말하는 주체의 '性'은 에로스와 타나토스가 일치하는, 즉 황홀의 순간이 아니라 속아 사는 "연민의 순간"으로 내게서 여편네는 미혹적 대상으로서는 너무도 먼 거리를 두고 나를 갈팡질팡 헤매게 하는 미혹적인 대상으로 먼 관계항이 되어 나는 "낙오자가 되어 걸어가"(「생활」)는 존재로 전락되어진다. 결국 "여편네의 방에 와서 기거를 같이 해"(「아내의 방에 와서」)도 나는 "태양 아래의 단 하나의 어린애", "죽음"의, "언덕"의, "사유의", "애정"의, "점(點)의", "베개"의, "고민의 어린애"로 퇴행된 존재이다. 여편네와 같이 기거를 하면 할수록 나는 점점 더 어린애가 될 뿐이기에. 이때 태양, 죽음, 언덕, 사유, 애정, 점/ 어린애는 기호계/ 상징 질서로 이분화되어 이 둘은 하나가 되지 못한 채 거리두기를 하는 기표로서 작용을 하게 된다. 다시 말해 말하는 주체가 지향하는 자신의 위치는 아내의 방인 상징 질서에서 밀려나 어린애가 되어 상상계에 자리하게 된다. 기호계인 어린애, 즉 나는 "너를 더 사랑하"는데 여편네는 에브젝션된 존재로 상징 질서에 이미 편입된 존재이다. 때문에 네가 내 사유로 미혹적인 존재가 아니라 어머니의 몸으로 에브젝션당했던 네가 나를 먼저 알아채고 나를 밀어내기에("너는 내 눈을 안다") 내 사유에서 더욱더 다가갈 수 없는 내 기억의 밑바닥에서만 존재하게 된다. 때문에 시인, 즉 말하는 주체의 언어적 욕동 속에서 여편네는 에브젝트된 존재로서 내가 말하는 것과 생각하는 것, 그러

리라고 믿는 것과 뜻하고자 하는 것들에 관하여, 그래서 말하는 주체의
미혹적이어야 할 '性', 그것마저 내 안에서 유희하고 내 사유 밖에 있게
되는 것이다.

4. 아내, 되돌아오는 '대상 천시'의 힘

주체도 대상도 아닌 에브젝션에는 자신을 위협하는 것에 대항하는 존
재의 격렬하고도 어렴풋한 반항이 있다. 게다가 사유 가능한 세계, 견뎌
낼 수 있는 세계 저편으로 몰려나 있던 엄청난 안과 밖에 마치 육박해
올 때와 같은 주체의 반항이 있다. 그것은 아주 가까이 있지만 동화될
수 없는 곳에서 욕망을 불러일으키고, 우리를 욕망과 불안과 유혹에 빠
지게 한다. 그러나 이때 욕망은 결코 유혹당하지 않는다. 또한 어떤 절
대성이 욕망으로 하여금 치욕에 빠지지 않도록 보호해주며, 욕망 또한
그 사실에 긍지를 느끼고 절대성에 매달린다. 그러나 동시에 이 경련하
는 도약은 또 다른 세계, 즉 죄 짓고 단죄 받고자 하는 욕망에 사로잡힌
다. 마치 통제할 수 없이 자신으로 돌아올 수밖에 없는 부메랑처럼 지
치지 않고, 문자 그대로 충동과 혐오의 양극에 놓인 자들을 자신의 바
깥으로 몰아낸다.[10] 이러한 에브젝션은 모호한 것이다. 왜냐하면 모든
방해를 제거하면서 주체를 위협하는 것으로부터 주체를 분리시키는 대
신, 반대로 주체에게 끊임없는 위험을 고백하기 때문이다. 그것은 에브
젝션 자체가 판단과 정서, 심정의 토로, 기호들과 충동들의 혼합물이기
때문이다.[11] 그래서 에브젝트에 의해 점령당한 사람은, 스스로를 인식
하거나 욕망하거나 어딘가에 속한다기보다는 밀려나고 분리되고 방황

---

10) 크리스테바, 『공포의 권력』, 21쪽.
11) 위의 책, 32쪽.

하는 존재이다. 반면, 영토나 언어, 작품의 구축자로서 던져진 자는 유동성의 경계를 지닌 자신의 세계를 한계 지으려 하지 않는다. 비대상으로 이루어진 에브젝트는 끊임없이 견고성을 찾아내고 새로이 시작하기 때문이다.[12]

말하는 주체에게 있어 여자와 여편네는 대상 천시된 존재였다. 비오는 거리에서 원죄를 지닌 뱀, 에고이스트, 마물이며, 집중된 동물로 비천화되었던 존재였다. 또한 "거리"에서 "우산대"로 "때려" 눕혀졌던 여편네(「죄와 벌」)는 모두 상징 질서가 밀어낸, 그래서 에브젝션된 존재였다. 매를 맞는 그것 자체는 너무나 에브젝트하다. 우산대는 상징 질서이다. 바로 상징 질서가 대상 천시했던 그 여편네, 즉 우산대로 맞고 마물인 그런 여자가 이제 말하는 주체에게는 도통 알 수 없는 존재로 되돌아와 있다. 내가 그토록 비천화하고 밀어냈던 여성, 대상 천시된 존재가 지금 내가 끌어안는 아내인데 내가 끌어안는 순간("나는 발가벗은 아내의 목을 끌어안았다"-「아침의 유혹」) 아내가 지금 바로 '나'를 죽이는 존재(「거미잡이」)이고, 내 앞에서 나를 위협하는 존재이다.

아내는 "거미잡이"이다. 아내는 대단한 힘("태풍")을 발휘하면서 거미를 잡아 죽이는 존재이다. 그 힘은 한여름 밤에 이는 "태풍"이다. 태풍처럼 강력한 힘을 지닌 아내는 내가 그토록 대상 천시하였던 여자였으며, 내가 그토록 비천하게 여겼고 미혹적 거리두기를 하고 있었던 내 여편네였다.

폴리호(號) 태풍이 일기 시작하는 여름밤에
아내가 마루에서 거미를 잡고 있는
꼴이 우습다

---

12) 위의 책, 30쪽.

하나 죽이고
둘 죽이고
넷 죽이고
…….

야 고만 죽여라 고만 죽여
나는 오늘 아침에 서약한 게 있다니까
나는 오늘 아침에 어제의 남편이 아니라니까
남편은 어제의 남편이 아니라니까

—「거미잡이」 전문

　시 「거미잡이」는 김수영 시텍스트에서 말하는 주체가 여성에 대하여 의미를 생성할 때, '남편'이 아내에 대한 존재 인식을 하는 정점에 놓여 있는 시라고도 볼 수 있다. 이는 '거미'와 '나'('남편', 시인, 시적 자아)는 말하는 주체의 의식/무의식의 대응이 스며들어 주체와 타자의 관계성을 형성하면서 그 기호적 의미망을 형성하고 있기 때문이다. 다시 말해 '아내', '태풍', '거미', '남편'은 대응구조를 띠고 있는 것이 시인의 언술("나는 오늘 아침에 어제의 남편이 아니라니까") 속에서 여성, 그 기호적 의미가 생성되기 때문이다.

　태풍("폴리호")은 인간적이거나 가공적인 어떠한 힘으로도 쉽게 물리친다거나 완벽하게 막아낼 수 없는, 그래서 인간은 어떠한 힘으로든 최대한으로 태풍의 피해를 덜 입기 위해서 수단 방법을 가리지 않을 수밖에 없다. 태풍은 자연 그대로 자연적인 것으로 강력한 힘을 지닌 기표이다. 때문에 태풍이 몰아닥칠 때 그저 인간은 그것의 피해를 덜 입기 위해 온갖 힘을 다하게 되는 것이다. 지금 '나'와 '아내'는 '태풍이 일기 시작하는 여름밤'에 함께 있다. 이때 아내의 행동이 참으로 '우습다'. 태풍이 일고 있는데 하잘 것 없는 곤충을 잡고 있는 그 "꼴"은 에브젝트하다. 말하는 주체가 이미("어제의") 여편네로 폄하시킨 존재였기 때문

327

에 모습이 아니라 꼴이란 언표 행위는 자연스럽다. 이때의 아내가 거미를 죽이는 행위는 절대성에 매달리는 무의식이 의식 밖으로 고개를 내민 행위이다. 이러한 대상 천시된 존재의 욕망은 바로 에브젝션당한 주체가 치욕에 빠지지 않도록 스스로 보호하기 위한 행위이며, 자신의 충동적 행위의 사실에 긍지를 느끼고 있기 때문이다.

나는 아내의 꼴을 처음에는 우습게 지켜보면서 아내가 거미를 얼마나 죽이는가 찬찬히 세어본다. "하나, 둘" 숫자를 센다. 그런데 더 이상 셀 수가 없다. 아내의 거미 죽이는 행위가 멈추지를 않기 때문이다. 내가 숫자를 셀 수 있는 시간조차 없이 아내는 계속해서 너무나 빠른 속도로 수많은 거미를 잡아 죽이고 있다. 그래서 나는 "셋"이란 숫자를 미처 셀 시간이 없다("하나 죽이고/ 둘 죽이고/ 넷 죽이고/ ……"). 내가 미처 셋을 세기도 전에 아내는 벌써 셋 이상의 거미를 죽이고 있기 때문이다. 나는 그만 셋을 건너뛰어서 "넷"으로 넘어가 세어본다. 그러나 이제는 그것도 더 이상 셀 수가 없다. 너무 빨리 너무 많이 죽이고 있기 때문이다. 마치 태풍처럼 무서운 속도로 죽이고 있다. 이 순간 나는 더 이상 셀 수가 없을 뿐더러 말을 멈출 수밖에 없다.

말없음표는 말하는 주체의 또 하나의 언술 행위이다. 이 기호에 담겨지는 것은 바로 아내의 거미 죽이는 행위가 끝간 데 없음이다. 이러한 언술 행위는 마치 말더듬이와도 같다. 말하는 주체가 말을 더듬는다는 것은 대상이 주체적인 위치에 있다는 암시이며, 무의식적 언술 행위가 된다. 이때 시적 자아의 의식과 무의식처럼 거미와 나는 등가를 이루게 된다. 아내의 거미 죽이기는 곧 나를 죽이는 행위인 것이다("야 고만 죽여라/ 고만 죽여"). 내게 있어 "거미잡이"인 아내는 나를 죽이는 자로 둔갑된 것이다. 거미잡이인 아내의 행위를 응시하면서 "나는" 나의 의식적 언술 행위에 내 무의식이 삐죽이 고개를 내밀게 된다("나는 오늘 아침에 서약한 게 있다니까/ 나는 오늘 아침에 어제의 남편이 아니라니까

/ 남편은 어제의 남편이 아니라니까”). 말하는 주체의 이 같은 언술에는 권력의 휘두름을 정지하려는 의미가 내포된다. 어제까지의 남편인 나는 아내를 대상 천시시켰던 주체였다. 이때 타자는 아내로서 에브젝션당했던 여자였고, 여편네였다. 그러나 아내를 여편네로 폄하시켰던 나는 어제까지만 유효하다. 이런 나의 변화과정을 나는 아내에게 분명히 보여주어야만 한다. 이때 확인시킬 수 있는 기표가 “아니라니까”에 모두 담겨진다. “라니까”는 대상이 아직도 말하는 주체의 말을 듣지 않고 여전히 예전대로 행동할 때, 즉 말하는 주체의 언술을 무시할 때 말하는 주체가 급해지고 답답해하면서 덧붙이는 언표이다. 그러나 아내는 ‘무언의 말’을 하고 있다. 바로 이 무언의 언술에는 대상 천시된 주체에게는 그 에브젝션된 확실한 희열을 보장하는 그 모든 것들이 담겨지게 된다. 이 언술에는 에브젝션당했던 대상, 그 대상을 천시했던 자신에게 대상 천시당했던 존재가 부메랑처럼 되돌아오는 순간이 내재된다. 이 순간 내 무의식 속에서 대상 천시했던 타자성을 지닌 존재로서 여자, 여편네가 지금 내게 되돌아와 나를 죽이는 주체적인 위치에 놓이게 된다. 이제 나는 아내처럼 에브젝션당하고, 나는 말하는 주체로서 통제력마저 잃고, 그 자체가 내 심정의 토로, 나의 기호(말)들과 혼합물이 되고 있다.

> 이 무언의 말
> 이 때문에 아내를 다루기 어려워지고
> 자식을 다루기 어려워지고 친구를
> 다루기 어려워지고
> 이 너무나 큰 어려움에 나는 입을 봉하고 있는 셈이고
> 무서운 무성의를 자행하고 있다.
>
> (…중략…)
>
> 이제 내 말은 말이 아니다.
>
> ─「말」부분

—「이혼취소」 부분

아내는 "무언의 말"을 하고 있다. 이러한 언술은 대상 천시를 극복하는, 그래서 에브젝션된 존재들이 갖는 힘이요, 에브젝션시킨 주체들에게는 공포가 된다. 비오는 거리에서 여편네를 마구 때렸던 어제의 주체였던 나는 지금 아내의 "무언의 말" 앞에서 "아내를 다루기 어려워" "입을 봉하고 있는" 자로 전락되어 있기 때문이다. 아내는 거미 죽이기를 하면서 나의 진실 혹은 거짓에 대답하지 않고 그저 무언일 뿐이다. 아내의 무언은 권력의 휘두름(우산대)을 방해하고, 거스르며 교란시켜 대상 천시를 극복하는 원천적인 힘으로 작용을 한다.

무언은 말. 말 없는 말이다. 곧 언어의 또 다른 형태인 침묵이다. 침묵은 때로 의사소통이라는 타협된 세계를 거절하는 수단으로 작용하여 타자를 곤란에 빠뜨리기도 한다. 다시 말해 무언의 말은 말하는 주체, 즉 대상(남편)에 대하여 언어를 가로지르기 하는 또 하나의 욕동이며, 저항적 체계이다. 그래서 시적 주체인 나는 아내의 침묵으로 인해 상징 질서("친구")에서 옴짝달싹 못하게 된다. 말없는 말을 하는 대상이 내 입을 봉하게 하기 때문이다. 입을 봉한다는 것은 무언의 말과는 다른 의미 생성을 한다. 상징 질서에서 소통할 수 없는 존재로 만드는 것이다. 소통할 수 없는 존재는 존재 자체로서의 가치를 잃게 된다. 상징 질서는 언어를 습득한 주체만이 들어온 세계이기 때문에 주체로서 입을 봉하면 상징 질서에서 밀려나게 되는 것은 자명한 일이기 때문이다. 그래서 지금 남편인 나는 대상 천시했던 그 여성, 그 여성인 아내로 인해 내 존재성을 잃게 된다. 바로 내가 에브젝션시켰던 아내에게 에브젝션당하고 있는 것이다. 이제 아내는 에브젝션된 주변부로서 타자성을 지닌 여성이 아니라 즉물적인 파기 행위(거미 죽이기)를 통해 자신을 대상 천시했던 주체를 밀어내고 그 자리에 여성 주체로서 위치("신의 지대")를 점유하게 된다. 이제 아내는 "신의 지대"에 있는 존재로서 타자의 청유를 거부할 것인지 들어줄 것인지를 '결단' 하는 주체로 자리매김되어진다.

신의 지대는 '중립이 없는' 지대이다. 중립이 없다는 것은 '선이 아닌 모든 것은 악' 일 뿐이다. 선/악은 대립한다. 신의 지대에서 악은 떼어내거나 소멸시켜야만 할 기표이다. 상징 질서에서 선과 악 가운데 그 어느 하나를 선택해야만 한다. 그 선택은 바로 나의 것이 아니라 아내의 것이다. 이때 시텍스트에서 말하는 주체가 추구하는 선은 과연 무엇이고 악은 무엇인가. 말하는 주체의 욕동 속에서 그것은 곧 '화해' 와 '이혼' 이라는 기표를 통해 의미 생성이 된다. 안정된 주체가 상징 질서에서 살아갈 때 필요한 전 조건이 '화해' 로서 선이고, 상징계에서 밀려난 이물질인 '이혼' 은 악으로 명명되어진다. 그런데 아내가 거주하는 신의 지대에는 중립이 없기 때문에 선과 악 가운데 하나의 기표만 존재하게 된다. 이를 남편은 먼저 인지하고 있다. 말하는 주체인 남편은 선을 택하고자 "이혼을 취소하자"고 아내에게 요구를 하고 있기 때문이다. 주체가 타자에게 요구한다는 것은 무의식에 이미 욕구가 전제되어 있다는 의미이다. 지금 내가 그 욕구를 해소하기 위해 아내에게 요구하고 있는 상태는 어린애와 같은 상태로서 나는 누군가가 되기 전의 나로 이차적인 어떠한 과정을 통해 획득된 내가 아닌 붕괴되고 버려지고 에브젝트한 것이나 다름이 없다. 그래야만 나는 신의 지대인 아내(어머니의 몸)에게로 진입할 수가 있기 때문이다. 다시 말해 이혼을 취소하고 화해를 했을 때, 나는 비로소 타자를 에브젝션시키는 악한 존재가 아니라 선한 존재가 되는 것과 동궤에 놓이게 되기 때문이다.

그렇다면 신은 선한가 악한가. 시적 화자가 이혼을 취소하자는 언술 속에 이미 무의식은 들어가 있다. 무의식은 언어처럼 구조화되어 있기 때문이다. 벌써 나의 의식 속에 고개를 내민 내 무의식에서는 욕구되었기에 아내에게 화해하자고 요구를 한 것이다. 그런데 화해를 하기까지에는 통과의례가 있어야만 한다. 그것은 곧 아내가 에브젝션당했을 때 언어로 명명되어질 수 없는 고통스러웠던 정신과 육체를 대신 체험해야 하는 과정이다. 이를 내가 모를 리가 없다. 그래서 나는 "그대가 흘린 피에 나도 참가하게 해"달라고 아내에게 간절하게 요구를 할 수밖에 없다. 아내가 흘린 피는 비오는 거리에서 우산대로 침혹하게 매 맞았을 때 너무도 고통스럽게 흘렸던 피와도 같다. 그 피를 이제는 내가 흘리고자 한다. 그 피 흘리기에 동참하고자 하는 행위는 대상 천시당하겠다는 의미와 상통한다. 이는 에브젝션시킨 행위에 대한 보상, 그것은 곧 에브젝트의 양 끝으로 내몰고자 하는 의지이다. 그런데 이런 나의 의지마저 결정하는 것은 오직 아내의 몫인 것이다. 말하는 주체에게 있어서 "결단은 이제 여자의 것"으로 현현되고 있기 때문이다.

금성라디오 A504를 맑게 개인 가을날
일수로 사들여온 것처럼
500원인가를 깎아서 일수로 사들여 온 것처럼
그만큼 손쉽게
내 몸과 내 노래는 타락했다.

헌 기계는 가게로 가게에 있던 기계는
옆에 새로 난 쌀가게로 타락해 가고
이제는 캐시밀론이 들은 새 이불이

(…중략…)

아내는 이런 어려운 일들을 어렵지 않게 해치운다

　　　　결단은 이제 여자의 것이다

—「금성라디오」 부분

　“금성라디오 A504”의 이미지는 옛 것/새 것, 전통/근대화, 자본 등으로 이분화되는 동시에 ‘나’와 ‘아내’의 관계성이 내재된다. “헌 것”, “쌀가게”, “내 몸”, “내 노래” 등의 기표와 “새 라디오”, “새 책”, “새 이불”, “캐시밀론”은 대립관계를 이루면서 “새”에는 자본과 상품이라는 논리가 배어난다. “일수”는 자본이고, 그 자본은 헌 것을 밀어내고 새 것을 취하는 수단이다. 아내는 헌 것을 버리고 새 것을 취할 수 있는 자본의 주체로서 모든 결단을 서슴없이 “어렵지 않게 해치우”는 존재이다. 새 것들을 사들인다는 것은 과거를 버리는 행위가 전제된다. 아내의 과거는 우산대로 맞았던 여편네, 마물 취급당했던 여자, 뱀으로 더럽고 무식한 여자, 즉 주변부 여성인 타자로서의 비천한 존재였다. 그런 비천한 존재가 이제는 자본을 스스로 움직이며 모든 결단을 하는 주체적인 존재로 “승격”된 것이다. 이런 아내 곁에서 나는 “가을날”처럼(“내 몸과 내 노래는 타락했다”) 현실태의 가장자리에 처해진다. 바로 헌 기계가 버려지듯 나는 물화된 존재로, 상징 질서에서는 헌 기계처럼 불필요한 요소로 전락되어진다. 반면 아내의 현실은 여름날 강력한 힘으로 몰려온 태풍과도 같은 위력을 지닌 존재로 결단하는 주체이다. 그러한 존재 앞에서 나의 육체와 정신(노래)은 쇠락(‘타락’)해질 수밖에 없다. 쇠락한 내 몸과 노래는 헌 기계가 버려지는 “쌀가게”로 파기되어진다. 헌 기계로 버려져 피폐한 나와 새 것을 사들이는 모든 자본에 대한 결단을 내리는 주체로서의 아내, 내가 그토록 대상 천시했던 아내의 정신과 육체는 다시 되돌아와 안정된 위치에 있는 반면 내 존재와 내 언어, 그리고 내 욕망마저 상실한(가을날) 타자의 자리에 위치하게 된 것이다.

　이제 말하는 주체에게 있어 여성은 내가 비천하게 여겼던 여자도 아

333

니며, 내가 미혹적 거리두기를 했던 여편네도 아니고, 모든 것을 결단하는 아내인 것이다. 대상 천시당했던 아내는 천시를 극복하여 자신감을 갖게 될 때 대상 천시했던 나에게는 공포의 힘으로 작용하는 순간이 된다. 이때 나는 타자를 품는 아내를 욕구하여 요구를 하게 된다("이혼을 취소하자"). 이 순간 아내는 말하는 주체의 욕동 속에서 타자화되어 배척하고 분리하고 에브젝트된 고정된 타자성을 띤 존재가 아니라 말하는 주체에게 되돌아와 대상 천시된 타자성을 벗고 견고한-타자를 결단하는 존재로-자리에 위치하고 있다.

5. 나가는 말

김수영 시텍스트에서 발화되고 있는 '여성', 그 기호적 의미는 주체와 타자의 경계선을 지우는 그곳에서 비천화되어 타자성을 띤 존재로 규정되어지는가 하면 어느 순간에 주체를 가로질러 거스르며 되돌아와 주체적인 존재로 위치되어진다. 다시 말해 시텍스트에서 말하는 주체의 욕동 속에서 여성은 언어의 안쪽도 바깥쪽도 아닌 경계선상에서 여자, 여편네, 아내라는 기호를 지닌 타자가 되어 횡단하는 동시에 거기에서 말 없는 말로 위협하고 가로지르기 하는 주체적 존재로서 기호적 의미망을 형성하고 있는 것이다. 이렇게 양가성을 지닌 이질성이 곧 여성이라는 기호가 지니는 대상인데, 말하는 주체에게 있어서 끔찍할 정도로 비천한 존재가 바로 말하는 주체인 김수영 시인 자신을 존재 지어주는 대상 곧, 여성이다. 이러한 여성은 여성 스스로가 자리매김한 것이 아니라 말하는 주체가 명명한 것으로, 의미 생성과정 속에서 끊임없이 미끄러지고 있다. 여성은 말하는 주체의 욕동 그 자체를 가로지르기 하는 여성, 그 기호들은 말하는 주체를 위협하여 주체로 하여금 그곳에서 격렬한 유희를 통해 그 여성이 비천한 '여자' 로, 또 때로는 주체에게서 미혹적 거리두기를 하고 있는 '性'적 존재로, 또 주체를 죽이고 결정하는 '거미잡이'로, 대상 천시를 극복하는 존재로서 기호적 의미가 고정되거나 한계지어지지 않기 때문이다. 내 안과 바깥, 그곳에서 나를 교란시키고 가로지르기 하는 그러한 존재들인 여자, 여편네, 아내는 나와 타자, 의식, 무의식의 대립을 무화시킨다. 그렇기에 말하는 주체는 여성을 끔찍할 정도로 에브젝션시켜 단숨에 밀어내는 것이 아니라 오히려 주체적인 존재, 즉 자신이 대상 천시한 존재에게 스스로 에브젝션당하여 혐오스러운 에브젝트야말로 자신의 삶을 부풀리고 넘쳐나게 하는 대상으로 되돌아오게 한다. 때문에 에브젝트한 대상이야말로 김수영 시인 자신을 떠받치고 있는 현실에서 사회적 문화적 삶을 유지하는 동인으로 그가 표출한 기호적 의미 생성과정 속에서 무한히 열려진 상태에서 말하는 주체의 욕동이며, 무의식에 고착되어 자신의 정서를 조건지어주는 존재가 된다. 어쩌면 크리스테바가 언급한 대로 에브젝션시켰던 대상이 부메랑처럼 자신에게 되돌아오는 순간을 김수영은 자신이 이미 알아차린 것이 아닌가 할 정도로 전혀 여과되지 않은 언술(무의식)로 담아내고 있기 때문이다. 분명 그것은 아닐 터이겠지만.

이처럼 김수영 시텍스트에서의 여성, 그들은 시인의 의식 밖으로 이미 삐죽이 고개를 내민 무의식으로 담아낸 대상들로서 여자, 여편네, 아내 등의 기호적 의미 생성과정이 열린 과정으로 말하는 주체가 대상을 에브젝트로 인식하려 하면 할수록 주체는 즉시 소멸되고, 주체 스스로가 비천화될 때 다시 말하는 주체로서 세워지는 그 존재의 축, 문화의 도화선, 바로 거기에서 기호적 의미망을 구축하고 있다.

■ 참고문헌

1. 기본자료

김수영, 『김수영 전집』, 민음사, 1981.

2. 저서 및 논문

줄리아 크리스테바, 『시적 언어의 혁명』, 김인환 옮김, 동문선, 2000.
______________, 『공포의 권력』, 서민원 옮김, 동문선, 2000.
자크 라캉, 『욕망 이론』, 권택영 엮음, 문예출판사, 1994.

권택영, 『몸과 미학』, 경희대 출판국, 2004.
이수연, 『메두사의 웃음』, 커뮤니케이션북스, 1998.

제5부

세 개의 에필로그

제 모습 되살려야 할 김수영의 문학세계

김수영 미발표 유고 해제

김 명 인

1

김수영(金洙暎) 시인의 생애와 시세계의 수많은 갈피에 자취를 드리우고 있었지만 40년 전 시인이 타계한 뒤로는 그저 하나의 풍문으로만 남아 있던 부인 김현경(金顯敬) 여사를 우연치 않은 기회에 만나뵐 수 있었다. 그리고 그분의 댁에서 그간 소장하고 있던 시인의 적지 않은 유고를 접하는 천금의 기회를 얻었다.

김수영 시인의 40주기 기일인 6월 16일이 임박해오는 이때, 그 유고들 중에서 아직 한 번도 발표되지 않았고 그 존재조차 알려지지 않았던 시인의 생생한 흔적들을 시인 생전의 마지막 발표지면인 『창작과 비평』을 통해 세상에 알릴 수 있게 된 것은 감회가 깊은 일이 아닐 수 없다. 이 자리를 빌려 김현경 여사와 창비에 깊은 감사를 표한다.

김현경 여사 댁에서 흥분과 설렘 속에 찾아낸 유고더미는 시인의 첫 시집 『달나라의 장난』(春潮社, 1959)의 편집 원고 일습[1]과, 역시 원고지에 청서된 여러 편의 시와 산문 원고들, 각종 봉투와 광고지, 엽서, 심지어는 시멘트 포대 종이 등에 쓰인 시나 산문의 초고, 그리고 1954년 1월경에서 1961년 5월 14일 사이에 작성된 메모장 및 국반판 정도 크기의 공책 10여 권들이었다.[2] 특히 이 메모장과 공책들은 일시, 단순한 메모, 시 초고, 수필, 소설을 위한 메모와 습작, 번역 원고 및 번역을 위해 필사해둔 영문작품 등이 전부 포함되어 있어서 김수영의 시와 사유가 날 것 그대로 소용돌이치는, 가히 김수영 문학의 '진본(珍本)'이라고 해도 좋을 귀중한 문학사적 자료들이다.

이후 좀 더 면밀한 검토가 필요하겠지만, 민음사에서 1981년에 초판이 간행되고 2003년에 개정판이 나온 기존의 『김수영 전집』 1·2(시, 산문) 중 시전집의 경우는 아마도 『달나라의 장난』, 『새로운 도시와 시민들의 합창』 등 출간본 시집들과 1953년 이후의 신문, 잡지 발표작들을 근간으로 한 것으로 보이는데, 이 유고더미에는 그 초고본들과 고의 혹은 실수로 누락된 작품들 그리고 미완성작(혹은 미완성작으로 간주된 작품들)이 남아 있다. 산문전집은 대체로 신문, 잡지 발표작들을 집성한 것으로 보이는데, '일기초(日記抄)'를 제외하면 이 유고더미 속 산문과 메모들의 상당 부분은 누락되어 있다. 따라서 이 유고더미는 김수영 문학의 온전한 복원을 위해 늦기 전에 필히 온전한 전집 속에 제대로 자리를 잡아야 할 것이다. 또한 분명히 1961~68년 사이의 시기에도 김수영의 일기나 메모, 미발표 시작품 등이 있었을 터인데, 전집에는 각종 매체에 발표된 텍스트들만 수록되어 있어서 이들 역시 당연히 전집에 편

---

1) 이 원고들은 전부 김현경 여사가 원고지에 청서(淸書)한 것으로 조판부호 등도 그대로 남아 있다.
2) 여기서 '10여 권'이라고 할 수밖에 없는 것은 두 차례 김 여사 댁을 방문했지만 이 유고더미를 충분한 시간을 가지고 꼼꼼하게 분류하고 검토하지 못했기 때문이다.

입되어야 할 것이다.[3]

하지만 이번에 발표된 미발표 유고들만으로도 김수영 연구는 다시 가속도를 얻을 수 있으리라고 생각한다. 여건만 허락된다면 이번에 발견된 유고더미 중에서 전집에 수록되지 않은 원고를 모두 소개했으면 좋겠지만 일정과 지면 사정상 면밀히 검토할 만한 충분한 시간을 가질 수 없어서 후속작업을 기약하며 일단 그 일부나마 소개하고자 한다.

2

일부를 소개하더라도 먼저 이번에 발견, 확인한 미발표 유고의 전모를 가능한 한 밝히는 게 순서일 것이다.(여기서 '수록' '미수록'은 『김수영 전집』 수록 여부를 나타내며, 굵은 활자로 강조한 것은 『창작과 비평』, 2008년 여름호에 수록된 것이다.)

---

3) 현재 김수영의 원본 유고는 그의 매씨이자 민음사판 전집의 편집자이기도 한 김수명 여사 및 민음사와 부인 김현경 여사가 나누어 가지고 있다고 한다. 김현경 여사에 의하면, 김수영 시인이 타계한 이듬해 무렵 신구문화사에서 김수영 시전집을 출간하겠다고 하여 김현경 여사가 유고들을 정리하여 신구문화사에 보냈으나, 1년 정도 후에 당시 출판사 사정이 여의치 못했던 신구문화사가 출간을 못하겠다 하여 그 원고들을 돌려받아 소장하고 있던 중, 마침 현대문학사 편집장직을 사임하고 일을 쉬고 있던 김수명 여사에게 유고시집의 편집과 출판 일을 맡기면서 유고들을 전해주었고, 그 결과가 바로 사후 첫 시선집인 『거대한 뿌리』(민음사 1974)였다. 이후 같은 유고들을 토대로 하여 산문선집 『시여, 침을 뱉어라』(1975), 『퓨리턴의 초상』(1976), 시선집 『달의 행로를 밟을지라도』(1976) 등이 연속해서 나오고, 이윽고 1981년 두 권의 '전집'이 간행되면서 김수영 신드롬이 본격화하게 되는 것이다. 그 후 김수명 여사는 김현경 여사에게 일부의 유고들을 반환했고, 그것이 이번에 필자가 김현경 여사 댁에서 발견한 유고더미인 것이다. 불행히도 필자는 김수명 여사가 어떤 기준으로 이 일부 유고들을 반환했는지, 또 김수명 여사 혹은 민음사가 소장하고 있는 원본 유고의 양이나 질이 어느 정도인지는 확인하지 못하고 있다. 특히 1961~68년간의 일기 등 미발표 유고가 분명히 더 있을 것으로 추정되지만, 현재로서는 이를 확인하는 일이 여의치 않은 상황이다.

1) 1954년 1~5월: 7.5×12.5cm 크기의 수첩(전체 미수록)
  - 전집에 수록된 미완성 소설 「의용군」 관련 창작 메모
  - 1954년 1월 6~7일 사이 단양지방 답사여행과 관련 메모
  - 단편소설 「구선생의 사랑」 집필을 위한 메모
  - **시 「네거리에서」(가제) 초고**
  - 1954년 5월 25일자 메모: '진정한 희극소설'에 관한 단상

2) 1954년 6월: 국반판 크기의 노트 「人物 事件 性格/綴字法/甲子年 六月」
  - **시 「哀와 樂」(미수록) 초고**
  - '되우' '귀중중하다' '심이 빨랐다' '데퉁스리' '고붓고붓' 등 한국어 어
    휘 공부의 흔적이 있는 짧은 줄글들
  - '만화문화'에 대한 단상들

3) 1954년 11월 22~28일: 국반판 크기의 노트 「Fiction (Ⅰ)」
  - '아편중독자(여자)와 평범한 회사원의 구구한 사랑'이라는 주제의 소설
    창작을 위한 메모
  - **11월 22일 일기(미수록): 유주현을 만나고**
  - 11월 24일 일기(수록)
  - **11월 25일 일기(일부 미수록): 전집에는 '프린스' 다방에서 사색 메모 누
    락됨.**
  - **11월 27일 일기(일부 미수록): 전집에는 모친과의 갈등을 그린 상당 부분
    누락됨**
  - **시 「꽃」(가제) 초고**
  - **11월 28일 일기(미수록): 중국인 소학교 운동장의 황혼 풍경 묘사**
  - '단편소설(70매 내외 12월 20일)' '20년 전 강원도의 풍토미' '15매
    11/20일' 등 메모

4) 1954년 11월 30일~12월 27일: 국반판 크기의 노트 「소설 Ⅱ(Fiction)」
  - **11월 28일 일기 계속(미수록): 시골학교 교원노릇 동경**
  - **11월 30일 일기(미수록): 적극적 정신의 필요성, 자부심, 희망, 생활, 소설
    등에 대한 생각. 목에 걸린 가시 때문에 병원에 간 에피소드**
  - 11월 30일 일기(수록): 염상섭, 춘원 등의 소설 이야기, 여의사와의 혼담 등
  - 12월 3일(미수록): 'Essay's plot'이란 제목

- 12월 23일 일기(미수록): 평론가 이철범에 대한 인상
- 시「卓球」(미수록) 초고
- 시「大音樂」(미수록) 초고
- 시「나의 피」(가제, 미수록) 초고
- 12월 27일: 시「레이판彈」(수록) 초고

5) 1954년 12월 28일~1955년 1월 11일: 국반판 크기의 노트「나비의 무덤」
- 12월 28일 메모(미수록): 신조-'소설에의 길' 일과: 글쓰기, 책읽기, 밥벌이 4시간씩
- **12월 28일 엣징그(미수록): 다당 '카나리아'의 풍경**
- 12월 29일 일기(미수록): 짧은 단상
- 12월 30일 일기(수록): 생계를 위한 번역일의 애환
- **1월 2일「乘夜圖」(미수록) 초고: 청춘과 죽음과 영원, 시로 간주하기 어려울 듯**
- 1월 3일 시「나비의 무덤」(수록) 초고
- **1월 5일 일기(미수록): 소설에 대한 집착-"좋은 단편이여 나오너라"**
- **1월 7일 일기(미수록):「冒險(아반출)」-매매춘에 대한 변명, "내가 쓰는 글은 모두가 거짓말이다"**
- **1월 10일 일기(미수록):「동백꽃」-노선생과의 연애에 대한 생각, 여자에 대한 생각**
- 1월 11일 일기(수록): 영화「인생유전」감상 후기

6) 1955년 2월 2일~2월 8일: 국반판 크기의 노트, 제목 있었으나 지워버림
- 2월 2일 일기(수록): 독서는 받아들이는 것, 생활은 뚫고 나가는 것
- 2월 3일 일기(수록): 서울에 대한 인상, 소설쓰기-서울을 이해하려는 노력
- 2월 4일 일기(미수록): 이영순(李永純) 등과의 술자리
- **2월 8일 일기(미수록): '자살한 황정란과 작가 최대응' 원고청탁 거절, 유리병 같은 자신, 소설「北호텔」에 대한 인상, 기적 같은 생의 도약에 대한 기대**

7) 1955년 12월 21일~12월 31일: 국반판 크기의 노트(표지 없음)
- **12월 21일 수필「劣等感」(미수록): 가족, 외투 등 소유에 대한 자격지심 표백**

- **12월 23일 일기(미수록): 유럽행 벗에 대한 적대감**
- **12월 23일 시 「銀盃를 닦듯이」(미수록) 초고**
- 12월 24일(?) 수필 「眩氣症」(수록): 전집에는 1956년 6월로 표기됨
- 12월 31일 일기(미수록): 제아의 종소리 듣고자 한 계획 무산

8) 1956년 2월 4일~3월 10일(?): 국반판 크기의 노트 「丙申年(Ⅱ) 壹月―三月」
   - 2월 4일 소설 창작을 위한 메모(미수록): 최대응과 황정란 이야기 구상 전체
   - **2월 9일 시 「더러운 香爐」 초고 및 시작 메모(미수록)**
   - **2월 10일~14일 사이 시 「소라」(가제, 미수록) 초고**
   - **2월 15일 일기(미수록): 여자에 대한 관찰 "결론이 없는 여자들과 지평선"**
   - **2월 16일 일기(일부 미수록) 「菠蔆草」: 애인 '혜숙'에 대한 이야기, 뒷부분 일부만 수록**
   - 2월 17일 일기(수록): 세태 비판(전집에선 1955년 2월 17일로 표기)
   - 3월 10일 시 「거리」(수록) 초고
   - 3월 1?일 시 「바뀌어진 지평선」(수록) 초고

9) 1956년 8월 3일~1958년 6월 3일: 국반판 크기의 노트 「To buy notbook」
   - **시 「파리」(가제, 미수록) 초고**
   - 8월 3일 시 「시골의 여름」('여름 아침'으로 수록)
   - **시 「바람」(미수록) 초고**
   - **시 「詩」(가제, 미수록) 초고**
   - 시 「서시」(수록) 초고
   - 메모(미수록): "여유를 없애라. 허용도, 자신을 지켜라, 약한 자들이여. novelty."
   - **시 「소년아」(가제, 미수록) 초고**
   - 시 「광야」(수록) 초고
   - **시 「결별」(가제, 미수록) 초고**
   - 1958년 6월 3일 시 「반주곡」(수록) 초고

10) 1960년 6월 16일~1961년 5월 14일: 국반판 크기의 노트 「1960」
   (이 노트의 일기들은 대부분 전집에 수록되어 있으므로 미수록분만 제시한다.)

- 1960년 7월 27일 일기(미수록): 일역판 똘스토이 『인생론』 23장 인용(일본어)
- 7월 29일(일부 미수록): 아이들에게 동화를(시작품 투고 관련 생각 누락)
- 8월 6일 일기(미수록): 일역판 똘스또이 『인생론』 3페이지 가량 인용(일본어)
- 8월 8일 일기(미수록) : 일역판 똘스또이 『인생론』 2페이지 반 정도 인용(일본어)
- 8월 9일 일기(미수록): 똘스또이 반 페이지 인용(일본어)
- 8월 9일 일기(미수록): 똘스또이 두 페이지 인용(일본어)
- 9월 1일 메모(미수록): "Mayakovsky"라고 딱 한줄 씌어 있음
- 9월 8일 일기(미수록): 고드웰 『몰락의 문화』 서문 일부 인용(일본어)
- 9월 9일 일기(미수록): 고드웰 『몰락의 문화』 중 「아라비아의 로렌스」 9페이지 가량 인용(일본어)
- 9월 11일 메모(미수록): 일본어 경구
- 9월 20일 일기(일부 미수록): 언론·사상의 자유 문제에 대한 비판 부분
- **9월 23일 일기(미수록) : "폭력의 말살을-"**
- 10월 6일 일기(일부 미수록): 시 「잠꼬대」 발표란에 대하여(芝薫에게, 美는 善보다 强하다 부분 미수록)
- 10월 8일 일기(미수록): 싸르트르 『순교와 저항』 2페이지 가량 인용(일본어)
- 10월 11일 일기(미수록): 싸르트르 『순교와 저항』 1페이지 가량 인용(일본어)
- 11월 15일 일기(미수록): 일본어와 영어로 씌어짐
- 12월 4일 일기(일부 수록): 영어로 된 부분 "Nature's Questioning" 누락
- **1961년 3월 24일 일기(미수록): 레이몽 아롱과 사회주의, 미수록 시 「數字」 언급**
- **3월 25일 일기(미수록): 레이몽 아롱 「자식의 아편」 일부 인용**
- **3월 26일 일기(미수록): E. 버크 인용**
- 4월 14일 일기(일부 수록): 앞부분 일본어 메모 누락
- 5월 13일 일기(미수록): 러쎌의 「원자시대에 살며」 1페이지 가량 인용(일본어)

11) 김현경 여사가 청서한 미수록 미발표 시 2편
- **「金日成萬歲」(1960년 10월 6일): 「잠꼬대」로 개제하여 발표 시도했으나 실패**
- **「연꽃」(1961년 3월): 발표 여부 불분명**

12) 번역을 위한 영시 필사본

　　- 아마도 번역을 위해 타자를 치거나 청서해둔 것으로 보이는 셸리, 예이
츠, 레이먼드 윌슨, 톰 건, 오든, 윌리엄 엠슨, 맥네어, 존 프레스, 노먼 베
스위크, 프랜씨스 킹, 찰스 코슬리, 킹슬리 에이미스, 조지 바커 등 영국
시인들의 영문 시편 필사본과 T. S. 엘리엇의 희곡 『칵테일 파티』 필사본,
번역을 위해 만들어놓은 단어장, 그리고 자신의 창작인지 역시 번역을 위
한 필사본인지 아직 확인하지 못한 일본어 시편 등이 다수 발견되었다.
이 자료를 여기서는 다룰 수 없지만 향후 김수영과 영국 현대시의 관련
및 영향관계를 연구하는 데 결정적인 디딤돌이 되리라 믿는다.

이상의 개관을 바탕으로 종합해보면 이번에 발견된 유고들 중에서 전
집 미수록 시는 15편이며, 미수록 산문은 일본어로 되어 있는 톨스토이,
사르트르 등의 저작 인용부분을 제외한다 해도 아주 짧은 메모들까지
전부 포함한다면 30편 가량이나 된다. 이 정도라면 김수영 연구사에서
실로 획기적인 일이라고 아니 할 수 없다. 이 작품들을 깊이 검토하는
것은 다른 자리를 기약하고, 여기서는 향후 본격적인 연구를 위한 기초
적인 안내자료를 만드는 것에 만족하고자 한다.

3

이번에 발굴된 15편의 전집 미수록 시들은 청서가 되어 있는 「결별」
(가제) 「‘金日成萬歲’」 「연꽃」 등 3편을 제외하면 전부 초고로서, 김수영
시인으로서는 아직 완성하지 못한 반가공품이거나 완성되었다 하더라
도 불만족스러워서 발표하지 않은 작품이라고도 할 수 있다. 하지만 김
수영의 시에 통상적 의미의 ‘완성도’라는 잣대를 들이대는 것이 늘 바
람직한 것은 아니다. 개별 시의 완성도를 문제 삼기 전에 그의 시 전체
를 하나의 ‘이행’ 과정으로 읽을 때만이 김수영은 자신의 본모습을 온전
히 드러내준다. 새로 발견된 이 15편의 시들은 기존 시들과 마찬가지로

그의 시적 편력과 정신적 궤적을 이해하는 데서 한 편 한 편 간절하지 않은 작품이 없다고 보아야 한다. 특히 필자의 입장에서는 가열찬 정신의 힘과 비극적 속도감으로 시대의 중압과 개인의 한계를 넘어서고자 하는 그의 치열한 시세계가 빛을 발하는 50년대의 시편들이 이처럼 대량으로 발굴된 데 대해, 또 4·19에서 5·16에 이르는 '혁명적 앙양'의 시기에 쓰인 최고 수준의 '정치시' 2편이 마침내 세상의 빛을 보게 되는 데 대해 전율에 가까운 흥분을 느끼지 않을 수 없다.

이제 이 시작품들을 창작 순서대로 정리하여 한 편씩 살펴보자.

「네거리에서」(가제)[4](1954년 2월~5월)
「哀와 樂」(1954년 6월)
「꽃」(가제)(1954년 11월 27일)
「卓球」(1954년 12월)
「大音樂」(1954년 12월)
「나의 피」(가제)(1954년 12월)
「銀盃를 닦듯이」(1955년 12월)
「소라」(가제)(1956년 2월)
「파리」(가제)(1956년 8월)
「바람」(1956~57년?)
「時」(가제)(1957년)
「소년아」(가제)(1957~58년)
「결별」(가제)(1957~58년)
「'金日成萬歲'」(1960년 10월)
「연꽃」(1961년 3월)

김수영 시세계의 변천과정은 크게 보아 1945~49년간의 제1기,

---

4) 시 제목에(가제)라고 표기한 것은 원본에는 제목이 없는 시에 필자가 임의로 제목을 붙인 것이다.

1953~59년간의 제2기, 1960~61년간의 제3기, 1961~68년간의 제4기 등 네 시기로 나누어볼 수 있다.[5] 제1기가 등단 및 수업 시대라면, 제2기는 현대성(근대성)의 관념적 추구기로 볼 수 있고, 제3기는 혁명적 앙양기로 볼 수 있으며, 제4기는 혁명의 좌절로 인한 현실로부터의 퇴각과 일상성의 획득을 바탕으로 풍자와 해탈의 모색 등 다양한 시적 실험이 지속된 시기라고 할 수 있다. 이번에 새로 발견된 15편의 시는 「'金日成萬歲'」「연꽃」등 2편을 제외하고는 전부 제2기에 속하는 것들이다.

거제도 포로수용소를 거쳐 부산의 야전병원에서 통역원으로 있던 김수영이 포로의 신분에서 벗어난 것은 1952년 12월경이었다. 그 후 1년 동안 서울과 부산을 방황하다가 1953년 말경에야 헤어졌던 아내와 만나 다시 일상의 세계로 돌아오게 된다. 1953년부터 생활세계에 자리를 잡게 되는 1955년 중반까지의 그는 혹독하고 고통스러웠던 전쟁기의 체험을 통해 한층 깊은 자기 성찰을 수행할 수 있었다. 그 성찰의 결과는 감상적이고 우울한 상실감과 설움을 기조로 하면서도 그것을 극복하고자 하는 각성과 부조리한 현실을 의지적으로 초월하고자 하는 가속화된 의지로, 그리고 마침내 이 모든 고통을 의지적으로 극복해낸 것에 대한 무한한 긍지로 나타났다. 「너를 잃고」나 「PLASTER」의 상실과 자기모멸, 「달나라의 장난」과 「구슬픈 육체」의 설움, 「더러운 香爐」의 속도와 「九羅重花」의 죽음을 담보한 전진, 그리고 「나비의 무덤」과 「긍지의 날」 등이 보여주는 시인적 긍지와 자존의 세계가 바로 그것이다.

이번에 발견된 「네거리에서」(가제) 「哀와 樂」 「꽃」(가제) 「卓球」 「大音樂」 「나의 피」(가제) 등 1954년 2월경~12월 사이에 씌어진 시들도 기본적으로는 이런 기조 위에 있다고 할 수 있다.

「네거리에서」는 아주 거친 초고 형태지만 여전히 포로수용소의 '산

---

5) 졸저, 『김수영, 근대를 향한 보험』, 소명출판, 2002 참조.

지옥'의 기억에서 놓여나지 못하면서도 다시 시끄러운 네거리에 남아 신념을 지키겠노라는 결의를 보이는 작품으로서, 1953년에 쓴 난삽한 반공시 「조국에 돌아오신 傷病捕虜 동지들에게」의 표층 아래에 있던 김수영의 솔직한 의식을 드러낸 것으로 보여 주목된다.

「哀와 樂」은 풀어 쓰면 '슬픔과 기쁨'이 되는 셈인데, "너와 내가 죽어야만 흘러갈 것 같은" 가혹한 역사가 물처럼 흐르는 것을 신기하게 여기던[6] 그가 그 흐름 속에 설움도 실어 보내고 사랑과 내일을 기약하는 '비극적 낙관'이 잘 드러난 완성도 높은 작품이다.

「꽃」은 1954년 11월 27일, 그의 만 33세 생일날 쓴 우울한 일기의 끝부분에 실려 있는 작품이다. 밥벌이를 위한 신문사 취직과 어머니의 턱없는 기대 때문에 한껏 우울해진 시인은 그 우울함을 잊기 위해 집을 나와 이모 댁을 찾지만(이 부분부터는 『전집』에서는 생략한다는 표시도 없이 누락되어 있다) 거기서도 역시 결혼을 하라, 출세를 하라는 등의 이모의 잔소리를 듣고 더 큰 우울 속으로 빠져든다. 이 시는 그 아침의 우울한 기억을 반추한 끝에 쓴 시로서 "나의 그림자"와 대결하면서 "맑게만 살려는" 자신을 '꽃'에 견주는 자존심과 그 자존심을 부단히 훼손하는 "허탈하고 황막한 생활" 사이의 갈등을 그리고 있다.

「卓球」는 빠른 속도로 테이블 위를 왕복 운동하는 가벼운 탁구공에서 전력을 다한 투신의 비극적 속도와 그를 통한 구원의 의미를 성찰하는 작품으로, 여기서 탁구공은 이 시기의 다른 작품들에 나타나는 '팽이'(「달나라의 장난」), '풍뎅이'(「풍뎅이」), '글라디올러스'(「九羅重花」) 등과 이후에 나오는 '레이판彈'(「레이판彈」), '폭포'(「瀑布」), '포탄'(「조고마한 세상의 지혜」) 등과 공히 '전력을 다한 정신적 투신'을 매개하고

---

6) 이처럼 살아 있음이 신기하다는 감각은 「달나라의 장난」에 있는 "살아있는 것이 신기로워"라는 구절에서도 나타난다.

있다는 점에서 환유적 관계에 놓인다.

「大音樂」은 김수영 특유의 발랄하고 전격적인 상상력이 돋보이는 작품이다. "세계의 도시와 방방곡곡에서 흘러나오는 음악을 전부 합하여" "사람의/ 넋이라는 넋 흥이라는 흥을 다 소지같이 태워버린 후에도" "어엿이 빛을 발하고 있는/ 눈에 익은 돌부리"는 말하자면 우주의 심상이 모두 집중된 존재, 그러면서도 의연하게 빛을 발하는 존재인 시인을 말하는 것이며, 그만큼 시인은 긍지로 가득 찬 존재가 되는 것이다. 1954년 12월경에 쓴 이 시의 '돌부리'는 1955년에 2월에 쓴 시「矜持의 날」에서처럼 "파도처럼 요동하여/ 소리가 없고/ 비처럼 퍼부어/ 젖지 않는"(이하 미발표작 이외의 인용은 『전집』에 따른다) 그런 경지를 획득한 시인의 득의의 자기 확인으로 보인다.

「나의 피」역시 "억만 볼트의 '롯켓트'"를 타고 치열한 의지의 속도로 지상에서 날아올라 '나의 피'를, 즉 주체성과 자존심을 다시 발견한 자로서의 긍지가 두드러지게 나타나는 시라고 할 수 있다.

1955년 6월, 김수영은 마포구 구수동 41번지의 오백여 평이나 되는 넓은 마당을 가진 무허가 주택으로 이사한다. 잠시 다니던 신문사를 그만두고 양계업을 시작한 것도 그 무렵으로, 그의 시에는 안정감과 자신감 그리고 생활에 대한 긍정적 감각도 회복되기 시작한다. 그리고 이를 바탕으로 자기의 주관세계에서 벗어나 동시대의 현실과 그 후진적 현실을 포괄하고 있는 '현대성(근대성)'의 본질에 대한 성찰에도 한걸음 더 다가간다.「헬리콥터」「너는 언제부터 세상과 배를 대고 서기 시작했느냐」에서 획득된 정직성,「나의 가족」「구름이 파수병」에 보이는 약간은 위태할 정도의 일상성의 확대,「여름 아침」「초봄의 뜰안에」에 보이는 생활과 일상에 대한 건강한 긍정 그리고 마침내「瀑布」「봄밤」「조고마한 세상의 智慧」등의 속도감각의 회복을 통해 도달한「玲瓏한 目標」와「曠野」「叡智」「비」「死靈」등에 보이는 근대성이라는 시대감각 및 당대현실과의 조우 등이 바로 1955~59년간에 두드러지게 나타나는 김수영 시 세계의 양상이라고 할 수 있다.[7]

이번에 발견된 「銀盃를 닦듯이」「소라」(가제) 「파리」(가제) 「바람」 「詩」(가제) 「소년아」(가제) 「결별」(가제) 등 7편의 시가 바로 이와 같은 시기에 쓴 것들이다.

「**銀盃를 닦듯이**」는 혹독한 자기 성찰의 세계에서 타자들과 함께 살아가야 할 생활세계로 돌아온 시인이 자신을 대자화하는 모습을 담고 있다. "은배를 닦"는 것과 같은 결벽증적 자기단련에의 몰입을 그만두고 "너도 그러한 사람들 중의 한 사람"인 "마지막 힘을 다하여 억지로 살아가는 사람들" 속으로 "실망한 시인들" "처참한 인간들" 속으로 들어가자는 결의가 보이는 시이다.

「**소라**」는 도시의 한복판으로 들어선 시인을 소라껍질의 나선을 따라 그 밑바닥까지 기어들어간 개미에 비유하고 있는 시이다. 이 시에 의하면 시인은 이 소라껍질 속 같은 "自由를 잊어버린 도희"의 한복판에 자신이 서 있어야 할 "송곳 같은" 자리를 아는 자인 것이다.

「**파리**」역시 시인의 운명을 "더러운 곳만 골라서 앉"고 "넓은 천지(天地)를 가는 곳마다 쫓겨다니는" 파리의 운명과 동일시함으로써 시가 놓여야 할 자리, 시인이 있어야 할 자리가 이 세계의 한복판이라는 사실을 확인하고 있다.

「**바람**」에서는 "겨울의 흔적이 남아 있는 마당"에 불어와 "마음의 창"과 "완고한 마음"을 흔들어놓고 가는 바람을 보며 "흔들려라/ 나의 시대여/ 술쯤 마셔가지고야/ '메카니즘'과는 도저히/ 맞서지 못한다"는 인식에 도달한다. 1956년과 57년 사이에 쓴 이 시에서 이처럼 완고하게 정체되어 있는 마음을 흔드는 바람은 그 이듬해에 쓴 「비」에서 보이는 "바

---

7) 졸저, 앞의 책, 113~45쪽 참조.

람에 나부껴서 밤을 모르고/ 언제나 새벽만을 향하고 있는/ 透明한 움직임"의 역동을 예비하는 것이고, 이는 곧 1950년대의 김수영의 내면을 오랫동안 갉아먹고 있던 자폐의 파토스를 넘어서는 매개가 되는 것이다.

「詩」는 "바람이 부는 데서 잠을 자거라/ 豪華로운 꿈이라도 꾸기 위해서는"이라든가 "시는 병이 나기 전에는/ 쓰지 말아라"라는 구절들에서 자신의 시를 삶의 소용돌이 한가운데에 놓고자 하는 의지가 완연해졌음을 알려주며, "시는 나쁜 시만이 가슴에/ 남는다"는 역설적 경구는 '온몸으로 온몸을 밀고 가기 때문에 그림자를 의식하지 않는, 그림자에조차도 의지하지 않는'「시여, 침을 뱉어라」가 제시한 시론과 그리 멀지 않은 것으로 보여 흥미롭다.

「소년아」는 완성작인지는 분명하지 않지만 그 속에 담긴 시적 인식은 만만치 않게 깊다. 설움에 휘감겨 있는 메뚜기에게 "宇宙에 차 있"는 설움인 이슬을 마시게 한다는 것, 그리고 뱃속에 태아를 가진 '안해'를 이슬을 마시고도 배불러 하지 않는 메뚜기에 비유하는 것 등에서 50년대의 김수영으로서는 낯설다 싶을 정도로(하이데거적 맥락에서 말하자면) 현존재와 존재의 조화와 교감을 도모하는 시세계의 비약적 확장의 징후를 읽을 수 있다.

「결별」은 늦어도 1958년 초를 넘지 않는 시기에 쓴 작품이지만 그 엄숙한 선언적 울림이 마치 "자유에 대한 언급이 아닌 자유의 이행의 부재를 문제삼"음으로써 "4·19를 맞을 내면의 준비를 끝마치고 있는 셈"8) 인 1959년작 「死靈」과 같은 맥락과 무게를 갖는 수작이라고 할 수 있다. "항상 外國에 온 사람 모양으로 내 나라에 살고/ 外國語를 하듯이 내 나라 말을 하고/ 女子들을 모두 外國사람이라고 생각하고/ 두려움 사이에서도 自由를 잊지 말고/ 슬픔 속에서도 觀世를 잊지 말고" "靜謐의 勇

---

8) 위의 책, 141쪽.

氣"를 가지고 "앵무새의 發言 같은 虛僞를 태워버"리는 일은 곧 세상과 자기를 방법적으로 분리하고 결별을 고함으로써 세상과 대결하는 입지를 마련하는 일이며 또한 "죽음을 가슴에 삭이고라도/ 아름다움을 보아야" 하는 일이다. 이 시는 1950년대 말의 김수영의 시의식 속에 이미 어느 정도 4·19가 준비되고 있었음을 다시 한번 잘 보여주는 시라고 할 수 있다.

1960년 4·19에서 1961년 5·16 전까지의 김수영의 시들이 과연 그 앙양된 의식에 걸맞은 시적 성취를 이루었는가 하는 데에는 이론의 여지가 없지 않다. 「우선 그놈의 사진을 떼어서 밑씻개로 하자」라든가 「祈禱」 「六法全書와 革命」, 동시 「나는 아리조나 카보이야」 같은 직접적인 산문적 발언이 노출되는 시들뿐만 아니라, 「中庸에 대하여」 「허튼소리」 「永田絃次郎」처럼 냉전적 반공이데올로기의 임계선을 건드리는 시들의 경우라 할지라도 본질적으로 산문적 현실 인식의 산물이라는 점에서 뛰어난 시적 성취로 평가하는 데는 유보적이지 않을 수 없다. 대신 「푸른 하늘을」 「그 방을 생각하며」 「사랑」 등은 혁명적 앙양과 그 좌절이 시인에게 각인시켜준 것이 무엇인가를 진지하게 성찰함으로써 산문으로 환원할 수 없는 시적 경지를 획득한 시편들이라고 보아야 할 것이다.

그런데 이번에 새롭게 발견된 2편의 시는 이 시기의 시들이면서도 현실 인식과 그 시적 변용 양면에서 기존에 알려진 시들과는 다른 면모를 보인다.

「'金日成萬歲'」는 제목 자체부터 산문과 시의 경계를 넘나드는 시라고 할 수 있다.9) 아마도 '김일성만세'라는 다섯 음절은 1948년 정부수

---

9) 이번에 발견된 김현경 여사의 청서 완고에도 이 시의 제목 다섯 글자는 볼펜으로 완전히 지워져 있었다. 하지만 김현경 여사는 이 시의 지워진 다섯 글자가 '金日成萬歲'라는 사실을 곧바로 확인해주었다. 바로 이 시가 김수영이 1960년 10월 6일 탈고해서 여사에게 보였다가 여사가 "발표해도 되겠느냐?"고 반문했던 그 시이다. 이

립 이후 지금까지 대한민국 최장, 최대의 금기어일 것이다. 북한의 김일성 주석이 타계한 지 벌써 13년이 되어서 이제는 그 빛(?)이 많이 바랬고 오늘날은 그 누구고 이 말을 '못' 하는 게 아니라 '안' 하게끔 되었지만, 그전까지 이 말은 '임금님 귀는 당나귀 귀'라는 말보다 더 끔찍한 금기어였다. 이 말은 하나의 관용어지만 동시에 그 강한 금기성으로 말미암아 상당한 시적 울림을 갖는 말이다.

이 시 자체는 김수영이 말한 바처럼 "단순히 '언론자유'에 대한 고발장"이라고 할 수 있으며, 수사학도 「허튼소리」나 「永田絃次郎」이 그랬던 것처럼 지극히 억제되어 있다. 하지만 김수영에게 언론자유란 무엇이었던가? 극단적으로 말해서 김수영에게 언론자유가 없는 곳에서는 문학은 없는 것이나 마찬가지였으며, 그에게 시를 쓰는 일은 곧 언론자유를 실천하는 일, 곧 "언제나 밖에다 대고 '너무나 많은 자유가 없다'는 말을 해야" 하는 일이며 "헛소리다! 헛소리다! 헛소리다! 하고 외우다 보니 헛소리가 참말이 될 때의 경이"를 경험하는 일이었다.[10] 이렇게 김수영에게 언론자유가 단순한 것이 아닌 것처럼, 제목을 포함해서 '김일성만세'라는 말이 세 번 반복되는 이 시 역시 단순한 고발장일 수 없다.

1961년 3월에 쓴 **「연꽃」** 역시 「'金日成萬歲'」에 필적하는 문제적인 시라고 할 수 있다. 1961년 3월이면 이미 4·19 혁명 이후 들어선 민주

시의 최초의 제목은 「'金日成萬歲'」였지만 「잠꼬대」로 바꾸었으며 김수영은 시집으로 내놓을 때는 다시 원제로 하고 싶다고 했다. 10월 18일 일기를 보면 『자유문학』에서 이 시를 달라고 했으며 본문의 '金日成萬歲'를 한글 '김일성 만세'로 고치자고 제안한 것으로 되어 있다. 김수영은 더 이상 고치고 타협하기 싫지만 다시 그 제안을 받아들이기로 하는데, 다시 다음날 10월 19일 생각을 바꾸어 '언문 교체 없이' 내밀자고 마음을 먹는다. 하지만 10월 29일 일기를 보면 이 시는 발표할 길이 없고, 시집에 넣을 가망도 없다는 말을 듣고 크게 실망하는 내용이 나온다. 『김수영 전집』 2-산문(개정판), 민음사 2003, 503~505쪽 참조.

10) 「시여, 침을 뱉어라」, 위의 책, 400쪽.

당정권이 여러 부문에서 혁명의 의의를 훼손·배반하고 있음이 백일하에 드러나던 시기인즉, 이 시에서 김수영은 '사회주의 동지들'에게 (반동적 정세 앞에서) 긴장하지 말고 연꽃, 두통, 흙, 사랑, 형제, 아주머니, 아들, 사랑, 작란, 냄새, 해골 등 인간과 세계를 지속시키는 수많은 질료와 관계들이 (여전히 의연하게) 존재하는 한 (혁명은 계속될 것이므로) 안심하라는 메시지를 전하고 있다. 아니 굳이 '동지들'에게 전하는 메시지라기보다는 시인 스스로 반동의 시대를 견디기 위한 자기 위안이자 혁명을 이어가자는 약속이라고 할 것이다.

이 시에서도 '김일성만세'까지는 아니지만 '사회주의 동지들'이라는 시어가 먼저 눈에 띈다. 이 역시 한동안 만만찮은 금기어가 아니었던가. 객관적으로 사회주의와의 관련성을 본다면 김수영은 기껏해야 심퍼사이저(동조자)라고밖에 볼 수 없으며 굳이 말하자면 차라리 급진적 자유주의자라고 해야겠지만, 알 수 없는 일이다. 객관적으로 사회주의자라고 볼 수 없어도 주관적으로 사회주의자를 자처할 수도 있기 때문이다. 이 점 역시 앞으로 집중적인 연구가 필요한 부분이라고 할 수 있다.[11]

4

기존 전집에는 「의용군」이라는 미완성·미발표의 소설이 수록되어 있어서 김수영이 소설도 썼다는 사실을 알려주고 있다. 그리고 그 소설은 대체로 혹독한 전쟁체험을 정리해보고자 하는 개인적 기억의지의 산

---

11) 기존의 전집에는 미수록 되었지만 1960년 3월 24일자 일기에는 이 시에 대한 언급이 나온다. "詩「數字」를 쓰다. 前作「연꽃」에서 이루지 못한 ○○○ '飛翔'을 드디어 遂行하였다. 마음이 가뿐하다"는 부분이 그것이다. 이 일기만으로는 이「연꽃」이라는 시의 매체 발표 여부는 불분명하다. 그리고 여기서「數字」라는 또 한편의 알려지지 않은 시가 있다는 사실을 알 수 있는데, 김현경 여사는 소장하고 있는 것 같지 않다. 이 작품 역시 적잖이 문제적일 것으로 추측된다.

물 정도로 이해되어왔다. 왜냐하면 「의용군」이외에 그가 소설을 썼다 거나 쓰고자 했다는 증거가 없었기 때문이다. 다만 그의 일기에 산견되는 다음과 같은 부분들이 하나의 숙제이기는 했다.

> 나의 안에서 자라고 있는 소설에의 사상(?)이 눈에 보이는 것같이 성장한 것 같은, 그리고 그것을 들여다볼 수 있는 기회를 얻었다고나 할까―이상한 내 자신의 성장감을 의식하는 데서 오는 희열.―최고의 희열이다![12]

> 내가 소설을 써보려는 것도 이 알 수 없는 서울을 알려고 하는 괴로운 몸부림일 것이다. 알듯 알듯하면서도 도저히 이해할 수 없는 이 서울은 무엇인가? 이 결론이 없는 인생 같은 서울, 괴상하고 불쌍한 서울, 이 길고긴 '서울'에까지의 숨가쁜 노정에서 잠시 땀이라도 씻고 가기 위한 짧고 안타까운 휴식 같은 것이 나의 소설일 것이다.[13]

> 경험이란 한번만 하여서는 아니된다. 적어도 열번 스무번씩 되풀이하여야만 비로소 그 경험이 내것이 되고 소설의 소재 위에 오를 수 있게 되는 것이라고 느낀다. 인내가 용서되는 한 침묵을 지키고 3년이고 4년이고 5년이고 오래 준비의 기간을 가져야 하겠는데……[14]

「의용군」을 "서울을 알려고 하는 괴로운 몸부림"의 소산으로 보기엔 무리가 있으므로, 그가 「의용군」이외에도 소설을 쓰고자 했고 또 최소한 습작품 정도는 있을 것이라는 추정이 가능했기 때문이다. 그런데 이번에 발견된 유고더미는 김수영의 소설쓰기에 대한 풍부한 자료를 제공해줌으로써 이 숙제는 거지반 해결된 것이다.

우선 이번에 발견된 유고노트들 중 1954년에 작성된 노트들은 제목부터가 「人物 事件 性格」「Fiction (I)」「소설 (II) Fiction」 등 소설을 쓰겠다는

12) 1954년 11월 24일의 일기, 『김수영 전집』 2―산문(개정판), 앞의 책, 481쪽.
13) 1955년 2월 3일의 일기, 위의 책, 492쪽.
14) 1956년 2월 16일의 일기, 위의 책, 493쪽.

의지를 강력하게 드러내고 있으며, 그 내용에서도 여러 번에 걸쳐 좋은 소설을 써보겠다는 결의를 다지고 있음이 발견된다. 1954년 11월 30일의 일기에는 "너의 모-든 말이 없어질 때, 너의 소설(小說)이 시작한다"는 구절이 보이며, 12월 28일의 일기(미수록된 부분)에는 그의 '신조(信條)'가 나오는데 그것은 "'平均된 마음을 가지라. 이러한 가운데서 하나도 빼지 않고 잘 보아라. 이것이 小說에의 길이다."라고 되어 있다. 1955년 1월 5일의 일기에는 "앉으나 서나 글을 쓰고 싶은 마음이 용솟음친다. 좋은 단편이여, 나오너라"라는 구절이 보이고, 심지어 1956년 2월 9일 시 「더러운 香爐」에 대한 창작 메모 형식으로 쓰인 일기는 이런 구절이 나온다.

> 시를 쓰러 나온 것이 아닌데 또 쓰지 않겠다고 결심한 시를 썼다.
> 어제 덕수궁에서 본 '향로'를 생각하니 어느 고독한 사나이가 하루에 한 번씩 '향로'를 만지러 가서 거기에서 위안을 받는……환상이 떠오르고 이것을 실마리로 한 小說을 구상하여보려 한 것이다.

시 「더러운 香爐」는 이를테면 김수영의 시충동이 서사충동을 가까스로 이겨낸 곳에서 나온 셈이다. 당시의 김수영에게는 그만큼 강한 서사 충동이 있었다는 것을 보여준다. 그러면 그가 그토록 쓰고자 열망한 소설은 과연 어떤 것이었는가.

이번에 발견한 자료 중에 1954년 1~5월경에 작성한 것으로 추정되는 손바닥만 한 푸른색 표지의 수첩에는 「의용군」과 관련된 창작 메모가 14면 정도 기록되어 있다.[15] 이어서 1954년 1월 6~8일 사이로 추정되는

---

15) 이 메모의 공개와 그에 대한 해제는 다른 기회로 미루기로 한다. 다만 이 메모가 "communism에 대한 共情, 同情에서 如作"이라는 구절로 시작되고 있다는 것, 전쟁이라는 거대한 사건과 가정 고민이라는 일상 사이의 갈등이 이 소설의 축이 된다는 것, 이를테면 '전쟁과 사랑'을 주제로 한 비교적 대규모의 소설로 기획되었다는 사실을 알려준다는 정도만은 말할 수 있겠다.

단양여행 관련 메모에는 단악(丹岳)광산이라는 광업현장의 이모저모와 어떤 살인사건에 대해 17면에 걸쳐 기록되어 있어서, 이 역시 소설 구상과 관련이 있는 것으로 보인다. 또한 「구선생의 사랑」이라는 제목의 소설과 관련된 구상도 보이며, 소설가 곽하신으로부터 '유-모아' 소설을 쓰라는 권유를 받고 "眞正한 喜劇小說"을 써볼까 하는 생각을 하는 1954년 5월 25일자의 메모도 보인다.

1954년 11월 22~28일 사이의 노트 「Fiction (I)」의 첫머리에는 "主題, 阿片中毒自(女子)와 平凡한 會社員의 畸嶇한 사랑; 眞實을 찾아서 살아보자고 몸부림치는 두 젊은이의 슬픈 이야기"라는 다소 신파조로 시작되는 다섯 장 가량의 메모가 나온다. 그리고 이 메모는 결국 1956년 2월 4일에 쓴 9면의 '시놉시스'로 구체화되기에 이른다. 이는 작가 최태응(崔泰應)과 그 연인인 이화여대 출신의 재원 황정란(黃貞蘭)을 주인공으로 한 실명소설로서, 이들이 주위의 반대와 냉대를 무릅쓰고 절망적인 사랑의 도피행각을 벌이다가 마침내 가족에게 붙들려간 황정란이 음독자살을 하는 것으로 끝나는 이야기이다.[16]

김수영이 그토록 좋은 소설을 쓰고 싶다는 서사충동을 여러 번 표명했음에도 불구하고 정작 그 결과는 미완성작 「의용군」과, 제목도 없고 정식 집필에는 착수하지도 못한 이 실명소설 두 편에 불과하다는 점은 오히려 의외라고 할 수 있다.[17] 왜 그런 것일까. 게다가 최태응·황정란

---

16) 김현경 여사의 증언에 의하면, 황정란은 이대 출신의 재원으로 미모는 아니지만 몸맵시가 아주 좋고 자수 실력이 뛰어났으며 독특한 매력을 가진, 하지만 아편을 상용한 개성 강한 여성이었다. 후에 박정희정권 아래서 이인자의 자리를 누린 정일권을 비롯한 많은 남성이 그 주변에 있었지만 결국 가난하고 불행한 작가 최태응과의 도피행각 끝에 비극적인 자살을 했다고 한다.

17) 이외에 1954년 12월 28일 일기에 쓰고 후에 김현경 여사가 청서하여 '꽁뜨'라 이름 붙인 「다방 '카나리아'」라는 글이 있지만, 그야말로 한 다방의 풍경을 그린 짧은 글일 뿐 소설이나 꽁뜨라 부르기는 힘들다.

의 연애사건을 소재로 한 이 실명소설은 비극적 낭만주의가 드러나기는 하지만, 계속 집필하여 완성했다 하더라도 1950년대의 시편들에게서 보이는 김수영의 웅숭깊은 비극적 사유와 그것을 극복하고자 하는 강렬한 주체성의 세계와 비교하면 훨씬 격이 떨어지는 통속소설로 끝났을 가능성이 높다고 생각된다.

아마도 1950년대 전반기의 김수영은 자신의 전쟁체험, 아내 김현경과의 간단치 않은 헤어짐과 만남 등 개인사의 '파란만장'을 서사화하고 싶은 강한 충동을 느껴 소설습작에 매달렸던 것으로 보인다. 하지만 그는 그동안에도 계속 시를 쓰고 발표했으며 그 강한 서사충동은 시를 통한 승화의 과정을 거쳐 상당 부분 해소되고 종내 자연스럽게 소멸되었을 것이다. 소설이 세계와 대결하는 문제적 개인의 매개화된 행동의 형식이고 시가 그 매개 없는 발언의 형식이라고 할 때, 당시 김수영의 실존은 서사화를 기다릴 정도의 여유를 갖기 못했다고 할 수 있다. 실제로 1956년 8월 이후의 노트에는 소설에 관한 언급은 한 번도 등장하지 않게 된다.

5

지금까지 살펴본 미발표·미수록 시들과 소설 관련 메모와 습작들 외에도 이번에 발견된 유고 중에는 김수영의 삶과 문학을 이해하는 데 커다란 시사를 주는 메모와 일기들이 다수 들어 있다. 그 전모를 여기서 밝힐 수는 없는 일이므로 몇 가지 경우만 언급하고자 한다.

1954년

11월 22일: 『전집』에 수록되어 있지 않은 이 일기에는 소설가 유주현(柳周鉉)에 대한 김수영의 좋은 인상이 기록되어 있다.

11월 25일: 이 일기의 앞부분은 이미 『전집』에 실려 있지만 무슨 이유에선지 후반의 상당 부분이 누락되어 있다. 김수영의 문학과 자기 단련에 대한 강한 의지를 엿볼 수 있는 부분이다.

11월 27일: 이 일기 역시 『전집』에는 후반부가 누락되어 있다. 이 부분에 시로 간주해야 할 「꽃」(가제)이 실려 있을 뿐만 아니라, 아직 부인 김현경과 재회하기 전 모친과 함께 살고 있던 무렵 김수영의 집안에서의 곤경과 그로 인한 정신적 고통이 두드러지게 나타난다.

11월 28일: 삼인칭 '그'를 내세워 황혼 무렵 중국인 소학교의 풍경을 마치 소설을 위한 연습처럼 묘사하고 있다.

11월 30일: 적극적 정신, 자부심, 희망 등 1954~55년의 김수영 시에 나타나는 밀도 높은 정신의 힘의 출처를 가늠할 수 있는 그의 결의와 감상이 잘 나타나 있는 중요한 일기이다.

12월 23일: 평론가 이철범(李哲範)을 처음 만나 흉금을 털어놓고 이야기한 뒤의 감상과 결의가 표현되어 있다.

12월 28일: '엣징그'라고 이름 붙인 「다방 '카나리아'」라는 글이다. '엣징그'는 아마도 'edging(윤곽 그리기)'을 뜻하는 것으로 보이는데, 다방 '카나리아'를 드나드는 여러 인간상에 대한 소묘가 주를 이룬다. 이 글은 일기장에도 있지만 김현경 여사가 별도로 원고지에 청서한 것도 있다. 이 청서본의 서두에는 '엣징그' 대신 '수필'이라고 썼다가 다시 '꽁뜨'라고 고친 부분이 있다. 김수영의 소설습작의 하나로 보인다.

1955년

1월 2일: 「乘夜圖」라는 제목이 붙어 있는, 시라고 보기도 산문이라고 보기도 쉽지 않은 이날의 일기는 '청춘'과 '죽음'이 결합하여 '영원'을 배척한다는 내용을 담고 있지만 해석이 쉽지 않다.

1월 5일: 이 일기도 중요하다. "좋은 단편이여, 나오너라"라는 소설에 대한 결의도 있지만, 『하-파스』(『하퍼스 매거진(Haper's Magazine)』)와 「애트랜·틱」(『애틀랜틱 먼슬리(Atlantic Monthly)』)을 샀다는 부분이 나와 김수영이 『파르티잔 리뷰』 외에도 이러한 미국의 진보적 시사문예지들을 접하고 있었다는 사실을 알려준다.

1월 7일: "내가 쓰는 글은 모두가 거짓말이다"라는 문제적 발언이 나온다.

2월 8일: 이 무렵의 시 「너는 언제부터 세상과 배를 대고 서기 시작했느냐」와 「國立圖書館」에 대한 시사를 얻을 수 있다.

12월 21일: '수필'이라고 명기한 「劣等感」이라는 제목의 글이다. 가족이 있고, 중고지만 미제 낙타외투를 입고 다니게 된 것과 관련하여 다른 가난한 작가들에게 느끼는 미안함과 자격지심을 말하고 있다.

1954년

2월 9일: 시 「더러운 香爐」에 대한 시작 노트로서 중요한 참고자료가 된다.

2월 15일: 여러 여성에 대한 관찰기로서 김수영의 여성관을 엿볼 수 있는 좋은 자료이다.

2월 16일: 노선생 외에 '혜숙'이라는 또 하나의 '연인'이 등장하는 글인데, 『전집』에서는 이 부분이 누락되어 있다.

1960~61년

이 시기의 일기는 거의 대부분 『전집』에 수록되어 있다. 톨스토이, 고드웰, 사르트르 등의 글이 일본어로 인용된 일기가 제외되었을 뿐이다. 하지만 이 글들도 언젠가는 『전집』에 포함되어야 할 것이다. 이를 제외하면 미수록된 글은 단 두 편 정도이다. 빈곤과 폭력, 특히 폭력이 말살되어야 한다는 주장이 들어 있는 1960년 9월 23일의 일기와, 레이몽 아롱의 저서 『지식인의 아편』이 사회주의에 반대하지만 그것이 사회주의를 전제로 하고 있다는 사실을 환기하고, 아마도 그런 맥락에서 쓴 시인 듯한 「數字」를 언급한 1961년 3월 24일의 일기가 그것이다.

6

이상으로 이번에 발견된 김수영의 미발표 유고들에 대한 소개와 간략한 검토를 마무리한다. 김수영의 40주기를 앞두고 이처럼 새로운 텍스트들이 대거 쏟아져나온 만큼 이제 김수영 연구는 기존의 공간(公刊)된 자료들에 의존하는 안이함에서 벗어나 본격적이고 총체적인 연구의 단계로 도약할 시점을 맞았다고 할 수 있다. 그러기 위해서는 기존의 『전집』에서 의도적이건 비의도적이건 누락된 자료들을 전부 살려내고 시, 산문, 일기, 잡문, 메모, 서신, 번역, 좌담 등까지 포괄하는 명실상부한 '김수영 전집'과 정밀한 확인작업을 거친 원본 시전집의 간행이 절실히 요구된다. 김수영 연구자들과 김수영에게 정신적 채무를 가지고 있는 모든 이들의 분발이 기대된다.

끝으로 다시 한번 이처럼 귀중한 원자료를 선뜻 제공해주신 김현경 여사에게 감사드리고, 이번에 발견된 시 텍스트의 확정에 적지 않은 도움을 준 박수연(朴秀淵) 형에게도 감사의 뜻을 전한다.

네거리에서*

누가 平和를 願하지 않는 자 있으랴마는
오늘도 나 거리에서 끝없이 싸운다.[1]

거리는 나의 花園이다.
反共,
닭털 파는 少女, 장타령, ○○… 속에서
나는 細胞를 組織하는
붉은 勇士가 아니다.

나는 여러가지의 참인(慘忍)한 풍경을 보고 왔노라
그것은 산 地獄이기도 하니라.[2]
머리에 못을 박은 中共捕虜

나는 아무도 보지 못한

일러두기 : 새로 발견된 시 텍스트를 확정하는 데 있어서 최대한 원문에 충실하되 특별한 경우를 제외하고는 현대식 맞춤법과 표기법을 준용했다. 원문에서 명백히 오기로 인정되는 부분은 수정하고 각주를 달았으며, 도저히 식별이 안되는 글자는 ○○○처럼 복자 처리를 했다. 시 제목 뒤에 *이 표시된 것은 원래의 원고에는 제목이 없지만 주해자가 붙인 제목이다. ― 주해자 김명인

1) 원문은 '싸오라' '싸오다' '싸운다' 등으로 읽힐 수 있지만 문맥상 '싸운다'를 취한다.
2) 원문은 '하니라' '하다' '했다'가 다 가능하지만 다른 연의 '노라' 어미와 운이 맞는 '하니라'를 취한다.

秘密을 보고 왔노라.

아예 조용한 곳이—
그렇게 끔직끔직하게
좋아하던 조용한 環境이 나에게 필요없노라.

이 시끄러운 네거리에서
내 풀떨기 되어
어디로 날아가든지
떠내려가도 무관하겠노라.

나의 魂은 길이
네거리에 남아
나의 信念을 지키리라.

(1954. 2~5)

哀와 樂

(現代女性)[3]

(一)

너와 나 사이에 흐르는 歷史를 그냥 두어라
너와 나만의 사이에 흐르는 물이라고 해서

---

3) 『現代女性』이라는 잡지는 1972년 창간된 잡지로서 시기상 이 시와 무관하다. "現代女性"이란 말과 이 시의 관련성은 추후 해명이 요구되는 부분이다.

그리 좁은 것은 아니지만

多少나마 부끄러운 마음이 드는 것은 어인 일이냐

너와 내가 죽어야만 흘러갈 것 같은 물이 우리 둘 사이에 저렇게

흘러가는 것이 너무나 끔찍끔찍하게

신기한 것인데

너도 말없고 나도 말없이 서로 마주 바라보며[4] 서 있는 것이

어찌 서러운 일이 아니겠느냐

우리의 그림자가 물속에 비치는 것을

너도 나처럼 무서워하지 않을 것이기에

너와 나만의 사이에 흐르는 물은 그냥 두어라

(二)

너와 나 사이에 흐르는 사랑

가는 데까지 가는 데까지

그냥 두어라

우리는 來日의 歷史를 기다리면서

지나치게 지나치게 즐겁게 살자

'來日의 歷史'[5]가 무엇이냐고 물어보지 않을 줄 아는 너의 知慧와

너의 知慧를 焦燥[6]하는 나의 모습

너무나 뚜렷한 나의 모습을 위하여

一分이 있고 二分이 있고

사랑은 瞬間으로 化하고 만다

---

4) 원문에는 '바라보면'으로 되어 있으나 문맥상 '바라보며'의 오기로 보인다.
5) 원문에는 「來日의 歷史」라고 되어 있으나 작은 따옴표로 표시한다. 이하 동일하다.
6) 원문에는 '焦繰'로 되어 있으나 '焦燥'의 오기로 보인다.

이것을 사랑의 日蝕이라고 부르자.

(1954. 6)

꽃*

정말 내 이름을 부르지 마시고
나를 찾지 마세요

모—든 작의(作意)와 의지가 수포로 돌아가는 속에 나는 삽니다

나의 허탈하고 황막한 생활에도 한 떨기 꽃이 있다면
어머니
나에게도 정말 꽃이 있습니까

손을 대어서는 아니되는 꽃
결코 아무나 손을 대어서는 아니되는
이 꽃
확실한 현실이여

내가 대결하고 있는 것은 나의 그림자
인생의 해탈을 하지 못하고도
맑게만 살려는 데에 나의 오해와
비극과 희극과

타락 이상의 질식이 있습니다

꽃 아닌 꽃이여
잔혹한 진행이여
벌써 나의 고장이 없어진 지 오래인
내가 다시 내 고장을 찾아야 할 때
나의 이성(理性)은 나의 피부와도 같은 것입니다

이름을 버리고 몸을 떠난 지
오래인 나의 흔적을 다시는 찾지 마세요

이즈러진 진리여,
어머니시여.

(1954. 11. 27)

卓球

삶이 끝이 나는 곳에서 사는 나는
아무 즐거움을 느끼지 못하는 일에 습관이 된[7] 나머지
이러한 짓을 하고 있는가

---

7) 원문에는 '되다' 로 되어 있으나 문맥상 '된' 의 오기로 보인다.

탁구를 친다

생활이랑 모두 내가 용춤을 추고 있는 마루 바닥 밑으로나 가려무나

나의 사상은 이 소잡한 탁구공 알보다도

더 가벼웁고 거룩하고

이길 수 없는 것

너는 나를 이기려 하고

나는 너를 정복하여야 한다

너가 나의 뱃트의 전투지구 밖으로

달아날 때

나는 너의 무게[8]를 생각하고

천정을 치어다 본다

차라리 무슨 까만 오점이라도 박혀 있었으면 하고

영원과 조화에의 반역[9]

저 하늘 아래 있는 지붕으로

내가 나도 모르게 던지는

비극

탁구 알

왔다가 가고 갔다가 다시 오는 무수한 피비린 냄새의 되풀이

나는 자꾸 나를 죽이면 되는 것이지만

그래도 생각하여야 할 것이 있어

푸른 넷트 우에

---

8) 원문에는 '무개'로 되어 있으나 문맥상 '무게'의 오기로 보인다.
9) 원문에는 '박역'으로 되어 있으나 문맥상 '반역'의 오기로 보인다.

너가 너의 전신을 파산하는 소리

구원을 받은 탁구 알

휴식

다시는 인간으로 돌아가기 싫어하는 나의 휴식을

거부하는 것은 너뿐이다

너의 흰 그림자를 살펴보는 것을 싫어하면서

미끄러운 시간이 주는 따뜻한 위안을 싫어하는 사람과 더불어

마지막으로 찾아온

너의 희다 못해 푸른 색채 우에

드디어는 남겨야 할

오늘 밤의 사랑

─甲午年 師走[10]─

(1954. 12)

大音樂

세계의 도시와 방방곡곡에서 흘러나오는 음악을 전부 합하여

황혼의 가슴에 담는다 하더라도

아직도 넘쳐흐르는 차디찬 돌부리만한 설움이 있다

───────

10) 원문에는 '師走'라고 되어 있으나 그 의미를 알 수 없다. 혹 '歸走'로 읽을 수도 있
겠으나 그 경우도 의미가 불분명한 것은 마찬가지다.

세상의 괴로움과 빈곤과 초조와

그리고 웅장한 비극과 낮은 신음과 그러한 말 속에 이루 담기에 벅찬 거치른

흐름이 너의 위를

물결로 흐르는 것이 아니라

줄11)로 쓰는 듯이 아프고

모질고 쓰라리게 밤과 낮을 전복시키는 듯이

흘러간다 하더라도

어엿이 빛을 발하고 있는

눈에 익은 돌부리

아무렇게나 생겼으며 모양도 멋도 넋도 없는 듯

마지막에게는, 우주가 품어주고 원시에서부터 전수하여온 너만의 불가시하고 불가지한 생명마저 내어던지고 있는 듯

못생긴 돌은

사람들에게 감상(鑑賞)과 효용(效用)의 이익으로 봉사할 수도 없도록 저렇게 비참하게 되어서

어느 어미 바위에서 떨어져 나온 것인지도 모르고

돌 중에서 가장 값이 천한 차돌이나 푸석돌 틈에도 못 들고

저렇게 외따로 굴러져서

그래도 그것이 좋은가 보다

어디에서도 볼 수 있고 어디를 가 보아도 눈에 띄이지 않는

돌부리

---

11) 원문에는 '졸'로 되어 있으나 문맥상 '줄'의 오기로 보인다.

이러한 돌부리는 설운 사람의 눈의 티끌같이

그래서 그것이 누구의 설움에도 통하는 것처럼

바람에 나부끼는 지치고 나이 먹은 가슴을 한층 더 뒤숭숭하게 할 뿐

이다

마치 진한 불길처럼 온 세계의 도시와 방방곡곡에서의 음악이

가슴 속의 설움과 불길과 합치어 사람의

넋이라는 설움의 불길과 합치어 사람의

넋이라는 넋 흥이라는 흥을 다 소지같이 태워버린[12] 후에도

돌부리여

너는 시인의 긍지(矜持)와 같이 앉아 있어라

—甲午年 師走—

(1954. 12)

나의 피*

모—든 것을 다 벗어버리고 살면서도

마지막으로 내가 벗지[13] 못하는 것은 나의 피다

이것보다 더 따듯하고

부드러운 비단인들 어디 있겠느냐 꽃인들 꽃잎인들 안개인들

---

12) 원문에는 '태어버린'으로 되어 있으나 '태워버린'의 오기로 보인다.
13) 원문에는 '벎지'인지 '벗지'인지 잘 분간되지 않는다. 일단 '벗지'를 취했다.

나는 그러나 나의 피보다도 더 부드러운 고장에서

넋 없이 살고 있는

탓으로 나의 피를

알지 못하고

나의 피를 모르는 나를

서러워하지 않고 있는 것이다

× ×

하늘이 너무 푸른 곳에서는

누가 던지는지 알 수 없는 공이라도[14] 솟았으면

백 날이 가고 또 이백 날이 가도

× ×

닫아두었던 시첩을 열고 생각나지 않았던 말을 고치듯이

오늘은 그러한 사람과 만나고 싶다

참된 비참은 자기도 모르게 지나가는 것이다

내가 나의 피를 다하여 고친 글씨와 같이

보기 싫은 글이라고

다시 보지 않았던들

노인의 손톱같이 굳어만 갔을 것

영원의 오류 속에

____

14) 원문에는 '공이라고'로 되어 있으나 '공이라도'의 오기로 보인다.

내가 다시 발견한 나의 피처럼

너의 얼골을 보고 싶다

나는 나를 억만[15] 볼트의 '롯켓트' 포같이 타고 일어서서

사방을 돌아본다

무엇을 내가 보았으리라고 믿느냐[16]

싸늘한 구름이여

그것은 내가 만나고 싶어하는 사랑의 얼골은 아니었다.

(1954. 12)

銀盃를 닦듯이

銀盃를 닦듯이 人生을 닦지 말어라

너는 無條件하고 너를 즐겨야 한다

너는 無條件하고 사람을 사랑해야 한다

이미 到達하여야 할 먼 곳까지 왔을 때도 너는 失望하여서는 아니된다

은배를 닦듯이 하늘의 周邊을 닦아서는 아니된다

마지막 힘을 다하여 억지로 살아가는 사람들을 崇拜하여라

너도 그러한 사람 중의 한 사람이기 때문이며

모든 사람이 그러한 사람의 一員이기 때문이다

---

15) 원문에는 '언만' 으로 되어 있으나 '억만' 의 오기로 보인다.

16) 원문에는 '믿는냐' 로 되어 있으나 '믿느냐' 의 오기로 보인다.

失望한 詩人들이여
悽慘한 인간들이여

(1955. 12. 23)

소라*

―이를테면 소라라고[17] 합시다
소라 속에 그리어진 나선(螺線)이 어떻게 부드러운 것인지 아시지요

기차를 타고 내가 서울로 기어들어왔다고 합시다
기차가 그리고 내가 도회 서울의 한복판으로 걸어들어왔다고 합시다

희고 부드러운 소라의 속으로 한 마리 개미가 기어들어간다고 합시다

―이를테면 이 自由를 잊어버린 도회가 소라 속 같다고 합시다
소라의 밑바닥까지 기어들어간 개미는 자기의 걸어온 길을 모릅니다
그러나 비좁은 도회 안에 들어온 시인은 자기의 송곳[18] 같은 자리를
알고 있습니다

(1956. 2)

---

17) 원문에는 '소라고' 라 되어 있으나 '소라라고' 의 오기로 보인다.
18) 원문에는 '송긋' 이라 되어 있으나 '송곳' 의 오기로 보인다.

파리*

파리여
너는 어째서 더러운 곳만 골라서 앉느냐
너는 어째서 더러운 곳을 딛던 발을 들고
아무 인사의 말 한 마디도 없이
깨끗한 곳을 또 침범하느냐
무례한 놈
그러나 나의 동포여
넓은 천지(天地)를 가는 곳마다 쫓겨다니는 시인(詩人)의 운명같이
처참하고 불쌍한 놈

(1956. 8)

바람

면사의 카아텐을 흔드는
산들바람이여
늬가 말하고 싶은 것이
무엇이냐
겨울의 흔적이 남아 있는 마당인가
여름마당의 화단은
왼편으로 왼편으로

바람을 보내고

감자 밭 위에 언덕 위의 나무와 그늘은 고요한 마음을 받아주지 않는다

바람은 왼편으로 왼편으로 불고 있구나

강에서 하늘에서

여름을 자르고 불어오는 바람은

서쪽으로 향한 창의 하얀 면사의 카아텐을

흔들면서 지나간다

죄(罪)여 바람이여

연쇄(連鎖)여

흑작질19)만 하고 싶은

마음의 창이여

완고한 마음이여

흔들려라

나의 시대여

술쯤 마셔가지고야

'메카니즘' 과는 도저히

맞서지 못한다

지거라 바람처럼

면사의 카아텐은 지옥의 뒷골목—

귀결(歸結)은 천국이고 지옥이고

펄럭거리는 데 있다

지거라 지거라

---

19) '교활한 수단으로 남을 방해함' 을 의미. '단정치 못한 손장난' 이란 뜻을 가진 '호
작질' 의 오기일 수도 있지만 불분명하다.

바람아 지거라

(1956~57?)

詩*

詩는 나쁜 詩만이 가슴에
남는다
그것도 아무도 꺾지 않는 꽃이다

손톱 위에 태양을 그려 보아라
학자도 정치가도 무엇이든 될 수 있다
영혼은 의자에서 내려앉아서 생각할 것이고
시는 병이 나기 전에는
쓰지 말아라
화단을 보며는
잠이야 오겠지

시는 나쁜 시만이 가슴에
남는다
손톱 위에 태양을 그려 보아라
좋은 詩와 나쁜 詩의
분간이 될 터이니
反抗하는 마음을 배우게 될 터이니

바람이 부는 데서 잠을 자거라
豪華로운 꿈이라도 꾸기 위해서는

                                        (1957)

소년아*

소년아
메뚜기에세 이슬을 마시게 하라
아침이 설움에 휘감겨 있지 않으냐

안해여
(너의 住所를 알려라)
이슬을 마신 메뚜기가 배불러하지 않듯이
너의 뱃속에 胎兒가 있느냐
고운 아침
물들은 아침이여
고운 아침
물들은 아침이여
메뚜기에게 이슬을 마시게 하라
이슬이 宇宙에 홀가분하게 차 있지 않으냐
설움이 宇宙에 차 있지 않으냐

소년아 어서어서 일어나서

메뚜기에게 이슬을 마시게 하라

새벽 새가 울음을 그치기 전에

동네 병아리들이 모이를 다 먹기 전에

하늘이 내리시는 이슬을 마시게 하라

소년아 어서어서

○○이 흘려온 아침의 땀이

간밤에 잡아둔 메뚜기를 내어주라

(1957~58)

결별*

모든 眞理는 平凡하다

요는 죽음을 가슴에 삭이고라도[20]

아름다움을 보아야 한다

항상 外國에 온 사람 모양으로 내 나라에 살고

外國語를 하듯이 내 나라 말을 하고

女子들은 모두 外國사람이라고 생각하고

두려움 사이에서도 自由를 잊지 말고

슬픔 속에서도 觀世[21]를 잊지 말고

---

20) 원문에는 '사기고라도'로 되어 있지만 문맥상 '삭이고라도'로 보인다.

21) 원문에는 '觀丗'로 되어 있는데, '觀世'로도 '觀喜'로도 읽을 수 있을 것으로 보인
다. '세상을 바라봄' 정도로 해석할 수 있을 것이다.

거리는 언제나 나에게 終点을 가리킨다

가슴속에 깊은 自由가 파묻혀 있기 때문인지도 모른다

靜謐22)의 勇氣가 必要하다

앵무새의 發言 같은 虛僞를 태워버려

발코니 위에 나서면 밤이 슬프지 않으냐

精通의 地圖의

나의 왼 어깨에는 비엔나 바른 어깨에는

美國의 뉴─욕이 걸려 있다

재주라도 넘을 듯한 아슬아슬한 마음을 참으면서

無限한 忍從의 얼굴들을 생각하여 보라

수많은 囚人이 解放된 아침같이

밤하늘에 떠도는 보랏빛 안개

거리여 起立이여 슬픈23) 起立이여

나는 完全히 너를 訣別한 사람

(1957~58)

'金日成萬歲'

'金日成萬歲'

---

22) 역시 낯선 단어이다. '고요하게 삼감' 정도로 해석할 수 있을 것이다.
23) 원문에는 '섦은' 으로 되어 있다.

韓國의 言論自由의 出發은 이것을

인정하는 데 있는데

이것만 인정하면 되는데

이것을 인정하지 않는 것이 韓國

言論의 自由라고 趙芝薫이란

詩人이 우겨대니

나는 잠이 올 수밖에

'金日成萬歲'

韓國의 言論自由의 出發은 이것을

인정하는 데 있는데

이것만 인정하면 되는데

이것을 인정하지 않는 것이 韓國

政治의 自由라고 張勉이란

官吏가 우겨대니

나는 잠이 깰 수밖에

(1960. 10. 6)

연꽃

종이를 짤라내듯
긴장하지 말라구요
긴장하지 말라구요
사회주의 동지들
연꽃이 있지 않어
頭痛이 있지 않어
흙이 있지 않어
사랑이 있지 않어

뚜껑을 열어제치듯
긴장하지 말라구요
긴장하지 말라구요
사회주의 동지들
형제가 있지 않어
아주머니가 있지 않어
아들이 있지 않어

벌레[24]와 같이 눈을 뜨고 보라구요
아무것도 안 보이는
긴장하지 말라구요

24) 원문에는 '버래'로 되어 있다.

내가 겨우 보이는

긴장하지 말라구요

긴장하지 말라구요

사회주의 동지들

사랑이 있지 않어

작란이 있지 않어

냄새가 있지 않어

해골이 있지 않어

(1961. 3)

생애론의 관점에서 새로 읽어야 할 김수영

박 덕 규

김수영 사후 40주년이 되는 해인 2008년 봄 김수영의 부인 김현경은 그동안 『김수영 전집』 등에 수록되지 않은 시 15편과 30편 가량의 산문을 포함해 친필 글씨로 채워진 10권 분량의 공책과 메모장 등을 공개해 화제를 모았다.[1] 김현경이 청서(淸書)한 것도 몇 점 있지만 대부분 김수영의 체취가 그대로 묻은 육필이라는 점에서 그것들은 상당한 유물 가치가 있을 것으로 짐작된다. 작품의 내적 의미 또한 가령 "정부 수립 후 대한민국 최장, 최대의 금기어"[2]를 제목으로 쓴 시 「'金日成萬歲'」(1960년 10월 6일작) 같은 시는 비록 그런 금기가 거의 풀려 버린 이 시대의 안목으로도 '역시 김수영이었구나' 하는 감탄을 불러일으키기에 충분

---

1) 『창작과비평』 2008년 여름호 특집2 '김수영 시인 40주기에 부쳐'에 미발표 유고 시·일기를 원고지 250장 분량 게재했다.

2) 같은 지면에 김명인이 「제 모습 되살려야 할 김수영의 문학세계—김수영 미발표 유고 해제」로 이 뜻깊은 유품을 세세히 설명하면서 김현경에게서 이 시가 '처음에 김수영이 1960년 10월 6일 탈고했으나 「김일성 만세」, 「잠꼬대」 등으로 제목을 바꾸는 등 우여곡절을 겪다가 결국 사장된 상태로 있어 왔다'고 들었다고 전한다.

했다. 한편 이로부터, 기왕의 김수영 문학 연구에 이 공개 자료에 대한 정확한 자리매김을 바탕으로 한 새로운 탐구를 더해야 하고 차제에 그동안 '정본'으로서의 논란이 없지 않았던 전집을 보다 더 정확하고 포괄적으로 보완해야 한다는 숙제를 안게 되었다.

2013년 김현경은 '김현경 에세이'라 붙인 『김수영의 연인』[3]을 내놓는다. 200쪽 남짓한 이 책에는 김수영과의 인연을 기억하는 '나는 시인의 아내다'라는 제하의 자전 에세이, 저자 스스로 뽑은 김수영의 시와 그것에 설명을 붙인 '내가 읽은 김수영의 시', 김수영을 추모하는 저자의 발표 에세이 「가슴에 누운 풀잎 그리고」[4], 김수영 산문에서 인상적인 대목을 뽑아 모은 '내가 뽑은 아포리즘' 그리고 김수영과의 인상깊은 체험을 기록한 '기억의 삽화들'이 수록돼 있다. 이 중 김수영의 시나 산문은 공개돼 있는 것들이고, 김현경의 에세이 또한 이미 알려져 있던 내용이 대부분이다. 그런 점에서 일찍부터 김수영 저작을 보아온 사람들로서는 실망하기 딱 좋은 책이랄 수 있다. 특히 후배 시인 최하림이 김현경을 비롯해 가족들과 주변 친구들을 탐문해서 집필한 역저 『김수영 평전』[5]이 김수영에 대한 웬만한 정보는 모두 수렴하고 있다는 사실을 아는 사람한테는 더더욱 그렇다.

그런데, 김수영의 아내가 아니면 잘 알 수 없는 몇몇 가지 사연만큼은 그래도 (미안하지만) '명작 스캔들'을 보는 듯한 쏠쏠한 재미가 분명히 있다. 위 김명인의 해제에도 밝힌 것처럼 가령 「'金日成萬歲'」를 쓰고 나서 「잠꼬대」로 제목을 바꿔 『현대문학』에 보냈다가 반려된 일 같은 사연이 그렇다(92~94쪽). 『김수영 평전』에는 「잠꼬대」의 게재 거부 사실

---

3) 실천문학사, 2013.
4) 『가정조선』 1985년 5월호.
5) 문학세계사, 1981. 이후 2001년 개정판(실천문학사)이 나왔다. 이 글은 개정판에 의존한다.

은 밝혀놓았지만 그 시의 원제가 「'金日成萬歲'」라는 사실은 차마 밝히지 못하고 있었다. 포로수용소 시절의 극한 상황을 생니를 하나씩 뽑으며 견딘 탓으로 나중에 틀니를 하게 되었는데 그 틀니 때문에 여러 가지 웃지 못할 에피소드를 낳았다는 얘기도 그런 유에 가깝다.(168쪽 등) 그런 중에도 어떤 사연은 시를 이해하는 아주 좋은 도움말이 되기도 한다. 가령 「달나라의 장난」의 창작 상황에 대한 설명은 시의 의미를 새로 따져 보고 싶은 욕망이 일게 하는 뒷얘기다.(64~66쪽) 「폭포」를 소개하면서 김수영이 평소 '소음'에 신경질적인 반응을 보였지만 자연의 소리는 좋아했고 특히 폭포를 좋아했다는 대목도 괜찮은 정보다.(84~85쪽) 저 유명한 시구 "나는 왜 조그만 일에만 분개하는가"로 시작되는 「어느 날 古宮을 나오면서」는 작가 남정현이 소설 「분지(糞地)」로 구속된 필화사건을 두고 "억압적 현실을 탄식하며 상처 난 짐승처럼 괴로워"할 때의 시라는 사실을 새삼스럽게 확인하게 해준다.(116~117쪽) 김수영 시에서도 매우 난해한 알레고리 시로 흔히 이해되어온 「白蟻」의 '백의'가 한자 뜻 그대로 '흰개미'가 아닐 뿐더러 '밀가루'라는 뜻으로 썼다는 말은 놀랍다 못해 기이하다 생각될 정도다.(82쪽)

후배 시인 김지하가 '풍자냐 자살이냐'로 오독한 "누이야/ 풍자가 아니면 해탈이다"의 「누이야 장하고나!」(1961.8.5)에 붙은 해설은 난해하다면 난해하다고 할 수 있는 이 시의 이해를 위한 길잡이가 될 만한 사연이 아닌가 싶어 여러 차례 되풀이 읽게 되었다.(106~109쪽) 이 시는 아시다시피 누이동생이 자기 방에 걸어놓은 '오빠의 사진'(화자에게는 동생의 사진)이라는 구체적인 사실을 매개로 하고 있는 시다. 과문한 탓인지 모르지만, 그동안 문면에 쓰인 대로 십년 전에 죽거나 실종된 화자의 동생이 누구인지에 대한 설명을 전제로 한 해석은 없었던 듯하다. '풍자가 아니면 해탈이다'의 본뜻도 쉽게 말하기 어렵거니와 무엇이 풍자이고 무엇이 해탈인지에 대해서도, 누이에게 어째서 "장하고나!" 하

고 칭찬하는지에 대해서도 그동안의 이 시 해설에서 '시원하게' 설명된
적이 없었던 것 같다.

> 누이야
> 풍자가 아니면 해탈이다
> 너는 이 말의 뜻을 아느냐
> 너의 방에 걸어놓은 오빠의 사진
> 나에게는 '동생의 사진'을 보고도
> 나는 몇 번이고 그의 진혼가를 피해왔다
> 그전에 돌아가신 아버지의 진혼가가 우스꽝스러웠던 것을 생각하고
> 그래서 나는 그 사진을 십년 만에 곰곰이 정시하면서
> 이내 거북해서 너의 방을 뛰쳐나오고 말았다
> 십년이란 한 사람이 준 상처를 다스리기에는 너무나 짧은 세월이다
>
> 누이야
> 풍자가 아니면 해탈이다
> 네가 그렇고
> 내가 그렇고
> 네가 아니면 내가 그렇다
> 우스운 것이 사람의 죽음이다
> 우스워하지 않고 생각할 수 없는 것이 사람의 죽음이다
> 팔월의 하늘은 높다
> 높다는 것도 이렇게 웃음을 자아낸다
>
> 누이야
> 나는 분명히 그의 앞에 절을 했노라
> 그의 앞에 엎드렸노라
> 모르는 것 앞에 엎드리는 것이
> 모르는 것 앞에는 무조건하고 숭배하는 것이
> 나의 습관이니까
> 동생뿐이 아니라

그의 죽음뿐이 아니라
혹은 그의 실종뿐이 아니라
그를 생각하는
그를 생각할 수 있는
너까지도 다 함께 숭배하고 마는 것이
숭배할 줄 아는 것이
나의 인내이니까

'누이야 장하고나!'
나는 쾌활한 마음으로 말할 수 있다
이 광대한 여름날의 착잡한 숲속에
홀로 서서
나는 돌풍처럼 너한테 말할 수 있다
모든 산봉우리를 걸쳐온 돌풍처럼
당돌하고 시원하게
도회에서 돌아 나온 나는 말할 수 있다
'누이야 장하고나!' 6)

김수영은 알려진 대로 1921년 11월 서울 종로에서 김태욱과 안형순의 셋째아들로 태어났다. 먼저 태어난 두 아이가 태어나자마자 죽은 바람에 김수영은 성장하면서 절로 장남이 되었고 그 아래로 4남 3녀의 동생이 생겼다.7) 이 시에 나오는 누이동생은 다섯째 김수명이다. 김수명이 자기 방에 걸어둔 사진의 주인공은 넷째 김수경으로 '비상한 머리와 온화한 성품'으로 남들에게 선망과 찬탄의 대상이 된 인재였다고 한다. 김

---

6) 『김수영 전집-시』, 개정판 1쇄(민음사, 2003)의 표기를 따르고 「 」를 ' '로 기재함.

7) 김현경과 인터뷰 '김수영을 그리다'를 진행해 『용인문학』 2012년 가을호에 게재한
   시인 김종경이 확인한 바로 김수영의 동생은 수성(남), 수강(남), 수경(남), 수명(여),
   수연(여), 수환(남), 송자(여)라고 한다. 이 인터뷰 내용이 『김수영의 연인』의 저본이
   된 것으로 확인된다.

수경은 6·25 전쟁 때 아무도 예상치 못하게 의용군으로 자원입대를 했다. 이 시는 그러고 십년 세월이 흐른 뒤의 이야기가 된다. 시의 문면에 나와 있는 내용으로는, 누이의 오빠(화자의 동생)는 십 년 전 심상찮은 과정에서 사망 또는 실종된 상태다. 화자로서는 '그의 진혼가'를 부른다는 것은 그 사망(실종)을 수용한다는 것인데, 그동안 그렇게 할 수 없었다. "십년이란 한 사람이 준 상처를 다스리기에는 너무나 짧은 세월이다"는 동생의 죽음(실종)을 현실로 수용할 수 없었던 화자의 심정을 대신해 준다.

이 시에 대한 김현경의 배경 설명은 더 이상 나아가지 않는다. 대신 가족사의 다른 사연, 즉 '이 시에 등장하지 않는 또 다른 동생' 셋째 김수강이 우익 단체인 '대한청년단의 단장을 하다가 인민군에 잡혀서 납북된 것으로 알고 있다'고 전해 준다. 게다가 1969년 김수영의 사후 강릉에 살던 여동생 여섯째 김수연 내외가 칼(KAL) 기 납북 때 북으로 실려 갔다는 말이 보태진다(이 책의 1쇄 본에는 칼 기 납북사건이 김수영이 살아 있을 때의 일인 것처럼 잘못 기술돼 있다). 군대에 끌려간 일로 치면 둘째 김수성도 일제의 징병에 끌려갔다 소련군 수용소에서 7개월간 있다 광복 후에 귀환한 일이 있다. 김수영 역시 인민군 경험과 포로수용소 체험을 평생 트라우마로 가지고 있었던 사람이었다. 김수영은 일제와 분단으로 이어진 역사의 제단에 제물로 바쳐진 한 집안의 장남이자 바로 그 제물 당사자였다. 김현경은 "한 집안에 이렇게 극과 극이 마주하고 있었으니, 수영의 찢어진 자의식의 통점이 얼마나 가혹하게 욱신거렸는지를 짐작하고도 남을 일이다"라고 썼다.

이런 가족사를 이해하면서 다시 시로 돌아가자. 십 년 전 동생의 희생이 있었다. 화자는 그걸 현실로 인정하기 어려워 몇 번이고 동생의 사진을 외면하곤 했다. 그러나 결국 그 앞에서 절을 하고 말았다. 시의 문면에서는 '모르는 것 앞에는 무조건 숭배하는 것이 습관이고 인내'이기 때문에 그랬다고 한다. 이 말은 기표 그대로의 의미일 수 없다. 이 말의 본뜻은 이렇다. '그동안 모르는 것 앞에는 결코 숭배한 적이 없었다(아니 적어도 그러려고 해왔다). 그럼에도 동생의 사진 앞에 절을 했다. 그렇게 절을 하고 나니 모르는 것 앞에는 결코 숭배한 적이 없었다고 믿은 삶은 거짓이고 그 반대가 내 습관이고 인내였다고 할 수도 있다.' 이렇게 되면 동생의 사진에 절을 한 상황 자체가 화자 자신의 그동안의 삶에 대한 하나의 풍자가 된다. 그리고 그것을 인식하는 순간 지난 삶이 지니는 의미는 무화된다. 스스로의 삶을 무화시킨 의식, 이걸 화자는 해탈이라 한 것이다. '풍자냐 해탈이냐' 이 말은 그러니까, 동생의 희생이 있은 지 십 년 만에 누이가 걸어놓은 동생 사진에 결국 절을 올려 '진혼'을 하는 과정에서 풍자와 해탈 사이에 서 있는 시인(화자) 자신의 자각을 드러내는 말이다.

다음, '십년이란 한 사람이 준 상처를 다스리기에는 너무나 짧은 세월'임에도 시인에게 이런 자각이 가능했던 까닭은 무엇일까? 이 의문은 이 시의 또다른 창작 배경을 고려하면 비교적 쉽게 풀린다. 이 시는 '신귀거래(新歸去來)'라는 제목의 연작시 9편 중 7번 시다. 이 연작은 1번 시 「여편네의 방에 와서」(1961.6.3)에서 마지막 시 「이놈이 무엇이지?」(1961.8.25)까지 펼쳐진다. 1954년 김수영은 부인 김현경과 재결합하면서 성북동에 살았고, 이듬해 마포구 구수동으로 옮겨 집에서 양계를 하고 번역을 하면서 지냈다. '신귀거래' 연작이 창작된 시기는 바로 이 구수동 살던 때로 사회적으로는 1960년 4·19 혁명이 1961년 5·16 군사쿠데타로 영원한 미완으로 끝났다고 판단된 때라 할 수 있다. 김수영은 활동이 많은 다른 시인들처럼 5·16 때 잠시 몸을 피해 있다 돌아온 처지였다. 4·19 혁명기의 열광과 환희로부터 서서히 '배반과 좌절'[8]의

---

8) 최하림, 앞의 책, 299쪽.

나락으로 빠지는 경험은 5 · 16 쿠데타가 나면서 더 이상 갈 데 없이 완벽히 진행되었다.

김수영은 배반과 좌절을 안겨준 도시와 단절한 채 '집으로 돌아가' 그해 여름을 나고 있었다. '신귀거래'라는 말은 말할 것도 없이 중국 동진 때 도연명이 속세를 버리고 고향에 돌아가면서 쓴 시 「귀거래사(歸去來辭)」를 염두에 둔 것이다. 5 · 16 군사쿠데타로 좌절감에 젖은 김수영 또한 삶의 현장에서 비껴나 '귀거래하게' 된 심정을 시로 토로하려 했던 듯하다. 김수영은 이 시편들에서 주문을 외듯 같은 말을 여러 차례 반복하는 기법을 발휘한다. 가령 "여편네의 방에 와서 기거를 같이해도/ 나는 점점 어린애/ 나는 점점 어린애"(「여편네의 방에 와서―신귀거래 1」) 식으로 반복하고, "그밖의 무수한 잡동사니 잡념까지도/ 깨끗이 버리고/ 깨끗이 버리고" 식으로 "깨끗이 버리고"를 무려 일곱 번이나 반복하면서 "이건 진짜 시원하고/ 이 시원함은 진짜이고/ 자유다"로 '이번의 귀거래가 자신의 시인됨을 가져다주고, 자유를 주었다'(「檄文―신귀거래 2」)고 강조한다. 그러나 같은 연작에서 "이런 것들이 정돈될 가치가 있는 것들인가"(「누이의 방―신귀거래 8」)로 회의하는 데서 보듯이, 결국 그 반복과 강조는 귀거래해서 얻은 시인의 자리, 시원한 자유에 대한 풍자이자 회의라는 사실이 드러나게 된다. 「누이야 장하고나!」에서 '착잡한 숲속의 쾌활한 마음'이라는 모순된 상황은 자기를 풍자하고 자기 삶의 해탈을 자각한 화자의 실제 삶의 모습이라 할 수 있다. 이때 '누이야 장하고나!'는 동생의 죽음(실종)이라는 가족사의 현실과 4 · 19 혁명의 미완이라는 시대적 현실을 귀거래로 수용한 자신 모순에 대한 자각에서, 그동안 쉽게 '오빠의 사진'에 절하고 오빠를 진혼해온 누이를 빗대 발화한 반어적 표현이다.[9]

---

9) 이은정, 『현대시학의 두 구도』, 소명출판, 184~185쪽 참조.

김수영의 생애에 대한 몇 가지 정보를 매개로 한 이러한 해석이 과연 얼마만큼 명료한 것인지는 알 수 없다. 그러나 난해하기로 소문난 김수영 시의 해석은 시 그 자체에 대한 해석에 그쳐서는 곤란한 예가 많으니 가능한 한 '생애론'을 활용하자는 말은 아주 분명하게 할 수 있을 것 같다. 시인의 실제 경험을 구체적으로 드러낸 시로 치면 김수영만큼 많고 뚜렷한 예가 없다. 바로 그렇기 때문에 적어도 시의 문면에 나타나 있는 구체적 사실에 대해서는 가능한 한 그 실제성을 따져 보는 게 바람직한 시 이해의 바탕이 된다고 본다. 말하자면 김수영의 시는 김수영의 생애에 대한 이해가 깊고 넓게 진행될 때 더욱 제대로 이해되고 평가될 수 있는 시인 듯하다. 김수영은 6·25 전쟁 때 북으로 끌려가 인민군 훈련을 받고 배치되었다 탈출해 나왔고 결국 포로수용소에 수감된다.[10] 김현경의 책에는 김수영에게 살아생전 잘 듣지 못한 6·25 때의 수난사 중 전에 알지 못하던 사실을 들려준다. 김수영이 인민군인지 국군인지에게 집단 처형을 당하던 때의 일이다. 시청 앞에서 인민재판을 받고 몽둥이로 두들겨 맞아 시체가 되었던 한 문학평론가가 나중에 살아난 것처럼 김수영도 기관총 사격을 받고 시체더미에 묻혔으나 스스로 그것을 헤치고 나왔다는 얘기다.(34~35쪽) 이런 정보가 김수영 시 해석에 얼마만큼의 중요한 도구로 쓰일지 모르지만 적어도 김수영 시에 드리워진 '인민군 체험 트라우마'의 깊이가 얼마나 깊은지 이해하는 데는 도움이 될 것임에 틀림이 없다.

김수영의 '부실한 처'에 대한 얘기도 또한 그렇다. 김수영이 북으로 실려 간 뒤 연락이 두절돼 죽은 줄로 알았던 부인이 피난 중에 김수영의 친구 이종구와 함께 살았다는, 자칫 잘못하면 '가십거리'로 이해될 만한 스토리가 이번 김현경의 책에서 명확하게 다른 정본 스토리로 바뀌

10) 이 과정은 최하림의 앞의 책, 148~182쪽에 잘 묘사되고 있다.

어 있음을 보게 된다. 김수영이 포로수용소에서 풀려난 것은 1950년 12월로 밝혀져 있다. 반공포로 석방이 1953년 6월이라는 것, 그리고 많은 포로들이 그때까지 살벌한 수용소에서 생사의 기로에 서 있었다는 것 등으로 볼 때 김수영의 석방은 한국문학사의 '거대한 행운'이라 할 수 있다. 김수영이 포로수용소에 있다는 것을 어머니가 알고 면회를 가서 만났다. 그 뒤로 김수영은 부인과 편지를 주고받았고, 부산에서 석방된 후 처자가 피난간 화성의 조암으로 가서 함께 머문다. 그러나 아직은 전시였고, 김수영은 한 집안을 먹여 살려야 할 가장이었다. 김수영은 다시 부산에 가서 통역 일을 하며 살았다. 김현경이 부실한 처가 된 실제 사건은 이때부터 시작된다. 김현경은 남편을 찾아 부산에 왔다가 이종구를 만나게 되고 그 집에 머물다가 결국 이종구와 함께 살게 된다. 김수영은 이 사실을 알고 두 사람이 사는 집을 찾아가지만 김현경을 데리고 나오지 못한다. 김현경이 이종구의 집을 나와 다시 두 사람이 합친 것은 1954년이다.

이 '부실한 처' 사건은 어쩌면 역시 '스캔들'급일 수 있다. 그러나 '부실한 시기'에 대한 잘못된 정보가 해석의 신빙성을 떨어뜨릴 수도 있다는 사실은 상기할 필요가 있다. 김수영 시 해석의 가장 특징적인 저서가 될 강신주의 『김수영을 위하여』는 이 '부실한 처' 얘기로 상당한 지면을 할애하며 김수영의 트라우마를 설명하고 있다.[11] 아쉽게도 그것은 '정본 스토리'에 의존하지 않고 우리가 알고 있고 상식적으로 짐작되는 스토리를 당당하게 받아들였다. 김현경의 고백한 정본 스토리를 미리 알았더라면 강신주의 설명은 더 정교해졌을 것이고 그 신뢰는 더욱 강화되었을 것이다. 하찮다고 여길 수도 있는 외적 정보도 내적 평가의

---

11) 천년의 상상, 2012. 77~97쪽 여러 차례 설명되고 있다.

중요한 도구가 될 수 있다는 예를 우리는 김수영 문학 앞에서 확인하고
있다. 산삼의 잔털이 몸체와 같은 성분을 지녔듯이 김수영 같은 '거대한
뿌리'는 그 수많은 잔털 또한 효험의 강도가 낮지 않다는 사실을 기억해
야겠다.

우리는 오늘, 김수영을 읽는다

이 은 정

김수영

일별(一瞥)하기만 해도 바라보는 이를 한순간에 결박시켜버리는 사진이 있다. 푼크툼, 사진의 어떤 의외의 부분이 보는 이의 마음과 머리와 눈을 찌르듯 상흔과 자상을 남기는 순간이다. 김수영의 사진이야말로 몇 번을 보아도 생생한 푼크툼, 녹록치 않은 결박을 느끼게 한다. 어떤 이는 그의 사진에서 '런닝구의 포스'를 발견하기도 하고, 어떤 이는 영화배우 양조위의 깊고 쓸쓸한 표정을 얘기하기도 하며, 어떤 이는 그 불온한 아우라에 일순 전염되고, 어떤 이는 그 퀭하고 형형한 눈빛에 한참 사로잡혀 있기도 한다. 사진 속의 김수영은 뺨을 괴고 앉아 생각에 골몰한 채 비스듬한 시선으로 묻는다. "나, 너, 우리, 어떻게 살고 있는가?"

김수영은 생전보다 사후에 각인된 시인이다. 1970년대와 80년대라는 시대적 상황 속에서 광휘와도 같은 조명을 받은 시인이다. 지금 김수영이라는 이름은 그 무게와 부피 자체가 너무 커져서 어느 한 시대에 속한 시인이 아니라 오히려 시인의 이름이 이곳의 상황과 현실을 재구해내는 것처럼 느껴질 정도다. 당대의 시간 속에서 고뇌하고 고투하던 시인 김수영이 잉태되었지만, 지금은 외려 김수영이 현실의 맥락을 만들어내면서, 시인과 현실이 삼투하고 과거와 현재가 삼투한다.

김수영 신화 혹은 우상화의 시간들 속에는

시대를 거듭하며 화두는 변하게 마련이다. 어제의 신화가 오늘은 휴지쪼가리가 되기도 하고, 오늘의 우상이 내일은 한구석에 내팽개쳐지기도 한다. 그러고 보면 시간을 견디는 것이야말로 실로 위대한 일이다. 신화와 우상이 일정 시간을 견뎌내면 그것은 쉽사리 신화적 '현상' 혹은 우상의 '파괴'로 내닫지는 않는다. 김수영의 시와 산문은 언제 어느 부분을 펼쳐보아도 마음을 달아오르게 하지만, 그의 글만 시간을 견뎌온 것은 아니다. 김수영의 정신은 자유, 양심, 정직 등의 명사로 화석화되지 않는 동사(動詞)가 되었으며 상징이자 메타포가 되었다. 현재에도 김수영의 정신은 폭포처럼 곧은 소리를 부르며 내리꽂히고, 하늘을 제압하는 노고지리처럼 활강하고 비상하며, 부드러운 풀처럼 눕고 일어서기를 반복한다. 신화화와 우상화의 밀도를 채우는 정신의 움직임, 김수영의 정신은 생장하는 신화다.

오늘 왜 김수영을 되풀이하여 읽는가. 김수영을 소환하고 기억하고 싶은 욕망 때문이다. 미미하고 보잘것없는 자기 자신에 대한 회의와 반성에서 김수영 읽기를 시작하지만, 그 욕망들이 모이는 지점은 그의 시가 지닌 배음과 둔중한 울림, 경쾌하면서도 강고한 정신적 배면을 공유하려는 욕망이다. 당대의 정서적 혹은 정치적 금기어들을 한껏 발화했던 김수영의 시를 끈질기게 재독하는 맥락 안에는 우리 시대의 공통적 욕망이 잠재해 있다.

김수영의 삶은 시의 텍스트였다. 자신의 삶을 자기 시의 텍스트로 삼는 시인은 의외로 많지 않다. 따라서 자기 삶의 비루함 혹은 자기 환멸을 견디기 위해 고투하는 자는 거듭 김수영의 시를 읽는다. 우리 안에는 저마다 여러 자아가 있다. 바깥 세계를 내다보며 세계와의 불화 속에서 정의나 양심, 자유와 도덕에 대해 간절한 마음을 가져보기도 하지만, 그것은 한순간일 뿐, 목전에 놓인 일상의 격랑과 광폭한 속도전에 금세 휩쓸려 들어가 버린다. 진실했던 그 순간은 진심이지만, 그 순간을 지나면 이내 그 자성의 순간을 면죄부 삼아 자신을 위무하며 다시 일상 속으로 빠져 들어가는 것이다. 마치 예방주사를 맞으면 치명적인 중병에 걸리지 않듯 우리는 자신을 방어하는 자유와 정의를 순간순간 치레하면서 현실 위에서 위태롭게 운신하듯 살아간다.

그런데 김수영의 시는 치열한 자기 반성과 실천적 자아가 결정(結晶)화된 명징한 텍스트다. 그의 글에 비친 내 얼굴은 김수영을 닮은 듯 뜨겁고 진지하며 정직하고 자유롭다. '먼지야 풀아 나는 정말 얼마만큼 적으냐'라는 시인의 정직하고 간절한 일상적인 반성은 우리로 하여금 위선을 벗어던지게 하고, 시인이 '조금쯤 옆에 서 있다는 것을 안다'고, 게다가 '그것이 조금쯤 비겁한 것'임까지 알고 있다고 말할 때, 마음속 공감의 환호를 누르기 어렵다. 우리는 자신을 따갑고 뜨겁게 응시하는 정직하고 환한 거울을 김수영의 글에서 찾는다. 따라서 김수영을 현재화하는 작업은 반성과 자학과 진보의 쾌감을 동시에 안고 있다.

실천적 자아의 아비투스, 에토스적 독서욕망

진실이 매끄럽게 소통되는 세계는 굳이 진실을 힘주어 말하지 않는다. 구호와 플래카드가 여기저기 내걸려 펄럭거리는 세계는 그만큼 슬로건과 강령을 필요로 하는 세계다. 당대와 현재를 동시에 재구해내는 김수영의 시를 읽는 우리는 자의식적인 독자, 개인과 역사에 대한 방향 감각을 지닌 실천적 자아의 독서욕망을 가진 독자다. 익히 알듯 김수영은 반동적인 부정의 어법, 일상어가 시가 되는 경지, 새롭고 낯선 현학적 시의 풍경으로 매력을 발휘하지만, 무엇보다도 반전통적인 것들을 철저하게 비판하는 동시에 전통적인 것의 반동을 긍정하는 시인의 결기야말로 가장 위력적이다. 맹목적 전통 추수가 아니라 역사와 전통의 '더러운 진창'까지 정면으로 관통해 들어감으로써 고통스럽게 얻어낸 '거대한 뿌리'는 당시뿐 아니라 최근 다시 조명되는 탈식민주의적 독해가 명쾌하게 성취되는 지점이다.

김수영은 현실 인식을 지향하는 독자집단의 전위적 지리를 담당한 시인이자 한국 시의 베스트셀러 시집의 지형도를 바꾼 시인이기도 한데, 김수영을 읽는 독자의 욕망 안에는 나르시시즘이 없지 않다. 그의 시를 읽으면서 자기 안의 뜨거움이 지닌 역사적 방향 감각을 시인의 것과 일치시키고 또 자신은 늘 사회와 세계를 향해 의식을 열고 있다고 믿는 자홀감, 이것이 독자의 또 다른 욕망이다. 독자의 일정 취향 즉 아비투스(habitus)가 독자 자신의 계급을 유지시키고 동시에 그 정체성을 인정하게 하는 기제가 되므로 김수영의 시를 읽는 것은 역사와 현실에 대한 감각이 유사한 집단의 '구별짓기'를 통해 일종의 동류의식을 형성하기도 한다.

오늘 김수영을 읽는 독자의 욕망 안에는 자신이 지향하는 모습을 실현하려는 욕구와 자신을 현시하려는 욕구가 공존하고 있다. 자신의 삶을 치열하게 들여다보려는 개인적인 욕망과 더불어, 김수영의 시를 읽음으로써 동시대 독자들과 공유하는 실천적 자아를 유지하려는 욕망이 병행하고 있다. 부연하면, 김수영의 가열한 정신에 대한 매혹, 그리고 그 치열함을 자신의 삶에 적용하려는 욕망을 실현하는 한편, 모순된 현실에 대해 비판적인 감각을 갖고 있다는 자신의 독서욕망을 충족하고 이 같은 독자집단의 연대적인 독서를 통해 사회적 자아를 자기 안에 세우고 유지하려는 에토스적 욕망 또한 추구하고 있는 것이다.

온몸을 던지지 않는 이 시대를 향한 투신의 언어

김수영의 시는 의미의 잉여가 많아 매번 새로 읽힌다. 잦은 논의로 익숙하게 읽히는 시들보다 그 바깥의 시들에서 시인의 맨 얼굴, 더 웅숭깊고 강렬한 언어를 만나기도 한다. 또한 김수영의 시를 거듭 새로 읽으면서 그의 성취와 한계들도 속속 재독하고 있다. 탈식민주의적 프리즘, 문학과 정치의 연동 등에서 새로 읽히는 생산적 의미들에 비해, 가부장제적 이데올로기의 시스템 속에 머물렀던 것은 한계로 지적되기도 한다. 김수영의 시읽기로 들어가는 정식 입구는 없는 셈이다. 외길로 보여도 다가가보면 무한히 넓은, 더 많은 십자로가 무수히 열리는 것을 봐왔던 까닭이다. 그리고 김수영 시의 진경은 여기에 있는지도 모르겠다.

이 시선들 위에서 우리가 지금 김수영을 다시 읽으며 기억해야 하는 이유는 무엇보다도 현재 자기 삶의 박자를 찾기 위해서이다. 김수영은 지사연(志士然)하기보다 정신의 어떤 높이와 강골의 태도 같은 것만 보여주었다. 그저 자기 정신의 높이와 궤적, 그 속도를 드러냈다. 사랑이란 결국 타자와 섞이는 운동이라는 것, 그곳에 다가가기 위해 그는 시를 썼다. 높이, 궤적, 속도, 방향, 그리고 언어. 추상적이나마 김수영의 시에 장전된 이 힘들에서 우리는 오늘을 살아가는 자기 삶의 박자를 찾아본다.

순정하게 온몸을 다해 뛰어드는 사람 없는 시대, 온몸을 다해 무엇을 한다는 것이 불가능해 보이는 오늘, 온몸을 던져야 한다고 외쳤던 시인에 대한 선망은 열패감과 더불어 부풀어 오른다. 그 대상이 나든 세계든, 온몸을 던지는 것 자체가 난공불락인 이곳에서, 그의 물음은 뼈아프다. 그 뼈아픈 선망과 열패감 속에서 내 안의 타자성을 극복하고 진짜 나를 발견하기 위해 우리는 오늘, 김수영을 읽는다.

명문장으로 꼽히는 글도 닳아버린 눈으로는 읽을 수 없다. 허나 젊은 우리의 눈은 살아 있으니 가래 같은 더께를 뱉어내면 다시 밝은 눈으로 선명하게 읽을 수 있다. 묵독하지 않고 기침하듯 소리 내어 읽으면 더 잘 읽을 수 있다. "시를 쓴다는 것은 무엇인가. 시작(詩作)은 머리로 하는 것이 아니고 심장으로 하는 것도 아니고, 몸으로 하는 것이다. 온몸으로 밀고 나가는 것이다." 시인에게 시는 곧 삶이니 '시를 쓴다는 것'은 삶을 살아간다는 것과 똑같은 말이다. 차가운 지성의 '머리'나 뜨거운 열정의 '심장'만이 아닌 이 모두의 "온몸"으로 현재의 안팎을 살아가야 한다는 것.

김수영은 모리스 블랑쇼의 책을 읽고 "너무 마음에 들어서 읽고나자마자 즉시 팔아버렸다"고 한다. 하지만 오늘 우리는 김수영의 글이 마음에 들어 공연히 그의 책을 끼고 다닌다. 그 책은 우리가 지향하는 자신의 모습이 담긴 거울이자 구호이며 강령이기 때문이다.

김수영 연보

1921년 (1세)
- 11월 27일 서울 종로에서 김태욱와 안형순의 8남매 중 장남으로 출생.

1935년 (15세)
- 어의동 보통공립학교 졸업, 중병으로 1년 요양, 선린상업학교 야간부 입학.

1941년 (21세)
- 선린상업학교 졸업, 일본 유학, 미즈시나 하루키 연극연구소에서 연출 수업.

1943년 (23세)
- 귀국, 만주 길림에서 연극 활동.

1945년 (25세)
- 해방 후 서울로 돌아와 영어 학원에서 강의. 첫 시 「거리」 씀.

1946년 (26세)
- 고서점 〈마리서사〉에서 박인환, 김기림, 김광균 김병욱, 양병식 등과 교류.

1949년 (29세)
- 신시론 동인지 『새로운 도시와 시민들의 합창』 간행.

1950년 (30세)
- 김현경과 결혼.
- 의용군에 강제 입대, 탈출 후 포로 신분으로 체포되어 거제도 포로수용소로 이송, 1952년 석방.

1953년 (33세)
- 통역, 영어교사, 편집부 취업 등.

1955년 (35세)
- 『평화신문』 문화부 일시 근무.
- 번역과 양계로 생계 유지.

1958년 (38세)
- 제1회 한국시인협회상 수상.

1959년 (39세)
- 시집 『달나라의 장난』(춘조사) 출간.

1960년 (40세)
- 4 · 19 혁명 집회와 시위 참여, 활발한 작품 발표와 문학 강연.

1968년 (48세)
- 6월 15일, 교통사고로 영면.

1974년~1975년
- 시선집 『거대한 뿌리』, 산문선집 『시여, 침을 뱉어라』(민음사) 간행.

1981년
- 『김수영 전집』(1권 시, 2권 산문) 간행.

2001년
- 『김수영 평전』(최하림 저, 실천문학사) 간행.

2008년
- 노트 10권 분량의 유작 발굴.

2009년
- 『김수영 육필시고 전집』(이영준 엮음, 민음사) 간행.

김수영 문학 출간 자료

시집

시집 『달나라의 장난』(춘조사, 1959)

시선집 『거대한 뿌리』(민음사, 1974)

시선집 『달의 행로를 밟을지라도』(민음사, 1976)

시선집 『사랑의 변주곡』(창작과비평사, 1988)

산문집

산문선집 『시여, 침을 뱉어라』(민음사, 1975)

산문선집 『퓨리턴의 초상』(민음사, 1976)

전집

『김수영 전집』 전 2권(시, 산문) (민음사, 1981)

『김수영 육필시고 전집』(이영준 엮음, 민음사, 2009)

ㄱ

편저자 약력

박덕규

경희대학교 국어국문학과(학사, 석사)를 졸업하고, 단국대학교 대학원 문예창작학과에서 박사학위를 받았다. 시집 『아름다운 사냥』, 소설집 『날아라 거북이!』, 장편소설 『밥과 사랑』, 『사명대사 일본탐정기』, 탈북 소재 소설선 『함께 있어도 외로움에 떠는 당신들』, 평론집 『문학과 탐색의 정신』, 『문학공간과 글로컬리즘』 등이 있다. 현재 단국대학교 문예창작학과 교수로 재직 중이다.

이은정

이화여자대학교 국어국문학과를 졸업하고, 같은 대학교 대학원에서 석사 및 박사학위를 받았다. 저서로 『현대시학의 두 구도-김춘수와 김수영』, 『김수영 혹은 시적 양심』, 공저로는 『한국여성시학』, 『공감-시로 읽는 삶의 풍경들』, 『명작의 풍경』, 『한국어문학 여성주제어사전』 등이 있다. 현재 한신대학교 교양학부 교수로 재직 중이다.

필자 약력

황현산

고려대학교 불어불문학과를 졸업하고, 동 대학원에서 석·박사학위를 받았다. 저서로 『얼굴 없는 희망』 『말과 시간의 깊이』 『잘 표현된 불행』, 역서로 『라모의 조카』(디드로) 『시집』(말라르메) 『알코올』(아폴리네르) 『보들레르의 작품에 나타난 제2제정기의 파리』(공역, 발터 벤야민) 『초현실주의 선언』(앙드레 브르통) 등이 있다. 팔봉비평문학상, 대산문학상, 아름다운 작가상을 수상하였다. 현재 고려대학교 불어불문학과 명예교수로 있다.

김상환

연세대학교 철학과를 졸업하고, 프랑스 파리4대학(소르본)에서 박사학위를 받았다. 연세대학교 문리대(원주) 철학과 조교수를 역임하였고, 저서로 『해체론 시대의 철학』 『예술가를 위한 형이상학』 『풍자와 해탈 혹은 사랑과 죽음: 김수영론』, 『니체, 프로이트, 맑스 이후』 『철학과 인문적 상상력: 헤겔 만가』 등이 있고, 역서로는 『차이와 반복』(들뢰즈)이, 편서로는 『문학과 철학의 만남』, 『라깡의 재탄생』 등이 있다. 현재 서울대학교 철학과 교수로 재직 중이다.

함돈균

고려대학교 대학원에서 박사학위를 받았다. 저서로 『예외들』『얼굴 없는 노래』『시는 아무 것도 모른다』가 있다. 현재 고려대학교 민족문화연구원 HK연구교수로 재직 중이다.

곽명숙

서울대학교 국어국문학과를 졸업하고, 동 대학원에서 석·박사학위를 받았다. 고려대학교 BK21 연구원, 서울대 강의교수를 역임하였고, 논문으로 「1970년대 한국시에 나타난 민중의 의미화와 재현 양상」「정지용 시에 나타난 여행의 의미와 감각」 등이 있다. 현재 아주대학교 국어국문학과 조교수로 재직 중이다.

허윤회

성균관대학교 국어국문학과를 졸업하고, 동 대학원에서 석·박사학위를 받았다. 논문으로 「서정주 시 연구」, 저서로 『한국의 현대시와 시론』 등이 있다. 현재 성균관대학교 강사로 출강하고 있다.

배개화

서울대학교 국어국문학과를 졸업하고, 동 대학원에서 석·박사학위를 받았다. 논문으로 「『동광』을 통해 본 근대적 글쓰기의 형성」「1930년대 말 치안유지법을 통해 본 조선 문학 : 조선문예부흥사 사건과 조선 문학자들」「민족어, 민족문학, 리얼리즘 : 임화의 경우」「당, 수령, 애국주의 : 이태준의 경우」 등이 있고, 저서로는 『한국문학의 탈식민적 주체성』이 있다.

조강석

연세대학교 영어영문학과를 졸업하고, 동 대학원 국어국문학과에서 박사학위를 받았다. 김달진 젊은 평론가상, 편운문학상 우수상 등을 수상했다. 저서로 『아포리아의 별자리들』『경험주의자의 시계』『비화해적 가상의 두 양태』 등이 있다. 현재 계간 『문예중앙』 편집위원을 맡고 있으며, 인하대학교 HK교수로 재직 중이다.

이광호

고려대학교 국어국문학과를 졸업하고, 동 대학원에서 석·박사학위를 받았다. 대산문학상, 팔봉비평문학상, 현대문학상 등을 수상하였으며, 저서로 『미적 근대성과 한국문학사』『도시인의 탄생』 등이 있다. 현재 서울예술대학교 문예창작과 교수로 재직 중이다.

김수이

경희대학교 국어국문학과를 졸업하고, 동 대학원에서 석·박사학위를 받았다. 저서로 『쓸 수 있거나 쓸 수 없는』『서정은 진화한다』『풍경 속의 빈 곳』『환각의 칼날』『문학연구와 문학교육의 소통』 등이 있으며, 공저로『글쓰기의 최소원칙』『임화 문학연구 2』 등이 있다. 현재 경희대학교 후마니타스칼리지 교수로 재직 중이다.

조영복

서울대학교 국어국문학과를 졸업하고, 동 대학원에서 석·박사학위를 받았다. 저서로 『1920년대 초기 시의 이념과 미학』『월북 예술가 오래 잊혀진 그들』『문학으로 돌아가다』『문인기자 김기림과 1930년대 활자 도서관의 꿈』, 공저 및 공역서로『깨어진 거울의 눈』『니체, 철학의 주사위』가 있다. 현재 광운대학교 동북아문화산업학부 교수로 재직 중이다.

맹문재

고려대학교 국어국문학과를 졸업하고, 동 대학원에서 석·박사학위를 받았다. 저서로 『한국 민중시 문학사』『패스카드 시대의 휴머니즘 시』『지식인 시의 대상애』『현대시의 성숙과 지향』『시학의 변주』『여성시의 대문자』『만인보의 시학』 등이 있다. 현재 계간『시와 시』편집주간을 맡고 있으며, 안양대학교 국어국문학과 교수로 재직 중이다.

임명숙

서울교육대학교 국어교육과를 졸업하고, 성신여자대학교 대학원 국어국문학과에서 박사학위를 받았다. 태국 실라파껀대학교 객원교수를 역임하였고, 저서로『기녀』『노천명 시와 페미니즘』『읽기와 쓰기 사이의 시학』 등이 있다. 현재 서울교육대학교 강사로 출강하고 있다.

김명인

서울대학교 국어국문학과를 졸업하고, 인하대학교 대학원 국어국문학과에서 석·박사학위를 받았다. 저서로『희망의 문학』『불을 찾아서』『김수영, 근대를 향한 모험』『자명한 것들과의 결별』『조연현, 비극적 세계관과 파시즘 사이』『환멸의 문학 배반의 민주주의』이 있다. 현재 계간『황해문화』편집주간을 맡고 있으며, 인하대학교 국어교육과 교수로 재직 중이다.